LUIGI PANELLA

Das Werk des Teufels

GOLDMANN

Buch

1265: In Parma gesteht ein Benediktinermönch unter Folter, einen geheimen Kodex zu kennen, ein Buch über den Schatz des Teufels. Daraufhin begeben sich Yves le Breton, päpstlicher Inquisitor im Dienste Louis IX. von Frankreich, und sein Widersacher Umberto di Fondi, Abgesandter des sizilianischen Kaisers, auf die Suche nach dem Buch. Nach einer wilden Jagd durch das mittelalterliche Europa bis nach Nordafrika hält Yves den Kodex schließlich in Händen. Zu seinem Erstaunen offenbart ihm das Buch, dass es eine Welt jenseits des Ozeans gibt – ein geheimnisvolles Inselreich namens Atlantis …

Informationen zu Luigi Panella
und seinen Romanen
finden Sie am Ende des Buches.

Luigi Panella

Das Werk des Teufels

Historischer Roman

Aus dem Italienischen
von Ingrid Ickler

GOLDMANN

Die Originalausgabe erschien 2022
unter dem Titel »Il tesoro del diavolo«
bei Rizzoli, Mailand.

MIX
Papier | Fördert
gute Waldnutzung
FSC® C014496

Penguin Random House Verlagsgruppe FSC® N001967

1. Auflage
Deutsche Erstveröffentlichung Juni 2023

Umschlaggestaltung: UNO Werbeagentur München
Umschlagfoto: © Getty Images / da-kuk; FinePic®, München
Redaktion: Kerstin von Dobschütz
BH · Herstellung: ik
Satz: GGP Media GmbH, Pößneck
Druck und Einband: GGP Media GmbH, Pößneck
Printed in Germany
ISBN: 978-3-442-49320-3

www.goldmann-verlag.de

Für Marta und Mariapia

Die mittelalterlichen Datumsangaben des christlichen Teils basieren auf dem julianischen Kalender, der bis 1582 benutzt wurde, im Vergleich zum heutigen gregorianischen Kalender läuft er etwa zehn Tage nach.

Die kanonischen Stunden unterteilten früher den Tag und wurden von der katholischen Kirche für das gemeinsame Gebet entwickelt. Sie variieren je nach Ort und Jahreszeit.
Matutin: zwischen zwei und drei Uhr morgens
Laudes: zwischen fünf und sechs Uhr morgens
Prim: gegen sieben Uhr morgens
Terz: etwa um neun Uhr morgens
Sext: mittags
Non: zwischen zwei und drei Uhr am Nachmittag
Vesper: zum Sonnenuntergang
Komplet: nach Sonnenuntergang und vorm Zubettgehen

Prolog

Er hörte kein Vogelgezwitscher mehr. Als einziges Geräusch war das Knistern der brennenden Hütten zu vernehmen. Langsam ging er auf die letzte Hütte zu und warf eine Fackel hinein, mitten auf den Laubhaufen, unter dem die toten Körper lagen.

Maharbal rannte ihm entgegen. »Wir müssen gehen.«

Abd-Melqart nickte und schaute in den Wald jenseits der Palisaden, die das Dorf umgaben. Die Äste bewegten sich, obwohl es windstill war. Rasch liefen die beiden Männer auf das an einem kleinen Steg festgemachte Schiff zu und gingen an Bord.

Der erste Pfeil traf die Planke, während das Schiff ablegte, danach regneten die Pfeile nur so auf sie herab. Aus den Rauchwolken über dem Flammenmeer an Land erhoben sich Schreie.

Ihr seid spät dran, dachte er. Sie würden nur Feuer und Leichen vorfinden.

Die Trommel begann den Rhythmus der Ruderer vorzugeben, und die Pentekontere bewegte sich entschlossen Richtung Meer. Eine Flotte aus Kanus nahm die Verfolgung auf, würde sie aber niemals erreichen.

Als sie sich weit genug entfernt hatten, befahl der Nauarch, die Ruder einzuziehen und die Segel zu setzen. Der riesige Pferdekopf, der darauf abgebildet war, entfaltete sich im Wind und schenkte ihm Vertrauen, fühlte er sich doch gleich der Heimat näher. Er blieb auf der Brücke stehen und betrachtete die immer kleiner werdenden Kanus, die Inseln an der Mündung des riesigen Flusses und die endlos grüne Weite, über der die Sonne unterging. In seinen Gedanken tauchten Bilder des vergangenen Jahres auf.

Die Küste war nur noch ein dunkler Strich, als er sich von der Bordwand löste. Während er unter Deck ging, um den Laderaum zu kontrollieren, konnte man die Erleichterung in den Augen der Männer lesen.

Das Schiff tanzte wild auf den Wellen, die ihm aber keine Sorge bereiteten. Die *Baals Ross* hatte schon Schlimmeres erlebt. Allerdings war er nicht sicher, ob er genug Wasser und Nahrung an Bord hatte. Er hatte den Männern Sicherheit vorgaukeln müssen, konnte er doch nicht riskieren, dass sie ihn zwangen, die Beute an Land zu lassen. Sie war zu wichtig, wichtiger als ihr eigenes Leben.

Er fragte sich, ob er Qart Hadasht jemals wiedersehen würde.

Im Lager hatte er eine in Stein gemeißelte Landkarte zurückgelassen. Wenn jemand zurückkam, würde er die Stadt auch ohne ihn finden.

Kapitel 1

Der Mönch

Parma, 7. November 1265, zur Vesper

Im Gefängnis auf dem Turm des Bischofspalasts brannte das Kaminfeuer, um das Eisen zum Glühen zu bringen. Das Licht der Flammen fiel auf einen nackten Mann, der an Seilen von der Decke hing. Er war von kleiner Statur, dick und vor Kälte blau angelaufen.

Der junge Dominikaner, der die Befragung durchführte, saß auf einer für ihn zu niedrigen Bank. Er fand diesen Körper derart abstoßend, dass er bereits beschlossen hatte, ihn allein deswegen verbrennen zu lassen.

»Pater, ich bitte euch …«, wimmerte der Gefangene auf Latein. »Ihr macht einen Fehler. Ich bin kein Häretiker. Ich bin ein Benediktinermönch.«

Der Inquisitor hatte all diese Lügen satt.

Man hatte den Mann am Vorabend in einem Gasthaus aufgegriffen. Trunken vom Wein hatte er sich damit gerühmt, ein Buch über den Schatz des Teufels gelesen zu haben. Eine Behauptung, die ihn in dieser Stadt das Leben kosten konnte; einer Stadt, die von Gott gesandten Franzosen besetzt war, um das Königreich Sizilien zu erobern und der Herrschaft von Manfred, dem Sohn des verstorbenen Stauferkönigs Friedrich, ein Ende zu bereiten.

Der vom Papst bestimmte Herrscher Charles d'Anjou hatte Ostern mit seinem Bruder Louis, König von Frankreich, in Paris gefeiert und war im Mai auf dem Seeweg nach Rom gelangt. Wie durch ein Wunder war er achtzig Galeeren aus Genua, Pisa und Sizilien entkommen. Sein Heer, angeführt von Graf Robert von Flandern und Philippe von Montfort, war mit tausendfünfhundert Reitern, fünfhundert *servientes* und einigen dominikanischen Inquisitoren durch das Po-Delta gezogen, um Italien von Ketzern und Ungläubigen zu säubern.

Der Vorstoß war langsamer vonstattengegangen als geplant, auch wenn sie bis zu diesem Augenblick auf keinen nennenswerten Widerstand gestoßen waren. Der mächtige Markgraf von Montferrat, einst ein Verbündeter Manfreds und der Savoyer, hatte ihm nun den Rücken gekehrt und Partei für den Papst ergriffen, während Oberto Pallavicino, kaiserlicher Stellvertreter für die Lombardei, mehr als dreitausend Reiter in den Städten der Po-Ebene versammelt hatte. In die Schlacht war er jedoch nicht gezogen, sondern hatte nur seine Ländereien vor ihnen geschützt, Gebiete, in denen zahlreiche Ketzer lebten, dessen war sich der Dominikaner gewiss. Die häretischen Katharer, die in Frankreich durch Massaker und Verbrennungen ausgerottet worden waren, hatten sich nach Norditalien zurückgezogen, nach Cremona, Piacenza und in viele andere Städte. Man sagte, dass selbst Pallavicino einer von ihnen sei.

Der Befragte, Jacopo da Celano, wirkte nicht wie einer

der katharischen *perfecti*. Als er wieder nüchtern war, hatte er behauptet, nichts mehr von dem Geschehen des Vorabends zu wissen und ein Benediktiner zu sein. Dabei trug er weder ihr Habit, noch hatte er eine Tonsur.

Der Inquisitor nickte den *servientes* zu, die ihn bei der Befragung unterstützt hatten, und sie ließen ihn wieder herunter. Mit einem Schrei fiel der Gefangene zu Boden und blieb dort jammernd liegen. Der junge Dominikaner sprach mit ihm, dabei starrte er an die Gewölbedecke, seine Stimme hatte einen nasalen Klang: »Wenn du Benediktiner bist, dann sag mir, wie viele Stufen der Demut die Regel des heiligen Benedikt nennt.«

Der Mann versuchte zu Atem zu kommen und antwortete dann: »Es sind zwölf. Die zwölfte Stufe ist die des Mönches, der nicht nur im Herzen demütig ist, sondern dessen ganze Körperhaltung ständiger Ausdruck seiner Demut für alle ist, die ihn sehen.«

Der Inquisitor zog die Augenbrauen hoch und zwang sich, ihn anzuschauen.

»›Jauchzet Gott, alle Lande! Lobsinget zur Ehre seines Namens; rühmet ihn herrlich!‹«

Der Gefangene zögerte, als müsste er nachdenken. Dann fuhr er unsicher fort: »Sprecht zu Gott: Wie wunderbar sind deine Werke! Deine Feinde müssen sich beugen vor deiner großen Macht.«

»Das reicht.«

Es war sinnlos, noch weiterzumachen. Die Antworten waren richtig, der Mann war tatsächlich ein Mönch oder zumindest einer gewesen. Er hätte den Magister gebraucht, aber der war weit weg. Deshalb musste er, Berengario da Verona, die Wahrheit herausfinden und beweisen, dass er ein würdiger Schüler von Yves le Breton war, des päpstlichen Inquisitors für das Königreich Frankreich. Er starrte erneut zu Boden.

»Woher kommst du?«

»Aus Montecassino.«

Berengario versuchte ruhig zu bleiben, aber sein Herz schlug merklich schneller. »Warum bist du hier?«

»Ich habe die Abtei vor zwei Jahren verlassen, nachdem Teodino di Capistrello, dem von den Mönchen bestimmten Abt von Manfreds Gnaden, durch den vom Papst ernannten Abt, Bernard Ayglier, dort der Zugang verwehrt wurde.«

Berengario nickte unmerklich und befahl dann: »Bedeckt ihn.«

Es wirkte zwar wie eine mitleidige Geste, war es aber nicht. Ein Diener wickelte den Gefangenen in einen Umhang aus rauer Wolle. Der Inquisitor konnte ihn endlich ansehen. »Bernard Ayglier ist weit weg.«

»Ich bin ihm nicht gefolgt, ich bin aus eigenem Antrieb geflohen.«

»Warum?«

»Ich mag Teodino nicht. Ich kenne ihn gut und hatte schon meine Schwierigkeiten mit ihm, als er sich um die Kranken der Abtei gekümmert hat, noch bevor er seine Seele dem Teufel verkauft hat.«

Auch wenn sich sein Gegenüber das nicht hätte vorstellen können, war Berengario mit der Geschichte von Teodino di Capistrello gut vertraut. Als kräuterkundiger Mönch in Montecassino hatte er sich Manfred angeschlossen und im Gegenzug das Bistum in Acerra und danach die Abtei erhalten. Der Bischof von Troia hatte die Wahl bestätigt und gesegnet und damit das Verbot des Papstes gebrochen. Der Pontifex hatte Teodino daraufhin sofort abgesetzt und Bernard Ayglier an seine Stelle gesetzt, einen tiefgläubigen Mann mit großer Erfahrung, Abt von Lérins und alter Freund von Yves le Breton. Allerdings war es dem Franzosen nicht gelungen, die Abtei in Besitz zu nehmen, er war sogar gezwungen worden zu fliehen. Wie man hörte, war er in Viterbo, wo er Papst Clemens und Charles d'Anjou getroffen hatte, die auf die Ankunft der Armee warteten.

»Warum trägst du keine Benediktinerkutte?«

»Die Zeit war nicht leicht, ich hatte nichts zu essen, und Mönche sind hier nicht gern gesehen. Ich habe einem Kaufmann das Rechnungsbuch geführt und seine Kinder unterrichtet.«

»Und die Geschichte mit dem Schatz des Teufels?«

»Wie schon gesagt, ich war betrunken und erinnere mich an nichts.«

»Viele haben dich davon reden hören. Soll ich glauben, dass der Teufel von dir Besitz genommen hat?«

Jacopo da Celano wusste, wenn der Inquisitor ihn als vom Teufel besessen betrachtete, gab es keinen Ausweg mehr. Weiter zu leugnen würde die Sache nur schlimmer machen. Deshalb sagte er: »Ich habe dieses Buch nicht gelesen, ich habe es noch nicht einmal gesehen! Ich habe nur Teodino davon sprechen hören.«

»Weiter«, murmelte Berengario leise.

»Es war eines Abends in der Abtei, bevor unsere Beziehung sich verschlechterte. Teodino vertraute mir an, dass er in der Bibliothek einige Bücher wegen seiner medizinischen Tränke konsultiert habe und dabei eine Ausgabe des *Thesaurus diaboli* gefunden habe.«

»Das war der Titel?«

»Ich weiß nicht genau, mehr hat er nicht gesagt.«

»Und was hat es mit dem Schatz auf sich?«

»Das weiß ich nicht, er meinte nur, er würde unbesiegbar machen.«

»Unbesiegbar?«, wiederholte der Inquisitor.

»Genau, daran erinnere ich mich. Er erzählte auch die Geschichte der Frau der Apokalypse, die auf dem Tier sitzt.«

»Die Frau der Apokalypse?«

»Ja, so hat er es gesagt, und ich werde es nie vergessen. ›Und die Frau war bekleidet mit Purpur und Scharlach und geschmückt mit Gold und Edelsteinen und Perlen und hatte in ihrer Hand einen goldenen Becher, voll von Gräueln und die Unreinheit ihrer Hurerei, und auf ihrer Stirn war geschrieben ein Name, ein Geheimnis: Das Große Babylon, die Mutter der Huren und aller Gräuel auf Erden.‹«

Er hatte eine Passage aus der Apokalypse zitiert, und die Art, wie er die Frau beschrieben hatte, ließ vermuten, dass er von diesem dämonischen Bild fasziniert war. Es gab keinen Zweifel: Der Mann war eindeutig ein Benediktinermönch. Berengario, der unlängst im Kloster San Giacomo in Paris studiert hatte, um sich auf das schwere *officium* vorzubereiten, hatte auch verbotene Texte und Bücher der Ungläubigen lesen müssen, aber eines, das vom Schatz des Teufels und einem Weib auf einem wilden Tier berichtete, war ihm neu. Besorgniserregend war nicht nur, dass sich ein solcher Text in einer der wichtigsten Abteien der Christenheit verbarg, es gab in diesem Moment noch weitaus mehr, das ihn gefährlich machte. Er musste alle Informationen sammeln, die er bekommen konnte. »Hat er angedeutet, wo es in der Bibliothek zu finden ist? Stand es zwischen den Büchern über die medizinischen Aufgüsse?«

»Nein, mehr hat er nicht gesagt, es war ein kurzer Moment der Vertrautheit, den er später bereut haben muss.«

»Wie kommst du darauf?«

»Er hat mir einen Tee eingeflößt, der mich fast getötet hätte.«

»Mit Absicht?«

»Ich weiß es nicht. Vielleicht nicht, sonst wäre ich nicht hier: Er ist ein Fachmann auf dem Gebiet der Kräuterkunde. Wenn er mich wirklich hätte umbringen wollen, hätte er es getan. Aber damals habe ich es vermutet, und daran ist unsere Beziehung zerbrochen. Ich habe ihn bei der Wahl zum Abt nicht unterstützt, deshalb musste ich die Abtei verlassen. Er ist ein rachsüchtiger Mann.«

Berengario war besorgt. Ein falscher Abt, der auch ein Häretiker und Giftmörder war. Er stand auf. Seine Zeit weiter mit dieser Person zu vergeuden war nutzlos.

»Ich nehme in dir die Verlockungen des Bösen wahr. Du hast deine Kutte abgelegt, die Kirche und den wahren Glauben verraten. Du hast dich hier unter den Häretikern versteckt, und sicher bist du auch einer von ihnen geworden.

Du bleibst in Gefangenschaft, bis die Flammen dich gereinigt haben.«

Dann wandte er sich zur Tür, ohne sich um Jacopos Geschrei zu kümmern.

»Vater, im Namen des Herrn, bleibt stehen. Ich bin ein gläubiger Christ.«

Vorerst würde er ihn nicht verbrennen lassen, schließlich konnte er ihm als Zeuge noch nützlich sein. Jetzt aber musste er sofort den Magister informieren.

Kapitel 2

Die Abtei

Abtei von Montecassino, 14. Januar 1266

Als Letztes versuchte es das Böse mit Hochmut. Es wusste, dass auch die Perfekten, nachdem sie alle Laster überwunden hatten, für diese Schwäche anfällig blieben: Es vergaß nicht, dass es eben jener Hochmut war, der ihn, Luzifer, und so viele andere Engel aus dem Himmel gestürzt hatte.«

Der Singsang des vorlesenden Mönches hallte vom erhöhten Lesepult durch die Stille des *refectoriums*. Der große Saal mit der Kassettendecke wurde vom Sonnenlicht erhellt, das durch die zahlreichen bleigefassten Fenster ins Innere fiel. Es war Non, die neunte Stunde, und die Mönche nahmen die einzige Mahlzeit zu sich, die die Regel der Benediktiner für diese Jahreszeit, von Mitte September bis zur Fastenzeit, vorsah. Zwei gekochte Speisen und, falls vorhanden, zusätzlich frisches Gemüse oder Obst. An diesem Tag hatten die Mönche in der Küche eine Suppe aus Kichererbsen und Hühnchen zubereitet, die mit Brot und etwas Rotwein, vermischt mit heißem Wasser, serviert wurde.

Der lange Eichentisch war kaum besetzt. An ihm hatten einst hundert Mönche Platz gefunden, inzwischen waren sie nicht mehr als zwanzig. Die goldene Ära der Abtei war vorüber, auch wenn es mehr Mönche waren als deren acht zur Zeit Friedrichs.

Am Ende des *refectoriums*, an der dem Eingang zum Kreuzgang gegenüberliegenden Seite, stand in einer Apsis der Tisch des Abtes. Teodino di Capistrello zog es im Allgemeinen vor, im Kreis seiner Mönche zu speisen, aber jüngst hatten die zahlreichen Gäste, benediktinische Mitbrüder aus der fernen Abtei San Michele, etwas mehr Privatsphäre verlangt. Offensichtlich fühlte er sich dem Schweigegebot während der Mahlzeit nicht verpflichtet und fand die Gespräche mit dem Ältesten unter ihnen, dem Bibliothekar Guglielmo di Chambéry aus dem Piemont, ausgesprochen anregend. Er war ein schon betagter Mann, mindestens fünfzig, mittelgroß, mit grünen Augen und Sommersprossen. Die wenigen Haare und der kurze Bart waren vollständig weiß. Begleitet wurde er von Enrico d'Ivrea, einem jungen, aber bereits im ganzen Benediktinerorden für seine prächtigen Illustrationen berühmten Schreiber, und von einem Novizen namens Jean d'Annecy. Sie waren vor einigen Monaten, Anfang Oktober, in Montecassino angekommen, hatten ihnen als Geschenk eine wertvolle Kopie der *Etymologiae* des Isidor von Sevilla überreicht und sie um Erlaubnis gebeten, zwei Werke aus der Bibliothek kopieren zu dürfen: *De signis coeli* von Beda Venerabilis mit vierzig Zeichnungen von Sternenkonstellationen und eine sehr alte Landkarte, die die gesamte bekannte Erde und ihr Straßennetz von der Insel Thule über die Säulen des Herakles bis hin zur Insel Taprobana abbildete.

Teodino hatte begeistert zugestimmt, und Enrico d'Ivrea hatte sich im menschenleeren *scriptorium* ans Werk gemacht. Guglielmo besuchte ihn oft und studierte lange und intensiv die Pergamentrolle mit der Karte aus der Römerzeit. Der Bibliothekar würde allerdings nicht bis zur Fertigstellung der Kopie bleiben, sondern bereits im Frühjahr mit dem Novizen abreisen.

Der Abt war sowohl von dem Geschenk als auch von ihrem Besuch an sich begeistert. Als Kräuterkundiger hatte er Isidor von Sevilla natürlich gelesen, der das vierte Buch seines Werks der Heilkunde gewidmet hatte, aber das Werk, das er nun in Händen hielt, war mit seinen außergewöhnlichen Illustrationen das schönste, das er je gesehen hatte. Noch bedeutender indes war, dass Guglielmo di Chambéry es ihm persönlich überreicht hatte, war der Bibliothekar doch dafür bekannt, San Michele niemals verlassen zu haben. Die lange Reise bis zur großen Abtei im Süden war für den Benediktinerorden somit ein größerer Vertrauensbeweis als das Dekret eines verstorbenen Papstes oder der Verrat an der Sache der Staufer durch den Markgrafen von Montferrat. Die Mitbrüder wurden deshalb mit allen Ehren empfangen und teilten den Tisch mit dem Abt.

Der Tischleser fuhr mit der Lesung des Textes von dem Priester Johannes Cassianus fort, den er für diesen Tag ausgewählt hatte: »Es ist also dem Orden vorbehalten, wie es das Evangelium des Lukas zeigt, den Zusammenhang zwischen den Versuchungen, die der so schlaue Feind beim ersten und beim letzten Adam versucht zu erkennen. Der Verführer sagt dem ersten Adam: ›Eure Augen werden aufgehen‹, dem zweiten zeigt er alle Königreiche der Welt und ihre Macht. Zum ersten sagt er: ›Ihr werdet sein wie Gott‹, zum zweiten: ›Denn du bist der Sohn Gottes.‹«

Teodino, groß und hager, mit dunklen Augen und einem eingefallenen, von Pockennarben aus seiner Jugendzeit übersäten Gesicht, wandte sich an Guglielmo di Chambéry: »Findest du nicht, dass Cassianus von unserer Zeit spricht?«

Der Mitbruder kaute langsam weiter auf einem Stück Hühnchen, schluckte es hinunter und antwortete: »Der Teufel hat unseren Herrn in Versuchung geführt, indem er in ihm die Schwächen der Menschen aufdecken wollte, wie er es auch bei Adam getan hat. Aber offensichtlich hat er keine gefunden. Der ›schlaue Feind‹, wie ihn Cassianus nennt, setzt trotzdem weiterhin auf diese Versuchungen. Über unserer Zeit liegt ein dicht geknüpftes Netz seiner bösartigen Verlockungen, und nur wenige haben die Kraft, sich nicht darin zu verfangen.«

Der Abt nickte und meinte: »Wir alle sind Sünder, aber der Herr hat uns einen heiligen Führer geschickt, unseren Gründervater Benedikt von Nursia. In diesen schwierigen Zeiten nach seiner Regel zu leben erlaubt es uns, in unserer Unvollkommenheit die Kraft zu finden, den Feind in den tausend Jahre währenden Abgrund zu stoßen.«

»Stimmt, der tausend Jahre währende Abgrund … Allein bei der Vorstellung wird mir schon schwindlig.«

Guglielmo di Chambéry schwieg, als wäre er in Erinnerungen an eine weit zurückliegende Vergangenheit versunken. Die Frage des Abtes ließ ihn zusammenzucken.

»Wie stellst du dir diesen Abgrund vor?«

»Rot wie Blut.«

»Nicht schwarz wie der Satan?«

»Wer hat dir gesagt, dass Satan schwarz sei? Als Meister der Täuschung kann er alle Formen und Farben annehmen. Er steht vor dir, und du erkennst ihn nicht, weil er sich dort versteckt, wo du ihn am wenigsten vermutest, sogar in dir selbst.«

Er sah Teodino direkt in die Augen, woraufhin dieser den Blick senkte.

Der Abt trank einen Schluck Wein und antwortete dann: »Sicher. Satan kann überall sein, sogar in der Kirche Gottes. Denk an die Dominikaner und ihre Inquisition. Du warst dein Leben lang in San Michele und hast nicht gesehen, zu was sie fähig sind. Aber ich habe es leider erlebt. Sie nennen es *officium,* aber es geht nur darum, in allem, was gegen die Interessen ihrer Herren verstößt, das Werk des Teufels zu sehen, und ihren langen Zungen, ähnlich denen von Schlangen, gelingt es sogar, Folter, Scheiterhaufen und Grauen zu rechtfertigen. Sie geben sich als Bettler aus, gieren aber nach Macht und den Werkzeugen des Bösen.«

Bei diesen Worten ließ Enrico d'Ivrea den kostbaren gläsernen Weinkelch fallen, der auf dem Steinboden zerschellte. »Es tut mir leid …«, stammelte er leichenblass.

Er bückte sich, um die Scherben aufzulesen, während einer der Mönche, der für die Mensa zuständig war, schon herbeigeeilt kam.

Fassungslos schüttelte Teodino den Kopf und wandte sich an den kauernden Kopisten: »Auch ein Kopist sollte sich mit der Realität vertraut machen, um sie beschreiben zu können. Eine Weltkarte zu kopieren wird dazu nicht ausreichen.«

»Es ist ein wahrlich außergewöhnliches Werk«, schaltete sich Guglielmo di Chambéry ein. »Ich bin erstaunt, dass die Straßen, die auf dem Pergament eingezeichnet sind, noch heute existieren, wie etwa die Via Latina, auf der wir zu euch gereist sind.«

Teodino antwortete selbstsicher. »Es handelt sich um das römische Straßennetz. Sicher ist das Werk außergewöhnlich, aber man könnte es verbessern.«

»Inwiefern?«

Der Abt schien zu zögern. Doch dann überwog sein Drang, seinen Gast zu beeindrucken. »Es könnte sein, dass es nicht vollständig ist ...«

»Wie kommst du darauf?«

Sogleich schien sich Teodino wie eine Schnecke, die man am Fühler berührt hatte, in sich zurückzuziehen. »Nichts, nichts ... Allein der Glaube lässt mich daran zweifeln, dass Gottes Gnade auf einem so kleinen Pergament Platz findet.«

Guglielmo verstand, dass das Thema für ihn beendet war, und schaute zu Enrico, der wieder seinen Platz am Tisch eingenommen hatte: »Der Bibliothekar und der Kopist einer Benediktinerabtei können sich glücklich schätzen. Sie werden mit dem Elend der Welt nur durch Bücher konfrontiert und können sich davon abwenden, indem sie sie einfach zuklappen.«

»Wenn du in San Michele geblieben wärst, hättest du den Rauch der brennenden Scheiterhaufen im Tal sehen können. Das einfallende Heer wird von Dominikanern begleitet, die ihren Weg von der Provence bis nach Rom mit Flammen gezeichnet haben. Jetzt stehen sie an der Grenze zu den Gebieten unseres guten Königs Manfred und bereiten sich darauf vor, uns anzugreifen.«

»Dann können wir auch von hier bald den Rauch der Scheiterhaufen sehen?«

Etwas in Guglielmos Tonfall beunruhigte Teodino, der entschlossen antwortete: »So weit wird es nicht kommen. Manfreds Heer ist weitaus stärker als das von Charles und wartet nur darauf, dass sie vorrücken, um sie zu zerschlagen. Im Frühjahr, auf deiner Rückreise nach San Michele, wirst du auf ihre unbestatteten Überreste stoßen.«

»Ich habe gehört, dass in Manfreds Heer auch Ungläubige kämpfen.«

»Ja, Muslime aus Lucera, einer Stadt in Apulien, wohin Friedrich sie nach einer Revolte vor etwa zwanzig Jahren aus Sizilien verbannt hat. Seitdem haben sie sich immer untadelig verhalten, waren dem Kaiser und seinen Nachkommen stets ergebene Untertanen. Der Herr möchte, dass sie die Herde gegen gefräßige Wölfe verteidigen, die sie angreifen. Und dann, wer weiß, werden sie eines Tages vielleicht zum wahren Glauben finden.«

Der Bibliothekar machte ein skeptisches Gesicht. »Früher haben die Sarazenen diese Abtei angegriffen und geplündert, ebenso wie die von San Vincenzo, alle Mönche wurden grausam getötet. Sie hatten sich an der Küste angesiedelt, und es brauchte ein vom Papst persönlich angeführtes Heer, um sie auszurotten. Ist es nicht riskant, sie wieder auf diese Ländereien zu lassen? Zudem dürften es recht viele sein. Wird Manfred sie im Zaum halten und daran hindern können, weitere Grausamkeiten zu begehen?«

»Die Ereignisse, von denen du sprichst, sind Jahrhunderte her, diese Sarazenen sind ganz anders. Sie sind hier, um uns zu verteidigen, nicht um uns anzugreifen.«

»Sie sind schon hier?«

»Ja, im Tal, ihr Lager liegt unweit von San Germano.«

»Wie viele sind es?«

»Die genaue Zahl kenne ich nicht, aber ich weiß, das Lucera unserem König weitere fünftausend Männer an die Seite stellen kann.«

»Zu viele …«, entgegnete Guglielmo erstaunt. »Es gibt sicher gute und schlechte Sarazenen, wie es auch gute und schlechte Christen gibt. Dennoch bin ich überzeugt davon, dass in jedem Sarazenen ein Feind unseres Glaubens steckt, selbst wenn er vorgibt, unser Freund zu sein, weil es ihm genehm ist. Er wird nie zu unserem Glauben übertreten.«

Teodino lächelte verständnisvoll: »Guglielmo, du warst immer in San Michele und hast nie einen Sarazenen kennengelernt. Alle, die ich getroffen habe, waren auf ihre Art frommer als viele Christen. Wenn sich die Gelegenheit ergibt, werde ich dir einen von ihnen vorstellen.«

Der Bibliothekar wollte gerade etwas entgegnen, als der Pförtnermönch mit ernstem Gesichtsausdruck an ihren Tisch trat.

Nach der letzten Kurve erhob sich das massive Bauwerk der Abtei vor den Reitern. Das Eingangstor des Benedikt-Turms stand offen, einige Mönche hielten sich zu ihrem Empfang bereit.

Riccardo di Sanseverino, Graf von Caserta, fragte sich, wie sie von ihrer Ankunft erfahren hatten, auf dem langen Anstieg hatten sie niemanden angetroffen. Er sagte sich, dass zwanzig Reiter nicht unbemerkt bleiben konnten, dass die erlittenen Angriffe auf die Abtei die Bewohner aufmerksam gemacht hatten und die Pilgerpfade zwar schmal waren, aber schneller zum Ziel führten als der Weg, den sie genommen hatten.

Er hatte erwartet, dass es kälter sein würde, aber auch hier, wie in San Germano, hatte die Sonne den Frühling schon eingeläutet, und der wenige Schnee, der von Weihnachten übrig geblieben war, schmolz dahin. Sicher würde die hohe Feuchtigkeit in der Abtei ihm wie üblich eine schmerzhafte Migräne bescheren, aber damit hatte er gerechnet. Außerdem war er bereits sechsundvierzig, und der lange Ritt hatte ihn erschöpft.

Das Gebäude vor ihnen, mit den hohen Mauern und den steinernen Türmen, glich eher einer Festung als einem Ort des Gebets. Der höchste Punkt, der Glockenturm der Basilika, die von Benedikt von Nursia erbaut und von Abt Desiderius mit großem Prunk wiederaufgebaut worden war, demonstrierte, dass der steinerne Koloss die Schatztruhe einer der ältesten und verehrtesten Abteien der Christenheit in sich barg.

Die legendären Reichtümer von Montecassino waren im

gesamten Komplex zu erkennen. Der Graf erinnerte sich an das große Bronzeportal der Kirche, das auf Geheiß von Desiderius in Konstantinopel gegossen worden war und in der alle Besitztümer, die die Abtei im Laufe der Jahrhunderte angesammelt hatte, eingraviert waren.

Eine viel zu wichtige Beute, um sie dem Feind zu überlassen. Deshalb hatte sein Schwager Manfred immer dafür gesorgt, einen Abt seines Vertrauens wählen zu lassen, der dann prompt vom Papst wieder abgesetzt wurde. Abt Riccardo war von Papst Alexander IV. wegen seiner Anwesenheit bei Manfreds Krönung in Palermo abgesetzt worden, sein Nachfolger Teodino war von Papst Urban IV. des Amtes enthoben worden.

Ebenjener Abt, spindeldürr und hochgewachsen, stand nun zwischen den Mönchen und erwartete den Grafen.

Welch eine Ehre, dachte Riccardo.

Die Aufnahme von Gästen wurde in der heiligen Benediktinerregel genauestens vorgeschrieben. Der Besucher sollte wie Christus selbst empfangen werden, denn er würde eines Tages sagen: »Ich war fremd, und ihr habt mich aufgenommen.« Riccardo stieg vom Pferd, der Abt segnete ihn, und der Pförtner und der Kellermeister intonierten ein Vaterunser, in das die Neuankömmlinge einstimmten. Nach dem Gebet küsste Teodino als Zeichen der Gemeinschaft alle Gäste auf den Mund. Eine Fußwaschung gab es aber nicht. Die Pferde wurden von den Knechten in Empfang genommen, der Abt ging gemeinsam mit dem Grafen durch das Tor, und sie bogen in den langsam ansteigenden Gang unter dem Turm ein. Die anderen reihten sich jeweils zu zweit hinter ihnen ein, wie bei einer Prozession.

Teodino wartete nicht, bis sie allein waren, sondern fragte Riccardo sogleich leise: »Gibt es Neuigkeiten? Ich habe dich heute nicht erwartet.«

»Nichts Besonderes. Die Franzosen sammeln sich nördlich von Ceprano. Ich habe die Verteidigung von San Germano und Rocca Janula kontrolliert und dann beschlossen, dich hier oben zu besuchen und dir einige meiner Männer zum Schutz der Abtei zu überlassen.«

»Sind wir denn in Gefahr?«

Der Graf antwortete nicht, aber seiner Geste nach würden sie ihr Gespräch später fortsetzen. Sie standen jetzt auf dem Platz vor einer breiten Treppe zwischen den beiden Türmen, die ins *paradisum* führte, den Hof der Basilika, von dem man die vier frontalen Säulen auf quadratischen Sockeln sehen konnte.

Am Fuß der Treppe standen weitere Mönche, darunter die Gäste aus San Michele.

Teodino stellte sie vor. »Graf, das sind die Mitbrüder aus der Abtei San Michele: Guglielmo di Chambéry, Dekan und Bibliothekar der Abtei. Und Enrico d'Ivrea, einer der besten Illustratoren unseres Ordens. Brüder, das ist Graf Riccardo di Caserta, Generalkapitän und Heerführer unseres guten Königs Manfred. Ihm hat er den Schutz seiner Reichsgrenzen anvertraut, zusammen mit einigen seiner besten Ritter.«

Die Mönche verbeugten sich, Riccardo und seine Männer taten es ihnen gleich.

»Ich nehme an, Ihr wollt euch stärken. Wir beenden gerade unser bescheidenes Mahl, und es wäre uns eine Ehre, wenn Ihr euch uns anschließen würdet.«

Riccardo lächelte. »Ich hatte schon Angst, ich komme zu spät.«

Nach der Komplet waren der Abt und der Graf endlich allein. Sie saßen im ersten Stock des Eingangsturms, in Teodinos Gemach, das früher dem heiligen Benedikt gehört hatte.

»Es tut mir sehr leid wegen deiner Tochter«, begann der Abt, »wir haben alle für sie gebetet.«

Riccardo atmete tief durch und flüsterte dann: »Ich danke dir.«

Die kleine Sygfridina hatte ihre Mutter, die im Kindbett gestorben war, nicht lange überlebt. Teodino hatte der frühe Tod der Gräfin Violante von Hohenstaufen sehr getroffen. Er hatte sie als Bischof von Acerra kennengelernt und war, wie alle, fasziniert von ihr gewesen. Manfreds Schwester war die Tochter von Stauferkönig Friedrich und Bianca Lancia. Man hatte sie mit Riccardo verheiratet, um die Verbindung zwischen dem Haus Staufen und dem normannischen Grafen von Caserta zu stärken. Sie hatte von ihrem Vater die Neugier, die Leidenschaft für die Kultur und eine große Entschlossenheit geerbt, von ihrer Mutter deren außerordentliche Schönheit; all diese Gaben waren auch auf den Erstgeborenen Corrado übergangen, den fünfzehnjährigen Erben der Grafschaft.

Riccardo hatte der Verlust schwer getroffen. Um sich zu

trösten, hatte er sofort die Tochter des Herzogs von Spoleto, Berardessa geheiratet, aber sie war nur eine hässliche Kopie Violantes.

»Sygfridina ist bei Gott und ihrer Mutter. Du solltest nicht traurig sein«, tröstete ihn der Abt.

Der Graf biss die Lippen zusammen und entgegnete: »Die Zeiten sind schwer. Erst Violante, dann Sygfridina, jetzt die Franzosen. Manfred hatte sich Unterstützung von unseren Verbündeten in der Lombardei und der Toskana erwartet. Stattdessen hat Oberto Pallavicino einen Angriff gescheut, während Guido Novello, der kaiserliche Legat von Pisa, Charles d'Anjou hat entwischen lassen, als dieser mit nur drei Galeeren im Hafen von Pisa angekommen ist. Es ist an uns, sie aufzuhalten.«

»Wo ist Manfred?«, fragte Teodino.

»In Capua. Er hat das Heer aus Sizilien und den Marken bei Ancona zurückgerufen, aber ich weiß nicht, ob sie rechtzeitig hier sein werden. In San Germano sammeln sich die Sarazenen aus Lucera und deutsche Ritter. Morgen kommt Galvano Lancia nach Ceprano, um die Grenze entlang der Liri und Rocca d'Arce zu sichern.«

»Warum lässt du uns Männer hier? Welche Gefahr droht uns?«

»Womöglich kommen die französischen Angreifer über die Bergpfade. Unter ihnen sind viele Überläufer, die vom Kaiser und von Manfred verjagt wurden und die Gegend gut kennen. Für sie seid ihr willkommene Beute. Es sind nicht die üblichen Angreifer, und deine Vertrauten könnten nicht ausreichen, um die Abtei zu schützen.«

»Ich danke dir. Sollte ich den Dominikanern in die Hände fallen, kann ich nur auf einen schnellen und schmerzlosen Tod hoffen. Du weißt, dass sie kein Mitleid mit mir haben würden. Ich würde verbrannt werden, weil ich das Dekret des verstorbenen Papstes Urban missachtet habe.«

»Hoffen wir, dass das nicht passiert … Denk nicht weiter darüber nach.«

Dem Abt kam diese Antwort seltsam und schwach vor. Sein Gegenüber wirkte plötzlich müde und alt. Anfangs hatte er das Sygfridinas Tod zugeschrieben, jetzt aber merkte er, dass etwas anderes dahintersteckte. Der Heerführer, dem Manfred den Schutz der Grenzen anvertraut hatte, schien keinerlei Vertrauen in den Sieg zu haben.

Nachdem er den Abt verlassen hatte, trat Riccardo ins Freie und zog die Kapuze seines Umhangs über den Kopf, um sich vor der Feuchtigkeit zu schützen. Die Abtei lag still unter dem funkelnden Sternenhimmel. Nach der Komplet war es bis zur Matutin nicht erlaubt zu sprechen. Das Leben des Mönches sollte zwar ein Wachen auf die Ankunft des Herrn sein, aber besonders im Winter war der Schlaf der Mönche großzügig bemessen.

Der Graf wusste aber, dass es noch jemanden gab, der nicht schlief.

Die Kirche San Martino lag neben dem Turm des heiligen Benedikt und sah aus wie eine kleinere Version der Hauptbasilika. Riccardo näherte sich dem Eingang, sah sich prüfend um und strich dann über den Knauf seines Schwertes, das an seinem Gürtel hing. Die Berührung beruhigte ihn, und er betrat die Kirche. Wenn er jemanden getroffen hätte, würde er sagen, er habe nicht schlafen können und sich angesichts der bevorstehenden Schlachten ins Gebet vertieft.

Das Mittelschiff wurde schwach von ein paar Kerzen erhellt, in ihrem flackernden Licht spiegelte sich der prachtvolle vielfarbige Marmorfußboden, auch er eine Imitation des Basilikabodens. Zur rechten Seite im Halbdunkel stand ein Mönch mit hochgezogener Kapuze regungslos vor dem Altar.

Riccardo stellte sich hinter ihn, hielt aber genug Abstand, um sein Schwert ziehen zu können. Der Mönch hatte sich nicht umgewandt, auch wenn er seine Schritte gehört haben musste. Es war der Graf, der das Schweigen brach.

»*Pax vobiscum.*«

»*Et cum spiritu vestro.*«

Der Mann, der ihm als Bibliothekar Guglielmo di Chambéry vorgestellt worden war, drehte sich langsam um.

»Habt Ihr auf mich gewartet, Vater?«

»Ja.«

Mehr hatte ihm der Priester der Kathedrale von San Michele Arcangelo in Caserta nicht gesagt, nur, dass er zur Abtei hinaufsteigen und nach der Komplet in die Kirche San Martino gehen sollte, ohne mit jemandem darüber zu sprechen. Der Graf ahnte, um was es sich handelte: Man wollte ihm ein Angebot machen. Es war nicht das erste Mal, dass das passierte, aber auch eine Falle war nicht auszuschließen.

Deshalb hatte er eine Gruppe Soldaten und sein Schwert bei sich.

Der Mönch fuhr leise fort: »Ich bin Yves le Breton vom Orden der Dominikaner, Großinquisitor des Papstes im Königreich Frankreich. Ich wurde vom höchsten Diener Gottes, Clemens, König Louis von Frankreich und seinem Bruder Charles, König von Sizilien, zu Euch geschickt.«

Für einen Moment war Riccardo sprachlos. Dann murmelte er: »Unglaublich … Wie habt Ihr Euch als benediktinischer Bibliothekar ausgeben können?«

»Ich habe mehr Bücher gelesen als manch benediktinischer Bibliothekar und sicher mehr als Teodino. Der Papst hat mir gestattet, Guglielmo di Chambérys Namen zu verwenden: Er ist etwa in meinem Alter und hat seine Abtei noch nie verlassen. Daher ist es höchst unwahrscheinlich, dass ihn jemand hier kennt. Ich war dennoch zwei Wochen bei ihm in San Michele, damit mir keine Fehler unterlaufen. Ich muss allerdings zugeben, dass ich ihm überhaupt nicht ähnlich sehe.«

»Ihr wart sehr mutig.«

»Ich habe nur bewiesen, dass Teodino ein Dummkopf ist, oder, wenn Ihr so wollt, dass Menschen sich immer von ihren Wünschen leiten lassen. Die Vorstellung, dass eine Delegation aus San Michele ihm ungeachtet des päpstlichen Dekrets ein kostbares Buch als Geschenk überbringt, hat ihn blind gemacht.«

»Ist der andere Mönch ebenfalls ein Inquisitor?«

»Nein, er ist wirklich Enrico d'Ivrea, der berühmte benediktinische Illustrator. Es brauchte jemanden, um ein Buch zu kopieren, damit ich einen Vorwand hatte, bis zur Ankunft von König Charles und meinen dominikanischen Mitbrüdern hierbleiben zu können. So tugendhaft meine Brüder auch sein mögen, zu Kopisten taugen sie nicht. Leider ist er noch recht jung und hält dem Druck nur schlecht stand. Als er Teodino von den Inquisitoren sprechen hörte, hätte er sich fast verraten.«

»Ihr seid Eurer Sache sehr sicher, Vater. Vielleicht zu sicher. Was lässt Euch glauben, dass ich Euch nicht sofort festnehme und Eure wahre Identität dem Abt preisgebe?«

»Das, was ich Euch sagen werde, Riccardo von Caserta. Es ist der Wille Gottes, dass Ihr die Wahrheit kennt.«

»Über was?«

»Über die Frau, die jahrelang Eure Ehefrau war.«

Der Inquisitor zog eine schmale Pergamentrolle aus der Tasche seiner Kutte und reichte sie ihm mit den Worten: »Eine sehr kultivierte Frau. Ihr werdet ihre feine Handschrift erkennen.«

Riccardo war erschüttert. Er nahm das Pergament und ging zu einer der Kerzen hinüber, um es zu lesen. Yves le Breton verharrte weiter im Schatten und wartete.

Mein Bruder,

Gott weiß, dass ich in Dir nie jemand anders gesucht habe als Dich. Ich wollte weder Heirat noch Mitgift – das haben andere für mich entschieden. Auch wenn Ehefrau heiliger und wichtiger klingt, hatte Freundin, Geliebte oder gar Hure einen angenehmeren Klang für mich. Die gemeinsam erlebten Freuden sind so süß, dass deren Vi-

sionen mich auch des Nachts im Schlaf heimsuchen. Selbst während der heiligen Messe, wenn das Gebet am reinsten sein sollte, nehmen die lasziven Bilder dieser Wollust Besitz von meiner Seele, sodass ich mehr an die sinnlichen Freuden denke als an das Gebet. Das, was wir getan haben, die Orte und die Augenblicke sind so tief in meiner Seele eingebrannt, als ob Du immer ein Teil von mir wärst. Trotzdem verspüre ich ein Gefühl der Keuschheit, denn die liegt nicht in einem reinen Körper, sondern in einer reinen Seele. Du bist die einzige Wahrheit meines Lebens. Jetzt, da Du weit weg bist, ist es wunderbar, in mir die Frucht unserer Liebe wachsen zu spüren. Wir warten auf Dich.

Der Graf blieb eine Weile wie erstarrt stehen. Schließlich hielt er das Blatt in eine Kerzenflamme, die es augenblicklich verzehrte. Er wartete, bis die Flammen ihm fast die Finger versengten, erst dann ließ er es zu Boden fallen und schaute zu, wie es gänzlich zu Asche zerfiel. Er war leichenblass. Ohne den Blick von den letzten Funken zu wenden, sagte er mit kaum hörbarer Stimme: »Wie ist das in Euren Besitz gelangt?«

Yves bemerkte, dass er seine Echtheit nicht anzweifelte. Er hatte Violantes Handschrift erkannt, vielleicht hatte er es schon immer gewusst oder zumindest vermutet.

»Eine Nonne hat es unter mehreren Schreiben nach dem Tod Eurer Frau gefunden, sie lagen ganz unten in einer Truhe, unter ein paar Kleidungsstücken. Sie hat die Briefe nie abgeschickt.«

»Von wann stammt er?«

»Ihr fragt mich, ob Corrado nicht Euer Sohn ist oder ob es um Sygfridina ging? Ich weiß es nicht. Vielleicht ist es besser, wenn Ihr es auch nicht wisst.«

»Wo sind die anderen Schreiben?«

»In Viterbo in den Händen des Papstes.«

»Ist es ihr Bruder Manfred, dem sie schreibt?«

»Wer sonst? Sie haben Euch beide betrogen und durch den Inzest auch Gott verraten. Aber das ist nicht alles. Der obszöne Inhalt dieses Briefes offenbart, dass unser ewiger Feind die Seele Eurer Frau und ihres Geliebten verdorben hat. Wenn der Herr sie nicht bereits bestraft hätte, wäre dies unsere Aufgabe gewesen. Wie könnt Ihr jetzt noch für ein Monster wie Manfred in die Schlacht ziehen? Der Papst, König Louis und König Charles vertrauen in Eure Einsicht und sind bereit, Euch in den Reihen der Gerechten aufzunehmen.«

»Wenn der Herr sie bestraft hat, dann vielleicht auch Sygfridina, die Frucht der Sünde. Ich bitte Euch, Vater, kann man aus den anderen Briefen etwas über diese Zeit schließen? Violante schreibt an ihren fernen Geliebten. Wann ist Manfred fortgegangen? Ich kann mich nicht mehr erinnern, wann er für längere Zeit seinem Königreich ferngeblieben ist.«

Der Inquisitor verstand, dass die Vorstellung, sein Erbe könne die Frucht von Inzest sein, ihm Sorge bereitete, und versuchte ihn zu beruhigen. »Wahrscheinlich hat Violante sie erst vor Kurzem geschrieben. Für sie hätte es kaum einen Sinn ergeben und wäre zu gefährlich gewesen, die Briefe fünfzehn Jahre aufzuheben. Zudem ist der Verweis auf die Abwesenheit Manfreds relativ. Auch Orte wie San Germano können von Caserta aus als weiter entfernt betrachtet werden.«

Riccardo nickte wenig überzeugt. Yves wusste, dass da noch mehr war. Der Graf wechselte das Thema. Er hatte sich entschieden. »Was bekomme ich dafür?«

Am Ende des Treffens kniete Riccardo nieder, und der Mönch segnete ihn. Dann bekreuzigte sich der Graf und ging zur Tür. Yves le Breton sah ihm nach, wandte sich schließlich dem Altar zu. Er würde noch ein wenig in der Kirche bleiben. Er begann zu beten, wurde aber von anderen Gedanken abgelenkt. Seine Mission war erfüllt, keinen seiner Auftraggeber würde das wundern. Wie so oft war der Einzige, der gezweifelt hatte, er selbst. Er dachte zurück an jenen Frühlingstag in Paris, als ihm die Aufgabe übertragen worden war.

Kapitel 3

Die Mission eines Inquisitors

Paris, 2. April 1265, Gründonnerstag, morgens

Schnellen Schrittes verließen die beiden Dominikaner das Kloster San Giacomo und wandten sich Richtung Seine. Es regnete nicht mehr, und der kalte Nordwind hatte die Wolken am Himmel vertrieben. Der Inquisitor Frankreichs schaute wie immer zu Boden, um nicht in Unrat zu treten. Neben ihm ging Berengario da Verona, ein großer, dürrer Mann mit Hakennase. Yves fand, er sah seinem alten Meister Mathieu de Bourbon außerordentlich ähnlich. Das galt auch für seinen Charakter, denn er war genauso unerbittlich: nie ein Zögern, nie ein Zaudern. Manchmal beneidete er ihn darum, manchmal sorgte er sich deswegen. Mit den Jahren und der Erfahrung hatte er erkannt, dass Satan sogar den Eifer der Diener Gottes für seine perversen Ziele auszunutzen wusste. Es galt, stets wachsam zu sein, um nicht unwissentlich zum Werkzeug des Bösen zu werden, wie es seinem Meister und vor vielen Jahren auch ihm selbst widerfahren war. Er dachte an den Schüler, den er in diesen schrecklichen Tagen an seiner Seite gehabt hatte, Nicolas de Hannapes, der so ganz anders gewesen war als

Berengario. Er vermisste dessen Enthusiasmus und seine Offenheit.

Als sie nach vier Jahren Aufenthalt in den Kreuzfahrerstaaten mit König Louis nach Frankreich zurückgekehrt waren, hatte der junge Mann ihm offenbart, dass er sich außerstande sähe, das *officium* des Inquisitors auszuführen. Stattdessen bat er um Erlaubnis, in Akkon zu bleiben, um dort zu beten und das Wort Gottes zu predigen. Im Grunde hatte Yves mit dieser Bitte bereits gerechnet und vermutet, dass es nicht die Verbreitung von Gottes Wort allein war, die ihn zu diesem Entschluss gebracht hatte, sondern auch seine Beziehung zu dem jungen Templer Guillaume de Beaujeu. Angesichts der wiederholten Warnungen, den Verführungen des Teufels nicht zu erliegen, hatte Nicolas zwar geschworen, zwischen ihnen sei nie etwas vorgefallen, doch der Inquisitor war geschult darin, Lügen zu erkennen. Erst kürzlich hatte er erfahren, dass sein Schüler Prior des Klosters Akkon geworden war. Wenn er so weitermachte, würde er eines Tages Bischof und, wer weiß, vielleicht sogar Patriarch von Jerusalem werden. Der Herr würde ihm den richtigen Weg weisen.

Im Übrigen war das beschwerliche *officium* anderen Männern vorbehalten, einem wie Berengario da Verona oder Mathieu de Bourbon. Als junger Mann hatte seine Neigung zum Grübeln ihn glauben lassen, er sei nicht geeignet. Aber mit den Jahren hatte er erkannt, dass der Zweifel ein göttlicher Stimulus sein konnte, um hinter die Dinge zu blicken und in der Umsetzung des Auftrags, der ihm von Vater Mathieu noch als junger Mann anvertraut worden war, noch effektiver zu werden: Er sollte die Herde Gottes vor den Nachstellungen des Bösen schützen, sodass sie gemäß dem ersten und wichtigsten Gebot den Herrn mit ganzer Seele lieben konnte. Vielleicht war es dieses Bewusstsein, das die Albträume vertrieben hatte, die ihn als jungen Mann gequält hatten, ihm jetzt aber nur noch selten den Schlaf raubten.

Einige Jungen wühlten in einem stinkenden Müllhaufen. Berengario hielt sich den Ärmel seiner Kutte vor die Nase und rief: »Magister, es ist eine Schande, dass Paris kurz vor Ostern einem Misthaufen gleicht.«

»Stimmt. Und es ist eine Schande, dass diese Geschöpfe Gottes im fauligen Unrat nach Essbarem suchen müssen. Wir sollten uns um die in der Stadt herrschende Brotknappheit kümmern. Denk daran, was der große Verführer zu unserem Herrn gesagt hat: ›Bist du Gottes Sohn, so sprich zu diesem Stein, dass er Brot werde.‹ Und er antwortete ihm: ›Es steht geschrieben: Der Mensch lebt nicht vom Brot allein.‹ Leider sind nicht alle so stark wie er, und der Hunger erleichtert es dem Feind unseres Glaubens, seine Intrigen zu spinnen.«

»Werdet Ihr mit dem König darüber sprechen, Magister?«

»Sicher. Ich werde ihn bitten, den für die Versorgung der Stadt Verantwortlichen sprechen zu dürfen.«

»Glaubt Ihr, dass bei dieser Hungersnot der Teufel seine Hand im Spiel hat?«

»Hinter jeder Unanständigkeit und Ungerechtigkeit dieser Welt steckt der Teufel, Berengario. Daraus leitet sich die grausame und gleichzeitig großartige Natur unseres *officiums ab.* Nichts davon entzieht sich unserer Zuständigkeit. Nichts. Vergiss das nie.«

Unterdessen waren sie an der wie üblich überfüllten Holzbrücke angekommen, die auf die Seine-Insel führte. Sie überquerten sie und kamen an der Kirche Saint-Christophe vorbei. Zu ihrer Rechten waren die zur Notre-Dame führenden Gassen von Marktständen verstellt. Im Hintergrund war die großartige Fassade der Kathedrale mit den Portalen, den Rosetten und den vielfarbigen Statuen zu sehen. Damals, als noch junger Novize in San Giacomo, war Yves oft versucht gewesen, die Stände umzustoßen, dabei hatte er an Jesus und die Händler im Tempel gedacht, aber er hatte es nie getan: Es gab weitaus schlimmere Manifestationen des Bösen, denen er später begegnen sollte. Sie bogen nach links in eine Gasse ein und erreichten die königliche Residenz auf der gegenüberliegenden Seite von Notre-Dame. Die großen Obstbäume vor dem Eingang standen in voller Blüte. Yves wollte das als Zeichen für die österliche Wiedergeburt werten, trotz der schwarzen Wolken, die sich rasch vom Norden her näherten.

Die Wachen am Eingang verbeugten sich vor den Mönchen, der Magister machte das Segenszeichen. Im Hof erwartete sie bereits Philippe de Montfort, Herr von Castres, den Yves gut kannte. Er war der Sohn eines der »legendären Ritter«, die vor fünfzehn Jahren – während des missglückten Kreuzzugs in Ägypten – zur Leibgarde des Königs gehörten. Der Mönch erinnerte sich noch an den Tag, an dem sie beide die einzigen Freien in einem gefangenen genommenenen Heer gewesen waren. Heute weilten der alte Montfort, Herr von Tyros, und Geoffroy de Sargines, Haushofmeister des Königreichs Jerusalem, mit einem französischen Kontingent in Akkon, um die verbliebenen Gebiete der Kreuzfahrerstaaten vor den Angriffen von Sultan Baibars zu schützen – einem weiteren alten Bekannten des Inquisitors.

Der Graf verbeugte sich vor Yves. »Willkommen, Magister, der König erwartet Euch im Wassersaal. Bruder Berengario kann hier bei mir bleiben.«

Yves nickte und machte sich auf den Weg, während eine schwarze Wolke die Sonne verdunkelte.

Kurz darauf betrat der Dominikaner den kürzlich renovierten Saal, von dem aus man die Seine bewundern konnte. Louis saß mit seinem Bruder Charles d'Anjou an einem großen, mit Pergamenten übersäten Tisch. Der König war einundfünfzig Jahre alt, ein Altersgenosse von Yves, aber mit ihm war die Zeit weniger gnädig gewesen. Immer von kränklicher Natur hatte die Zeit ihn gebeugt, die wenigen verbliebenen Haare ließen ihn noch älter wirken. Sein fester Glaube indes war ungebrochen, er hatte sich nie gebeugt, und selbst nachdem der Kreuzzug katastrophal gescheitert war, hatte er nicht aufgegeben, seinen Schwur zu erfüllen und Jerusalem für die Christenheit zurückzugewinnen.

Charles d'Anjous Anwesenheit ließ den Inquisitor vermuten, um was es ging: Das Königreich Frankreich war im Begriff, sich wieder in Bewegung zu setzen. Der Graf von Anjou war zwölf Jahre jünger als sein Bruder, groß, kräftig, mit einer markanten Nase. Er war ehrgeizig und berechnend, aber nicht ohne Mut. Der Inquisitor vermutete allerdings, dass es ihm nicht so sehr darum ging, der Sache Gottes zu dienen, sondern eher um sein ganz persönliches Machtstreben. Nichtsdestoweniger hegte er eine große Wertschätzung für Yves, was vor allem dem ägyptischen Abenteuer zu verdanken war.

Als sie ihn eintreten sahen, standen beide auf. Er wusste, dass sie das für niemanden sonst tun würden, den Papst einmal ausgenommen.

Yves zeichnete ein Kreuz in die Luft und segnete sie. »*Pax vobiscum.*«

Der König antwortete: »*Et spiritu vestro.* Danke, dass Ihr gekommen seid, Magister.«

Der Mönch trat näher, der König deutete auf einen Stuhl und sagte: »Wie Ihr vorausgesehen habt, hat die Wahl des Papstes Bewegung in die Verhandlungen über das Königreich Sizilien gebracht.«

Yves nickte. Mit dem einige Monate zuvor vom Kardinalskollegium in Perugia neu gewählten Papst Clemens IV. war er gut bekannt. Der alte und kranke Papst Urban IV. hatte sich dorthin zurückgezogen, um nicht von Manfred gefangen genommen zu werden. Der neue Pontifex, Gui Foucois, hatte erst vor wenigen Jahren und im fortgeschrittenen Alter die Weihen erhalten, nach dem Tod seiner Frau. Er hatte zwei Töchter. In seinem weltlichen Leben war er oberster Rechtsgelehrter in Südfrankreich, hatte im Namen des Königs Schwüre von Vasallen entgegengenommen und den Inquisitoren Ratschläge erteilt, die später im *Quindecim quaestiones ad inquisitores* veröffentlicht wurden. Louis und Yves hatten ihn immer als Freund betrachtet und seine steile Karriere in der Kirche befürwortet. In weniger als acht Jahren war er erst Bischof von Le Puy, dann Erzbischof von Narbonne, Kardinal von Sabina und schließlich Papst geworden.

Der Mönch verbarg seine Zufriedenheit und sagte nur trocken: »Ich war sicher, dass sich die Situation lösen würde.«

»Man muss aber sagen, Magister, dass er noch nicht alles umgesetzt hat, was wir uns von ihm erhofft haben. Er hat die Einsetzung von Charles als König von Sizilien zwar bestätigt, achtete jedoch darauf, den ihm von Papst Urban übertragenen Sitz als Senator in Rom auf nur drei Jahre zu begrenzen und den Zusammenschluss des Königreichs mit anderen Territorien zu verbieten. Er hat allerdings Milde gegenüber allen garantiert, die teilnehmen wollen. Es wird ein echter Kreuzzug, auch wenn er nicht direkt ins Heilige Land führt.«

Yves war eine leichte Enttäuschung über die Entscheidungen des alten Freundes nicht entgangen. Deshalb bemerkte er: »Er war sein Leben lang ein Mann des Gesetzes, und ganz im Gegensatz zu Männern des Glaubens sind sie es gewohnt, Kompromisse zu schließen. Seine Entscheidungen sind also das Ergebnis eines Kompromisses.«

»Wie immer habt Ihr den Nagel auf den Kopf getroffen, aber unser Herr ist kein Vermittler.«

Der Inquisitor hob nur kurz die Augenbrauen, woraufhin Louis rasch hinzufügte: »Sicher, Magister. Ich verstehe … Wir werden die Entscheidung des Papstes akzeptieren, und Charles wird unmittelbar nach Ostern nach

Marseille reisen. Er wird mit dem Schiff nach Rom übersetzen, während Robert von Flandern und Philippe de Montfort das Heer auf dem Landweg führen werden.«

»Sehr gut, Sire.«

»Wir haben nach Euch geschickt, weil wir eine heikle Mission vor uns haben und sofort an Euch gedacht haben«, fügte der König hinzu.

»Der Angriff gegen das Königreich wird kein Spaziergang werden. Manfred verfügt über mehrere Tausend Männer, darunter zahlreiche deutsche Söldner und Sarazenen aus Lucera. Vor allem die Ungläubigen werden auf Leben und Tod kämpfen, im Bewusstsein dessen, was sie bei einer Niederlage erwartet. Und deshalb ist es unabdingbar …«, er hielt kurz inne, als ob er nach Worten suchen müsste, »den Angriff gut vorzubereiten. Mit dem Schreiben, in dem er uns seine Entscheidungen mitgeteilt hat, hat uns der Papst auch das hier geschickt.«

Der König nahm ein Pergament vom Tisch und reichte es ihm. Während Yves las, sprach Louis weiter: »Das ist einer dieser Briefe voller Obszönitäten, die Manfreds Schwester an ihren Geliebten geschrieben hat, den sie ihren ›Bruder‹ nennt. Sie behauptet auch, schwanger zu sein. Sie verstarb vor einigen Monaten bei der Geburt eines kleinen Mädchens. Einige ihrer schriftlichen Aufzeichnungen wurden von einer Nonne am Boden einer Truhe unter einigen Kleidungsstücken gefunden. Und ein gläubiger Ordensmann, der noch nicht von Manfred verdorben worden ist, hat sie dem Papst in die Hände gespielt.«

Nachdem der Mönch den Brief zu Ende gelesen hatte,

verzog er verächtlich das Gesicht. Er schaute zum König und sagte: »Vom Sultan von Lucera kann man nichts anderes erwarten als diese Schweinereien.«

»Violante von Hohenstaufen war die Ehefrau eines der mächtigsten Feudalherren des Reiches, Graf Riccardo von Caserta. Als Junge war er Friedrichs Geisel, wurde dann später mit der Tochter verheiratet, die Friedrich mit einer seiner Kurtisanen – übrigens auch Manfreds Mutter – hatte. Eine sehr schöne Frau, wie es heißt. Wenn der Graf von diesem betrügerischen Inzest erfährt, könnte er sich auf unsere Seite schlagen und viele Barone mit ihm. Er hat schon öfter die Seiten gewechselt. Nach dem Tod des Kaisers war er zuerst mit Manfred verbündet, dann mit Konrad, nach dessen Tod ging er zum Papst, und schließlich kehrte er zu Manfred zurück.«

»Ein Mann, der es gewohnt ist, andere zu verraten …«, urteilte Yves, ohne seine Verachtung zu verbergen.

»Sicherlich. Aber tatsächlich wurde er verraten, und zwar vom König und seiner Frau.«

»Und ich soll nun Riccardo di Caserta davon überzeugen, Manfred zu betrügen?«

Louis nickte und blickte zu Charles, der hinzufügte: »Genau darum wollen wir Euch bitten, Magister, aber da ist noch etwas. Vor einigen Monaten, nach langen Jahren des Krieges, habe ich endlich den Markgrafen von Montferrat überzeugt, sich von Manfred abzuwenden und auf unserer Seite zu kämpfen. Das eröffnet uns den Zugang zur Po-Ebene und auch zur großen Benediktinerabtei San Michele. Wir dachten, dass Ihr mit der Hilfe Gottes und des Papstes die Identität eines Benediktinermönchs annehmen könntet, um Euch in Montecassino einzuschleichen. Auf diese Weise könntet Ihr den Grafen von Caserta treffen und die Vorbereitungen Manfreds beobachten. Diese Abtei dominiert das einzige Tal, das von Süden nach Rom führt. Dort müssen wir hindurch, und das weiß ohne Zweifel auch unser Feind.«

Yves war nicht vollends überzeugt. »Entschuldigt, Graf. Die Idee, den Brief gegen Manfred zu benutzen, erscheint mir hervorragend, und wie immer bin ich bereit, der Sache Gottes zu dienen, aber ich denke, wir müssen unseren Plan noch verfeinern. Was, wenn mich jemand erkennt? Es gibt einige grundlegende Unterschiede zwischen einem Dominikaner und einem Benediktiner. Und wie soll ich mit Riccardo in Kontakt treten? Wie soll ich Euch die Informationen über Manfreds Truppen zukommen lassen?«

König Louis lächelte.

»Genau deshalb seid Ihr hier, Magister. Wir sind uns sicher, dass wir mit Eurer Hilfe Antworten auf all diese Fragen finden werden.«

Abtei Montecassino, 15. Januar 1266, vor der Matutin

Die Benediktiner aus San Michele wohnten nicht wie die anderen Besucher im Gästehaus, sondern in einem großen Gebäude an einem Berghang südlich des Klosters, in dem sich das *dormitorium* der Mönche befand. Guglielmo di Chambéry hatte den Abt von seiner Schlaflosigkeit unterrichtet und ihn eindringlich darum gebeten, in einer Zelle untergebracht zu werden, wo er sich nachts zum Gebet und zur Lektüre zurückziehen konnte, ohne seine Mitbrüder zu stören. Teodino hatte seiner Bitte gerne entsprochen und ihm eine der vielen leer stehenden Zellen überlassen, mit einem kleinen Fenster, von dem aus man die Aussicht nach Süden ins Tal genießen konnte. In der angrenzenden Zelle wohnten Enrico d'Ivrea und Jean d'Annecy.

Seine Schlaflosigkeit war nur ein Vorwand gewesen, um Yves einen abgelegenen Ort zu verschaffen, an dem er ungestört Nachrichten an den Grafen von Anjou verfassen konnte. In einer kleinen Ledertasche wurden die Botschaften dann von Jean im Wald nördlich der Abtei hinter einem Felsbrocken deponiert. Dort wurden sie später von ein paar vertrauenswürdigen italienischen Rittern, die sich als Hirten verkleideten, abgeholt. Nachdem sie aus dem Heer der Staufer verbannt worden waren, hatten sie sich dem französischen Heer angeschlossen. Auch wenn Yves nicht täglich Notizen verfasste, war es nicht ausgeschlossen, dass es dringende Nachrichten für sie gab, sodass Jean jeden Tag bei ihrem geheimen Depot am Felsen vorbeischaute.

Yves hatte die Öllampe in seiner Zelle brennen lassen. Der schwache Lichtschein, der unter der Tür hindurchschien, ließ vermuten, dass er in der Zelle saß und las. Er nahm ein Pergament, ein Tintenfass und eine weiche Feder aus seiner Tasche und legte sie auf das Schreibpult. Noch im Stehen schrieb er ein paar Worte nieder. Er hatte überlegt, ob er seine Nachrichten verschlüsseln sollte, sich dann aber dagegen entschieden. Es war praktisch unmöglich, sie rein zufällig zu finden, und Jean wusste, wie er allzu neugierige Beobachter loswurde. Und wenn nicht, wäre er ohnehin enttarnt und eine Codierung somit nutzlos.

Yves öffnete die Tür einen Spaltbreit und spähte hinaus auf den Flur. Niemand zu sehen. Bald würden sich die Mönche zur Matutin versammeln. Der Inquisitor schlüpfte in die Zelle, in der Enrico und Jean unter dicken Wolldecken schliefen. Beide schnarchten. Sanft schüttelte er den Jüngeren, der mit einem Satz auffuhr und instinktiv nach dem Dolch neben dem Strohsack griff, der ihm als Kissen diente. Ein merkwürdiges Utensil für den Benediktinernovizen Jean di Annecy, nicht aber für den Sohn von Philippe de Montfort, den der König ihm als Eskorte zur Seite gestellt hatte.

»Du musst nicht aufstehen«, raunte ihm Yves zu. »Nimm das und geh, wann immer du kannst.«

Doch der junge Mann war bereits auf den Beinen. Er griff nach der Ledertasche, die der Inquisitor ihm entgegenstreckte, und nickte. Wie schon so oft würde er nach den Laudes in den Wald gehen, um dort Pilze und Heilkräuter zu suchen.

Später an diesem Morgen

Yves spazierte den großzügigen Kreuzgang entlang und genoss das milde Klima, das so anders war als das in seiner französischen Heimat. Während der Laudes hatte er dem Herrn nochmals für den erfolgreichen Ausgang seiner Mission gedankt. Riccardo von Caserta war vor Kurzem in Begleitung von nur zwei Reitern aufgebrochen. Die anderen waren in der Abtei geblieben. Der Inquisitor hatte sich gefragt, ob er sie als Verbündete oder als Feinde betrachten sollte, und beschlossen, Letzteres anzunehmen. Ein Mann, der andere verriet, würde nicht das Risiko eingehen, selbst verraten zu werden.

Jean trat aus dem *dormitorium* und rannte auf ihn zu. Yves warf ihm einen scharfen Blick zu, sein rascher Schritt könnte Aufmerksamkeit erregen. Es war offensichtlich, dass es Neuigkeiten gab.

Als der junge Mann den vorwurfsvollen Blick bemerkte, sagte er leise: »Magister, ich habe eine Nachricht gefunden.«

»Wo ist sie?«

»Oben, in unserer Zelle. Das Pergament ist mit einem Siegel verschlossen.«

»Wo ist Enrico?«

»Im *scriptorium.*«

»Gut. Jetzt geh. Und renn nicht so. Ich komme sofort nach.«

In Parma habe ich einen der Häresie verdächtigen Benediktiner verhört. Er nannte sich Jacopo da Celano. Teodino hat ein Buch über einen Schatz des Teufels, der seinen Worten nach unbesiegbar macht, und über das Weib aus der Apokalypse, das auf dem wilden Tier sitzt. Er hat es in der Bibliothek gefunden, versteckt zwischen den Werken über Heilkunde.

Yves löste den Blick von Berengarios Nachricht. Wie immer hatte sich sein Schüler nicht mit höflichen Floskeln aufgehalten. Er schloss die Augen und spürte die gleiche Verwirrung wie vor vielen Jahren an einem sonnigen Tag in Ägypten. Plötzlich war seine Mission eine andere. Das, was er von Anfang an gespürt hatte, war Realität geworden. Wieder einmal stand er seinem alten Gegner gegenüber: Satan.

Der Herr wollte, dass Jean ihm die gleiche Frage stellte, wie damals Nicolas de Hannapes: »Magister, geht es euch gut?«

Und auch seine Antwort lautete gleich: »Nein, ich denke nicht.«

Er reichte ihm das Pergament. Er würde Jeans Hilfe brauchen. Der junge Mann las und schaute ihn dann an. Obwohl er nicht viel verstanden hatte, war er bereit, jedem Befehl zu folgen. Sein Vater hatte ihm erzählt, dass sein Großvater mit diesem Mönch vor den Toren zur Hölle gestanden hatte, und Jean war entschlossen, das Gleiche zu tun. Kaum mehr als ein Junge war er dennoch ein Ritter und zum Töten ausgebildet.

»Verbrennt das Schreiben«, murmelte der Inquisitor.

Während Jean nach dem Feuerstein griff, die Öllampe entzündete und das Pergament in die Flamme hielt, dachte Yves nach. Teodino hatte ihm bereits das *scriptorium* und die Bibliothek gezeigt, aber dort befand sich kein Buch dieser Art. Er musste es gut versteckt haben, in seinem Zimmer oder in einer dunklen Ecke der Abtei.

Es gab nur eine einzige Lösung. Für die aber würde er warten müssen, bis die Zeit reif war.

Kapitel 4

Das römische Theater

San Germano, 9. Februar 1266, früher Nachmittag

Wie immer war er allein gekommen.

In einen grauen Mantel gehüllt war der Ritter im Schritt durch das Lager der Sarazenen geritten, das zwischen den Ruinen entlang der Via Latina lag, unterhalb des Abteibergs und nicht weit von San Germano entfernt. Alle *asakir* hatten sich anerkennend verbeugt, als sie Umberto di Fondi, Baron von Acquaviva und Haushofmeister des Reiches, gewahr wurden. Früher hatte er zur *familia*, der Leibgarde Kaiser Friedrichs, gehört und war eng mit dem ägyptischen Sultan Baibars befreundet gewesen.

Auf die Ehrenbekundungen hatte er nicht reagiert.

Schließlich erreichte er die Mauern eines verfallenen Gebäudes, das vor tausend Jahren einmal ein Amphitheater gewesen war. An zwei Stangen, die am höchsten Punkt angebracht waren, wehten Manfreds weiße Fahne mit dem schwarzen Adler und die grüne Fahne des Islam. Vor einem der Eingangsbogen wartete Mohamed auf ihn, der Kommandant der zweitausend Bogenschützen aus Lucera, die der sizilianische König zum Schutz San Germanos geschickt hatte. Der Emir verneigte sich und begrüßte ihn auf Arabisch: »*Salam alaikum.*«

Der Ritter lächelte zwar kurz, aber seine Augen blickten voller Trauer. »*Marhaba*, mein Bruder«, antwortete er in der gleichen Sprache.

Sie kannten sich schon lange, bei der Mission in Ägypten vor zwei Jahren war Mohamed an seiner Seite gewesen. Die herausragende Stellung der Sarazenen im Reich war auch dem Einfluss Umbertos auf Manfred zu verdanken, der ihn wie einen Bruder betrachtete. Das hatte dem König seitens der päpstlichen Propaganda zwar den spöttischen Namen Sultan von Lucera eingebracht, ihm aber auch die Treue einer Miliz gesichert, die feindlichen Angriffen eine Wolke aus Pfeilen entgegensetzen konnte.

Mit seinen mittlerweile achtundvierzig Jahren war Umbertos Bart bereits grau und sein Körper nicht mehr der gleiche wie damals, als Stauferkaiser Friedrich ihm die schwierigsten Missionen anvertraut hatte. Dennoch bewies die Leichtigkeit, mit der er vom Pferd stieg, allen, dass man ihn noch immer fürchten sollte.

Während ein *askari* nach den Zügeln griff, bedeutete ihm der Emir, ihn ins Innere des Gebäudes zu begleiten. Nachdem sie einige Treppen erklommen hatten, erreichten sie einen grasbewachsenen Platz, der früher einmal die Arena gewesen sein musste. Umgeben von zerfallenen Steinstufen, waren auf dem Grün einige Zelte aufgebaut. Mohamed schlüpfte in das größte, Umberto folgte ihm. Im Inneren war es heiß, eine Kohlenpfanne brannte, zwei Öllampen spendeten Licht. Sie nahmen auf den Teppichen am Boden Platz. Ähnlich wie jene in Ifriqiya waren sie in Lucera gewebt worden.

»Wie geht es voran?«, fragte Umberto.

»Das siehst du doch.«

»Ihr musstet eure Zelte außerhalb der Stadtmauern aufschlagen.«

»Zwischen meinen Männern und denen des Grafen von Acerra gab es die üblichen … Missverständnisse. Drei Tote. Keiner von meinen Männern. Wir haben beschlossen, uns so weit wie möglich von ihnen fernzuhalten.«

Umberto verzog das Gesicht. Es war nicht das erste Mal, dass so etwas passierte, und es würde auch nicht das letzte Mal sein. Das Fremde, so nah es auch sein mochte, erregte immer wieder Misstrauen, Unwissenheit gebar Feindseligkeit und Gewalt.

»Das tut mir leid. Ich werde mit Tommaso von Acerra sprechen. Und sonst?«

»Wir sind bereit, aber sie sind dreimal so viele wie wir, viele Reiter. Wird sich der König uns anschließen?«

Umbertos Schweigen war beredt genug, und Mohamed fragte: »Sollen wir uns also opfern?«

»Nein, das sollt ihr nicht, und ihr seid nicht allein. Hinter euch, zwischen San Germano und Rocca Janula, stehen dreitausend Mann, darunter tausend deutsche Reiter. Ihr müsst Charles d'Anjou nur lange genug aufhalten, damit wir unsere Truppen aus den Marken und aus Kalabrien sammeln können, dann zieht ihr euch zurück.«

»Warum bist du dann hier?«

»Um nach einer Bestätigung zu suchen.«

»Für Riccardo di Casertas Verrat?« Mohameds Stimme klang nicht überrascht.

»Wie du weißt, hat er die Grenze nicht verteidigt. Vergangene Woche konnte der Feind in Ceprano die Liri überqueren, ohne von unserer Seite auf Widerstand zu stoßen. Giordano d'Agliano wollte sofort angreifen, aber Riccardo meinte, es sei besser zu warten, bis alle den Fluss überquert hätten, um sie im Verband zu attackieren. Doch im Anschluss waren es Riccardo dann doch zu viele Gegner, um einen Angriff zu wagen, und er befahl den Rückzug. Er hat nicht einmal versucht, sie in Rocca d'Acre aufzuhalten, dabei hätte die Stadt ihnen monatelang trotzen können. Aber der Kastellan hat sich gleich beim ersten Angriff ergeben.«

»Hat der Graf sein Verhalten gegenüber dem König gerechtfertigt?«

»Noch nicht. Er hat in Capua nicht haltgemacht, sondern ist in sein Schloss nach Caserta geritten. Er hat ihn wissen lassen, dass er mithilfe seiner Mutter Sygfridina von seinen Vasallen neue Männer rekrutieren wolle.«

Es war allseits bekannt, dass die alte Gräfin den Staufern und dem jungen Corrado sehr zugetan war.

»Was meinst du, du kennst ihn doch gut?«, fragte Mohamed.

»Genau das ist der Punkt, ich kenne ihn zu gut. Als ich ihn das erste Mal traf, war er neun und ich elf. Er war Friedrichs Geisel, nachdem sein Vater Tommaso zusammen mit Ruggero dell'Aquila gefangen genommen worden war.«

»Der dell'Aquila, Graf von Fondi, der Mörder deiner Familie?«

Umberto zögerte, die Erinnerungen waren zu schmerzhaft, seine Vergangenheit voller Toter. »Genau der. Der alte Graf von Caserta war aus dem gleichen Holz geschnitzt wie der Graf von Fondi, und der Kaiser mit seiner guten Menschenkenntnis wusste nur zu gut, dass er nicht ins Heilige Land aufbrechen konnte, wenn zwei Wölfe wie sie frei herumliefen. Bei seiner Rückkehr versuchte er den jungen Riccardo zu zähmen, er behielt ihn bei sich und kümmerte sich um seine Erziehung. Damals habe ich ihn kennengelernt.«

»Dich hatte Friedrich auch aufgenommen.«

»Ja, aber zwischen uns gab es einen Unterschied: Mein Vater war von einem Feind des Kaisers umgebracht worden, sein Vater war eingekerkert worden, eben weil er ein Feind des Kaisers war. Solche Menschen würde er nicht vergessen.«

»Und du vergisst sie auch nicht, Ser Berto.« Mohamed nannte ihn bei dem Namen, unter dem er unter Muslimen bekannt war.

Zu Mohameds Überraschung standen in den Augen des Barons Tränen. Bislang hatte er Umberto immer nur kontrolliert und emotionslos erlebt. Wahrscheinlich lag es an der schmerzlichen Erinnerung an seine ermordeten Eltern. Umberto schluckte; als er weitersprach, war seine Stimme aber fest: »Bevor er nach Ceprano ritt, war er hier in der Gegend. Hast du ihn getroffen? Weißt du, was er hier wollte?«

»Ja, habe ich, aber nur kurz. Er hat Tommaso von Acerra getroffen und ist mit ihm in die Abtei geritten, um dort ein paar Männer zu postieren. Er hatte es eilig, die Grenze zu erreichen, und wollte nicht, dass ich ihn mit meinen Männern begleite. Deshalb hat mich sein Verrat nicht überrascht, unsere Beziehung war nie gut. Er hat im Namen des Königs vor zwanzig Jahren die Revolte gegen mein Volk niedergeschlagen.«

Umberto schaute verwundert: »Wenn er es so eilig hatte, hätte er die Reiter auch allein in die Abtei schicken können.«

»Das habe ich mir auch gedacht. Vielleicht kann der Abt dir weiterhelfen, auch wenn er sehr beschäftigt zu sein scheint. Gerüchten zufolge, sollen wichtige Gäste aus einem Kloster im Norden in San Germano sein.«

»Aus dem Norden … Woher genau?«

»Das weiß ich nicht, aber wie es scheint, bleiben sie mehrere Monate in Montecassino, und der Abt überschüttet sie mit Ehrbezeugungen und Aufmerksamkeit.«

Mehr brauchte Umberto nicht zu wissen. Er hatte Manfred immer gesagt, dass Teodino di Capistrello kein guter Abt war, aber dass er so naiv sein würde, hätte selbst er nicht gedacht. »Ich denke, ich werde der Abtei einen Besuch abstatten und mir die Gäste etwas genauer anschauen.«

»Eine gute Idee. Ich begleite dich mit hundert meiner *asakir.*«

Umberto zog die Augenbrauen hoch. Mohamed wusste, dass er sich lieber auf sich selbst verließ.

»Riccardo hat dort oben mindestens zwanzig seiner Ritter postiert«, gab der Emir zu bedenken, »du kannst nicht allein dorthin. Auf der Suche nach Beweisen findest du vielleicht sogar den Tod.«

Der Baron hatte verstanden, änderte seinen Plan aber trotzdem nicht. »Ich möchte, dass du hierbleibst. Ich reite nach San Germano und nehme mir ein Dutzend Deutsche mit. Das wird genügen.« Dann stand er auf und verabschiedete sich. »Bis bald.«

Am Ausgang hörte er den Emir sagen: »Ser Berto ...«

Umberto wandte sich um.

»Werden wir siegen?«

Der Baron beschloss, ihm die Wahrheit zu sagen. »Dieses Mal nicht.«

»Was wird aus meinem Volk und dem von Lugarah? Unsere Moschee ist die einzige diesseits des Meeres.«

»Ihr werdet dort zu Allah beten, wo ihr seid, und euer Land wird dort sein, wo ihr den Teppich ausbreitet. Wir haben sie dein ganzes Leben lang bekämpft, Mohamed. Du für Allah und dein Volk, ich für die verfluchte Nacht in Acquaviva, in der meine Familie ausgelöscht wurde ... Vielleicht konnte ich auch einfach nichts anderes. Es war unser Schicksal. Heute haben wir entschlossene Kämpfer vor uns und Verräter hinter unserem Rücken. Sie werden nicht lockerlassen, aber wir werden nie aufgeben, und auch wenn das Königreich Lucera verloren sein sollte, fahren wir übers Meer zu Baibars und kämpfen dort weiter.«

Er reichte ihm die Hand, und der Emir drückte sie.

»Allahs Wille geschehe.«

Unterdessen in der Abtei von Montecassino

»Siehst du ihn?«, fragte Yves, der sich nicht so weit über die niedrige Brüstung des Benedikt-Turms lehnen wollte.

»Ja, Magister. Es ist der rote Pavillon des Königs«, antwortete Jean.

Schon am Morgen hatte der Inquisitor den Eindruck gehabt, einen roten Fleck zwischen den weißen Zelten des französischen Heeres zu erkennen. Da sein Augenlicht im Vergleich zu früher aber merklich nachgelassen hatte, sollte ihm der junge Mann seinen Eindruck bestätigen.

Es war das Signal, auf das der Dominikaner gewartet hatte. Der Angriff auf San Germano würde morgen, am Aschermittwoch, erfolgen. Yves wusste, dass Charles an einem Gründonnerstag niemals wieder einen Angriff wagen würde. Die Erinnerung an das Desaster in al-Mansura vor sechzehn Jahren, als dessen Bruder Robert d'Artois zu Tode gekommen war, wog schwer.

»Jetzt sind wir dran«, murmelte der Mönch.

Nahe San Germano, am Ufer des Flusses Gari, zur Vesper

»Sind wir nicht zu weit gegangen, Pierre? Bald wird es dunkel, und es zieht Nebel auf.«

Besorgt schaute der junge Mann zu den Mauern von San Germano, die etwa eine halbe Meile entfernt lagen und über denen bereits eine feine Nebelschicht lag. »Hast du etwa Angst, Gérard?«, fragte ihn sein Begleiter vorwurfsvoll. »Wie willst du Ritter werden, wenn du nicht mal mutig genug bist, ein Pferd zu tränken?«

Sie waren beide dreizehn Jahre alt, Stallburschen von Monsieur Jean, dem Bruder des Grafen von Vendôme. Sie hatten zwei Pferde ihres Herrn auf die Weide gebracht und sich dann bis zum Fluss vorgewagt.

»Ich habe keine Angst!«, gab Gérard beleidigt zurück. »Ich glaube nur, dass das nicht unsere Zelte sind.«

Er deutete auf zwei Zelte vor ihnen.

Pierre sah sofort, dass sie im gegnerischen Lager gelandet waren.

»Hm … Wir kehren besser um.«

Als sie sich jedoch umdrehten, standen sie ihnen direkt gegenüber: vier Hilfssoldaten mit struppigem Bart, die rotgelb gestreiften Kettenhemden waren schmutzig und zerrissen. Einer von ihnen grinste breit, ihm fehlten die beiden oberen Schneidezähne. In italienischem Dialekt fragte er: »Wo ist denn der kleine Charles? Oder habt ihr uns nur seine Pferde gebracht?«

Die beiden verstanden sie nicht, aber eine Übersetzung war auch nicht nötig.

Pierre sprang auf eines der Pferde und schrie: »Weg hier, Gérard!«

Der Junge versuchte es ihm gleichzutun, aber der Mann packte ihn und warf ihn zu Boden. Pierre gab dem Pferd die Sporen, umklammerte das Halfter und galoppierte davon.

»Hilfe!«

Zwei Männer versuchten ihm hinterherzulaufen, aber es hatte keinen Sinn. Unterdessen wurde Gérard von dem Mann, der ihn festgehalten hatte, wieder hochgezogen. Er fragte seine Kumpane: »Was machen wir nun mit ihm?«

»Was wohl? Wir bringen ihn ins Lager.«

»Und davor? Wollen wir davor nichts unternehmen?«

Er machte sich daran, Gérard den Mantel zu entreißen. Als sich der Junge verzweifelt wehrte, warf ihn eine Ohrfeige erneut zu Boden. Der Mann grinste, bis ein Armbrustbolzen seinen Hals durchbohrte. Mit verblüfftem Gesichtsausdruck erstarrte er und sackte dann tödlich getroffen in sich zusammen.

»Montjoie!«

Der Kampfschrei der französischen Kavallerie hallte durch die Luft. Zwei Männer stürzten sich auf die überraschten Soldaten, mit ihren Armbrüsten erschlugen sie zwei von ihnen, der letzte Überlebende rannte schreiend in Richtung der Zelte.

Einer der Neuankömmlinge hob Gérard hoch, während der andere das Pferd wieder einfing, das sich ein paar Schritte entfernt hatte.

»Steh auf, Junge, wir müssen sofort weg!«

Gérard erkannte Ugo di Bauche, einen Ritter aus dem Gefolge des Grafen von Vendôme. Der zweite Ritter war Jean, sein Herr, der jetzt mit dem Pferd an den Zügeln auf ihn zukam. Er drückte sie dem Stallburschen in die Hand, legte einen weiteren Bolzen in die Armbrust und ermahnte ihn: »Was für zwei Dummköpfe ihr doch seid, so weit weg zu gehen. Zum Glück haben wir euch gesehen. Ihr hättet sterben und meine Pferde verlieren können!«

Bevor Gérard etwas entgegnen konnte, rief Ugo: »Da kommen noch mehr!«

Acht barhäuptige Männer rannten auf sie zu und schwangen ihre Scimitare, ihre Säbel, unter ihnen der geflüchtete

Soldat von eben. Zugleich bemerkten sie reges Treiben rund um die feindlichen Zelte.

Jean erkannte sie sofort. »Sarazenen!«, bemerkte er abfällig, »vor denen weichen wir sicherlich nicht zurück! Gérard, steig aufs Pferd und hol Hilfe!« Der Junge gehorchte und galoppierte davon.

Kurz darauf schwirrten zwei Armbrustbolzen durch die Luft und trafen den Soldaten und den *askari* an seiner Seite. Jean und Ugo warfen die Armbrüste zu Boden und zogen die Schwerter. Die *asakir* waren meist Bogenschützen. Keiner von ihnen würde einem Schwertkampf mit einem erfahrenen Ritter standhalten, aber noch immer waren sie sechs gegen zwei.

»Lass sie uns angreifen, vielleicht rechnen sie nicht damit«, schlug Jean vor.

Die beiden Ritter sprangen vor, schwenkten ihre Schwerter und schrien: *»Montjoie!«* Überrascht blieben die Sarazenen stehen, dann drehten sie sich um und flohen in Richtung der Zelte. Jean und Ugo blieben lachend stehen, dann ließ das Klappern von Hufen sie herumfahren. Nicht ihre Ritter hatten die Angreifer in die Flucht geschlagen, sondern eine Schwadron der französischen Kavallerie. An ihrer Spitze erkannte Jean seinen Bruder Bouchard, Graf von Vendôme. Er reckte das Schwert himmelwärts. Sein Bruder tat es ihm gleich und deutete mit seiner Waffe auf die sarazenischen Zelte. Die Schwadron ritt in die angezeigte Richtung.

Die Schlacht um San Germano hatte begonnen.

Die Messe zur Vesper war zu Ende. Im Zelt des Königs war Charles d'Anjou gerade dabei, das Schwert auszusuchen, mit dem er am nächsten Tag in die Schlacht ziehen würde, als Philippe de Montfort schreiend angerannt kam.

»Vendôme hat angegriffen! Er ist schon in San Germano, die anderen folgen ihm!«

In Charles' Erinnerung stieg ein anderer Angriff auf, in dem sein Bruder Robert d'Artois sich selbst und die besten Ritter der französischen Kavallerie ins Verderben geführt hatte. Bestürzt schaute er den Grafen an. »Ruft sie sofort zurück!«, befahl er.

Montfort wusste von der damaligen Katastrophe, sein Vater hatte ihm diesen tragischen Tag oft geschildert. »Ich fürchte, dafür ist es zu spät. Es ist genauso wie damals in al-Mansura.«

»Aber heute wird es ein anderes Ende nehmen.«

Charles rannte mit dem Schwert in der Hand nach draußen, dicht gefolgt von Montfort. Im letzten Licht des Sonnenuntergangs sah er Tausende von Männern über die alten Ruinen und die Zelte der Sarazenen herfallen. Hinter dem feindlichen Lager lagen, durch den Nebel kaum zu erkennen, die Mauern von San Germano, wie damals in al-Mansura.

Der Angriff schien die Gegner überrascht zu haben. Die Bogenschützen hatten sich nicht in Position bringen können, und die Schlacht zerfiel in einzelne Duelle. Darin, das wusste Charles d'Anjou, waren seine Männer überlegen. Der neue König von Sizilien ermahnte sich, dass er ruhig bleiben und nicht die Fehler aus der Vergangenheit wiederholen durfte.

»Du hast recht. Es ist zu spät, sie zurückzubeordern. Bald wird das Lager der Sarazenen in unserer Hand sein, aber wir müssen Vendôme zu Hilfe eilen, bevor man ihn in den Gassen der Stadt einkesselt. Lass uns ebenfalls dorthin reiten. Auf geht's! Heute Nacht werden wir San Germano mit Gottes Hilfe einnehmen.«

Mohamed zielte und zog ab. Der Pfeil bohrte sich mitten in das Gesicht eines Franken, der den Fehler gemacht hatte, einen offenen Helm zu tragen. Mohamed legte einen Pfeil nach und zielte erneut. Zusammen mit ihm standen etwa hundert seiner Männer auf der Mauer des alten Amphitheaters. Die Sonne war gerade untergegangen, Nebel war aufgezogen. Bald würden sie ihre Ziele nicht mehr sehen, und ihre Gegner würden sie überrennen.

Der Angriff hatte sie überrascht, niemand hatte erwartet, dass die Franzosen bei Sonnenuntergang vorstoßen würden. Der Bruder von König Louis hatte sich indes als geschickter Stratege erwiesen. Er hatte erkannt, dass der Nebel und die Dunkelheit seine Bogenschützen blind machen und sie in Duelle verwickeln würden, die sie nicht gewinnen konnten. Außerdem waren sie zahlenmäßig unterlegen.

Nach dem anfänglichen Chaos hatten sich die *asakir* organisiert und Schutz zwischen den Ruinen gesucht. Unter dem Hagel der Pfeile bewegten sich die Angreifer vorsichtiger und nutzten ihre Sättel, um die Pfeile, die vom Himmel regneten, abzuwehren. Trotzdem zählten die Verteidiger hohe Verluste und riskierten, in der Dunkelheit gänzlich ausgelöscht zu werden. Das allerdings würde der Emir nicht zulassen. Seine Männer waren unersetzlich, sie waren wie Brüder für ihn. Wenn sie fielen, wäre es das Ende von Lugarah.

Mit einem Blick erkannte er, dass aus San Germano keine Hilfe zu erwarten war. Im Nebelgestöber wirkten die Mauern wie ausgestorben, er meinte sogar, auf dem Turm in der Nähe die blaue und nicht die schwarz-weiße Fahne wehen zu sehen. Die Franken hatten die Mauern überwunden. Die deutschen Söldner und Manfreds Männer waren anderswo beschäftigt oder bereits geflohen. Wenn Umberto hier gewesen wäre, hätte es anders ausgesehen, in der Abtei aber müsste der Baron inzwischen angekommen sein. Die beiden *asakir*, die er sofort losgeschickt hatte, müssten ihn rechtzeitig gewarnt haben, um sich in Sicherheit bringen zu können. Er wandte sich an seine Kameraden. »Macht euch bereit! Auf mein Signal ziehen wir uns zurück.«

Kapitel 5

Die Bibliothek

Montecassino, 9. Februar 1266, nach der Komplet

Dunkelheit und Stille lagen über der Abtei. Die Tür des Kellermeisterhauses, das neben den Küchen und dem *refectorium* lag, öffnete sich mit einem leisen Quietschen, und zwei vermummte Männer verließen rasch das Haus. Sie schlichen eng an der Rückseite der Kirche San Martino entlang, wollten sie doch unbedingt vermeiden, von den Männern des Grafen von Caserta entdeckt zu werden, die alle im Gästehaus untergebracht waren. Am Benedikt-Turm nestelte einer von ihnen am Schloss herum, drückte kräftig, aber ohne ein lautes Geräusch zu verursachen, dagegen und öffnete die Tür gerade so weit, dass sie hindurchschlüpfen konnten.

Teodino di Capistrello spürte, wie ihn jemand schüttelte. Sein erster Gedanke war, dass er die Matutin verschlafen hatte und man ihn deshalb weckte. Dann öffnete er die Augen – und glaubte, immer noch zu träumen. Im zitternden Licht der Öllampe erkannte er den Novizen von San Michele, der ihm einen spitzen Dolch an den Hals presste und ihn mit bösem Blick anstarrte. Neben ihm hielt Guglielmo di Chambéry eine Öllampe.

Die Stimme des Bibliothekars hallte durch die Zelle. »Ich empfehle dir, nicht zu schreien.«

»Träume ich?«

»Du hast lange genug geträumt, es ist Zeit aufzuwachen.«

»Guglielmo, was soll das heißen? Habt Ihr den Verstand verloren?«

»Nenn mich nicht mehr Guglielmo, vor dir steht Yves le Breton, Dominikaner, Großinquisitor des Papstes, der deinem ketzerischen Ungehorsam ein Ende bereiten wird. Wenn du schreist, wird Jean de Montfort, der kein Novize, sondern ein Ritter des französischen Königs ist, dich töten.«

Teodino zog sich langsam hoch, der Dolch folgte seinen Bewegungen. Sein Erstaunen war Angst gewichen, er fühlte sich wie ein Tier in der Falle. Sein schlimmster Albtraum war Wirklichkeit geworden. Er war in die Fänge eines dominikanischen Inquisitors geraten.

»Das ist nicht möglich …«, stammelte er, »ich habe dich an meinem Tisch wie einen Bruder empfangen, und du hast mich belogen und betrogen.«

»*Ad maiorem Dei gloriam.* Die Wahrheit ist, dass du deine Mitbrüder und die Welt betrügst, indem du dich als benediktinischer Abt ausgibst, dabei bist du deines Amtes enthoben. Jetzt ist die Zeit gekommen, deine Sünden zu büßen.«

Teodino wollte sich befreien, aber durch die Bewegung schnitt ihm Jeans Klinge in den Hals, und etwas Blut rann ihm den Hals hinunter. Er versuchte es mit Vernunft: »Das könnt Ihr nicht machen, in der Abtei sind Ritter des Grafen von Caserta, sie werden Euch holen.«

»Wir haben dich gefasst. Aber ich kann dich beruhigen, wenn sie uns gefangen nehmen werden, wirst du bereits Gottes Gericht gegenüberstehen.«

»Was wollt Ihr von mir?«

»Du wirst deine Verbrechen gegenüber Papst Clemens rechtfertigen müssen, sobald sich uns die Männer von Charles, dem rechtmäßigen König von Sizilien, anschließen werden, nachdem die Ungläubigen ausgerottet wurden. In der Zwischenzeit kannst du uns das Buch über den Schatz des Teufels zeigen.«

Teodino errötete. »Was? Welches Buch?«

Sein verwirrter Gesichtsausdruck verriet Yves, dass er ihn in der Hand hatte. Diese Partie hatte er schon oft gespielt und das gegen weit gefährlichere Gegner. »Tu nicht so, als hättest du mich nicht verstanden. Du weißt sehr gut, was ich meine.«

»Es gibt kein Buch über den Schatz des Teufels.«

»O doch, denn in deiner Torheit hast du es sicherlich nicht verbrannt. Ich rate dir, nicht meine Zeit zu verschwenden. Es hat keinen Sinn zu leugnen, wir haben Jacopo da Celano, einen weiteren Häretiker aus deinen Kreisen, gefasst. Er hat uns alles erzählt.«

Teodino schluckte, trotz der Kälte liefen ihm Schweißperlen über den Schädel. Yves fürchtete, dass ihn gleich der Schlag treffen würde.

»Er ist ein alter Säufer, er hat sich das alles nur ausgedacht.«

»Dann kennst du ihn also.«

»Er ist unwürdig, ich habe ihn aus der Abtei geworfen. Mit dieser Lügengeschichte wollte er sich nur rächen.«

Zischend flüsterte Yves ihm zu: »Wenn du weiterhin leugnest, werde ich dich foltern und unter den Stufen des *paradisum* verbrennen lassen. Und dann wirst du bis in alle Ewigkeit im Höllenfeuer brennen.«

Verzweifelt verdrehte der Abt die Augen, als würde er nach einem Ausweg suchen, den es nicht gab. Auch er flüsterte jetzt: »Es ist besser, wenn dieses Buch nicht gelesen wird …« Dann begann er wie im Wahn zu lachen.

Yves lief es eiskalt über den Rücken, und auch Jean, der nicht viel verstanden hatte, schaute erschrocken zum Magister, der nun sagte: »Er ist in den Fängen des Teufels!« Der Inquisitor zeichnete ein Kreuz in die Luft und deklamierte: »Satan, verlasse diesen Körper, ich befehle es dir im Namen Gottes! Und du, Teodino di Capistrello, wenn du noch eine Chance auf die Auferstehung haben möchtest, übergib mir sofort dieses verdammte Buch!«

Der Abt lachte unbändig weiter, er konnte gar nicht mehr aufhören. »Es ist nicht hier … Es ist in der Bibliothek, in einem geheimen Raum … Wenn Ihr wollt, bringe ich Euch hin.«

Sie würden auf die andere Seite der Abtei schleichen müssen, hinter die große Basilika. Yves mutmaßte, er könnte einen verzweifelten Fluchtversuch unternehmen, aber sie hatten keine andere Wahl. Sie konnten Teodino in diesem Turm weder töten noch den *quaestiones* unterziehen. Sie würden sich in der Bibliothek verstecken und auf die Ankunft der Franzosen warten. Danach würde es Mittel und Wege geben, ihn zu einer Zusammenarbeit zu bewegen.

»Zieh dich an und bring uns sofort dorthin. Nur eine falsche Bewegung, und du bist tot.« Der Inquisitor blickte zu Jean, als wollte er ihm verdeutlichen, auf der Hut zu sein. Der junge Mann nickte ihm zu.

Kurz darauf gingen alle drei in den immer dichter werdenden Nebel hinaus.

Im gleichen Augenblick erreichte eine Gruppe von Reitern mit schwarz-weißen Insignien die Abtei. Auf ein Zeichen von Umberto di Fondi stieg einer von ihnen vom Pferd und klopfte kräftig an die Tür. Dann schrie er auf Latein mit einem deutlich deutschen Akzent: »Öffnet! Wacht auf!«

Es brauchte eine Weile, bis sich das schwere Tor öffnete. Der sichtlich verschlafene Pförtner trat mit einer Fackel heraus und erkannte den Haushofmeister des Königs sofort, der den Abt schon mehrmals besucht hatte. Es musste etwas Schlimmes passiert sein, aber die Regel musste trotzdem eingehalten werden. Der Mönch verbeugte sich und begann mit der Willkommensprozedur von Gästen.

»*Pax vobiscum.*«

Umberto war nicht in der Stimmung für Höflichkeiten, sprang vom Pferd und unterbrach ihn: »Und mit deinem Geist, Vater. Ich muss sofort mit dem Abt sprechen. Bring mich zu ihm.«

Er packte den Mönch am Arm und zog ihn hinter sich her, während auch die anderen Reiter abstiegen. Sie waren wenige Schritte gegangen, als ein dicker Mönch auf sie zueilte. »Baron, welch eine Ehre. Was verdanken wir Eure Anwesenheit?«

Umberto erkannte den Kellermeister der Abtei, dessen Namen er allerdings vergessen hatte. Hinter ihm erschienen zwei Männer mit dem Wappen des Grafen von Caserta. Sie wirkten ruhig, nur neugierig, und verbeugten sich vor dem Haushofmeister. Der entschloss sich, sie zu ignorieren. »Ich muss sofort mit dem Abt sprechen«, wandte er sich an den Mönch, »gehen wir ihn wecken.«

Sein entschiedener Ton veranlasste den Kellermeister, keine weiteren Fragen zu stellen. »Hier entlang, es ist genau über Euch.«

Er führte Umberto zu einer Treppe hinauf ins obere Stockwerk. Kurz darauf standen sie vor einer weit geöffneten Zellentür. Die Kammer war leer, das Feldbett aufgeschlagen, ein Nachtgewand lag auf dem Boden.

Der Kellermeister schien überrascht. »Vielleicht hat er Euch kommen hören und wollte Euch entgegeneilen. Aber dann hätten wir ihn treffen müssen.«

Als Antwort rief Umberto laut: »Teodino!«

Jeder im Turm hätte ihn gehört, aber er erhielt keine Antwort.

»Er muss vor unserer Ankunft den Turm in aller Eile verlassen haben. Warum nur?«, fragte der Baron.

Ein Blick in das verwirrte Gesicht des Mönches war Antwort genug.

»Habt ihr Gäste in der Abtei?«

»Die Ritter des Grafen von Caserta …«

»Wo wohnen sie?«

»Im Gästehaus gleich nebenan.«

»Nur sie? Keine Mönche anderer Abteien?«

»Schon … die Mitbrüder aus San Michele.«

»Wo sind sie?«

»Ihre Zellen liegen im *dormitorium* der Mönche, so hat es der Abt gewollt.«

Es war offensichtlich, dass der Kellermeister sie andernorts untergebracht hätte. Umberto schien unruhig, vielleicht war er zu spät gekommen. Er musste eine Entscheidung treffen, und zwischen Riccardos Männern und den »Mitbrüdern« aus dem Norden zögerte er nicht lange.

»Bringt mich ins *dormitorium* der Mönche und weckt die Gäste.«

Enrico d'Ivrea hatte das Gefühl zu fallen. Als er hart auf dem Boden aufschlug, war er augenblicklich hellwach. Vor ihm stand ein Ritter in weißem Kettenhemd mit schwarzem Adler und starrte ihn aus kohlrabenschwarzen Augen wie direkt aus der Hölle an. Er packte ihn am Arm und zog ihn hoch.

»Aufwachen! Wo sind deine Kameraden?«

Enrico wusste sofort, dass sie entdeckt worden waren. Es war unvermeidbar gewesen, und das hatte er Decano, dem Abt von San Michele, auch von Anfang an gesagt, als der ihm aufgetragen hatte, an dieser verrückten Mission mit dem Dominikaner und dem französischen Ritter teilzunehmen. Der Papst höchstselbst hatte es befohlen, so lautete die Antwort, und wenn er dabei sterben sollte, dann nur in Erfüllung seiner Pflicht.

Der Kopist schaute zu Jeans Feldbett: Es war leer. Auch der Magister war verschwunden. Der Ritter wandte sich an den Kellermeister, der neben ihm stand: »Lasst uns allein. Schließt die Tür und wartet draußen.«

Das ließ sich der Mönch nicht zweimal sagen und ging. Umberto legte die Hand auf den Krummsäbel an seiner Seite und sagte mit ruhiger Stimme: »Ich frage nur einmal. Wohin haben sie den Abt gebracht?«

Enrico wusste, das Leugnen keinen Sinn hatte. »Ich weiß es nicht! Ich weiß nichts über den Abt! Ich habe nichts damit zu tun! Wenn ich Mitwisser wäre, dann hätten sie mich hier nicht schlafen lassen. Ich bin ein Benediktinermönch, und mein Abt hat mir befohlen, die anderen hierher zu begleiten.«

»Und wer sind sie?«

»Der Ältere gibt sich als Guglielmo di Chambéry aus, ist aber in Wahrheit Yves le Breton, ein dominikanischer Inquisitor. Und der junge Mann, der ihn begleitet, ist kein benediktinischer Novize, sondern ein französischer Ritter … Der Papst persönlich hat die Mission befohlen. Um was es geht, weiß ich nicht.«

Yves le Breton! Umberto fiel es schwer, ruhig zu bleiben. Ihm kam das Bild des Mönches in den Sinn, der in jener Nacht auf dem Ölberg verschwunden war. Er hätte nicht gedacht, dass er ihn noch einmal wiedersehen würde. Der Papst und Louis von Frankreich hatten ihren besten Mann geschickt … Wer weiß, was er vom Abt wollte.

Er verließ die Zelle und trug dem Kellermeister auf: »Lasst ihn bewachen und die Glocken läuten. Alle müssen bei der Suche mithelfen. Wir haben den Abt und zwei Mönche verloren. Sobald ihr sie gefunden habt, haltet sie fest und gebt mir Bescheid.«

Yves kannte die Bibliothek, sie hatte er gleich als Erstes besucht. Sie befand sich in einem kleinen Bau direkt hinter der Apsis der Basilika und vor dem Gebäude, das Desiderius als Wohnsitz des Abtes vorgesehen hatte. Auf dem Portal war ein Hund eingeschnitzt, der das *scriptorium* von Montecassino symbolisierte.

Sie waren in den ersten Stock gestiegen, hatten eine Halle betreten mit großen Fenstern, diversen Lesepulten und langen Holzbänken aus geschnitztem Eichenholz, die einst von Kopisten bevölkert gewesen und jetzt verwaist waren. Der Einzige, der den großen Saal in den letzten Monaten besucht hatte, war Enrico d'Ivrea. Seine Bank war die einzige, auf der keine dicke Staubschicht lag.

Teodino hatte sich wieder gefasst und wirkte ruhig. Er deutete auf eine Holztreppe. »Wir müssen weiter nach oben. Von dort gelangt man in die Bibliothek mit dem Geheimzimmer, das nach der Plünderung durch die Sarazenen vor dreihundert Jahren errichtet wurde.«

In diesem Moment begann die Glocke von San Martino zu läuten, danach die der Basilika. Sie hörten Schritte, die sich rasch näherten. Das konnte nur eines bedeuten: Jemand hatte Alarm geschlagen.

Jean wandte sich auf Französisch an Yves: »Wir sind nicht mehr sicher, wir müssen sofort weg.«

Der Dominikaner fragte sich, wer sie verraten haben

mochte, hatte aber nicht die Absicht, auf das Buch zu verzichten. »Wir gehen weiter«, antwortete er ebenfalls auf Französisch. »Bis zum Eintreffen unserer Truppen verstecken wir uns im Geheimzimmer. Du wirst sehen, morgen werden sie hier sein.«

Teodino, der beim Klang der Glocken wieder Hoffnung geschöpft hatte, verstand nicht, was die beiden sagten, war sich aber sicher, dass sie ihn umbringen würden. Er reagierte mit dem Mut der Verzweiflung und schrie laut: »Hilfe! Hilfe! Wir sind hier!« Gleichzeitig versuchte er Jean den Dolch zu entreißen. Er war zwar größer als der junge Franzose, der aber ließ sich nicht überrumpeln, und der Abt griff direkt in die scharfe Klinge. Seine Hilferufe verwandelten sich in Schmerzensschreie, bis ihm Jean mit dem Dolchgriff gegen die Schläfe schlug und er ohnmächtig zu Boden sank.

»Ist er tot?«, wollte der Inquisitor wissen.

»Ich denke nicht.«

Yves beugte sich über den Körper des Abtes. Er atmete noch. »Jetzt bleibt uns nur zu fliehen. Seine Schreie wurden zwar von den Glocken übertönt, aber vielleicht hat ihn doch jemand gehört.«

»Soll ich ihn töten?«

»Nein, er ist der Einzige, der weiß, wo das Buch aufbewahrt wird. Er wird uns sowieso nicht entkommen. Lass uns gehen.«

Er ging zur Treppe, die ins Erdgeschoss führte, öffnete dann vorsichtig die Tür. Im Nebel war niemand zu sehen.

»Die Residenz des Abtes«, flüsterte der junge Mann, »sie steht leer.«

»Ja, er hielt sich für Benedikt von Nursia und lebte im Turm des Heiligen.«

»Kommt, Magister.« Jean zog das Werkzeug aus der Tasche, mit dem er schon die Tür zum Turm aufgebrochen hatte. Es dauerte nicht lange, dann öffnete er zufrieden auch diese Tür. Plötzlich war eine Stimme zu hören, die in Vulgärlatein fragte: »Wer ist da?«

Rasch schlüpften die beiden ins Haus und verschlossen die Tür hinter sich, während draußen unverständliche Rufe laut wurden. Um sie herum war es dunkel. Jean zog einen Feuerstein und einen Docht heraus, um etwas Licht ins Dunkel zu bringen. Kurz darauf erleuchtete eine schwache Flamme den großzügigen Eingangsbereich, von dem eine Treppe in den ersten Stock führte. Auf dem Boden lag ein Holzbalken, mit dem Jean die Tür verriegelte. »Das wird sie eine Weile beschäftigen.«

»Was hast du vor?«

»Meine Ausflüge in den umliegenden Wäldern waren sehr lehrreich. Dieses Gebäude reicht bis zu den Außenmauern, und vor dem Abgrund ist ein kleiner Mauerrand. Wir könnten uns vom Dach aus hinunterlassen.«

Yves schien nicht überzeugt. »Und wie? Als körperlose Seelen?«

»Wir müssen Seile oder etwas Ähnliches finden. Sonst knoten wir unsere Tuniken aneinander und springen.«

Der Inquisitor wollte gerade entgegnen, dass man sich im Februar tunlichst nicht seiner Kleidung entledigen sollte, aber deutsche Sprachfetzen von draußen ließen ihn eilig sagen: »Lass uns ein Seil suchen.«

»Der Abt! Er ist verletzt. Hilfe!«

Der Kellermeister stürmte aus der Bibliothek und hätte fast Umberto umgestoßen, der mit eiligen Schritten der Quelle des Geschreis entgegeneilte.

Kurz darauf taumelte Teodino heraus, gestützt von einem deutschen Ritter. Seine Hände bluteten. Er erkannte den Haushofmeister sofort. »Baron, Euch schickt der Himmel! Schnappt sie Euch, es sind französische Spione!«

»Wo sind sie?«

»Ich weiß es nicht. Sie haben mich niedergeschlagen, aber weit können sie nicht sein.«

Hinter Umberto meldete sich eine Stimme auf Vulgärlatein zu Wort: »Sie sind hier rein.« Es war einer der Schweinehirten, ein bärtiger Mann unbestimmten Alters, der sich beeilte, schnell die Mütze abzunehmen. Er deutete auf die Residenz des Abtes. Sowohl Umberto als auch Teodino verstanden sofort, sie waren hier aufgewachsen. Der Mönch rief: »Dort sind sie!«

Umberto lief zur Tür und drückte dagegen. Sie war verschlossen. »Wir müssen sie aufbrechen.« Er wandte sich an Teodino. »Was ist hinter dem Haus?«

»Die Außenmauer.«

»Und dann die Schlucht?«

»Nicht unmittelbar.«

Der Baron verzog das Gesicht und wandte sich an den deutschen Ritter. »Du bleibst hier. Ich schicke dir noch ein paar Männer. Brecht die Tür auf und durchsucht dann das Innere. Ich schaue mich währenddessen draußen um.«

»Es ist zu hoch, ich kann den Boden nicht sehen. Wir werden uns alle Knochen brechen.«

Yves le Breton schaute besorgt auf das Seil, das in der Dunkelheit hin und her schwang. Jean hatte es in einem Lagerraum gefunden und an einem Deckenbalken im ersten Stock festgebunden, direkt über einem Fenster, das groß genug war, um hindurchklettern.

»Das liegt am Nebel, Magister. Ich versichere Euch, dass uns das Seil hält und wir den Boden sicher erreichen werden. Um nach unten zu klettern, müsst Ihr Euch nur gut festhalten und mit den Füßen an der Wand abstützen. Ich gehe voran und warte auf Euch. Ihr macht es genauso wie ich. Am Ende müsst Ihr nur einen kleinen Sprung wagen.«

»Ein kleiner Sprung in den Abgrund … *Pater noster, qui es in caelis, sanctificetur nomen tuum.*«

Umberto hielt eine Fackel vor sich her, aber der Nebel war noch immer undurchdringlich. Er hatte das Haupttor passiert, war dann nach rechts abgebogen und folgte der hohen Mauer der Abtei. Er war allein. Das würde reichen, außerdem wollte er die anderen Männer nicht von ihrer Mission abhalten, Riccardos Männer unter Kontrolle zu halten.

Weiter vorn hörte er einen Aufprall, dann einen zweiten, gefolgt von einem Aufschrei. Er zog das Schwert und ging schneller. Schritte entfernten sich. Seine Fackel beleuchtete den Weg, sie dagegen waren im Dunkeln unterwegs und konnten jederzeit stolpern. Sie waren langsamer als er. Dann wurden die Geräusche leiser und hörten schließlich ganz auf. Entweder liefen sie auf Gras, oder sie waren lautlos in die Schlucht gestürzt.

Er war dabei, sie zu verlieren.

»Es ist nur einer, Magister.«

Sie kauerten im Gras, und Jean hatte dem Magister ins Ohr geflüstert. Er hielt den Dolch in seiner Rechten fest umklammert, bereit zuzuschlagen. In diesem Moment drehte sich der Mann um, und die Fackel erhellte sein Gesicht.

Der Inquisitor hielt Jean fest. »Nein, gegen ihn kannst du nur verlieren. Beweg dich nicht!«

Es war lange her, und trotzdem hatte er ihn sofort erkannt: Umberto di Fondi. Er sah ihn wieder vor sich auf dem Ölberg, in dieser geheimnisvollen und todbringenden Nacht.

Das Heulen eines Wolfes ließ Umberto ahnen, dass sie ihm entkommen würden. Wahrscheinlich hatten sie bereits den Wald erreicht und waren auf dem Weg in Richtung Tal. Ihm kam eine andere nächtliche Flucht in den Sinn, in Acquaviva, vor vielen Jahren. Er hoffte, dass zumindest die Wölfe mehr Erfolg hatten als er.

Teodino di Capistrello saß niedergeschlagen im Kräuterladen der Abtei, umgeben von einem Dutzend Mönchen. Er hatte seine Mitbrüder persönlich instruiert, welche Heilsalben seinen verletzten und mittlerweile bandagierten Händen Linderung verschaffen sollten. Die Sonne ging gerade auf, und die Ereignisse der Nacht hatten die Jahrhunderte währenden Riten der Abtei durcheinandergebracht.

Es hatte keine Matutin, keine Laudes gegeben. Der Abt hatte jedoch bestimmt, dass im Laufe des Tages ein *Te Deum* für die überstandene Gefahr gefeiert würde.

Ohne Ankündigung betrat Umberto den Raum und sagte: »Bitte lasst uns allein.«

Als die Mönche gegangen waren, fragte der Abt: »Habt Ihr sie gefunden?«

»Nein, es war zu neblig. Sie konnten in den Wald flüchten.«

»Verdammt, sie sind sehr gefährlich. Einer meinte, er sei ein Inquisitor, der andere ist zwar noch recht jung, aber bösartig wie der Teufel.«

»Ja, ich habe Yves le Breton früher einmal kennengelernt und weiß, dass er auf seine Weise ein gefährlicher Mann ist. Wir werden noch genug Zeit haben, uns darüber auszutauschen, jetzt aber müssen wir die Abtei verlassen. Sprecht mit niemandem darüber, aber ich habe gerade erfahren, dass San Germano gestern Abend überraschend angegriffen wurde und jetzt in den Händen des Feindes ist. Unsere Truppen befinden sich auf dem Rückzug, und die Franzosen können jeden Moment hier sein.«

Teodino fuhr erschrocken hoch. »Und Rocca Janula?«

»Machen wir uns keine Illusionen. Wahrscheinlich ergeben sie sich bereits.«

»Das Gold der Abtei!«

»Dafür bleibt keine Zeit.«

»In meiner Zelle liegen noch mehr als hundert Unzen!«

»Die nehmen wir mit. Einer meiner Männer steht draußen vor der Tür, er wird Euch begleiten.«

Teodino ging zur Tür, aber Umbertos Stimme ließ ihn stehen bleiben.

»Vater?«

»Ja?«

»Es gibt noch ein paar Dinge, die ich wissen muss.«

»Und zwar?«

»Konnte Yves le Breton während seines Aufenthalts hier in der Abtei mit Riccardo von Caserta sprechen?«

Teodino traf diese Frage völlig unvorbereitet. Dann antwortete er verlegen: »Das schließe ich aus. Ich habe Riccardo nur meinen Mitbrüdern vorgestellt.«

»Könnten sie sich hinter Eurem Rücken getroffen haben?«

»Ich glaube nicht … Davon hätte ich sicher erfahren.«

Umberto schwieg, er war vom Gegenteil überzeugt. Er dachte an Riccardos Männer. Sie zeigten keinerlei Anzeichen für Verrat, wenn überhaupt von Passivität, aber das konnte auch darauf zurückzuführen sein, dass sie sich nicht einmischen wollten.

Die Nachricht der beiden Sarazenen, die vor Kurzem in der Abtei angekommen waren, kannte nur er, im Übrigen hatten sie arabisch gesprochen.

»Zweite Frage: Was wollte Yves le Breton von Euch? Warum seid Ihr in die Bibliothek gegangen?«

Teodino zögerte. Dann betrachtete er seine verbundenen Hände und wusste, dass er keine Wahl hatte: Wenn er das Buch nicht in Montecassino lassen wollte, musste er Umberto davon erzählen.

»Magister! Ich freue mich, Euch zu sehen. Was ist passiert?«

Charles d'Anjou gelang es nicht, seine Schadenfreude zu verhehlen, als er den dominikanischen Inquisitor und Jean de Montfort in zerrissenen Benediktinerkutten vor sich sah. Sie waren so dreckig, dass sie kaum zu erkennen waren. Der König von Sizilien war bester Laune. Er hatte San Germano eingenommen, Manfreds Heer in die Flucht geschlagen, und unter den Gefallenen waren mehrere Hundert Sarazenen – ihre erbittertsten Feinde. Um den Triumph komplett zu machen, hatte er gerade die Nachricht erhalten, dass auch Rocca Janula sich kampflos ergeben hatte.

Der Inquisitor war nicht in der Verfassung, seine Euphorie zu teilen. Der Abstieg ins Tal zwischen Wölfen und möglichen Verfolgern war die reinste Qual gewesen. Als das Heulen immer näher gekommen war, hatten sie entschieden, dass die Tiere die größere Gefahr darstellten und ein Weitergehen in der Dunkelheit sie noch angreifbarer machen würde. Jean war es gelungen, ein Feuer zu entfachen, und mit behelfsmäßigen Fackeln hatten sie die Wölfe in Schach gehalten. Dann hatten sie jede Orientierung verloren, aber sie mussten ja nur bergab laufen. Als sie schließlich am Fuße des Hügels angekommen waren, war die Sonne aufgegangen, und es war ein Leichtes gewesen, das französische Lager zu erreichen. Schwieriger indes war es gewesen, die Wachen davon zu überzeugen, sie zum König vorzulassen. Schließlich hatte ein Ritter sie erkannt und sofort zu Charles' Pavillon gebracht. Unterwegs hatte er ihnen von der Eroberung San Germanos und der Niederlage der Ungläubigen berichtet.

Die Antwort des Inquisitors klang beißend scharf. »Sire, ich habe einmal mehr dem Bösen begegnen müssen, das sich in der Abtei eingenistet hat, und ich brauche sofort eine Reiterschwadron, um noch vor ihrer Flucht dorthin zurückzukehren.«

»Wer ist es?«

»Der falsche Abt Teodino und Umberto di Fondi, der vor fünfzehn Jahren im Heiligen Land im Dienst von Kaiser Friedrich stand, einem engen Verbündeten der Sarazenen gegen uns. Wir müssen ihn unter allen Umständen gefangen nehmen. Ich habe viele Fragen an ihn, und das schon sehr lange.«

»Ich habe von Umberto di Fondi gehört. Er ist Manfreds Haushofmeister, seine schwarze Seele, so heißt es.«

In diesem Moment betraten Berengario da Verona und Philippe de Montfort das Zelt. Dem jungen Dominikaner blieb der Mund offen stehen. Er hatte nicht erwartet, seinen Meister in diesem Zustand anzutreffen. »Magister …«, stammelte er.

Der Herr von Tyros schwieg und umarmte seinen Sohn, während Yves erklärte: »Der junge Montfort war eine wertvolle Hilfe. Seine noble Familie kann stolz auf ihn sein. Nur dank seines Wagemuts und seines Ideenreichtums sind wir noch am Leben.«

Der Vater löste sich mit leuchtenden Augen aus der Umarmung. Auch Charles d'Anjou war sichtlich zufrieden. Selbst ein unverschämter Inquisitor konnte ihm an diesem

Tag die gute Laune nicht verderben. »Macht euch keine Sorgen, Magister«, beruhigte er ihn. »Rocca Janula hat sich ergeben, und meine Ritter haben bereits Anweisung erhalten, sich Euch so rasch wie möglich in Montecassino anzuschließen. Wechselt Eure Kleidung und stärkt Euch. Sobald Ihr bereit seid, kehrt Ihr in die Abtei zurück, die wir dem rechtmäßigen Abt zurückgeben werden: Bernard Ayglier.«

Die kleine Gruppe lief zu Fuß den Weg auf der San Germano zugewandten Seite durch den Wald. Umberto di Fondi ging mit Teodino voran, danach folgten zwei *asakir*, von denen einer einen schweren Sack trug. Zehn Deutsche bildeten das Schlusslicht.

Sie hatten die Abtei kurz nach Sonnenaufgang verlassen, ohne den Mönchen oder den Rittern aus Caserta eine Erklärung für den Aufbruch zu geben. Es wussten ohnehin alle, dass sie auf der Flucht waren.

Auf einer Lichtung hielten sie an, und der Abt setzte sich auf einen Felsen. Seit Montecassino hatte er kein Wort gesprochen. Der Baron ging zu ihm und deutete auf den Sack am Boden.

»Wenn das Buch so wertvoll ist, dann ist es nicht klug, es nach Acerra oder Montevergine zu bringen.«

»Wohin dann?«

»An den sichersten Ort des Königreichs. In der Zwischenzeit könnt Ihr mir erzählen, was in dem Buch geschrieben steht.«

Kapitel 6

Qart Hadasht

Am 9. April im Jahr des Konsulats von Gnaeus Cornelius Lentulus und Lucius Mummius Achaicus, sechshundertacht Jahre nach der Gründung Roms, nahe Karthago (5. April 146 v. Chr.)

Die untergehende Sonne ließ die goldenen Adler der vierten Legion, die Insignien Roms, wie auch die metallenen Helme und Brustpanzer, die Loricati, der aufgereihten Legionäre erstrahlen. Eine leichte Brise aus dem Norden trug den Salzgeruch des Meeres heran.

Nicht weit entfernt, hoch auf den Mauern von Karthago, sahen die Verteidiger schweigend zu. Anfangs hatten sie gemutmaßt, die Römer würden sich zum Angriff sammeln. Schließlich war ihnen jedoch klar geworden: Eine der vier Legionen, die die Stadt belagerten, brachte sich genau dort in Stellung, wo die Karthager im Jahr zuvor, nach der römischen Eroberung der Vorstadt Megara, alle römischen Gefangenen grausam verstümmelt, getötet und deren Leichname dann von den Mauern geworfen hatten.

Auf der Ebene vor den verschiedenen Legionen, den Aquilifern, den Liktoren und den Flamines, stand ganz allein ein hochgewachsener Mann in einer schimmernden Rüstung, die roten Federn auf seinem Helm flatterten im Wind.

Im Jahr zuvor war Publius Cornelius Scipio Aemilianus, der von Scipio Africanus – jenem General, der den Karthager Hannibal besiegt hatte – adoptiert worden war, mit nur neununddreißig Jahren zum Konsul ernannt worden. Für ihn hatte der Senat das römische Gesetz, die *lex Villia annalis,* aufgehoben und somit das Mindestalter für dieses Amt unter dreiundvierzig festgesetzt.

Nach drei langen Jahren wollte Rom diesen Krieg endlich beenden. Scipio spürte die Feierlichkeit dieses Moments. Natürlich hatte er die *evocatio* auswendig gelernt, die gleiche Beschwörung, die seit Jahrhunderten von römischen Feldherren gegen feindliche Städte ausgesprochen wurde, von der ersten Expansion Roms ins Latium bis nach Gallien, Spanien und Griechenland.

Jetzt war Karthago an der Reihe.

Er sagte sich immer wieder, dass er daran glauben musste. Die Götter Roms würden ihm die nötige Macht verleihen, den imposanten dreifachen Mauerring der Stadt zu überwinden.

Volltönend deklamierte seine Stimme: »Wenn es einen Gott oder eine Göttin gibt, die über das Volk und die Stadt Karthagos wacht, an Euch, die Ihr dieses Volk und diese Stadt beschützt, wende ich mich. Ich bitte Euch, das Volk und die Stadt Karthago aufzugeben. Gebt Eure Plätze, Tempel, Riten und die Stadt auf. Lasst alles zurück und flößt der Stadt und ihren Bewohnern so Angst, Furcht und

Vergessen ein. Seid Rom, mir und meinen Soldaten günstig gestimmt, so wie Eure Plätze, Tempel, Riten und die Stadt Euch lieb und willkommen sind. Seid uns wohlgesinnt. Und wenn Ihr dies tut, auf eine Art, die wir erkennen und verstehen können, verspreche ich Euch Tempel und Spiele zu Euren Ehren.«

Scipio griff sich mit den Händen an die Brust und schwieg. Bei dieser Geste wurden drei schwarze Schafe gleichzeitig geschlachtet und ausgeweidet, damit die Wahrsager in den noch warmen Eingeweiden lesen konnten. Nach vollendeter Arbeit näherten sich die Haruspexe dem Kommandanten mit bluttriefenden Händen, um ihm die Lebern zu zeigen. Er würdigte sie keines Blickes und skandierte, immer noch mit Blick auf die feindlichen Mauern, die letzten Worte der *evocatio*: »O Vater Say, Veiovis, Mani oder welche anderen Namen Ihr auch tragen mögt, überzieht die Stadt Karthago mit Flucht, Angst und Schrecken, ebenso ihr Heer und alle, die Waffen und Speere gegen unsere Legionen führen. Nehmt dieses Heer, diese Feinde, diese Männer, ihre Stadt, ihre Lager und ihre Bewohner mit Euch. Verwehrt ihnen Licht und Sonne und verflucht das feindliche Heer, die Städte und die Lager, die Menschen und die kommenden Generationen, nach den Regeln, nach denen die Feinde verflucht sind. Ich gebe Euch als Stellvertreter mein Wort für meine Aufgabe, für das römische Volk und die Legionen, damit Ihr mich, mein Kommando und die Legionen in dieser Schlacht gesund und heil lasst. Wenn Ihr das tut, in einer Art, die ich sehen, verstehen und begreifen kann, dann wird dieses Gelübde, das durch die Opfer der drei Schafe abgelegt wurde, Geltung haben. Euch, Mutter Erde, und Euch, Jupiter, rufe ich als Zeugen.«

Als der Konsul Mutter Erde anrief, kniete er nieder, um den Boden zu berühren, bei der Anrufung Jupiters hob er die Hände gen Himmel.

Während die Sonne unterging und den Horizont rot färbte, begannen Tausende von Gladii rhythmisch gegen die Schilder zu schlagen, um die punischen Götter zu begleiten, die Karthago nach fast siebenhundert Jahren aufgaben.

Römisches Lager, in der gleichen Nacht

Das Klappern der Hufe kam näher, dann war das Schnauben eines Pferdes zu hören und wie jemand zu Boden sprang.

Im Zelt des Prätors stellte Scipio den Weinkelch auf den Boden und stand auf. »Wir haben es geschafft«, wandte er sich an Polybios, der vor ihm am Kohlebecken saß.

Der Mann antwortete nicht. Er war zweiundfünfzig Jahre alt, mit weißem Haarschopf und Bart, die Augen waren blau, was für einen Griechen ungewöhnlich war. Von dieser Mission erwartete der Sekretär und Mentor Scipios rein gar nichts.

Kurz darauf wurde der schwere Vorhang vor dem Eingang beiseitegeschoben, und ein junger Mann in einem Umhang, mit lockigen Haaren und einem Spitzbart betrat das Zelt. Niemand hatte ihn angekündigt. Die Legionäre der Wache mussten Instruktionen bekommen haben, Gulussa, den König der Numider, zu jeder Tages- und Nachtzeit vorzulassen. Schließlich war er der Sohn und Erbe des legendären Massinissa, eines treuen Verbündeten Roms, der mit seiner Kavallerie die römischen Legionen vor Hannibals Veteranen in Zama gerettet hatte und erst kürzlich, mit unglaublichen neunzig Jahren, gestorben war. Polybios kannte ihn zwar nicht persönlich, nur sein Profil auf den Münzen, fand die Ähnlichkeit zwischen Vater und Sohn aber verblüffend.

»Wie ist es gelaufen?«, fragte Scipio.

Der Numider antwortete in perfektem Latein. Massinissa hatte Dutzende von Kindern, davon nur drei legitime, denen er die Sprache seiner engsten Verbündeten beigebracht hatte. Gulussa war der Zweitgeborene und verdankte seine Macht Scipio, der ihn seinem älteren Bruder Micipsas vorgezogen hatte.

»Er ist nur ein fetter Scharlatan. Wieder einmal ist er mit großem Pomp aufgetreten, gekleidet in einer purpurfarbenen Chlamys über einer für seinen Bauch zu engen Rüstung, die Haut schien unnatürlich sonnenverbrannt. Als Eskorte hatte er zehn mit Schwertern bewaffnete Männer bei sich. Er wirkte, als käme er gerade von einem großen Fest. Ein wohlgenährter Ochse, auch wenn sein Volk längst den letzten Hund gegessen hat und seit Langem hungert. Nachdem wir uns etwas von der Eskorte entfernt hatten, um miteinander zu sprechen, blieb er trotzdem im Schutz des Grabens und der Palisade unter der Mauer. Er schien voller Furcht vor einer Falle. Dann winkte er mich heran.

Ich habe ihm deine Vorschläge unterbreitet: Er, seine Frau, die Kinder und die Familien von zehn seiner Verwandten und Freunde dürfen die Stadt unbeschadet verlassen, zusätzlich erhält er zehn Talente und hundert Sklaven seiner Wahl. Als Antwort schlug er mehrmals mit der Hand auf seinen Oberschenkel und rief seine Götter und das Schicksal an. Dann erklärte er, dass der Tag, an dem Hasdrubal die Sonne aufgehen und seine Stadt brennen sehen würde, niemals kommen würde, denn die Heimat und das Feuer, das sie einhüllt, wären ein herrliches Leichentuch für Menschen mit einer edlen Seele.«

Scipio schwieg einen Moment und schaute nachdenklich ins Feuer. »Meinte er das ernst?«

»Ich weiß es nicht. Seine Antwort ist bewundernswert, aber sie passt nicht zu ihm. Meiner Meinung nach ist er ein Feigling. Als ich ihn fragte, vor was er Angst habe, meinte er, er fürchte den Hinterhalt der Römer, auch wenn kein Schatten von ihnen zu sehen war. Außerdem war er es, der mich vor drei Tagen um ein Treffen gebeten hat. Was für einen Sinn sollte das haben, wenn er mir nur mitteilen wollte, dass er sich für Karthago opfern würde?«

Scipio nickte und hob den Blick zu seinem Sekretär. »Was sagst du dazu?«

»Er hat Angst vor den Römern, aber vor jemand anders fürchtet er sich noch mehr. Er hat uns Theater vorgespielt. Vielleicht fürchtete er, jemand aus seiner Eskorte könne ihn verraten.«

»Und wer könnte dem Kommandanten von Karthago mehr Angst einflößen als wir?«

»Seine Götter oder sein eigenes Volk«, antwortete Polybios.

Der Römer wandte sich an Gulussa. »Was sagen deine Spione?«

»Nicht viel. Wie du weißt, haben sie keine wichtigen Positionen inne und hören nur das Gerede von der Straße. Die Stadt ist am Ende. Die beiden Sufeten, die ranghöchsten Stadträte, haben ihre Macht eingebüßt, und auch der Senat und der Ältestenrat der 104, der sich aus den Vertretern der reichsten und nobelsten Familien zusammensetzt, haben nichts mehr zu sagen. Hasdrubal hat das Kommando über die Krieger, an die zwanzigtausend sind es immer noch, wenn nicht sogar mehr. Im Moment halten sie still, weil er ihnen verspricht, die wenige Nahrung, die noch bleibt, unter ihnen zu verteilen, ebenso das Essen auf den Schiffen, die vielleicht die Blockade durchbrechen. Die Einzigen, die er nicht vollständig unter seiner Kontrolle hat, sind allesamt römische Deserteure, die sich in den letzten Jahren den Karthagern angeschlossen haben. Sie wissen, welches Schicksal sie erwartet, und werden bis zum bitteren Ende kämpfen. Wenn sie von seiner möglichen Kapitulation erfahren sollten, würden sie ihn sofort töten. Es sind etwa tausend, und natürlich haben sie eine bessere militärische Ausbildung als irgendwelche punischen Wagner oder Bauern.«

»Die römische Militärausbildung ist nun mal die beste«, meinte der Grieche grinsend.

Scipio war nicht in Stimmung für Ironie. Mit ernster Stimme fuhr er fort: »Ja, es ist paradox, dass gerade sie die

Stadt am hartnäckigsten verteidigen. Aber sie tun gut daran, kein Mitleid zu erwarten, denn das werden wir ihnen nicht schenken. Ganz besonders nicht diesem Hund von Scaurus.«

Als er den Namen aussprach, trat er gegen den Weinkelch, der durch die Luft flog und seinen Inhalt im Zelt verteilte. Gulussa und Polybios wussten beide, dass er von Scaurus besessen war. Der Kommandant einer Pentere und tapfere Soldat stammte ursprünglich aus Formiis im südlichen Latium und war vor drei Jahren überraschend desertiert, kurz nachdem er mit den Legionen der Konsuln Manilius und Censorius in Afrika angekommen war. Seine Beweggründe waren nicht bekannt, wenn es denn welche gab, aber es wurde gemunkelt, dass seiner Fahnenflucht eine gewalttätige Auseinandersetzung mit dem damaligen Tribun Scipio Aemilianus vorausgegangen war, die er nur knapp überlebt hatte. Seitdem hatte Scaurus kein Mitleid mit seinen Kameraden und war zu ihrem erbittertsten Feind geworden. Er kommandierte eines der wenigen verbliebenen punischen Schiffe, hatte mehrmals die Seeblockade der Belagerer durchbrochen und nutzte die günstigen Winde, um meisterhaft ein- und auszulaufen – und sich über seine alten Kameraden lustig zu machen, die wegen der Meeresströmungen vor Karthago nicht vor Anker gehen konnten und seinem Schiff vergeblich nachjagten. Eines seiner schwersten Vergehen hatte es im letzten Sommer gegeben, als er auf waghalsige Weise zu Scipios Lager an der Küste vor den punischen Häfen geschwommen war und dort alle Kriegsmaschinen in Brand gesteckt hatte.

»Ich habe zudem in Erfahrung gebracht, dass es noch jemanden gibt, den Hasdrubal nicht kontrollieren kann und möglicherweise fürchtet«, fuhr Gulussa fort. »Es handelt sich um die Hohepriesterin von Tinnit, die Göttin, die neben Baal Hammon sitzt und zwischen den Menschen und Gott vermittelt.«

Scipio war skeptisch. »Der Kommandant eines Heeres hat Angst vor einer Frau?«

»Sie ist nicht irgendeine Frau. Die Hohepriesterin von Tinnit ist die Seele von Karthago, wie die sagenhafte Elissa, die die Stadt gegründet hat. Man sagt, sie sei gnadenlos. Das Massaker an den römischen Gefangenen, die man die Mauern heruntergeworfen hat, sei ihr Werk, um deinen Zorn zu schüren und die Verteidiger in eine Situation auf Leben und Tod zu bringen.«

»Wie bei den Deserteuren, kein Ausweg«, meinte Polybios.

»Wie heißt diese Frau?«

»Arishut. Es scheint auch, dass …«

Gulussa zögerte, und der Konsul drängte: »Es scheint auch was?«

»… sie schön und sehr jung ist.«

Scipio seufzte. »Wir müssen sie gefangen nehmen, sie und Scaurus. Schnappt sie euch und tötet sie dann.«

Unterdessen in Karthago

Unter dem mondlosen Sternenhimmel stiegen zwei Männer die sechzig Stufen von der Unterstadt bis zum großen Tempel des Eshmun auf dem Byrsa-Hügel nach oben, der Akropolis der Stadt. Die Häuser rechts und links der Treppe schienen verlassen. Von der kalten Meeresbrise bewegt malte das Licht der Fackeln gespenstische Schatten. Kurz vor dem Gipfel hielt der Kleinere von ihnen keuchend inne. Hanno, einer der beiden Sufeten, der höchsten Magistrate von Karthago, war körperliche Anstrengung nicht gewohnt. Sein Begleiter blieb zwei Stufen weiter oben stehen. Auf Punisch mit einer erkennbar ausländischen Färbung fragte er: »Alles in Ordnung?«

»Ja«, antwortete Hanno und hielt eine Hand an die Brust gepresst, »… nur einen Augenblick.« Eine glatte Lüge.

Scaurus blickte auf die im Dunkel liegende Stadt zu ihren Füßen. Nur der Hauptplatz, der *maqom,* und die beiden nahen Hafenbecken, der runde Kriegs- und der rechteckige Handelshafen, wurden von den Fackeln der Wächter beleuchtet. Jenseits der Stadtmauer, auf der Landzunge zwischen Lagune und Meer, beleuchteten die Lichter den quadratischen Grundriss eines römischen Außenpostens. Auf dem Schwarz des Meeres tanzten in der Ferne winzige Leuchtpunkte: die Lagerfeuer auf den Hügeln am gegenüberliegenden Ufer des großen Golfs von Karthago.

»Lass uns weitergehen«, murmelte Hanno leise und setzte seinen Aufstieg fort. Kurz darauf kamen sie im Pronaos – der Vorhalle des Tempels – unter den Säulen mit den dorischen Kapitellen an. Drei Wächter des Gotteshauses öffneten unter Kraftanstrengung die schwere Tür und ließen sie eintreten.

Nachdem sie den großen gepflasterten Hof überquert hatten, der von einem Portikus aus weißen Säulen mit Längsrillen umgeben war, erreichten sie ein Gebäude auf der gegenüberliegenden Seite des Eingangstors. Sie traten ein. Das Atrium wurde von Öllampen erhellt, aus den Räucherbecken stiegen duftige Aromen empor. An der gegenüberliegenden Wand stand eine große Eshmun-Statue, die in der rechten Hand einen Stab hielt, um den sich eine Schlange wand. Scaurus erinnerte sie an Äskulap, den römischen Gott der Medizin. Die kleineren Statuen an den übrigen Wänden zeigten die Schutzheiligen der Stadt, Baal Hammon und Tinnit.

Der Sufet schlüpfte durch einen Spalt in der Rückwand des Raumes. Scaurus wartete. Er wusste, dass er nicht weitergehen durfte: In Karthago gab es Orte, die für Fremde tabu waren.

Kurz darauf kehrte der Magistrat in Begleitung einer jungen Frau zurück. Sie war sehr dünn und fast so groß wie der Römer. Ihr heller Teint wurde von der leichten Schminke um ihre dunklen Augen und die roten Lippen unter der feinen Nase noch betont. Der Schleier über ihren schwarzen Locken reichte bis auf die Brust. Gekleidet war sie in eine purpurfarbene, fein plissierte Tunika, die in der Taille von einem gleichfarbigen Gürtel zusammengehalten wurde. Um den Hals trug sie eine Goldkette mit dem Zeichen Tinnits, einem großen dreieckigen Anhänger, dazu Ohrringe mit dem gleichen Symbol. Ihre geschmeidigen Bewegungen erinnerten Scaurus an einen Panther.

Der Nauarch verbeugte sich vor Arishut, der *rab kuhanat*, der Hohepriesterin von Tinnit.

Beim Anblick des Römers verzogen sich ihre Lippen zu einer Art Lächeln. Die Priesterin wusste, dass Rom kein Erbarmen mit Deserteuren zeigen würde und dass dieser Fremde Qart Hadasht bis zum letzten Atemzug verteidigen würde, ganz im Gegensatz zu vielen ihrer Landsleute.

Ihre Stimme klang tief, fast maskulin. »Tinnit sei mit dir, Scaurus. Kannst du uns die heutigen Ereignisse erklären?«

»Scipio hat die *evocatio* gesprochen, einen sehr alten Ritus. Vor dem finalen Angriff betet der Kommandant zu den Schutzgeistern der belagerten Stadt, damit sie sie aufgeben und sich Rom anschließen.«

»Wenn sie glauben, Baal Hammon und Tinnit würden Qart Hadasht aufgeben, sind sie wahrlich töricht«, schaltete sich Hanno ein.

Mit einer Handbewegung brachte Arishut ihn zum Schweigen. Niemand sonst, so dachte Scaurus, dürfte sich dies bei einem Sufeten erlauben. »Sie bereiten sich also auf den Angriff vor«, hakte die Priesterin nach. »Wie viele Tage haben wir noch?«

»Nicht viele, zwei, maximal drei.«

Arishut schloss die Augen und schwieg eine ganze Weile, bevor sie sagte: »Seit Elissa Qart Hadasht gegründet hat, sind fast siebenhundert Jahre vergangen. Seitdem ist die Stadt bereits zweimal belagert worden: vor hundertfünfzig Jahren versuchte es Agathokles von Syrakus, vor hundert

Jahren die Römer unter Atilius Regulus und den aufrührerischen Söldnern. Beide Angriffe wurden vereitelt, weil die Götter uns nie im Stich gelassen haben. Der römische Kommandant hat sie heute mit Opfern und Beschwörungen angerufen, er will uns unsere wichtigsten Verteidiger nehmen. Jetzt liegt es an uns, dies zu verhindern. Wir müssen unser Band mit Baal Hammon und Tinnit noch fester knüpfen, wie unsere Vorfahren es bei Agathokles, Regulus und den Söldnern getan haben. Es war ein schwerer Fehler, dies nicht schon früher getan zu haben.«

Scaurus war unsicher, auf was sie sich bezog. Hanno indes hatte sehr gut verstanden und fragte mit schwacher Stimme: »Eine Entsendung?«

Arishut öffnete die Augen: »Ja, von höchstmöglichem Adel, im richtigen Alter.«

Hanno wurde kreidebleich und begann zu schwitzen, auch wenn es nicht wirklich warm war. »Wer?«

»Hannibaal, der jüngste Sohn Hasdrubals.«

»Der Sohn deiner Schwester?«

»Elissa ist die Tochter des *rab kohanim* von Baal Hammon. Sie weiß, wie sie sich verhalten muss.«

Hanno wirkte erleichtert. »Wann?«

»Wir haben nicht viel Zeit, morgen bei Sonnenuntergang. Ich werde es tun.«

»Gut. Ich werde sofort zu Hasdrubal gehen und ihm deine Entscheidung mitteilen.«

»Ich werde mit Hasdrubal und Elissa sprechen. Aber ich brauche noch eine Frau.«

Der Sufet reagierte blitzschnell und überrumpelte sowohl Arishut als auch Scaurus. Er packte die Priesterin am Hals, drückte zu und begann wie ein Verrückter zu schreien: »Nein! Du bist es, die sterben muss!«

Nach einem Moment der Überraschung ergriff Scaurus den Sufeten am Arm und hielt ihn mühelos fest. Hanno versuchte sich zu befreien. »Lass mich los!«, schrie er. »Sie ist der Geist des Bösen!«

Arishut, die sich unter Hustenkrämpfen zusammengekrümmt hatte, richtete sich auf und nahm die Halskette ab. Sie griff nach dem Anhänger, benutzte die Basiskante des Dreiecks wie ein Rasiermesser und schlitzte mit einer entschlossenen Geste Hannos Kehle auf. Blut spritzte auf ihre Tunika und mitten in ihr Gesicht. Scaurus konnte nichts weiter tun, er ließ den Sufeten los, der mit weit aufgerissenen Augen zu Boden sank. Aus seiner Wunde strömte weiterhin Blut.

Die Priesterin betrachtete den Toten und keuchte: »Die Diener des Eshmun-Tempels werden sich um ihn kümmern … Sagen wir, er hätte sich vor der Gottesstatue das Leben genommen, und wir konnten das nicht verhindern.« Sie schaute zu dem Nauarchen. »Ich danke dir.«

»Warum hat er das getan?«

»Er hat eine Tochter.«

»Wäre sie die Kandidatin gewesen?«

»Sie wird es sein, zur Rettung aller. Es gibt niemand Nobleren, den wir entsenden können, das hat Hanno sofort verstanden. Giscon, der zweite Magistrat, hat keine Kinder.«

»Wie kann uns der Tod eines Kindes retten?«

»Sie wird nicht sterben. Sie wird Baal als unsere Botschafterin bitten, Scipios Gebete zu ignorieren. Das verstehst du nicht, Römer. Das ist unsere beste Waffe, sie hat uns stets unbesiegbar gemacht. Der Blutspakt mit Tinnit und Baal besteht seit Anbeginn der Zeit. Elissa hat ihn besiegelt, als sie Tyros verlassen und Qart Hadasht gegründet hat. Dieser Pakt ermöglicht es uns, etwas Wichtiges von den Göttern zu erbitten oder die Stadt – wie jetzt – vor großer Gefahr zu retten. In den letzten Jahren ist der alte Geist verloren gegangen. Die Entsendungen wurden immer seltener, einige entsandten sogar Stellvertreter, gekaufte Kinder oder neugeborene Tiere. Deshalb befinden wir uns jetzt in dieser Lage.« Sie deutete auf Hannos Körper in der Blutlache. »Ein Sufet, der die *rab kuhanat* von Tinnit töten wollte, um die Entsendung seiner Tochter zu verhindern. Dabei sollte er sich geehrt fühlen. Baal könnte zu Recht gegen uns erzürnt sein und sich von Scipios Gebeten sogar geschmeichelt fühlen. Wir müssen die heiligen Traditionen unverzüglich wieder aufleben lassen, um unsere Stadt zu retten. Wir entsenden die Edelsten unter uns: meine Nichte und die Tochter eines Sufeten. Ohne ihre Entsendung ist alles dem Untergang geweiht. Was für einen Sinn hätte es, in einer Welt ohne Qart Hadasht zu leben?«

»Und was ist mit dem Land von Abd-Melqart? Könnte man nicht dort leben?«

Arishut sah ihn überrascht an. »Wie ich sehe, weißt du gut Bescheid, Fremder.«

»Ich war letztes Jahr auf der Insel, habe die Seeblockade durchbrochen. Ich habe das Pulver des Baal nach Karthago gebracht.«

Die junge Frau zuckte zusammen. »Wie bist du dorthin gekommen?«

»Ich hatte einen Steuermann dabei, der die Route kannte. In der letzten Schlacht ist er mit seinem Schiff untergangen, als die Römer die fünfzig Trieren zurückgedrängt haben, die wir in der Stadt mühevoll aus zusammengesammelten Materialien gebaut hatten.«

»Die Erkundung vor der Schlacht war ein Fehler.«

»Ich weiß, Hasdrubal wollte es so, hat damit aber die römische Flotte auf uns aufmerksam gemacht. Stattdessen hätten wir den Überraschungseffekt nutzen und mit den Trieren durch die vor Anker liegenden feindlichen Schiffe stechen können, vielleicht nachts, wie ich es vorgeschlagen hatte.«

Die Priesterin nickte. Die Nachricht vom Tod des Steuermanns schien sie zu beruhigen, doch dann fügte Scaurus hinzu: »Natürlich kenne auch ich jetzt die Route und ihre Tücken – ich nehme an als Einziger in ganz Karthago.«

Arishut warf ihm einen wütenden Blick zu, der ihr blutverschmiertes Gesicht noch wilder erscheinen ließ. Ein Römer kannte das bestgehütete Geheimnis Karthagos. Scaurus blieb auf der Hut, falls sie das Messer auch gegen ihn erheben sollte. Aber so weit kam es nicht. Arishut murmelte nur: »O nein, so ist es nicht, auch wenn du wahrscheinlich der Einzige bist, der wüsste, wie man dorthin kommt.«

»Die einzige Wahl, die dir bleibt, ist, dich sofort den Römern zu ergeben. Du kannst nicht zulassen, dass sie unseren Sohn töten.«

Elissas Worte erreichten Hasdrubal, der immer noch wie versteinert schien, nicht. Arishut war gerade gegangen, nachdem sie ihm in Begleitung aller Hohepriester von Baal Hammon, Eshmun und Melqart sowie von etwa zwanzig römischen Deserteuren ihre Bitte oder, besser gesagt, ihren Befehl überbracht hatte.

Sie befanden sich in einem großen Zimmer ihrer Villa. Das Haus mit Garten im Innenhof lag direkt an der breiten Straße von Bodmelqart, die die ganz Stadt durchquerte, von der dreifachen Stadtmauer bis hin zum monumentalen Tor am Meer. Die Triumphstraße der punischen Armee, auf der aber immer seltener Siege gefeiert wurden, das Zeitalter von Barkas, Hannibal und Hasdrubal einmal ausgenommen.

Elissa war überzeugt, dass es die Barkas waren, die Qart Hadasht in Gefahr gebracht hatten, weil sie die italienische Halbinsel angegriffen und damit die Römer herausgefordert hatten. Eine Herausforderung, die ein Volk von Händlern und Seefahrern nicht gewinnen konnte. Trotzdem wollte sie sich nicht geschlagen geben. Sie hatte bereits ein ernstes Gespräch mit ihrer Schwester geführt, allerdings ohne jede Hoffnung, sie überzeugen zu können. Arishut, die bereits als Kind dazu erzogen wurde, die *rab kuhanat* von Tinnit zu werden, würde immer die Gefangene ihres Vaters Himilcon bleiben, auch wenn er schon lange tot war.

So hatte ihre Schwester in der Tat mit frostiger Stimme entgegnet, dass es eine große Ehre für den kleinen Hannibaal wäre, die Stadt zu retten. Elissa wusste, dass Arishut trotz der Blutsverwandtschaft ihre Gefühle als Mutter, die um die Entscheidung zwischen ihrem Sohn und der Stadt wusste, niemals verstehen oder ihnen nachgeben konnte. Trotzdem war sie überzeugt davon, dass Hasdrubal hätte anders reagieren sollen. Die unbeteiligte Haltung ihres Mannes war ihr unerträglich. Sie ging zu ihm und ohrfeigte ihn.

Als der General nicht reagierte, begann sie auf ihn einzuprügeln.

»Das darfst du nicht zulassen! Du bist Kommandant des Heeres, niemand in Qart Hadasht ist mächtiger als du! Halte sie auf, lass sie töten!«

Hasdrubal hielt ihre Hände fest. »Das kann ich nicht«, antwortete er leise. »Niemand würde einen solchen Befehl ausführen. Hast du gesehen, in wessen Begleitung sie gekommen ist? Sie hat die Hohepriester und die römischen Deserteure an ihrer Seite, die alles tun würden, um nicht in Scipios Hände zu fallen. Auch das Volk wird glauben, dass die Entsendung Hannibaals und der Tochter Hannos wie schon zu Zeiten von Agathokles und Regulus die einzige Chance auf Rettung ist. Ich kann nichts tun, das weißt du.«

»Dann ergib dich, Scipio! Rette nicht nur Hannibaal, sondern auch deine anderen Kinder und dein Volk. Ist dir nicht klar, dass du, wenn du ihrer Bitte nachgibst, das Kommando über eine Totenstadt haben wirst, die dazu bestimmt ist, von Feuerflammen zerstört zu werden?«

»Wir opfern den Göttern Baal und Tinnit ganz Qart Hadasht. Wenn unser Sohn sich nicht retten kann, wird er uns nur vorausgehen, das verspreche ich dir.«

Als Antwort löste sich Elissa aus seinem Griff, kniete nieder, schlug den Kopf auf den Boden und brach in Tränen aus.

Bei Sonnenuntergang

Scaurus befand sich im *qodesh Baal Hammon*, dem offenen, dem Gott geweihten Heiligtum auf dem rechteckigen Platz in der Nähe des Handelshafens. Allein der Ort zeigte seine Bedeutsamkeit, hätten hier doch auch Lagerstätten errichtet werden können, immerhin war der Hafen einer der wichtigsten Handelszentren der Welt. Stattdessen war er für die Toten bestimmt.

Obwohl die Sonne schon tief am Horizont stand, war der heilige Ort noch immer recht leer und still. Gelb gesprenkelt mit kleinen blühenden Frühlingsblumen, schien der Ort ein ganz anderer zu sein. Nur vor dem bescheiden wirkenden Gebäude, das rechts neben dem Eingang zur Stadt errichtet worden war, waren einige Helfer in kurzen Tuniken damit beschäftigt, die Flammen des bronzenen Brennofens zu schüren. Der Ofen in Form eines Mannes trug die Gesichtszüge Baal Hammons, mit Bart, einer kegelförmigen Kopfbedeckung und einem Stab in der rechten Hand. Die Ofenluke befand sich auf Höhe des Bauches.

Der Boden war übersät mit Votivstelen. Obwohl er bereits seit drei Jahren in Qart Hadasht lebte, konnte Scaurus die punischen Buchstaben, die so ganz anders waren als die römischen, nur schlecht lesen. Sie wurden von rechts nach links geschrieben, ohne Vokale, die man mitlesen musste. Es gelang ihm trotzdem, eine Inschrift zu entziffern: LRBT LTNT PN B'L WL'DN LB'L HMN 'Š NDR BDM LQRT BN ZYBQM BN 'M'L KŠM' QL' YBRK'. – »Unserer Dame Tinnit, im Angesicht von Baal, und dem Herrn Baal Hammon, dem Bodmelqart, Sohn von Zibqom, Sohn von Emel, gewidmet. In der Tat hat der Gott auf seine Stimme gehört, möge er ihn segnen!« Dieses Mal, so dachte der Nauarch, würde es nichts geben, wofür man danken konnte, und wahrscheinlich blieb auch keine Zeit, um etwas auf einer Stele einzuritzen.

Das Heiligtum erhob sich dort, wo Elissa nach ihrem Abschied von Tyros mit ihrem Volk vor siebenhundert Jahren an Land gegangen war. Der Legende nach hatten die Gaetuler, die an diesen Küsten lebten, die Prinzessin nach ihrem Anliegen gefragt, und die Phönizierin hatte um Land gebeten – nur so viel, wie eine Ochsenhaut umspannen konnte. Dieser Wunsch wurde ihr gewährt, und sie hatte die Haut in so feine Streifen schneiden lassen, dass sie den ganzen Byrsa-Hügel markieren konnte, das Herzstück von Qart Hadasht, der »neuen Stadt«. Die phönizische Gründung florierte, aber als sich der König der Gaetuler Elissa zur Frau wünschte, hatte sie sich das Leben genommen. Sie hatte sich mit einem Schwert geschlagen und dann in ein Opferfeuer gestürzt. Niemand wusste, ob die Legende wirklich wahr war, aber die Geschichte der Stadt beruhte auf ihr.

Scaurus musste daran denken, dass selbst die Gründungsmythen Roms und Karthagos gegensätzlich waren. Hier gab es Elissa, dort einen Mann, Romulus. Elissa zog eine Grenze, Romulus löschte sie aus. Um den Zusammenschluss mit dem Fremden zu vermeiden, nahm Elissa sich das Leben, während der Römer die Vereinigung mit den latinischen Völkern suchte. Und schließlich der Trick mit der Ochsenhaut, der für die Feinde Karthagos der Beweis der *fides Punica* blieb, das Zeichen der karthagischen Doppelzüngigkeit, die die Stadt von Anfang an begleitet hatte.

Grundsätzlich durften an dem Ritus, der nun beginnen sollte, keine Fremden teilnehmen, aber Arishut hatte Scaurus gebeten, das Heiligtum zu durchsuchen und mit seinen Männern zu bewachen. Offensichtlich vertraute die Priesterin Hasdrubal nicht und fürchtete, selbst zu Baal geschickt zu werden.

Die Nachricht von Hannos Selbstmord war mit Skepsis aufgenommen worden. Er war ein Lebemann und den Freuden des Daseins zugetan, also nicht der Typ, der sich den Göttern opferte. Die Entsendung seiner Tochter, der kleinen Sofonibaal, bot eine plausiblere Erklärung für seinen plötzlichen Tod. Trotzdem hatte es niemand gewagt, Fragen zu stellen, aber die Spannung war mit Händen greifbar, die Situation aussichtslos. Scipios Eroberung der Vorstadt Megara mit ihren Gemüsegärten und die Schließung der Landenge, über der sich die Stadt mit ihren Gräben und Belagerungswällen erhob, hielt Karthago im Würgegriff. Täglich verhungerten Hunderte, und Scaurus wusste, dass viele auf einen Angriff der Römer warteten, nur damit dieser Albtraum endlich ein Ende fand. Selbst die Kreuze, die an den Straßen aufgestellt worden waren, um den allzu Zögerlichen zu drohen, schienen keine Wirkung zu zeigen. Arishut konnte schließlich nicht alle kreuzigen. Er sah sie wieder vor sich, blutbeschmiert, mit gehetztem Blick. Jetzt war sie dabei, zwei Kinder zu opfern, eines war ihr eigener Neffe. War sie die Inkarnation von Proserpina, der römischen Göttin der Unterwelt, oder nur eine Frau, die von ihrer Rolle und dem tragischen Ende ihrer Welt erdrückt wurde? Warum, so fragte er sich verwundert, unterstützte er sie dabei? Aber bevor er sich diese Fragen selbst beantworten konnte, waren Flötentöne und Trompetenklänge zu hören.

Die Prozession wurde von den Musikern angeführt, als ob die Menschenmenge zu einem Fest und nicht zu einer todbringenden Zeremonie unterwegs wäre. Arishut lief an der Spitze, ungerührt und mit starrem Blick. Sie trug eine weiße, mit Gold bestickte Tunika, einen purpurfarbenen Mantel und einen kegelförmigen Hut. An ihrer Seite ging der Hohepriester von Baal Hammon, es folgten zwei Tinnit-Priesterinnen mit den in Weiß gekleideten Kindern im Arm. Beide waren etwa ein Jahr alt, das »richtige Alter«, wie Arishut es genannt hatte. Trotz des Lärms schliefen sie. Scaurus vermutete, dass sie entweder bereits tot waren oder unter Drogen standen. Dahinter kamen die noblen Eltern. Hasdrubal, ein korpulenter Mann mit geröteter und krankhaft schuppiger Haut, war in einen purpurnen Umhang gehüllt, seine Frau Elissa lief neben ihm, sie trug Weiß. Hinter ihnen ging eine zierliche junge Frau mit so tief gesenktem

Kopf, dass sie fast vornüberzufallen schien. Es war Abibaal, die Witwe des Sufeten.

Scaurus konzentrierte sich auf Elissa, Arishuts ältere Schwester. Die Ähnlichkeit war offensichtlich: die gleiche große Statur, die gleichen Haare, nur um die Augen zeigten sich bei Elissa ein paar Falten und dunkle Ringe. Sie ging entschlossenen Schrittes, aber mit abwesendem Blick, die Haut so weiß wie ihre Tunika.

Der Nauarch war beeindruckt von ihrer Gefasstheit. Er wusste nicht, dass Mütter für die Wirksamkeit des Rituals nicht schreien oder weinen durften. Sollte sie aus der Rolle fallen, so hatte Arishut ihrer Schwester außerdem gedroht, würde sie noch einen von Hannibaals Brüdern entsenden, auch wenn sie nicht im richtigen Alter waren.

Hinter den Eltern standen die verbliebenen Mitglieder des Ältestenrats der hundertvier, des Senats und der Stadtverwaltung von Karthago, nicht mehr als fünfzig Männer, die so niedergeschlagen dahinschlichen, als würden sie zu ihrer eigenen Beerdigung gehen. Ihnen folgten etwa tausend Gläubige, vor allem Frauen und Alte. Die kampffähigen Männer bereiteten sich auf die Verteidigung der Stadt vor.

Die Prozession hielt vor dem Ofen an, die Musik verstummte. Die Helfer des Heiligtums verbeugten sich, und die Priesterinnen mit den Kindern gingen auf Arishut zu, die langsam die Kette mit dem Tinnit-Anhänger abnahm, ihn in Richtung Himmel streckte, an dem sich die Wolken rosa färbten. »O Herrin Tinnit, Klagende im Angesicht von Baal, o Herr Baal Hammon, Beschützer von Qart Hadasht«, begann sie mit rauer Stimme zu deklamieren. »Der Schatten der Zerstörung liegt über Eurer Stadt, über Eurem Volk, aber Ihr werdet nicht zulassen, dass Eure Gläubigen ausgelöscht und Eure Tempel zu Ruinen zerfallen und dem Vergessen geweiht sind. Ihr werdet die Opfer und falschen Schwüre des Feindes abweisen und uns Sieg, Frieden und Wohlstand schenken. Im Gegenzug entsenden wir Euch das Nobelste unserer Stadt und unseres Volkes.«

In diesem Moment begannen die Flöten und Trompeten wie wild zu spielen, vielleicht um das Schreien der Kinder oder das Weinen der Eltern zu übertönen, doch von niemandem war ein Laut zu hören. Eine Priesterin reichte die kleine Sofonibaal an Arishut, die ihr mit einer schnellen Bewegung die Kehle durchschnitt und sie auf die glühende Ofenplatte legte. Der kleine Körper blieb einen Moment liegen, die Gliedmaßen schrumpften durch die Hitze, der Mund verzog sich zu einem Grinsen. Dann stieß einer der Helfer sie mit einem Stock in die Flammen. Die Mutter sank ohnmächtig zu Boden. Danach war Hannibaal an der Reihe, dieses Mal schob Arishut ihn sofort in die Flammen.

Elissa und Hasdrubal beobachteten das Geschehen wie versteinert, während Abibaal hochgehoben und weggetragen wurde. Bei all dem Lärm schien es niemand zu bemerken.

Arishut, deren kostbare Tunika blutbespritzt war, hob das scharfkantige Amulett gen Himmel und schrie: »Molk!«

Die Sonne stand jetzt tief, und Scaurus kniff die Augen zusammen. Die Priesterin wirkte wie ein schwarzer Schatten. Was konnten die Götter Karthagos diesem Volk angesichts dieses Opfers Böses antun?

Siebter Tag vor den Iden des April (7. April 146 v. Chr.), am Abend

Der sechzehnjährige Tribun Tiberius Sempronius Gracchus, Scipios Schwager, war der Erste, der die Mauer erklomm, gefolgt von Gaius Fannius und zwei Manipeln Triarier, den besten Soldaten Roms. Oberhalb der Mauer, die sich zur Landzunge zwischen Meer und Lagune öffnete, und unweit des Handelshafens begann ein wildes Gemetzel mit den Verteidigern, um den Turm und die Wälle zu erobern.

In der Zwischenzeit zogen dreißig Triarier der Wache des Kommandanten, angeführt von Scipio und Polybios, einen schweren Widder, wobei sie ihre Schilder aus Schildpatt schützend über den Köpfen hielten.

Von oben trafen sie so nur wenige Pfeile. Gracchus und Fannius waren aus dem Kampf als Sieger hervorgegangen, der Turm war erobert. Die Flügel des Tors waren ein leichtes Hindernis und gaben nach kaum zehn Schlägen mit dem Rammbock nach. Doch das Triumphgeschrei, mit dem die ersten Legionäre in Karthago einfielen, schlug bald in Überraschung und Enttäuschung um. An der Straße zum Hafengebiet hatten die Stadtbewohner die Lagerhäuser in Brand gesetzt.

»Sie waren bereit, alles zu verbrennen!«, rief Polybios.

»Das spielt keine Rolle. Jetzt sind wir in die Stadt eingefallen und werden sie nie mehr verlassen«, erwiderte Scipio. Dann wandte er sich an den Tribun hinter ihm: »Laelius, du weißt, was zu tun ist. Steig auf den Wall und begib dich nach rechts bis zum Kai des rechteckigen Hafens. Versuch von dort aus zum runden Hafen vorzudringen. Wir werden dir folgen.«

»Zu Befehl.«

Der Tribun eilte davon. Währenddessen näherten sich zahlreiche Seemänner mit Enterbrücken, die sie bereits an Tauen befestigt hatten, um sie nach oben auf den Wall zu ziehen.

Nach kurzer Zeit sah man im Norden einen brennenden Pfeil gen Himmel fliegen. Das war Laelius' Signal. Scipio, Polybios und die Triarier des Konsuls folgten oben auf dem Wall den Blutspuren. Vom Tor bis zum Kai gab es sechs Türme, und auf jedem war erbittert gekämpft worden. Die Leichname der Legionäre und der Verteidiger stapelten sich übereinander. Viele Verletzte, einige davon schrecklich verstümmelt, wimmerten im Todeskampf oder schrien. Es waren ausschließlich Römer, denn die Karthager hatte Laelius ausnahmslos töten lassen.

Als Scipio den Turm über dem Handelshafen erreicht hatte, um den herum die Lagerhäuser in Flammen standen, blieb er stehen und betrachtete die Lichter auf dem Byrsa-Hügel, etwa eine Meile entfernt. Niemals zuvor war ein römisches Heer der Akropolis so nahe gekommen. Polybios, der als junger Mann im Achaiischen Bund gegen die Römer gekämpft hatte, begutachtete die Lage vor Ort.

»Sie könnten vom inneren Hafen aus einen Gegenangriff starten und den Meeresarm durchqueren, der an dieser Stelle nicht sehr tief ist. Vielleicht sollten wir dort Krähenfüße oder Nagelbretter auslegen, um ihnen den Durchgang zu erschweren.«

»Sollen sie ruhig kommen!«, erwiderte Scipio. »Es wäre lächerlich, einen Zusammenstoß vermeiden zu wollen, nachdem wir in die Stadt eingedrungen sind und die Mauern erobert haben. Jetzt gilt für uns nur noch, sie zu töten. Auch sie wissen, dass sie uns nicht schlagen können, deshalb haben sie das Feuer gelegt. Dieses Mal wird es keinen Gegenangriff geben, mein Freund.«

Voller Genugtuung deutete er auf den Strom von Legionären, die unaufhörlich in Richtung der beiden Türme am Eingang des rechteckigen Hafens zum Meer hin strömten. Der Durchgang war siebzig Fuß breit und von den Karthagern versperrt worden, um eine Invasion der römischen Schiffe zu verhindern. Dies aber ermöglichte es den Legionären, von einem Turm zum anderen zu gelangen. Die erste Legion war im Begriff, bald komplett in der Stadt einzumarschieren, die zweite als Verstärkung kurz dahinter, die beiden anderen würden die Fluchtwege entlang der Landenge und in Richtung Megara versperren. »Komm«, rief der Kommandant Polybios zu.

Sie stiegen den Turm hinunter, und Scipio führte den Griechen bis zum Hafenbecken, auf dessen Wasseroberfläche sich die Feuersbrunst wild flackernd und in verschiedenen Rot- und Orangetönen spiegelte. Auch die Verteidiger der Stadt konnten sie von den Mauern des Militärhafens aus sehen. Genau das hatte der Römer beabsichtigt. Er hob den Gladius gen Himmel und schrie: »*Teneo te!*«

Wie zur Bestätigung dieser Ankündigung donnerten rechts vor ihnen, auf der anderen Seite der Landungsstege, drei hölzerne Enterbrücken zum Militärhafen herunter, und Laelius' Legionäre gingen mit Kampfgebrüll zum Angriff über.

Polybios dachte an Karthagos Schicksal. Jahrhundertelang hatte die Stadt die Meere dominiert, ausgehend genau von diesem Punkt, den sie jetzt enterten.

Die Verteidiger versuchten verzweifelt die hölzernen Bretter auszuhaken, aber sie waren mit grausamen Widerhaken ausgestattet, die der römischen Flotte schon in vielen Schlachten zum Sieg verholfen hatten. Außerdem waren die Gebäude am Fuß der Mauer noch nicht den Flammen zum Opfer gefallen und stützten die Behelfsbrücken. Die ersten Legionäre, die sie zu überqueren suchten, wurden abgeschossen, aber schon die nächsten konnten die Mauern des Militärhafens bezwingen, und bald tobten zwischen den Landungsstegen und den ionischen Säulen grausame Kämpfe. Hier waren in Unterständen vor langer Zeit mehr als zweihundert Kriegsschiffe beherbergt worden.

Scipio und Polybios folgten den Manipeln und erreichten die Mauern des inneren Hafens, an denen sie entlanggingen.

Inmitten des Beckens lag eine recht große Insel, die auf der Byrsa-Seite über eine Holzbrücke mit dem Festland verbunden war. Unten befanden sich weitere Unterstände, ebenfalls durch Säulen gestützt und von einem achteckigen Holzturm überragt, der hoch genug war, um das offene Meer zu beobachten. Dies war das Hauptquartier der punischen Flotte.

Eine Gruppe Triarier überquerte die Brücke, erreichte den Turm und drang in ihn ein. Kurz darauf taumelte einer von ihnen wieder hinaus und fiel zu Boden. Ihm folgte ein Legionär mit einem Gladius in der einen und einem Sack in der anderen Hand. Er rannte über die Brücke und schrie: »Platz da! Im Namen Scipios'!«

Er war sehr schnell, wich den anderen Legionären behände aus und stürmte dann in Richtung Ausgang, zum *maqom* neben dem Hafen.

»Ergreift ihn!«, hörte man es von der Mauer schreien.

Mit feuerrotem Gesicht kam Scipio angelaufen und schien sich von der Mauer stürzen zu wollen, um den Flüchtenden einzuholen, aber Polybios hielt ihn zurück. »Er ist es!«, rief der Konsul.

Scaurus rannte weiter und warf den römischen Helm zu Boden, dann überquerte er den rechteckigen Platz, auf dem sich der Senat, der Palast der Sufeten und andere öffentliche Gebäude befanden. Er verschwand in einer der Straßen, die nach Byrsa hinaufführten. Der Pfad war vom Regen aufgeweicht, hin und wieder durchsetzt von ein paar steinernen Stufen. Mit den Pferden konnten sie ihm unmöglich folgen. Dicht an dicht drängelten sich hier Menschen, die aus der Unterstadt geflohen waren. Aus dem lauten Lärmen hinter sich schloss der Nauarch, dass die Römer den Platz erreicht hatten. Vielleicht würde das Gold des Baal-Tempels sie ein paar Minuten aufhalten. Und doch war die Stadt verloren. Wie ein wilder Hund hatte sich Scipio in ihr verbissen und würde nie mehr loslassen. Als er an der alten Mauer ankam, die die Akropolis schützte, erkannte er einige seiner Männer und rief ihnen auf Latein zu: »Sie sind schon im *maqom* und werden bald hier sein. Macht euch bereit!«

Niemand antwortete ihm. Alle wussten, dass sie sich auf den Tod vorbereiten mussten.

Der Eshmun-Tempel war ganz in der Nähe. Scaurus berührte den Sack, den er in der Flottenkommandantur fast direkt unter den Augen der Römer befüllt hatte. Schon zum zweiten Mal in kurzer Zeit hatte er einen Befehl von Arishut ausgeführt.

»Aufhören! Das reicht!«

Laelius war verzweifelt, seine Männer gehorchten ihm nicht mehr. Sie waren in den Tempel neben dem Platz eingedrungen, den sie gerade erobert hatten, ein weißes, recht kleines Gebäude. Vier Stufen und ein Pronaos, der von ebenso vielen Säulen mit dorischen Kapitellen gestützt wurde, der Boden war aus Stein und nicht, wie üblich, aus dem punischen Estrichmörtel. Dann folgten ein Atrium und eine breite, in drei Räume unterteilte Halle, deren Wände aus Holzplatten vollständig mit Blattgold bedeckt waren. In der Mitte stand auf einem Podest die Statue einer Gottheit, ebenfalls mit Gold überzogen. Sie zeigte einen alten Mann mit einem gepflegten Bart: eine gelassene, ehrwürdige Erscheinung. Er saß auf einem Thron mit zwei geflügelten Sphinxen als Armlehnen. Auf dem Kopf trug er eine hohe Federkrone, in der Hand hielt er einen Stab. Der Boden zu seinen Füßen war mit Blut bedeckt. Die Römer hatten alle Bewohner abgeschlachtet, die hier Zuflucht gesucht hatten, Frauen und Kinder eingeschlossen. Zwischen den Leichenbergen im Atrium hatte die Gier über die Disziplin gesiegt, und die Legionäre hatten begonnen, mit den Schwertspitzen die Goldfolie von den Wänden abzulösen.

Beim Ruf des Tribuns drehten sich die Legionäre nicht einmal um, doch dann war eine Stimme zu hören, die allen wohlbekannt war. »Es ist genug!«

Andere Stimmen fielen ein. »Ave, Konsul.«

»Platz für den Konsul!«

Mit dem Gladius in der Hand hatte Scipio, gefolgt von Polybios und den Triariern der Wache, den Tempel betreten. Augenblicklich war die Plünderung beendet. Der Kommandant des Heeres warf Laelius einen vorwurfsvollen Blick zu. »Bringt sie raus und verbarrikadiert die Straßen und Zugänge zum Platz. Wir warten, bis es hell wird, und stoßen dann weiter vor. So kann sich die Legion sammeln.«

Mit gesenktem Kopf verließen die Männer den mit Fackeln erleuchteten Tempel. Nur Scipio und Polybios blieben zurück. Der Römer deutete auf die Statue.

»Wer ist das?«

»Baal Hammon, der Schutzgott Karthagos.«

»Ich hätte einen größeren Tempel für ihn erwartet.«

»Der Tempel wurde vor langer Zeit erbaut, als die Stadt noch sehr viel kleiner war. Als Karthago später zur Großmacht wurde, wagte man es nicht, ihn zu vergrößern. Stattdessen wurde der Tempel mit Gold ausgekleidet.«

Scipio betrachtete fasziniert die Wände. »Sie hatten noch sehr viel Gold, diese Bastarde.«

»Es ist schwer, das eigene Schicksal zu akzeptieren, und ein Volk würde niemals so weit gehen, die eigenen Götter zu entkleiden.«

Der römische General dachte an die Leichenberge im Atrium und sagte leise: »Ich bin ihr Schicksal … Komm, wir schauen uns um.«

Sie betraten das Zimmer zu ihrer Rechten und blieben beide vor Überraschung abrupt stehen. Hinter einer mit Gravuren versehenen Steinstele hingen vier riesige Felle an der Wand. Drei schienen gigantischen Affen zu gehören, das vierte zu einem Leoparden.

»Bei Herkules, was ist das?«, fragte Scipio.

Polybios betrachtete die Felle genauer. »Große Affen, Weibchen. Sie müssen sie irgendwo getötet und dann Baal geopfert haben.«

»Im Süden, jenseits der großen Wüste.«

»Wahrscheinlich, am merkwürdigsten finde ich allerdings das hier …« Der Grieche strich mit der Hand über das Leopardenfell.

»Was?«

»Die Flecken. Sie unterscheiden sich von denen gewöhnlicher Leoparden. Es sind Punkte in Kreisen. Auch dieses Tier scheint riesengroß gewesen zu sein. So etwas habe ich noch nie gesehen.«

»Wahrscheinlich stammt es aus derselben Gegend.«

»Niemand weiß es. Karthago hat seine Routen schon immer wie einen Schatz gehütet, wir Griechen haben das am eigenen Leib erfahren, wurden unsere Schiffe westlich von Sizilien doch systematisch angegriffen. Es heißt, dass ein punisches Schiff, das von einem griechischen verfolgt wird, sich eher an den Felsen zerschellen lässt, als seine Route preiszugeben. Sie wollten unter allen Umständen verhindern, dass wir ihre Handelsplätze, ihre Silber- und Zinnminen entdecken. Unsere Säulen des Herakles waren für die Punier seit Jahrhunderten die Säulen des Gottes Melqart.«

»Dann haben sie unbekannte Länder entdeckt. Dort könnten sie noch Stützpunkte haben … und Schätze.«

»Wir sollten einige ihrer Anführer lebend gefangen nehmen, um mehr darüber zu erfahren.«

Dann wurde Polybios' Aufmerksamkeit von der Aufschrift auf der Stele geweckt. »Hier haben sie etwas ins Griechische übersetzt. Vielleicht ist das die Erklärung für alles.«

Der Eshmun-Tempel auf dem Byrsa-Hügel hatte sich in eine Festung verwandelt.

Scaurus durchschritt den großen Hof, auf dem es von Bewaffneten, aber auch vielen Zivilisten wimmelte, darunter Alte, Frauen und Kinder. Die Familien der hohen Beamten hatten ihre Paläste in der Unterstadt aufgegeben und sich hierher geflüchtet. Er erkannte unter ihnen Elissa, Hasdrubals Frau, mit ihren beiden kleinen Söhnen.

Der punische Herrscher kam auf ihn zu, sein Gesicht leuchtete flammend rot wie nie zuvor. Er trug einen Purpurmantel und eine Chlamys, aber keine Rüstung. Seine Frage bestand nur aus einem Wort: »Und?«

Der Römer schüttelte den Kopf. »Sie haben die Häfen und den *maqom* erobert.«

Dem war nichts mehr hinzuzufügen, das war das Ende.

Der Karthager entgegnete wie gewohnt mit viel zu lauter Stimme: »Wir werden sie zurückschicken. Qart Hadasht wird ihr Grab sein! Ich habe an alle das Pulver des Baal ausgeben lassen und allen verfügbaren Männern befohlen, zum Gegenangriff überzugehen. Wir sind bereit, bis zum Tod zu kämpfen!«

Scaurus schaute ihn wortlos an, wandte sich dann in Richtung Tempel. Er durchquerte das Atrium und ging zu den im Halbdunkel liegenden Innenräumen, deren Zutritt ihm streng verboten war. Dort fand er Arishut vor, allein vor einer Tinnit-Statue, mit dem Rücken zum Eingang des kleinen Raumes. Ihre üppigen Locken reichten ihr fast bis zur Hüfte, die Flammen der Öllampen malten merkwürdige Schatten auf ihre eng anliegende Tunika.

Als Scaurus den Sack auf den Boden warf, fuhr sie herum.

Ihre Stimme klang noch rauer als sonst: »Hast du sie?«

Der Römer nickte.

»Und die Stadt?«

»… ist verloren.«

»Warum tut ihr uns das an, Römer? Als ihr vor drei Jahren gekommen seid, habt ihr unsere Jünglinge als Geiseln verlangt, und wir haben sie euch gegeben. Dann habt ihr all unsere Waffen verlangt, und wir haben sie euch gegeben. Schließlich habt ihr gedroht, Qart Hadasht zu zerstören, und wir sollten uns ins Landesinnere zurückziehen. Wir haben euch gesagt, dass das Meer unser Leben ist. Daraufhin habt ihr uns verspottet. Rom liege auch nicht am Meer, und trotzdem ließe es sich dort sehr gut leben. Ihr wollt immer nur alles zerstören … Warum?«

»Angst und Unwissenheit sind eine tödliche Mischung. Sie nennen sie *metus punicus*, die punische Angst. Karthago sechzig Jahre nach dem letzten Krieg wieder aufblühen zu sehen hat in Italien Erinnerungen an Hannibal aufleben lassen, die Schlacht von Cannae, den Speer, den er in die Mauern Roms geworfen hat. Das werden sie euch nie verzeihen. Und es ist auch Unwissenheit, denn sie wissen nichts von dieser Stadt, nicht, dass sie ohne Kriegsflotte für Iberien, Sizilien, Sardinien und die anderen Inseln keine Gefahr darstellt. Rom will Karthago zerstören, um seine Albträume zu vertreiben.«

»Wie viel Zeit haben wir noch, bis sie hier sind?«

»Das weiß ich nicht. Ein paar Tage? Die Mauern von Byrsa wie auch meine Männer sind Hindernisse, die nicht leicht zu überwinden sind.«

»Sieben Jahrhunderte und nur noch wenige Tage bis zu unserem Tod. Aber mit Tinnits Hilfe wird Qart Hadasht aus der Asche wieder auferstehen. Ist alles so weit?«

»Ja. Ich habe die Männer ausgewählt, und das Schiff liegt zwanzig Meilen von hier bereit. Niemand wird uns finden.«

Am nächsten Morgen

Ein Legionär brach direkt vor Scipios Füßen zusammen, und eine Blutlache breitete sich rund um seinen Körper aus. Der römische Kommandant verzog angewidert das Gesicht und schaute nach oben. Die Behelfsbrücke, die seine Männer hinübergeworfen hatten, um von der Dachterrasse eines Hauses auf die nächste zu gelangen, war befestigt, doch die Karthager versuchten sie einzureißen.

Der Angriff hatte im Morgengrauen begonnen. Eine ganze Legion hatte die drei Straßen, die vom *maqom* nach Byrsa führten, eingenommen. Sie waren mit Barrikaden versperrt gewesen, gingen samt Steinstufen leicht bergauf und waren flankiert von sechsstöckigen Häusern, die einzeln gestürmt werden mussten. Kaum hatten sie eines eingenommen, versuchten die Römer über das Dach zum nächsten zu gelangen, mit provisorischen Brettern oder Brücken.

So tobten zwei Schlachten, eine auf der Straße, die andere auf den Dächern. Es wurde geschrien, klirrend kreuzten sich die Klingen, überall lauerte der Tod.

Die Leichen am Boden erschwerten ein Vorwärtskommen, der Boden war glitschig vor Blut. Einige fielen von den Dächern, zerquetschen dabei die Kämpfenden oder wurden von römischen Lanzen aufgespießt.

Auch die Zivilisten, die nicht rechtzeitig flüchten konnten oder darauf vertraut hatten, dass ihre Häuser ihnen Schutz bieten würden, verloren ihr Leben.

Als Scipio vorbeiging, stürzten sechs punische Krieger aus einem Gebäude und griffen ihn an. Obwohl die Römer in diesem Abschnitt an die fünfzig waren, kämpften die Karthager wie wilde Tiere und waren kaum zu bändigen. Auch als sie schon schwer verletzt waren, gaben sie nicht auf, ihre Gesichter von Hass verzerrt. »Bringt den Konsul von hier weg!«, schrie ein Zenturio *prior*.

Zwei Triarier schoben Scipio beiseite und führten ihn zurück, während der Zenturio sich ebenfalls ins Kampfgeschehen warf.

Am Ende lagen die sechs Angreifer leblos zwischen den Leichen vieler Römer, darunter auch der Zenturio. Scipio war entsetzt. Das waren keine Menschen, das waren Furien gewesen.

Der Tribun Gaius Fannius kam zu ihm gerannt, das Gesicht und die Rüstung voller Blut und Staub. »Wir kommen voran, aber langsam und mit schweren Verlusten. Jedes Haus ist ein Vipernnest. Sie kämpfen erbittert und scheinen keine Schmerzen zu kennen. Wir brauchen dringend Verstärkung.«

»Die zweite Legion ist im Anmarsch, bald werdet ihr abgelöst. Jetzt, da wir gesiegt haben, dürfen wir nicht so viele Männer verlieren. Zündet die Häuser an, wir verbrennen sie bei lebendigem Leib. Achtet aber darauf, dass die Trümmer uns nicht den Weg versperren und unseren Angriff behindern.«

Der Tribun schlug sich mit der Faust auf die Brust und rannte davon, während sich ein Pfeil in den Schild bohrte, der den Kopf des Kommandanten schützte.

Reise von Hanno, Sufet der Karthager, entlang der Ufer Libyens, jenseits der Säulen von Melqart, die er zu Ehren des Baal-Tempels weihte. Die Karthager beschlossen, dass Hanno eine Expedition jenseits der Säulen von Melqart anführen und Städte in Libyen gründen sollte. Er brach mit einer Flotte von sechzig Schiffen mit je fünfzig Ruderern auf, mit dreißigtausend Siedlern, Frauen und Männern, Proviant und anderem Gerät.

Polybios stand im sicheren Baal-Tempel und konnte sich ein Lächeln nicht verkneifen. Nur ein punischer Schreiber konnte einen Text in einem so groben und simplen Griechisch verfassen.

Bei Sonnenuntergang

Die Hänge des Byrsa-Hügels standen in Flammen. Der Rauch verdunkelte die Sonne, die Hitze war unerträglich. Ganze Gebäude stürzten zusammen, Asche und Funken stoben. Von Zeit zu Zeit waren schreckliche Schreie zu hören, brennende Menschen rannten, lebendigen Fackeln gleich, auf die Straße und brachen dort nach wenigen Schritten zusammen.

Die Römer hatten ihren Angriff gestoppt. Sie warteten, bis das Feuer für sie gearbeitet hatte, und versuchten nur zu verhindern, dass Trümmer die Straßen versperrten. Dabei gingen sie mit Äxten und eisernen Widerhaken vor und räumten die am Boden liegenden Körper beiseite, egal ob tot oder lebendig.

Auf der Mauer stand Scaurus neben Giscon, dem letzten der beiden Sufeten. Der Mann war noch jung, hatte aber trotz seines hohen Standes aktiv an der Verteidigung teilgenommen. »Verdammte Hunde, warum kämpfen sie nicht?«, fragte er mit Tränen in den Augen.

»Weil Scipio seine Männer nicht sinnlos opfern möchte. Er hat eingesehen, dass ihn das zu viel kosten würde. Aber es ist nur eine Frage der Zeit, bis sie auch diese Mauern erklommen haben und uns nur noch das Eshmun-Heiligtum bleibt.«

»Das ist kein gerechter Kampf.«

»Das ist der Krieg nie, Giscon. Schon Pfeil und Bogen wurden von denen als nicht gerecht erachtet, die es gewohnt waren, dem Gegner beim Kampf ins Auge zu sehen. Das wird immer so sein, mit welchen Waffen auch immer. Es geht ausschließlich darum, den Gegner zu vernichten.«

»Kennst du ihn?«

»Früher waren wir Freunde … so enge Freunde, dass ich ihn fast getötet hätte.«

Später

Es war bereits dunkel, als Scipio den Eingang des Baal-Tempels erreichte. Er hatte seit zwei Tagen nicht geschlafen, war müde und über und über mit Staub und Asche bedeckt. Auf den Stufen des Pronaos blieb er stehen, um das Flammenmeer rund um den Byrsa-Hügel zu betrachten. Polybios stand hinter ihm und hörte ihn murmeln: »Einst wird kommen der Tag, da die heilige Ilios hinsinkt, Priamos selbst, und das Volk des lanzenkundigen Königs.«

»Ave, Scipio.«

Der Eroberer Karthagos drehte sich um, er hatte Tränen in den Augen. »Ave, mein Freund. Es wird ein steiniger Weg, aber wir werden es schaffen. Für mich ist es ein Moment des Ruhmes, aber auch der tiefen Traurigkeit. Ich weiß nicht, warum, aber ich habe das Gefühl, dass eines

Tages jemand den gleichen Befehl erteilen wird, alles zu verbrennen. Dann aber wird es Rom treffen.«

»Weiser kann man es nicht ausdrücken, aber genau das macht Menschen und Imperien aus … Triumphe und Niederlagen.«

»Was hast du entdeckt?«

»Auf der Stele wurde die Geschichte einer Seereise eingraviert. An der Spitze einer großen punischen Flotte stand Hanno, einer der beiden Sufeten Karthagos. Sie waren jenseits der Säulen des Herakles unterwegs, haben so die große Wüste umschifft und unbekannte Länder entdeckt, reich an Flüssen und üppiger Vegetation, bewohnt von riesigen Affen, die Gorillas genannt werden.«

»Und nach was haben sie gesucht? Gold? Silber?«

»Das steht dort nicht, jedenfalls nicht in der griechischen Version. Auch über die Rückfahrt ist nichts vermerkt, was merkwürdig ist. Sie haben die Säulen des Herakles hinter sich gelassen, sind dann nach Süden gereist und …«

Scipio, der wusste, dass Polybios Hannos Reise lange und detailgetreu erklären könnte, unterbrach ihn. Dazu war jetzt keine Zeit. »Über die Einzelheiten sprechen wir später, beschränke dich auf das Wesentliche.«

»Hannos Erzählung auf der Stele ist unvollständig. Die wichtigsten Aspekte wurden ausgelassen, darunter der Anlass der Expedition und der Rückweg.«

»Sie hielten es für klug, nicht alles im Tempel zu offenbaren. Irgendwo muss der vollständige Bericht sein.«

»Bestimmt! Vielleicht gibt es auch andere Aufzeichnungen. Die Routen gen Westen gehören zu Karthagos bestgehüteten Geheimnissen, und sicherlich hat nicht nur Hanno sie befahren.«

»Wo könnten sie sein?«

»Im Hinterzimmer irgendeines Tempels oder im Turm des Militärhafens.«

»Der ist in Flammen aufgegangen, nach…« Er hielt plötzlich inne, als hätte er eine Idee. Polybios vollendete den Satz: »… nachdem Scaurus ihn mit einem Sack verlassen hat.«

Scipio wurde bleich und schaute hinauf zum brennenden Hügel: »Er hat sie mitgenommen!«

18. Tag nach den Kalenden des Mai (14. April 146 v. Chr.), nachmittags

Sichtlich gebrochen stand der korpulente Mann im purpurroten Mantel vor Scipio und Polybios auf den Steinstufen, die zum Eshmun-Tempel führten, und starrte zu Boden. Die noch verbliebenen Verteidiger auf dem Dach mussten ihm nicht ins Gesicht sehen, um zu wissen, dass es Hasdrubal war.

Nach sechs Tagen und sechs vom Feuer erhellten Nächten, in denen sich die vier Legionen beim Brandschatzen der Unterstadt abgewechselt hatten, waren die Straßen nach Byrsa von Trümmern und Schutt befreit. Am Morgen des siebten Tages war der Sufet Giscon zusammen mit einigen Priestern von den Mauern hinabgestiegen. Als Zeichen ihrer Niederlagen hielten sie Olivenzweige in den Händen und baten den römischen Kommandanten, das Leben all jener zu verschonen, die freiwillig die Zitadelle verlassen wollten. Scipio hatte ihnen das Leben aller garantiert, mit Ausnahme der römischen Deserteure. Daraufhin waren Tausende, meist Zivilisten, zwischen den langen Reihen der Legionäre den Hügel hinuntergegangen, während die überlebenden Deserteure und die letzten unbeugsamen Karthager sich im Eshmun-Tempel verschanzt hatten.

Die Römer hatten daraufhin wieder angegriffen, und eine Gruppe Soldaten in Schildkrötenformation war unter einem Pfeilhagel vorgestoßen, um Feuer am Tor des Heiligtums zu legen.

Unter den Olivenzweigträgern war auch Hasdrubal gewesen. Als er davon erfuhr, war Scipio sofort zu ihm geeilt, um ihn den Belagerern zu präsentieren.

Der Konsul sprach so laut, dass auch die Deserteure auf der Terrasse des Tempels ihn hören konnten. »Schaut her, Legionäre, wie das Schicksal an unvernünftigen Männern ein Exempel statuiert. Das ist Hasdrubal, der noch vor Kurzem unsere großzügigen Angebote abgelehnt hat. Das schönste Leichentuch eines Mannes, so seine Begründung, sei die Heimat und das Feuer, das sie umhüllt. Jetzt steht er hier mit einem Olivenzweig in der Hand und bittet um Gnade, fleht uns an, sein Leben zu retten. Bei seinem Anblick versteht jeder, dass man niemals etwas Überhebliches sagen oder tun sollte.«

An diesem Punkt baten die Deserteure die Legionäre aus der ersten Reihe, die weiterhin auf sie zielten, einen Moment innezuhalten. Scipio gab den Befehl, den Beschuss einzustellen. Aus dem Heiligtum hörte man Beschimpfungen gegen Hasdrubal, die ihn daran erinnerten, dass er ihnen mehrmals geschworen hatte, sie nicht alleinzulassen. Dann verstummten sie plötzlich, und für einen kurzen Moment wurde die Stille nur vom Prasseln der Flammen rund um den Tempel unterbrochen.

Am Rand der Terrasse tauchte Elissa auf, wunderschön in eine weiß-goldene Tunika gehüllt. Sie hielt ihre beiden Söhne an der Hand. Auch sie trugen Tuniken und verschwanden fast unter dem Umhang ihrer Mutter.

Sie rief ihren Mann beim Namen, der den Kopf gesenkt hielt und schwieg. Dann sagte sie auf Punisch: »Ich danke dir, Scipio, dass du mich und meine Söhne retten wolltest. Die Götter von Qart Hadasht werden dich nicht tadeln, denn du hast nach den Regeln des Krieges gehandelt.« Nach einer kurzen Pause fügte sie hinzu: »Aber du, Hasdrubal, wie konntest du, ohne mir auch nur ein Wort zu sagen, zum Feind überlaufen und nur für dich um Rettung bitten? Wie konntest du die Stadt, die dir vertraut hat, so schamlos im Stich lassen? Wie konntest du es wagen, dich mit dem Olivenzweig des Bittstellers vor denjenigen niederzuwerfen, denen du stets versichert hast, der Tag, an dem man Hasdrubal lebendig und seine Stadt in Flammen sehen würde, werde niemals kommen? Wie konntest du es wagen, dein armseliges Leben zu retten, indem du das deines Sohnes opferst? Du hast deine Heimat, die Götter und dein Volk verraten. Du bist der erbärmlichste aller Männer. Dieses Feuer wird mein und das Grab meiner Söhne sein, so wie es das für Hannibal und die erste Elissa auch war. Du hingegen wirst nur eine Trophäe sein, die wie ein Tier ausgestellt wird, lediglich ein Zeichen des Triumphs für den Mann, dem du dich zu Füßen wirfst.«

Ohne dass jemand es wagte einzugreifen, schlitzte Elissa mit einem scharfen Messer die Kehle ihrer beiden Söhne auf und warf sich gemeinsam mit ihnen in die Flammen. Sie schrie nicht einmal auf.

Einige Deserteure sprangen ihr schreiend hinterher. Die anderen bereiteten sich darauf vor, im Kampf zu sterben.

Das Schicksal wollte, dass die Geschichte Qart Hadashts mit der Verbrennung einer zweiten Elissa zu Ende ging und dass ihre letzten Verteidiger Römer waren.

In derselben Nacht

Der Einlass zum Geheimgang befand sich im letzten der acht Räume des Kerkers, versteckt hinter einer Melqart-Statue. Arishut wartete schon auf ihn. Sie hatte das Priesterinnengewand abgelegt, trug nun eine schwarze Tunika und eine schwarze Kopfbedeckung, was ihrer Schönheit keinen Abbruch tat. Zum allerersten Mal, seit er sie kannte, entdeckte der Römer einen Anflug von Angst in ihrem Gesicht.

»Ist es vorbei?«, fragte die junge Frau.

Der Römer beschloss, ihr nichts vom Schicksal ihrer Schwester samt ihren Söhnen zu sagen. »Sie sind in den Tempel eingedrungen. Meine Männer stehen ihnen im Hof gegenüber, werden sie aber nicht aufhalten können. Lass uns gehen.«

Der Gang war eng und feucht, er führte leicht bergab. Scaurus ging mit einer Fackel voran. Sie folgten dem Weg mindestens eine Meile, bis sie den Ausgang erreichten. Dort übergab der Römer die Fackel der Priesterin und bedeutete ihr zu warten, dann schlich er vorsichtig weiter. Der Ausgang wurde von einigen Kletterpflanzen verdeckt, die an der Gartenmauer eines Hauses im Vorort Megara emporrankten.

Draußen schien alles ruhig, der Himmel wurde vom Feuerschein und einer schmalen Mondsichel erleuchtet. Doch Scaurus glaubte, ein Geräusch zu hören, und kehrte um.

»Das gefällt mir nicht.«

»Es ist der einzige Ausgang.«

»Wusste Hasdrubal von diesem Geheimgang?«

Kurz darauf hielt eine Gruppe Reiter genau vor jenem Haus. Scipio sprang aus dem Sattel, ein Zenturio lief ihm entgegen.

»Und? Habt ihr sie?«

»Hier ist niemand herausgekommen.«

Kapitel 7

Der Atem des Teufels

Montecassino, 10. Februar 1266, Aschermittwoch, zur Non

Wo sind sie?«

Die Stimme des Inquisitors klang hart und gebieterisch, ganz anders als die des sanftmütigen Bibliothekars, den Gioacchino da Sora, der Kellermeister der Abtei, als Guglielmo di Chambéry gekannt hatte.

Die Befragung des Mönches fand in Teodinos *studium* statt, das vergeblich durchsucht worden war. Yves saß hinter einem Tisch, der Benediktiner stand vor ihm. Berengario da Verona lehnte an der Wand und beobachtete schweigend die Szene, während Jean de Montfort an der Tür stand. Der junge Mann trug jetzt das Wappen seines Hauses, und es war etwas Außergewöhnliches, einen Ritter mit einer Tonsur zu sehen.

Gioacchino da Sora war von den Ereignissen der vergangenen Stunden noch immer mitgenommen. Yves le Breton war zusammen mit einem anderen Geistlichen und einer Hundertschaft französischer Reiter auf dem Rücken eines Maultiers im Kloster aufgetaucht. Die Männer des Grafen von Caserta hatten keinerlei Widerstand geleistet und sich sofort ergeben. Das Kloster war ohne Ergebnis durchsucht worden.

»Sie sind weg«, antwortete der Benediktiner leise.

»Wann?«

»Kurz nach Sonnenaufgang.«

»Und wann war Umberto di Fondi hier?«

»Gestern, nach der Komplet.«

»War er allein?«

»Er hatte etwa zehn Deutsche bei sich. In der Nacht sind dann noch zwei Sarazenen zu Pferd gekommen, die nach ihm gefragt haben.«

»Verstehe. Was wollte er?«

»Er wollte zum Abt, aber dessen Zelle war leer. Also bat er mich, ihn zu Euch zu begleiten, und befragte Enrico d'Ivrea.«

»Hat er ihn getötet?«

»Nein.«

Yves konnte sich die Szene gut vorstellen. Er hatte keinen Zweifel daran, dass der Kopist geredet hatte: Er war ein Angsthase. »Wo ist Enrico jetzt?«

»In der Abtei. Soll ich ihn holen?«

»Nein. In welche Richtung sind die anderen gegangen?«

»Auf dem Waldweg Richtung Tuliverno. Ihre Pferde haben sie hiergelassen.«

»Hatten sie Gepäck?«

»Nur ein paar Taschen und einen großen Sack.«

»Mit einem Buch?«

»Das weiß ich nicht.«

»Gibt es ein Geheimzimmer in der Bibliothek?«

»Ich habe davon gehört, aber wo es ist, weiß ich nicht, und …«

Yves beendete den Satz: »… es gibt seit Jahren keinen Bibliothekar mehr. Teodino hat sich persönlich um die Bücher gekümmert.«

Der Inquisitor verabschiedete den Kellermeister und wandte sich an Berengario: »Sie haben dein Buch in einen Sack gesteckt und mitgenommen. Es wird von einem Rudel Wölfe bewacht.«

»Wenn wir den falschen Abt finden, finden wir auch das Buch.«

»Aber dazu müssen wir Umberto di Fondi gefangen nehmen. Er ist nicht so dumm, es Teodino zu überlassen. Das ist eine ganz andere Klasse.«

Als er den Namen Umberto aussprach, verriet die Stimme seines Meisters einen Hauch Beunruhigung.

»Warum bereitet Euch der Mann Sorge, Magister?«

Yves beschloss, sich bei seiner Erklärung auf das Wesentliche zu beschränken. »Er ist ein Abgesandter des Satans.«

Capua, 11. Februar 1266, zur Vesper

Der Mann stand allein mitten auf der alten Steinbrücke. Er trug einen dunkelgrünen Mantel, obgleich es nicht sehr kalt war. Der Frühling lag schon in der Luft. Er war von mittlerer Statur, mit blonden Haaren, roten Wangen und himmelblauen Augen. Dreiunddreißig Jahre war er alt und seit sieben Jahren König von Sizilien.

Manfred lehnte sich über die Brüstung und betrachtete die ungestümen Fluten des Volturno. Zusammen mit den Befestigungsanlagen seines Vaters wäre der Fluss ein guter Verbündeter. Er blickte hinüber zum Bogen am nördlichen Ende der Brücke, der von zwei mächtigen Türmen eingefasst war, den Wächtern seines Königreichs. Er dachte an das Basrelief mit dem Porträt Kaiser Friedrichs auf dem Triumphtor, das der Feind sehen würde. Der Imperator hielt die Arme nach vorn und zwei Finger wie zur Mahnung ausgestreckt, eine Geste, die den eingemeißelten Satz unterstrich: »Auf des Kaisers Geheiß werde ich zur Wächterin des Königreichs. Sicher schreite hindurch, wer ohne Fehler zu leben gewillt ist. Aber der Untreue fürchte Bann und im Kerker den Tod.« Er fragte sich, wie sein Vater sich in dieser Situation verhalten hätte. Wahrscheinlich hätte er ein paar mehr Köpfe rollen lassen, um die Preisgabe seines Aufenthaltsorts zu verhindern.

Das Geräusch von Schritten hinter ihm ließ ihn herumfahren. Als er Umberto di Fondi erblickte, hob er die Hand zum Gruß. Er war dem Seneschall noch nicht begegnet, seitdem dieser am Morgen mit Teodino in Capua eingetroffen war.

»Umberto, ich bin froh, dass du in Sicherheit bist.«

Der Baron von Acquaviva kannte Manfred seit seiner Geburt, und wenn sie allein waren, sprach er mit ihm wie immer. »Ich war in der Abtei. Mohamed hat mich wissen lassen, was in San Germano geschehen ist, und wir sind auf der anderen Seite des Berges abgestiegen. Die Pferde haben wir zurückgelassen.«

»Warum warst du in der Abtei?«

»Riccardo war dort, bevor er nach Ceprano ging, das kam mir merkwürdig vor.«

»Das ist es tatsächlich … Er ist wahrlich nicht der Typ, der für den Sieg betet.«

»Noch merkwürdiger ist, dass in der Abtei französische Spione waren, die sich als Benediktinermönche auf Besuch ausgegeben haben.«

»Spione?«

»Ein bedeutender dominikanischer Inquisitor, der Beichtvater von König Louis. Ich habe ihn im Heiligen Land kennengelernt.«

»Und Teodino hat das nicht gemerkt?«

»Teodino ist ein Idiot.«

»Dann hat Riccardo also ein weiteres Mal die Seiten gewechselt, und Giordano hatte recht mit seiner Vermutung, dass er uns verraten würde. Seitdem Violante tot ist, ist er nicht mehr er selbst.«

Umberto lehnte sich an die Brüstung und sah zu, wie die Sonne hinter den Hügeln Richtung Acquaviva unterging. Dann fragte er, ohne sich umzuwenden, mit leiser Stimme: »Wo ist er jetzt?«

»In seinem Schloss in Caserta. Er sollte morgen mit seinen Männern zu uns stoßen. Aber ich glaube nicht, dass er kommen wird.«

»Er wird kommen, er wird kommen … Nur wenn er ganz sicher ist, dass er auf der Seite der Sieger steht, wird er die Seiten wechseln. Wenn wir die Franzosen schlagen, wird er der Erste sein, der ihnen die Kehle aufschneidet. Soll ich ihn töten?«

Manfred zögerte. »Noch nicht«, antwortete er schließlich. »Er hat viele Reiter und unter den Baronen zu viele Freunde. Jetzt, da der Feind vor der Tür steht, mit ihm zu brechen, wäre eine Katastrophe. Du kennst ihn schon ewig. Wenn er bereit ist, auch die Franzosen zu verraten, dann sollten wir versuchen, seine Männer für uns zu gewinnen. Wir behalten ihn in jedem Fall im Auge, und wenn er sich nicht ordentlich benimmt, bringe ich ihn persönlich um.«

Umberto antwortete nicht, sondern schien versunken in die letzten Sonnenstrahlen, die am Horizont verschwanden.

Zur gleichen Zeit in Montecassino

Der Vesper-Gottesdienst in der Basilika unter dem Vorsitz von Bernard Ayglier war gerade zu Ende gegangen. Der rechtmäßige Abt war in Begleitung von König Charles höchstselbst in Montecassino eingetroffen, begleitet von den Prälaten des Heeres, dem Dekan von Meaux, jetzt Kanzler des Königreichs Sizilien, und dem Bischof von Auxerre, päpstlicher Legat, der die Messe konzelebriert hatte. Hinzu kamen zwanzig glaubensstarke Benediktinermönche, die die Komplizen des falschen Abtes ersetzen sollten. Letztere wurden einzeln von den Inquisitoren befragt.

Charles schritt mit dem Abt in der Basilika auf und ab. Er wollte die Kirche gar nicht mehr verlassen, ganz so, als wäre er von ihrer Schönheit überwältigt.

Yves hatte der Messe stehend beigewohnt, zwischen Jean

de Montfort und Berengario, jetzt aber spürte er, dass ihn die Strapazen der vergangenen zwei Tage ermüdet hatten. Er hatte weder geschlafen noch gegessen, auch weil am Aschermittwoch gefastet wurde, ein Gebot, welches das gesamte Heer streng einhielt. Er sagte sich, dass er kein junger Mann mehr war, und ging auf Bernard Ayglier und Charles zu. Er hatte den Kellermeister bereits gebeten, ihm das Zimmer herzurichten, das er als Guglielmo di Chambéry bewohnt hatte. Der Abt lächelte ihn an. »Bruder, Ihr wart wie immer großartig.«

»Doch er hat's beschlossen, wer will ihm wehren? Und er macht's, wie er will«, antwortete der Dominikaner. »Ich habe nur den Willen unseres Herrn erfüllt. Ich bete darum, dass er dich bei der Führung dieser Abtei leiten wird.«

»Um diesem heiligen Ort den Glauben zurückzubringen, brauchen wir seine Hilfe und Eure Gebete, für mich und meine Mitbrüder, die sich entschieden haben, mich bei dieser schwierigen Mission zu unterstützen.«

Yves hakte neugierig nach: »Hast du auch einen Kräuterkundler mitgebracht?«

»Sicher, Mathieu de Rouen, den Kräuterkundler von Lerino. Er ist ein erfahrener Mann.«

»Wenn du erlaubst, würde ich gerne morgen früh mit ihm sprechen.«

Dieses Mal war die Neugier der anderen beiden geweckt. »Aber warum, Magister?«, fragte Charles.

»Ich möchte mit ihm Teodinos Kräuterapotheke überprüfen, um herauszufinden, ob dort giftige Kräuter lagern.«

Der Abt nickte ernst, der König jedoch meinte: »Ich

habe erfahren, dass ihm die Flucht gelungen ist. Aber wir werden ihn finden, das ist sicher.«

»Daran habe ich keinen Zweifel, Sire. Die Welt ist zu klein.«

Charles war bekannt dafür, niemals zu lachen, doch der Kommentar des Inquisitors entlockte ihm ein kleines Lächeln. »Ich nehme an, Ihr seid müde, Magister, aber ich möchte Euch noch einen Augenblick sprechen. Ihr erlaubt, Herr Abt.«

Der König nahm Yves am Arm und zog ihn zum Ausgang der Basilika. Die ungewöhnlich vertraute Geste sorgte allseits für Verwunderung. Niemand wagte es, ihnen zu folgen. Als sie das *paradisum* hinter sich gelassen hatten, zog sich der Mönch die Kapuze vom Kopf, eine elegante Art, um sich aus dem Griff des Königs zu lösen. Charles sah sich um, um sicherzugehen, dass sie auch keiner hören konnte: »Unser neuer Freund hat mich wissen lassen, dass der falsche König sich in Capua verschanzt hat, hinter dem überfluteten Volturno und den robusten Türmen der römischen Brücke. Viele Bewohner wurden als Geiseln genommen, und im Fall einer Rebellion wird die Stadt in Brand gesetzt. Neben den Truppen der Barone des Königreichs haben sich dort die aus San Germano geflohenen Sarazenen versammelt, dazu viele gut bewaffnete deutsche Söldner. Der Feind wartet auf Verstärkung aus den Abruzzen, aus Apulien und Kalabrien. Natürlich werden wir gewinnen, weil wir für die Sache Gottes kämpfen …«

»Natürlich.« Dem Inquisitor war das Zögern seines Gesprächspartners nicht entgangen. Er würde niemals Zweifel am Sieg äußern, aber er machte sich Sorgen. Dann fügte er hinzu: »Ich denke, dass ich während der Monate, die ich hier verbracht habe, nützliche Informationen sammeln konnte.«

Charles nickte erleichtert. »Ganz genau, Magister.«

»Ich habe das Tal beobachtet, die alten Karten studiert und viele Gespräche belauscht. Deshalb kann ich zwei Überlegungen mit Euch teilen. Die erste ist, dass auch der mächtigste Fluss einem kleinen Bach nahe der Quelle entspringt. Die zweite, dass die gesamte Region von römischen Straßen durchzogen wird, Reste eines heidnischen Reiches, das sich später zum Christentum bekannt hat. Dieses große Straßennetz dient heute der Sache Gottes.«

Der Dominikaner schaute den König zufrieden an, überzeugt davon, damit genug gesagt zu haben, doch der König hakte ungeduldig nach: »Erklärt Euch genauer!«

»Der Volturno fließt wenige Meilen von hier nach Norden. Von dort strömt er weiter nach San Germano und nimmt eine Verzweigung der Via Latina, der Straße, der Ihr bis hierher gefolgt seid. In der Nähe von Venafro, in Tuliverno, steht eine römische Brücke, obwohl der Fluss noch nicht sehr breit ist. Statt entlang der Via Latina zu ziehen und auf die Türme und die Befestigungsmauern von Capua zu stoßen, könnten wir bereits dort den Volturno überqueren und an der anderen Uferseite weiterziehen. Wir würden Capua dann von Norden erreichen, sodass ihre Türme ihnen nicht nutzen und wir uns zwischen den Feind und seine Festungen in Apulien stellen.«

Charles' Gesicht hellte sich auf. »Magister, Euch hat uns der Herr geschickt!«

Yves winkte ab. »Bernhard von Chartres sagte, wir seien Zwerge, die auf den Schultern von Riesen sitzen. So können wir mehr und weiter sehen als sie – aber nicht, weil wir selbst scharfsinniger oder größer wären, sondern weil die Größe der Riesen uns emporhebt. Und jetzt möchte ich mich zurückziehen, wenn Ihr erlaubt.«

Capua, 14. Februar 1266, zur Non

Die lange Reihe der Ritter mit den Insignien der Grafen von Caserta, ein roter und ein grauer Querstreifen, hatte die gesamte Stadt entlang der alten Via Appia durchquert, vom *Castrum lapidum* bis zu den Brückentürmen am Volturno. Es waren mindestens dreihundert Mann, gefolgt von mehr als fünfhundert Waffenträgern und Fußsoldaten – die Machtdemonstration einer Familie, deren Einfluss bis zu den normannischen Königen zurückreichte.

Riccardo ritt an ihrer Spitze, stolz und hocherhobenen Hauptes. Er wusste, dass viele von Manfreds Freunden ihn für einen Verräter hielten, weil er Ceprano nicht verteidigt hatte, aber er war sich gewiss, dass niemand es wagen würde, die Stimme gegen ihn zu erheben. Er war sehr vorsichtig gewesen. Selbst seine Mutter Sygfridina und sein Sohn Corrado hatten ihn in Caserta in die Arme geschlossen, im festen Glauben, dass er an der Seite seines Schwagers Manfred kämpfen würde. Vor allem der Junge hätte eine andere Entscheidung nicht verstanden. Er fühlte sich mehr als Neffe des Kaisers denn als Erbe der Grafschaft und erwartete, dass sich sein Vater für die Sache der Staufer einsetzte. Es wäre nicht einfach gewesen, ihm zu erklären, dass die Zeiten sich geändert hatten und nicht immer alles nur schwarz oder weiß war. Es gab auch Grau: vielleicht nicht nur zufällig die dominante Wappenfarbe des Hauses Caserta. Aber Corrado würde zum Mann heranreifen und ihn verstehen. Doch jetzt war es wichtig, ihm nicht den Eindruck zu vermitteln, er habe die Familie seiner Mutter verraten, auch wenn die wahre Verräterin sie allein war: Violante. Die faszinierendste Frau des gesamten Königreichs, die mit ihren blonden Haaren, den blauen Augen, den regelmäßigen Gesichtszügen, in ihrer gesamten Erscheinung Manfred so ähnlich war, in ihrem Wesen – extrovertiert, gebildet, brillant – gleichsam so unterschiedlich. Wie konnten sie ihm das nur antun! Gerade weil er sie beide gut kannte, konnte er ihr Tun kaum glauben. Doch der Brief, den der französische Mönch ihm präsentiert hatte, zeigte eindeutig ihre Handschrift. Er hatte irgendetwas übersehen, konnte es aber nicht greifen.

Sie hatten die Türme fast erreicht. Am Anfang der Brücke standen einige Sarazenen mit Umberto di Fondi: die letzte Person, der er begegnen wollte.

Aber der Baron wartete schon auf ihn. Ein *askari* hatte ihn über den Einzug des Grafen von Caserta und die große Zahl an Rittern informiert, als er gerade mit Mohamed die Anordnung der Bogenschützen auf den Türmen überprüfen wollte. Der Emir hatte ihn angesehen und gesagt: »Durch seine Schuld habe ich viele Brüder verloren.«

»Ich weiß … Ich habe mit dem König darüber gesprochen. Aber die Zeit ist noch nicht reif.«

Er hatte die Brücke überquert, gerade rechtzeitig, um ihn am Ende der Straße an der Spitze seiner Männer auftauchen zu sehen.

Riccardo nickte ihm zu, der Baron von Acquaviva grüßte zurück. Dann ritt der Graf an Umbertos Seite, während seine Männer an ihnen vorbeizogen. Riccardo stieg vom Pferd, übergab einem Stallburschen die Zügel und wartete, bis sie wieder allein waren. Dann fragte er den Seneschall: »Gibt es Neuigkeiten?«

»Sie sind immer noch in San Germano und bereiten sich auf den Abzug vor, aber wir denken, dass das noch nicht heute passieren wird.«

»Ja, heute ist der erste Fastensonntag, und sie werden eine Messe abhalten. Sie sind der festen Überzeugung, dass Gott auf ihrer Seite steht.«

Umberto betrachtete das Stadttor von Capua auf der anderen Seite der Brücke. Es stand noch offen. »Ich habe schon viele getroffen, die von Gottes Beistand überzeugt waren. Und trotzdem haben sie verloren.«

»Wie geht es Manfred?«

»Er macht sich Sorgen, dass die Verstärkung ausbleibt ... und um die Loyalität der Barone.«

Riccardo nickte, als würde er die Sorge seines Schwagers teilen. »Viele haben keine so enge Bindung zu ihm wie wir und fürchten, ihr Lehen zu verlieren, wenn sie ihm treu ergeben bleiben. Auch die Vorkommnisse in Ceprano, Arce und San Germano haben ihr Vertrauen in den Sieg erschüttert. Leider war das auch meine Schuld. Ich hätte auf Giordano d'Agliano hören und sie angreifen sollen, als sie die

Liri überquerten. Ich werde das auf jeden Fall wiedergutmachen.« Er deutete auf seine Truppe. »Ich habe achthundert Männer mitgebracht und die Zeit genutzt, um meine Verbindungen zu den Baronen von Lavoro, Principato und Capitana zu festigen. Sie alle werden für unsere Sache kämpfen.«

Umberto fragte sich, von welcher Sache er sprach.

»Man hat mir gesagt, dass du in San Germano warst. Wie ist es gelaufen?«, fragte der Graf.

»Die Franzosen haben uns am Abend überraschend angegriffen und den Nebel für sich genutzt. Die sarazenischen Bogenschützen rund um das römische Theater konnten dem Kampf Mann gegen Mann nicht standhalten. Das war auch nie ihre Aufgabe. Die Männer, die sich noch in der Stadt befanden, sind nach kurzem Widerstand geflohen.«

»Die Männer von Graf Tommaso von Aquino.«

Diese unaufgeforderte Klarstellung, die Zweifel an der Treue des Grafen von Acerra unterstellte, bestätigte Umberto, dass er Manfred gegenüber weiterhin loyal war. Auch Thomas war wie Riccardo ein Schwiegersohn Kaiser Friedrichs, er hatte seine leibliche Tochter Margherita geheiratet.

»Und Rocca Janula?«, fragte Riccardo.

»Hat sich kampflos ergeben.«

Der Graf von Caserta verzog den Mund. »Feiglinge. Wie hast du es herausgeschafft?«

»Ich war nicht da. Ich bin zur Abtei hinaufgestiegen.«

»Zur Abtei? Aber warum?«

»Wegen der französischen Spione.«

Der Graf wirkte überrascht, aber Umberto ließ sich nicht täuschen und fügte hinzu: »Einer war Yves le Breton, ein dominikanischer Inquisitor, der Louis von Frankreich sehr nahesteht. Ich habe ihn einmal kennengelernt.«

»Wo?«

»An einem sehr fernen Ort.«

»Als du im Heiligen Land warst?«

Nur wenige wussten von Umbertos Mission vor sechzehn Jahren, der Schwiegersohn des Herrschers war einer davon. Der Baron antwortete nicht, und Riccardo hakte nach. »Hast du ihn gefangen genommen?«

»Nein. Er ist bei meiner Ankunft geflohen. Aber er hat Teodino in seiner Gewalt.«

»Den Abt?« Dieses Mal war Riccardos Erstaunen echt.

»Ja, er wollte ein Buch von ihm. Fällt dir dazu nichts ein?«

»Ein Buch? Warum sollte mir dazu etwas einfallen? Inmitten eines Krieges will ein französischer Spion von Teodino di Capistrello ein Buch? Das ist doch absurd!«

»Mag sein, aber genau so ist es gewesen. Hast du nichts davon bemerkt, als du in der Abtei warst?«

Der Baron klang beiläufig, aber Riccardo war auf der Hut. Er ahnte, dass Umberto etwas wusste.

»Denk jetzt nichts Falsches. Ich bin in der Abtei gewesen, um Teodino vor möglichen Überfällen zu warnen und ihm ein paar Männer zum Schutz abzustellen. Und ich wollte dort für Violante und Sygfridina beten. Von französischen Spionen weiß ich nichts.«

»Ich denke gar nichts. Aber da du vor mir in der Abtei

warst, wollte ich wissen, ob dir etwas Ungewöhnliches aufgefallen ist.«

»Nein, nichts, es gibt ja nicht mehr viele Bewohner dort. Und Teodino wurde gefangen genommen?«

»Ja, sie haben ihn aber wieder freigelassen, als sie geflohen sind.«

»Sie haben ihn nicht getötet?«

Wieder spürte Umberto Riccardos Verwunderung. »Nein.«

»Merkwürdig. Ich dachte, die Inquisitoren wollten ihn tot sehen.«

»Offensichtlich hielten sie das, was sie von ihm wollen, für wichtiger. Und sie glauben wohl, dass sie es bekommen können.«

»Das Buch?«

»Genau.«

»Aber das ist doch verrückt … Und wo ist dieses Buch jetzt?«

»Ich weiß es nicht.«

»Wir müssen Teodino danach fragen. Und jetzt entschuldige mich, ich muss zu Manfred.«

Auf sein Zeichen hin brachte ihm der Stallbursche sein Pferd. Der Graf von Caserta stieg auf und ritt davon in Richtung *Castrum lapidum*. Kein Abschiedsgruß. Das war zwischen ihnen noch nie nötig gewesen.

Umberto sah ihm nach. Er kannte ihn gut genug, um berechtigte Zweifel zu haben. Dieser Mann hatte sie verraten. Oder besser, es war das passiert, was früher oder später passieren musste: Der Junge, den der Kaiser als Geisel genommen hatte, hatte sich endlich gerächt. Und dieses Mal ging es nicht um irgendwelche Allianzen, dieses Mal war es ein Kampf auf Leben und Tod.

Riccardo hatte sich für Charles d'Anjou entschieden. Die Tatsache, dass Friedrich ihn wie einen Sohn behandelt und ihm sogar seine Lieblingstochter Violante zur Frau gegeben hatte, spielte keine Rolle mehr. Nun aber war dem Grafen von Caserta klar geworden, dass sein falsches Spiel aufgeflogen und Umberto ein tödlicher Gegner geworden war. Der Baron von Acquaviva verzog die Lippen zu einem Lächeln.

Das war ihm schon lange nicht mehr passiert.

Capua, in der Nacht vom 15. auf den 16. Februar 1266

Der Reiter galoppierte vor das Tor und rief: »Staufer!« Er trug ein dunkles Kettenhemd ohne Wappen. Einige sarazenische Bogenschützen legten auf ihn an, brennende Pfeile flogen in die Landschaft, um einen besseren Überblick zu haben und vor Überraschungen gefeit zu sein. »Ich bin Guglielmo di Sessa«, rief der Mann, »und muss sofort mit Umberto di Fondi sprechen.«

Kurze Zeit später saß Umberto Manfred und Giordano d'Agliano in einem Raum des *Castrum lapidum* gegenüber. Giordano war ein Cousin des Königs mütterlicherseits, der zum piemontesischen Haus der Lancia gehörte und sich mit seinem Bruder Bartolomeo nach Süden orientiert hatte, um Titel und Lehen zu erlangen. Diese hatten sie dank Manfred erhalten: Giordano war Prinz von Salerno und

Graf von Sanseverino geworden, sein Bruder Graf von Squillace. Er war nicht mehr der Jüngste, seine blauen Augen leuchteten aus einem faltigen, sonnenverbrannten Gesicht. Als erfahrener Krieger hatte er vor wenigen Jahren das staufische Regiment angeführt, den Sienesern in der Schlacht von Montaperti gegen die Florentiner zum Sieg verholfen und die Toskana den Ghibellinen übergeben.

Umberto kam sofort zur Sache. »Einer meiner Späher ist zurückgekehrt. Heute Morgen haben die Franzosen San Germano in Richtung Venafro verlassen und den Volturno bei Tuliverno überquert.«

Seinen Worten folgte Grabesstille. Allen war klar, dass die Verteidigungslinie vor Capua und dem Volturno bedeutungslos geworden war. Charles bräuchte nur noch dem Flusslauf in der fruchtbaren Ebene von Alife zu folgen, um ihnen dann in den Rücken fallen zu können. Capuas Position war urplötzlich nutzlos und gefährlich geworden, aber auch der mögliche Rückzug nach Apulien durch das Tal von Calore und Benevent war in Gefahr. Dem Feind würden wenige Tage genügen, um Telesia zu erreichen und sie zu blockieren.

»Verdammt …«, flüsterte Manfred kaum hörbar.

»Wie viele sind es?«, wollte Giordano wissen und wandte sich an Umberto.

»Das gesamte Heer, nach meinen Schätzungen mindestens dreitausend Mann zu Pferd und doppelt so viele zu Fuß. Sie haben eine kleine Garnison in San Germano zurückgelassen.«

»Wurden wir wieder verraten?«, fragte Manfred.

»Ich weiß es nicht. Gewiss kennt sich ein Franzose in diesem Gebiet nicht so gut aus, aber sie haben auch viele Verbannte aus dem Königreich in ihren Reihen. Vielleicht könnte einer von ihnen …«

»Was denkt Ihr?«

Umbertos Antwort war kurz und deutlich: »Wir müssen sofort abziehen.«

Giordano nickte, und Manfred stimmte schließlich zu: »Ich bin einverstanden. Wenn wir hier auf sie warten und die Verstärkung nicht rechtzeitig eintrifft, werden sie uns alle gefangen nehmen. Gebt Anweisung, im Morgengrauen aufzubrechen. Wir werden vor ihnen in Telesia sein und dann weiter durch das Calore-Tal Richtung Folianensis und Benevent ziehen.«

»Das darf aber auf keinen Fall wie ein Rückzug aussehen«, merkte Giordano an. »Die Barone könnten sonst glauben, wir steckten in Schwierigkeiten.«

»Das wird kein Rückzug sein. Wir sagen, dass die Franzosen uns ausweichen und in Richtung Benevent und Apulien ziehen und wir ihnen den Weg abschneiden. Wo sollten wir uns ihnen deiner Meinung nach stellen?«

Giordano antwortete: »Ich würde sagen in Benevent. Sie werden wie wir die alte Straße von Telesia nach Benevent nehmen und den Calore bei der Brücke unterhalb der Burg von Foeniculum überqueren. Unser Onkel Manfred Lancia lebt dort, sodass wir Männer im Schloss positionieren könnten.«

Das Gesicht des Königs hellte sich auf. »Richtig! Wir warten in der Ebene auf sie. Die Bogenschützen aus Lucera werden ihre Reihen auseinanderreißen, und wir greifen mit der Kavallerie an, während sie ihnen von der Burg aus wie Falken in den Rücken stoßen und sie in die Falle gehen werden. Dieses Mal wird es nicht so sein wie in Ceprano, deshalb darf nichts, was wir hier besprochen haben, den Raum verlassen. Giordano, du informierst deinen Bruder Bartolomeo und Galvano Lancia. Ich werde mit meinem Onkel sprechen, wenn wir Benevent erreicht haben. Was meinst du, Umberto?«

»Nach Benevent zu ziehen ist eine gute Idee, aber bevor wir angreifen, müssen wir erst auf Corrado d'Antiochia aus den Abruzzen und Graf Friedrich aus Kalabrien warten. Heute hängen unsere Streitkräfte zu sehr von Riccardo von Caserta und seinen Freunden ab, denen wir nicht vertrauen können.«

»Wir werden so lange wie möglich auf sie warten, aber wenn es nötig ist, kämpfen wir mit den Männern, die wir haben. Wir können uns auf Riccardo nicht verlassen, aber er ist nicht der Typ, der sich für eine Sache opfert, die nicht die seine ist. Und er kann sich nicht sicher sein, dass Charles d'Anjou siegreich sein wird«, überlegte der König laut. »Ich bin nach wie vor davon überzeugt, dass er sich auf die Seite der Sieger schlagen wird. Auf jeden Fall müssen wir in der Schlacht in seiner Nähe bleiben.«

Umberto wirkte nicht überzeugt. Manfred bemerkte das und fragte: »Gibt es sonst noch etwas?«

»Ja. Es ist nicht sicher, dass sie den Fluss auf der Brücke in Foeniculum überqueren. Sie könnten die Finte von heute wiederholen und von Telesia aus nicht den kürzesten Weg entlang des Calore nehmen, sondern nach Norden Richtung Pontelandolfo durch die Berge ziehen. In diesem Fall kommen sie auf der anderen Seite der Burg und des Calore heraus.«

Eine Weile sagte niemand ein Wort, dann entschied Manfred: »Wir überwachen diese Straße, und wenn sie von dort kommen, überlegen wir, was zu tun ist. Aber jetzt lasst uns aufbrechen. Ich möchte, dass eine Vorhut noch vor Sonnenaufgang die Stadt verlässt.«

Telesia, 20. Februar 1266, nach der Vesper

Im großen Saal des Bischofspalasts neben der Kathedrale Santa Croce klang Charles d'Anjous Stimme wie die eines eifrigen Schülers, der seine Lektion aufsagte. »Also, Magister, ich habe gerade den Kriegsrat beendet. Capua und Alife haben sich heute beide unterworfen. Ich habe beschlossen, Manfreds Rückzug nach Benevent zu nutzen, um entlang des Volturnos Richtung Capua zu ziehen und Lavoro, Caserta, Acerra und Neapel zu befreien. Dann geht es weiter ins Landesinnere Richtung Apulien, wobei wir das Kloster Montevergine passieren. Auf diese Weise umgehen wir Benevent, und es wird nutzlos.«

»Die Bestie tötet man durch einen Schlag auf den Kopf, danach wird das Reich Euch gehören, Lavoro und Apulien eingeschlossen«, entgegnete Yves. »Aber der Abstieg nach Capua könnte Manfreds Verstärkung mehr Zeit verschaffen, und der Weg hinauf nach Montevergine ist nicht einfach.« Dass er noch eine persönliche Rechnung zu begleichen hatte und sich die Beute nicht durch die Lappen gehen lassen wollte, verschwieg er.

Charles war erstaunt. Es war nicht seine Art, eine getroffene Entscheidung zu widerrufen, gleichzeitig war er aber überzeugt davon, dass aus seinem Gegenüber die Stimme Gottes sprach. Deshalb versuchte er seine Wahl zu rechtfertigen: »Lasst Ihr Euch nicht von dem Wunsch leiten, Umberto di Fondi gefangen zu nehmen?«

Die Antwort war beißend scharf: »Ihr solltet besser wissen als alle anderen, dass ich mich nicht von Wünschen, sondern von unserem Herrn leiten lasse.«

In diesem Moment betrat der französische Konstabler, Gilles le Brun, den Raum, ohne anzuklopfen. Er war einer der wenigen, der sich das herausnehmen durfte. Er hatte angenommen, den König allein anzutreffen, schien aber nicht überrascht, den Mönch zu sehen, und verbeugte sich: »Verzeiht, Sire. Ich wusste nicht, dass Ihr mit dem Magister sprecht.«

»Was gibt es, Gilles?«

»Der Fluss ist über die Ufer getreten und überschwemmt die Ebene. Ich habe Anweisung gegeben, die Zelte weiter oben aufzustellen. Wenn sich die Lage nicht bessert, wäre es riskant, nach Capua zu ziehen. Wir würden im Morast versinken.«

Der König schaute nicht ihn, sondern den Dominikaner an, der völlig ungerührt blieb. »Ihr habt wie immer recht, Magister. Die Überschwemmung ist ein Zeichen Gottes. Wir werden nach Benevent ziehen und die Bestie töten.«

Dem Inquisitor war keinerlei Zufriedenheit anzumerken. Er fragte lediglich: »Welchen Weg nehmen wir?«

Charles wandte sich an Gilles, der antwortete: »Ich habe die Einheimischen befragt. Die römische Straße folgt dem Calore bis nach Benevent, aber um auf die Ebene zu gelangen, auf der die Stadt liegt, müssen wir die Brücke unterhalb der Burg von Manfred Lancia, dem Onkel des falschen Königs, passieren.«

»Wir müssten also den Fluss zwischen der Burg und der Stadt überqueren?«

»Ja, Sire.«

Der König blickte zu Yves, der sagte: »Laut den römischen Karten gibt es noch eine andere Straße, sie führt nach Norden, entlang der Berge. Der Weg ist länger, aber möglicherweise sicherer. In Montecassino habe ich erfahren, dass das Gebiet den Grafen von Cerreto, den Sanframondi, gehört, mit denen wir eine Einigung treffen könnten. Dann würde die Burg keine Rolle mehr spielen.«

»Hast du gehört?«, wandte sich Charles an Gilles. »Sende sofort Reiter aus, um die Straße zu erkunden, von der der Magister spricht, und schick mir Philippe de Montfort. Mit dem Hochwasser hat sich meine Entscheidung geändert.«

Gilles le Brun verbeugte sich und blickte erstaunt, aber auch voller Bewunderung den Mönch an.

Als Yves den Bischofspalast verließ, war es bereits tiefe Nacht. Er stand vor der Kathedrale Santa Croce, beleuchtet vom Schein der Feuer, an denen sich die Soldaten wärmten.

Jean de Montfort löste sich aus einer Gruppe von Rittern und kam ihm hastig entgegen. Charles hatte ihn dem Inquisitor als Eskorte zur Seite gestellt. Der Mönch bedeutete ihm, dass er es nicht eilig hatte.

Der hohe Glockenturm erregte sein Interesse. Er war aus drei verschiedenen Materialien erbaut worden, aus Stein, Tuffstein und Marmor. Stein und Tuff stammten aus den nahen Bergen, der Marmor und einige quadratische Steine aus den Ruinen römischer Gebäude der Umgebung. Man konnte noch die Friese erkennen. Er dachte an die großartigen Bauten, die sie getragen hatten, und wie groß und mächtig dieses Imperium gewesen sein musste, das selbst in einer so gottverlassenen Gegend Paläste aus Marmor errichtet hatte. Er fragte sich, ob sein Leben, das er dem Widerstand gegen die Mächte des Teufels gewidmet hatte, dazu beitragen würde, ein neues, im wahren Glauben vereintes Reich zu gründen. Er zeigte auf die Kathedrale und sagte zu Jean: »Lass uns hineingehen.«

Der Eingang wurde von zwei *servientes* bewacht, um Fußsoldaten daran zu hindern, sie auszurauben. Telesia hatte sich unterworfen, Plünderungen sollten deshalb um jeden Preis unterbunden werden. Die Kirche mit den drei Schiffen, den Bogen und Säulen war menschenleer. Der Hauptaltar auf einer kleinen Empore wurde geschmückt von einem Fries, das die Muttergottes darstellte. Darunter brannten zahlreiche Kerzen. Die Kanzel war aus Stein, ebenso der Bischofsstuhl unter den Marmorsäulen. Der Inquisitor näherte sich dem Grab an der linken Wand. Dort lagen die sterblichen Überreste des telesianischen Bischofs

Tommaso, mit Inschrift, Fresko und einem Marmoraltar, auf dem Reliquien ausgestellt waren.

Während Yves in die Betrachtung der Muttergottes versunken war, lehnte Jean wie schon in der Abtei in der Kirche San Martino an einer der Säulen.

Plötzlich waren Schritte zu hören, und beide wandten sich um.

Berengario da Verona näherte sich dem Meister. »Ich habe Euch gesucht, Magister, dann hat man mir gesagt, dass Ihr hier seid. Das Wasser steigt weiter und überschwemmt die Straßen. Vielleicht wäre es ratsam, nicht zu den Zelten zurückzukehren, sondern bis Sonnenaufgang im Bischofspalast Herberge zu suchen.«

Yves nickte. »Ruh dich aus und nimm Jean mit. Ich bleibe hier, ich bin nicht müde.«

Er wandte sich wieder der Muttergottes zu.

Die beiden jungen Männer schauten sich erstaunt an, bis Jean sich ein Herz nahm und fragte: »Beunruhigt Euch etwas, Magister?«

Yves wandte sich um. »Mich kann nichts beunruhigen, da wir der Sache Gottes dienen. Ich denke an das, was noch im Dunkeln liegt, und bete zu Gott, dass er mir hilft, es zu verstehen.«

»Bezieht Ihr Euch auf das Buch über den Schatz des Teufels?«, fragte Berengario. »Habt Ihr eine Vorstellung über dessen Inhalt?«

»Nein. Da wir es noch nicht gesehen haben, müssen wir uns an die Fakten halten, die uns bekannt sind, also von Teodino. Von seinem Charakter, das, was für ihn wichtig sein könnte, aber auch von dem, was er uns in der Abtei gesagt hat.«

»Und was zeichnet seinen Charakter aus?«

»Er kann sich glücklich schätzen, weil er von anderen unterschätzt wird. Auf den ersten Blick scheint er ein Dummkopf zu sein, aber das ist ein Fehler, denn das ist er nicht. Dieser Mann ist gerissen und ausgesprochen bösartig. Eine Viper, die man für eine harmlose Blindschleiche halten könnte. Seine Leidenschaft für Heilkräuter hat ihn die Bibliothek durchstöbern lassen, und dabei ist er auf ein Buch gestoßen, das niemand hätte aufbewahren oder kopieren sollen. Das ist übrigens die große Schwäche des Benediktinerordens: die Unfähigkeit zu unterscheiden, was aus der Vergangenheit von Nutzen ist und was eher schadet und dem Vergessen anheimfallen sollte. Ein gefährliches Buch, wie viele andere Werke aus der Vergangenheit. Was hat der Mönch dir erzählt?«

»Teodino sprach vom Schatz des Teufels, der unbesiegbar mache, und von einer Frau auf einem wilden Tier. Er hat auch einen Auszug aus der Apokalypse zitiert.«

»Hat er dabei Babylon erwähnt?«

»Ja, natürlich.«

»Interessant … Stellen wir uns einen Moment lang vor, dieser Schatz des Teufels, der unbesiegbar macht, ist wie eine Art Droge, die man aus einer Pflanze oder einem Heilkraut gewinnt. Dann stellt sich die Frage: Wo ist diese Pflanze zu finden, wo wächst sie? Wenn man sie in der Abtei hätte anbauen können, hätte Teodino es sicher versucht in der Hoffnung, Manfreds Anhänger unbesiegbar werden zu lassen. Aber in Montecassino gab es keine Pflanze, die wir nicht schon kannten, und deshalb auch keine, die unbesiegbar machen könnte. Das habe ich selbst mit Bernard Aygliers Kräuterkundigen überprüft. Wir können zudem ausschließen, dass der falsche Abt sie auf der Flucht mitgenommen hat. Die Mönche haben nur von einem Sack berichtet, in dem sich möglicherweise das Buch befindet. Daraus lässt sich schlussfolgern, dass er diese Pflanze hier nicht anbauen konnte.«

Der Inquisitor ging langsam auf und ab, dabei stellte er laut Fragen, die er sich selbst beantwortete. »Könnte es sich um eine Pflanze aus einem fernen Land handeln? Ja, möglich. Warum hat Teodino dem Mönch von der Frau auf dem wilden Tier berichtet? Vielleicht weil er an die Passage in der Apokalypse denken musste, in der auf Babylon verwiesen und von einer Hure berichtet wird, die an vielen Wassern sitzt. Eine bösartige Pflanze und Babylon an einem fernen Ort am Meer? Was fällt dir dazu ein, Jean?«

»Die Weltkarte …«

»Damals kamen mir Teodinos Bemerkungen über die alte Karte der bekannten Welt, die Enrico d'Ivrea kopierte, merkwürdig vor. Er sagte, sie könnte nicht vollständig sein und wäre viel zu klein, um die ganze Herrlichkeit Gottes zu erfassen. Jetzt ergibt das einen Sinn.«

»Es existieren Länder außerhalb der bekannten Welt?«, hakte Berengario skeptisch nach.

Yves blieb stehen und flüsterte: »Und wenn das der Schatz des Teufels wäre?«

Die beiden jungen Männer verharrten wie versteinert.

»Nun geht in Frieden«, fügte der Magister hinzu. Sein Ton duldete keinen Widerspruch.

Berengario und Jean zögerten erst, dann gingen sie langsam auf den Ausgang zu.

Yves schaute noch einmal zum Fresko, aber schon bald wurde die himmlische Muttergottes von anderen Bildern verdrängt. Er meinte, Geräusche zu hören, aber vielleicht war es auch nur das Säuseln des Windes, der durch ein kaputtes Fenster hineinströmte.

»Ich weiß, dass du uns belauschst«, sprach der Mönch mit lauter Stimme, »aber du wagst es nicht, diesen heiligen Ort zu betreten. Ich spüre deinen Atem.«

Kapitel 8

Benevent

Benevent, 25. Februar 1266, am Abend

Der Königsthron war aus massivem Gold, übersät mit prachtvollen Edelsteinen. Manfred hatte ihn aus Capua mitgebracht und in einem Raum der Festung Porta Somma am östlichen Eingang der Stadt an der Via Appia aufstellen lassen. Dort hatte er sein Lager aufgeschlagen. Er näherte sich dem Thron und streichelte ihn sanft, wobei er in Erinnerungen an seine Kindheit schwelgte, als er und Violante vergnügt auf den Armlehnen geritten waren. Seine Schwester fehlte ihm, die Welt war düsterer ohne sie.

»Sie kommen«, erklang plötzlich eine Stimme hinter ihm, »morgen werden sie hier sein.«

Er drehte sich um: Auf der Schwelle stand Umberto.

Der König war nicht überrascht, hatte er ihn doch erwartet. Von seinen Spähern war ihm bereits berichtet worden, dass das französische Heer über die bergige Straße von Pontelandolfo vorrückte, ohne dass der Graf von Cerreto Anstalten machte, sie aufzuhalten. Die Festung Foeniculum hatte ihren Nutzen verloren und war bereits evakuiert worden. Alle, so lautete der Befehl, sollten sich für die Schlacht rüsten.

»Hast du dich entschieden?«, fragte der Baron.

»Ja, wir greifen sie sofort an, bevor sie die Gelegenheit haben, Atem zu schöpfen. Sie werden müde vom Marsch sein, und ihre kleinen Pferde können mit den unseren nicht mithalten. Dank der gestrigen Ankunft der Deutschen sind wir zahlenmäßig überlegen.«

»Unsere Spione sagen, dass sie erschöpft sind, sie haben nicht genug zu essen, weder für sich noch für die Pferde. Ein paar Tage Rast könnten sie noch zusätzlich schwächen.«

»Du würdest mit dem Angriff also noch warten? Die Mauern Benevents liegen in Trümmern und bieten uns keinen effektiven Schutz.«

»Das weiß ich nur zu gut. Du warst noch ein Kind, aber ich war vor fünfundzwanzig Jahren hier, als dein Vater die Stadt erstürmt hat, weil sie es gewagt hatte aufzubegehren. Auf seinen Befehl hin wurden die Mauern und das *sacrum palatium*, der Palast der damals regierenden langobardischen Fürsten, zerstört. In dieser Region ist die Bevölkerung dem Papst immer noch treu ergeben und hat vor sechzehn Jahren erneut rebelliert. Damals war ich weit weg, aber ich habe die Geschichten über eine zweite Plünderung gehört, die der Kaiser nach der Rückeroberung der Stadt angeordnet hatte. Noch heute sind die Ruinen sichtbar. Zu warten wäre keine Einladung zu einer Belagerung, dazu sind sie nicht stark genug. Im Gegenteil, wir wären die Jäger, die darauf warten, dass das Wildschwein ausblutet, statt die letzten Kräfte zum Kampf zu nutzen.«

»Das Wildschwein ist das Wappentier der Stadt, und wenn wir warten, besteht auch für uns die Gefahr auszubluten. Nach dem, was in Ceprano, San Germano und Capua geschehen ist, darf ich nicht den Eindruck erwecken, den Kampf zu scheuen. Sie sind bis ins Herz des Königreichs vorgedrungen. Wenn ich noch immer der König bin, muss ich sie sofort verjagen, sonst könnten zu viele denken, ich sei es nicht mehr.« Er deutete auf den Thron. »Mein Vater hätte sie nie so weit vorrücken lassen und sie bereits in Rom und Viterbo geschlagen. Ich habe schon viel zu lange gewartet.«

Umberto wusste, dass der junge Regent recht hatte, aber die Umstände und auch die Männer waren andere als damals unter Friedrich. Er beschloss, nicht um den heißen Brei herumzureden: »Dir muss bewusst sein, dass du dich nur auf die Deutschen und die Sarazenen verlassen kannst. Auf die Treue der Barone zu zählen wäre sinnlos: Die hast du längst verloren. Die Barone sind feige und werden dich nicht verraten, solange sie dich noch als möglichen Sieger erachten. Passe deine Strategie deshalb an deine Ressourcen an, die sind nämlich kleiner, als du denkst. Nur das Ergebnis zählt. Ich bitte dich darum, noch eine Woche zu warten. Dann könntest du den Krieg gewinnen, ohne überhaupt in die Schlacht ziehen zu müssen.«

»Es tut mir leid, Umberto«, antwortete Manfred und schaute weiter auf den Thron. »Ich weiß, dass du mir wie einem Bruder rätst, aber eine solche Lösung kann ich nicht akzeptieren. Ich muss kämpfen. Wie mein Vater habe auch ich einen Astrologen befragt. Er hat mir bestätigt, dass ich das Reich auf dem Schlachtfeld verteidigen muss, um allen zu beweisen, dass ich meines Erbes würdig bin. Morgen Abend wird Charles d'Anjou tot sein, aber ich werde leben.«

Unterdessen etwa zehn Meilen vor Benevent

Marschall Guy de Mirepoix hatte bereits den königlichen Pavillon für die nächtliche Rast aufstellen lassen. Als er ihn sah, hatte Charles gerufen: »Mirepoix! Wer hat gesagt, dass wir anhalten? Schon bald haben diese verdammten Berge ein Ende. Los, beweg dich!«

Mit diesen Worten hatte er seinem Pferd die Sporen gegeben und war mit Gilles le Brun und den Rittern der Eskorte nach Osten weitergeritten, gerade als Yves auf einem Maultier und Philippe de Montfort zu Pferd eingetroffen waren. Letzterer war Mirepoix' Schwager und beruhigte ihn: »Mach dir keine Gedanken, du weißt doch, wie er ist.«

Als ihm klar wurde, dass ihm diese Bemerkung über den König in Anwesenheit des Inquisitors herausgerutscht war, wollte er sich umgehend bei ihm entschuldigen. Aber Yves kam ihm zuvor: »So ist er in der Tat.«

Yves kam nicht umhin, an die beiden älteren Brüder des neuen Königs von Sizilien zu denken, den asketischen Louis und den wagemutigen Robert d'Artois. Charles erinnerte mehr an Letzteren, hatte aber zugleich einen Überlebensinstinkt, der ihn wahrscheinlich davor bewahren würde, auf gleiche Weise zu enden wie sein Bruder.

Derweil fuhr Montfort fort, Lobeshymnen über den Souverän zu schwingen: »Unser guter König hat keine Angst vor gar nichts, erst recht nicht vor einem nächtlichen Marsch.«

»Genauso ist es.«

»Genau wie Ihr, Magister. Und ich hoffe, dass auch Jean ein solcher Mann wird. Ich danke Euch, dass Ihr ihn ausbildet.«

»Jesus hat gesagt: ›Fürchtet euch nicht.‹ Dabei war er der Einzige, dem das wirklich gelungen ist. Selbst im Angesicht des Todes war er zwar traurig, aber nicht ängstlich. In unserer Unvollkommenheit glauben wir, vor nichts Angst zu haben, aber das ist eine Illusion. Denkt an den mutigsten Ritter. Er wird nicht zögern, sich ganz allein hundert Feinden entgegenzustellen, hat aber Angst, vor der Schande zu flüchten. Jeder von uns hat seine eigenen Ängste. Ich habe meine, Ihr habt Eure, Jean hat seine und wird sie auch in der Zukunft haben.« Charles d'Anjou erwähnte er nicht, aber offensichtlich gehörte auch er zu den Ängstlichen.

»Ich hätte nie gedacht, dass auch Ihr vor etwas Angst haben könntet, Magister. Ich weiß, dass Ihr dem Heer der Ungläubigen ganz allein entgegengetreten seid«, bemerkte der Graf.

»Nun, ich war nicht allein, auch Euer Vater war dabei, und vor allem hat der Herr uns beschützt.«

»Was aber müssen wir tun, um nur die richtigen Ängste zu haben?«

»Wir sollten beten, dass unsere Ängste uns dazu bringen, für das Gute einzutreten, für die Sache Gottes, und nicht für das Schlechte, für den Teufel. In meinem Beispiel hat der Ritter Angst vor der Schande und wird für das Gute kämpfen, indem er sich dem Feind stellt. Dazu muss uns unsere körperliche Unversehrtheit natürlich gleichgültig sein, genau wie die Meinung der anderen. Dergestalt sind wir stark genug, den Versuchungen des Teufels zu widerstehen, wie es unser Herr in der Wüste gewesen ist, egal ob bei Brot, Fleisch oder den Schwertern Cäsars.«

»Vor allem was das Brot betrifft, müssen wir gerade sehr stark sein …«

»Ist die Lage so schlecht?«

»Wir haben keines mehr und auch keinen Hafer. Heute haben die Männer Kohl gegessen und das Fleisch der toten Pferde. Wir haben auch kein Geld mehr, um die *servientes* und die Söldner zu bezahlen. Deshalb zwingt uns der König zu diesen Gewaltmärschen. Wir müssen Benevent so schnell wie möglich erreichen, sonst werden wir vor seinen Mauern hungers sterben.«

Hügel von Capraria nahe Benevent, 26. Februar 1266, zur Terz

»Im Namen Gottes, im Namen des heiligen Michael und des heiligen Georg ernenne ich dich zum Ritter. Mögest du loyal, stark und großzügig sein …«

Charles d'Anjou gab dem jungen Mann, der vor ihm kniete, eine schallende Ohrfeige. Der junge Ritter stand auf, mit einer rot glühenden Wange und dem Stolz eines neu erstarkten Mannes. Der König wandte sich dem nächsten Mann zu, der vor ihm kniete, und tippte ihm dreimal leicht mit der Schwertklinge auf die Schulter.

»Im Namen Gottes, im Namen des heiligen Michael und des heiligen Georg ernenne ich dich zum Ritter. Mögest du loyal, stark und großzügig sein …«

Wieder eine Ohrfeige.

Der französische Großinquisitor wohnte der Szene zusammen mit dem Dekan von Meaux und dem Bischof von Auxerre bei. Hinter ihnen standen Berengario da Verona, Philippe und Jean de Montfort, Gilles le Brun, Guy de Mirepoix und weitere Barone.

Im Tal hatte sich Manfreds Heer bereits aufgestellt. Die sarazenischen Bogenschützen stachen heraus, dann die kompakte deutsche Kavallerie mit den schwarz-weißen Insignien, danach die bunten Wappen der Barone des Königreichs.

Die nächtliche Feuchte und der Schlafmangel hatten dem Dominikaner Kopfschmerzen bereitet. Er hatte die Kapuze über den Kopf gezogen, was ihm ein noch feierlicheres, fast düsteres Auftreten verlieh. Berengario hatte es ihm eiligst gleichgetan.

Trotz der Schmerzen war Yves zufrieden, dass er dem König diesen Rat gegeben hatte, als sie auf dem Hügel angekommen waren. Schon bald würden die *servientes* zu Pferd *milites*, Ritter, werden. Sie waren voller Dreck, müde, hungrig, ihre Pferde ausgezehrt. Im Vergleich zu den strahlenden Deutschen in der Ebene schienen sie augenscheinlich dem Untergang geweiht. Das Einzige, das Charles noch für sie tun konnte, war, sie zum Ritter zu schlagen, um sie für ihn sterben zu lassen. Gott hatte schließlich dafür gesorgt, dass der Feind ihnen in die Hände arbeitete und den Kampf aufnahm. Nur noch wenige Tage Wartezeit auf dem Hügel hätten das Ende für die Disziplin und den Gehorsam der französischen Armee bedeutet.

Die Ernennungszeremonie war langwierig. Danach feierte der Dekan von Meaux die Messe, zusammen mit den Franziskanern und den Dominikanern, unter ihnen Yves und Berengario. Zum Schluss gewährte der Bischof von Auxerre im Namen des Papstes allen den vollständigen Ablass. Als der König vor sein Zelt trat und das Wort ergriff, hatte fast schon die sechste Stunde geschlagen. In absoluter Stille drang seine Stimme auch bis zum letzten seiner Männer vor.

»Ihr wisst, wir sind fern von Frankreich. Wir haben den weiten Weg auf uns genommen, um zu kämpfen, und der Tag, den wir so lange herbeigesehnt haben, ist endlich angebrochen. Wenn wir, was Gott verhüten möge, besiegt werden, werden wir hier sterben. Wir können keine Gnade erwarten, und wir haben keine Hoffnung auf Erlösung. Auch jene, die uns mit Respekt und Ehre empfangen haben, würden sich sofort gegen uns wenden, sollten sie uns fliehen sehen. Sie würden uns mit ihrer angeborenen Bösartigkeit verfolgen und töten. Wir müssen deshalb mit großem Mut kämpfen, um schließlich alle gemeinsam den Tod zu finden oder über unsere Feinde zu triumphieren. Besser sterben als fliehen. Wer vor seinen Feinden flieht, stirbt gleich mehrere Male. Wir können jedoch mit mehr Vertrauen kämpfen als unsere Gegner, die exkommuniziert und unter dem Kirchenbann im Namen des Teufels kämpfen, ohne Hoffnung auf das ewige Leben. Wir indes kämpfen im Namen dessen, der für uns gelitten hat, mit der Hoffnung, ja mit der Gewissheit, vor dem Jüngsten Gericht von allen Sünden freigesprochen zu werden. Seid vorsichtig, bereit und wachsam. Schlagt eher die Pferde als die Männer nieder, sodass unsere Widersacher in ihren schweren Rüstungen mit ihren Tieren zu Boden stürzen und unsere Fußsoldaten sie töten können. Aber achtet darauf, was euch in jedem einzelnen Moment als angemessen erscheint, und handelt danach. Jeder Ritter hat ein bis zwei Fußsoldaten an seiner Seite, das können auch Söldner sein. Sie werden die Pferde und die Reiter am Boden töten. Unsere Pferde sind vom langen Marsch erschöpft, sie können unseren Feinden nicht ebenbürtig gegenüberstehen. Wir müssen sie daher nach Kräften unterstützen. Wir ziehen nun ins Tal und begegnen dem Feind in fünf Gefechtsreihen. Zuerst ziehen Philippe de Montfort, Marschall Mirepoix, die Infanterie und tausend Reiter los, die Hälfte davon Provenzale, die gerade zum Ritter geschlagen wurden und sich beweisen können. Danach komme ich mit weiteren provenzalischen Rittern, denen von Anjou und der Île de France. Die königlichen Insignien werden dem Seneschall der Provence, Guillaume l'Étendard, anvertraut. Es folgen der Graf von Flandern und Kommandeur Gilles le Brun mit den Rittern Flanderns und der Champagne, dann die aus Aquitanien. Schließlich der Graf von Guerra mit den Adligen aus Rom, Kampanien, der Lombardei und der Toskana. Das ist Gottes Wille! *Montjoie!*«

Genau in diesem Moment tauchte die Sonne zwischen den Wolken auf, und der Schrei aus zehntausend Kehlen hallte bis ins Tal: »*Montjoie!*«

Unterdessen in der Ebene

Nervös versuchte Manfred den silbernen Adler an dem schweren Helm zu befestigen. An seiner Seite stand Tebaldo Annibaldi, ein junger, schmächtiger römischer Adliger, der auf der Seite der Ghibellinen kämpfte und beim Eintreffen der Franzosen in Rom geflohen war, daneben die drei Capece-Brüder Marino, Corrado und Giacomo, die Herren Neapels, Atripaldas und Baianos. Unweit davon hatten Umberto di Fondi, Riccardo von Caserta, Tommaso von Acerra zusammen mit anderen Baronen und etwa tausendvierhundert Reitern Aufstellung genommen, meist aus dem Königreich, aber auch Deutsche und zu einem kleinen Teil Sarazenen. Der Rest des Heeres hatte sich vor ihnen in zwei Gefechtsreihen aufgestellt. In der ersten Reihe standen mehr als dreitausend Bogenschützen aus Lucera, die von Mohamed und dem Onkel des Königs, Galvano Lancia, Graf von Salerno, befehligt wurden. Ihre Aufgabe war es, die Formation der Gegner mit einem Pfeilregen zu stören. Einer direkten Auseinandersetzung würden sie nicht standhalten und sich deshalb zurückziehen, um die deutsche Kavallerie der zweiten Reihe nach vorn treten zu lassen, insgesamt zwölfhundert schwer bewaffnete Söldner. Dies war seine beste Waffe, und Manfred hatte sie Giordano d'Agliano anvertraut. Sein Auftrag war es, die französische Reiterei zu zerschlagen, die nur über kleine, vom langen Marsch erschöpfte Pferde verfügte.

Die dritte Reihe würde die Angreifer endgültig zur Strecke bringen. An diesem Punkt mussten auch Riccardo und seine Freunde wohl oder übel gegen die Franzosen kämpfen. Die Verräter würden später ohne viel Aufhebens aus dem Weg geräumt werden.

Nachdem der König von Sizilien den Silberadler irgendwie befestigt hatte, hielt er den Helm in der linken Hand und ließ den prächtigen schwarzen Hengst Schritt gehen. Er wandte sich um und sprach zu seinen Männern, während die Franzosen den Hügel hinunterstiegen: »Ihr seht vor euch eure Feinde, die schon seit Langem den Kampf mit uns gesucht haben. Gott sei es gedankt: Es sind weniger, als sie uns glauben machen wollten. Sie haben kleine ausgezehrte Pferde, alle erschöpft vom langen Marsch. Bevor sie rasten und wieder zu Kräften kommen können, werden wir ihnen entgegentreten, um zu gewinnen oder zu sterben. Die Franzosen mögen auf den ersten Blick mutig wirken, aber sie haben weder Ausdauer, noch ist ihre Seele standhaft und stark. Wenn sie auf heftigen Widerstand stoßen, dann sind sie furchtsamer, als ihr es euch vorstellen könnt. Erinnern wir uns an die Heldentaten unserer Vorfahren. War es nicht Italien, das diese Völker für feige gehalten hat? Wollten sie nicht schon damals die Italiker unterwerfen? Aber wir sind stärker, zahlreicher und mächtiger als unsere Vorfahren. Deshalb haben wir nichts zu befürchten und die einzige Aufgabe, sie zu töten und auszulöschen.«

Dann hob er mit beiden Händen den Helm mit dem Adler gen Himmel.

Das war das Signal.

Einen Augenblick später hallte der Kampfschrei »Staufer!« durch die Ebene. Auch Riccardo von Caserta stimmte in diesen Schrei mit ein und versuchte sein Unbehagen zu verbergen. Die Tatsache, dass Umberto di Fondi neben ihm ritt, konnte nur eines bedeuten: Manfred vertraute ihm nicht und hatte ihm einen gefährlichen Schutzengel an die Seite gestellt, der bereit war, ihn beim geringsten Zögern während der Schlacht sofort zu töten. Der Graf wusste genau, wie tödlich dieser Engel sein konnte, er hatte ihn oft genug mit seinem Krummsäbel töten sehen. Und zweifelsohne schien sich der Seneschall mehr um das Verhalten der Casertaner als um das der Franzosen zu kümmern, als würde die Gefahr von ihnen ausgehen. Er hatte auch bemerkt, wie einige deutsche und sarazenische Reiter sich ihnen näherten, um, wenn nötig, einzugreifen. Der Graf stieg in den Sattel und warf dem Stallburschen einen Blick zu, um sicherzugehen, dass auch er die Situation einzuschätzen wusste. Er reichte ihm die Zügel und nickte, dann entfernte er sich.

Graf Galvano Lancia, der Bruder von Manfreds Mutter, war ein erfahrener Soldat. Seit mehr als dreißig Jahren hatte er unter dem Adler der Staufer gekämpft, und obwohl er die fünfzig schon überschritten hatte, war er immer noch ein guter Reiter. Als er aus den Reihen des Königs den Schlachtruf hörte, sagte er zu Mohamed an seiner Seite: »Es geht los.«

Auf ein Zeichen des Emirs hin stießen die Bogenschützen aus Lucera rasch in Richtung der ersten feindlichen Linie vor, in der sowohl Kavallerie als auch Infanterie vertreten waren. Sie schrien lauthals, um den Gegner in Angst und Schrecken zu versetzen. Sobald sie in Reichweite waren, stellten sie sich in mehreren Reihen auf und legten an. Eine Wolke aus Tausenden von Pfeilen traf die Franzosen, die so gut wie möglich Deckung suchten. Die Pfeile töteten vor allem Söldner ohne Rüstung und Pferde.

Philippe de Montfort hielt seinen Schild über den Kopf und suchte nach Jean. Er war ganz in der Nähe und schirmte sich ebenfalls mit dem Schild ab. Er dachte an Yves le Bretons Worte über die Angst zurück. Jetzt hatte er Angst, aber nicht um sich, sondern um seinen Sohn. Der junge Mann hatte darauf bestanden, an der Schlacht teilzunehmen, statt mit dem Dominikaner auf dem Hügel zurückzubleiben. Philippe hatte versucht, ihm den Schutz des Großinquisitors als heilige Mission anzupreisen, aber Jean hatte geantwortet: »Der Magister wird nur im Falle eines Sieges sicher sein. Wenn es dem Feind gelingt, bis hierher vorzurücken, dann werden wir besiegt sein, und ich könnte nicht mehr viel ausrichten. Dann wären wir alle verloren, vor allem aber er. Ich habe mit eigenen Augen gesehen, wie sehr ihn die Feinde Gottes hassen. Heute ist mein Platz an Eurer Seite, Vater, auf dieser Ebene.« Philippe hatte Yves Hilfe suchend angesehen, aber der Mönch hatte ihm geantwortet: »Denkt an das, was ich Euch gesagt habe, und lasst ihn seinen eigenen Weg finden. Möge Gott mit Euch sein.«

Als er sah, wie die Pfeile der Ungläubigen seine Männer

zu Fall brachten, fragte er sich, was Gott vorhatte. Die Reiter, die meisten waren bis vor Kurzem noch *servientes* gewesen, waren durch das Massaker an den Fußsoldaten verstört, ihre Formation brach auseinander, die Pferde klappten zusammen oder bäumten sich wegen ihrer Verletzungen auf.

Lange würden sie nicht mehr durchhalten. Es blieb für sie nur eines zu tun, um nicht geschlagen zu werden, ohne auch nur einmal Kontakt mit dem Feind gehabt zu haben. In diesem Augenblick tauchte Guy de Mirepoix neben ihm auf.

»Philippe, was machen wir?«

»Wir greifen an!«, schrie er. *»Montjoie!«*

Er gab dem Pferd die Sporen, und tausend Reiter folgten ihm. Die Sarazenen flohen nicht, sondern richteten einen wahren Wall aus Pfeilen gegen die Kavallerie. Ein tragischer Fehler: Ungeachtet der schweren Verluste in den ersten Reihen stürzten sich die nachfolgenden Franzosen auf die Bogenschützen. Ohne Rüstung und nur mit Bogen und Kurzschwertern bewaffnet gerieten die Männer aus Lucera unweigerlich in Schwierigkeiten.

Im folgenden Kampf wich Mohamed einem Lanzenhieb aus, griff nach der Waffe und zog den Reiter vom Pferd. Dann war er über ihm und tötete ihn mit einem Schlag ins Gesicht. Als er um sich blickte, fand er bestätigt, was er schon ahnte: Seine Männer waren unterlegen, genau wie schon zuvor in San Germano. Ihre einzige Hoffnung war die deutsche Kavallerie.

Der Kommandant der zweiten Gefechtsreihe der Staufer,

Giordano d'Agliano, war zum selben Schluss gekommen wie der Emir von Lucera und hatte, ohne Manfreds Beschluss abzuwarten, den Befehl zum Angriff gegeben. Es genügte ihm zuzusehen, wie die französische Kavallerie die Bogenschützen überrannte und Galvano Lancia auf ihn zugeritten war und mit der rechten Hand gewedelt hatte. Die deutschen Söldner rückten im Schritt, dann im Trab vor, erst ganz am Ende fielen sie in den Galopp. Die Provenzalen und die frischgebackenen Ritter, die durch den Kampf geschwächt waren und deutlich kleinere Pferde hatten, wurden von den Deutschen aufgehalten, was den Bogenschützen ermöglichte, sich zurückzuziehen. Unter ihnen befand sich auch Mohamed, blutend und durch einen Schwerthieb am rechten Arm verletzt.

Jean de Montfort sah sich einem Ritter gegenüber, der ein wesentlich längeres Schwert führte als er und auf einem riesigen Pferd mit einer schwarz-weißen Satteldecke saß. Um dem Angriff auszuweichen, beugte er sich akrobatisch im Sattel vor, um dann seinerseits zuzustechen. Erfolglos, denn der Gegner trug einen Harnisch aus Eisenplatten. Ein zweiter Schwerthieb schickte Jean zu Boden. Der Deutsche stieg nicht ab und versuchte noch einmal zuzustechen. Jean erinnerte sich an den Befehl des Königs, die Pferde zu töten. Anfangs hatte er diese Geste als illoyal empfunden, erkannte jetzt aber, dass die Ebene von Benevent heute kein Ort für die Regeln der Ritterlichkeit war. Er warf sich unter das Reittier des Angreifers und stieß dem Pferd das Schwert mit aller Kraft in den Bauch. Das Blut spritzte nur so auf ihn, die Eingeweide schossen heraus. Der Söldner ging mit dem Tier zu Boden, und im Nu stürzte sich Jean auf ihn und traf ihn unter der Achsel, wo er nicht von seiner Rüstung geschützt war. Mit einem Triumphschrei griff er nach dem Langschwert des Gefallenen und suchte den Blick seines Vaters. Er entdeckte ihn ganz in der Nähe, zu Fuß. Philippe versuchte gerade, sich gegen einen berittenen Deutschen zu verteidigen, war aber nicht so beweglich wie sein Sohn und wurde mit einem Schlag entwaffnet. Der Gegner setzte gerade an, ihn zu enthaupten, als Jean das Schwert hob und mit einem kräftigen Schlag die Beine des Pferdes brach. Der Ritter fiel krachend zu Boden. Jean packte das Schwert seines Vaters, bohrte es in Achselhöhle unter die Rüstung des Deutschen und tötete ihn. Er gab dem Grafen seine Waffe zurück, der seinen blutüberströmten Sohn nicht gleich erkannt hatte, und erklärte ihm: »So müssen wir sie töten.«

Ängstlich und wütend zugleich beobachtete Charles d'Anjou die schwarz-weiße Kavallerie, die zunehmend das Blau der Provenzalen zurückdrängte. Am liebsten hätte er sich selbst unter die Kämpfer geworfen, ermahnte sich aber, dass er einen kühlen Kopf und die Übersicht über das Schlachtgeschehen bewahren musste. Noch war ein Großteil des gegnerischen Heeres nicht auf dem Schlachtfeld. Er drehte sich zu seinen Reihen um, den neunhundert provenzalischen Reitern, den Rittern aus Anjou und der Île de France, der Elite der französischen Kavallerie. Auf sein Zeichen hin ritt Guillaume l'Étendard, der die königlichen Insignien trug, an ihre Spitze, und Charles schrie: »Los! Schlagt zu, Soldaten Christi, schlagt von vorn zu!«

»Montjoie!«

Die Reiter setzten sich in Bewegung, gefolgt von einigen Hundert Fußsoldaten und Söldnern.

Auf dem Hügel konnte auch Yves beobachten, wie die deutsche Kavallerie immer mehr die Oberhand gewann. Die Kopfschmerzen plagten ihn weiterhin, der kalte Nordwind trug die Kampfgeräusche von ihm weg.

Philippe und Jean de Montfort befanden sich mitten im Kampfgeschehen, genau wie die anderen mutigen Ritter, die er kannte. Er betete für sie, auch wenn das bedeutete, den Herrn um die Niederlage und den Tod des Gegners zu bitten. So war es eben, und so würde es immer sein.

Das Zusammentreffen der zweiten französischen Linie mit der deutschen Reiterei, die immer noch mit den Provenzalen beschäftigt war, war sehr heftig. Die besten Krieger beider Heere trafen aufeinander.

Die Deutschen versuchten die Franzosen auf Abstand zu halten, die sich mit ihren langen Panzerbrechern näherten, um die Gegner an den ungeschützten Stellen zu treffen.

Im Schlachtenlärm waren die Schreie der Franzosen zu hören, die den Befehl des Königs wiederholten: »Greift von vorn an, Soldaten Christi! Von vorn! Mit den Panzerbrechern!«

So blieben die Franzosen kompakt zusammen, während sie sich bei einem Flankenangriff hätten trennen müssen. Sie hatten dem Gegner einen statischen Nahkampf ohne Angriff und Gegenangriff aufgezwungen und somit deren Vorteil einer neuartigen Rüstung zunichtegemacht.

Auf ein Signal Charles' hin rückte auch die dritte Reihe

unter dem Grafen von Flandern vor und verschaffte den Franzosen jetzt die zahlenmäßige Überlegenheit. Die Sonne verschwand derweil hinter den Wolken.

Die Deutschen starben in ihren Rüstungen, sie kämpften wie von Wölfen eingekreiste Bären. Nur der Vorstoß der dritten Reihe der Staufer würde sie noch retten. Manfred drehte sich zu den vierzehnhundert Reitern um und schrie lauthals: »Staufer!«

Niemand bewegte sich. Nur das Schnauben und Hufgeklapper einiger Pferde war zu hören. Umberto di Fondi zog seinen Krummsäbel, doch sein Pferd fiel, von einem Schwert an den Beinen getroffen, zu Boden. Mit einem Sprung landete der Seneschall wieder auf den Füßen, doch dieser kurze Augenblick hatte Riccardo von Caserta ausgereicht, um davonzugaloppieren, seine Ritter und Barone im Schlepptau.

Vier Männer in Rot-Grau bauten sich vor Umberto auf, der wütend auf sie einschlug. Einem schlitzte er die Kehle auf, die anderen wurden von deutschen Söldnern in Schach gehalten. In nur wenigen Augenblicken hatte sich die dritte Linie von Manfreds Herr aufgelöst wie Schnee in der Sonne. Diejenigen, die nicht mit Riccardo geflohen waren, zogen sich in wildem Durcheinander nach Benevent zurück. Graf Tommaso von Acerra saß wie versteinert im Sattel, ihm schnürte es die Luft ab. Mit dem Verrat seines Schwagers hatte er nicht gerechnet. Niedergeschmettert ritt er auf die Gruppe um den König zu, gefolgt von Umberto, der noch immer sein Schwert umklammert hielt.

Um Manfred herum standen nur noch eine Handvoll

Männer, seine engsten Vertrauten. Als er Umberto kommen sah, beugte er sich zu ihm herunter und sagte: »Hol ihn dir und töte ihn. Tu es für mich und Violante. Auf Wiedersehen, mein Bruder.« Er hob den Helm, um ihn aufzusetzen. Dabei löste sich der silberne Adler und fiel zu Boden. Manfred rief: »*Hoc est signum Die!*«

Er zog den Helm trotzdem auf, gab seinem Pferd die Sporen und ritt mitten ins Kampfgetümmel. Einzig Tebaldo Annibaldi folgte ihm.

Charles d'Anjou triumphierte. Die dritte Reihe des Gegners hatte sich kampflos aufgelöst. Riccardo di Caserta hatte Wort gehalten. »Los, los«, schrie der König, »bringen wir es zu Ende!«

Die Aquitanier der vierten Reihe und die vierhundert italienischen Reiter der fünften setzten sich in Bewegung. Die ersten Krieger stellten sich den Deutschen entgegen, die anderen kümmerten sich um die Flüchtenden.

Kurz darauf wurden Giordano d'Agliano und die wenigen deutschen Überlebenden festgesetzt.

Die welfische Kavallerie ließ den Flüchtenden keine Chance. Viele von ihnen stürzten sich in den Calore: Sie wollten lieber ertrinken, als von ihnen massakriert zu werden.

Noch vor der Vesper war die Schlacht zu Ende, die Ebene von Tausenden von Toten und Pferdekadavern übersät.

Die Plünderung von Benevent indes hatte gerade erst begonnen, wobei selbst die Kirchen nicht verschont blieben. Nur eine Frage beschäftigte die siegreichen Franzosen weiterhin: Was war mit Manfred passiert?

Kapitel 9

Wer will Manfred haben?

Pavillon des Königs nahe Benevent, 26. Februar 1266, am Abend

An den Herrn Clemens, den Allerheiligsten in Christus, seinem Vater und Herrn, den durch die göttliche Vorsehung gewählten Papst der heiligen römischen Kirche. Ich, Charles, König von Sizilien von Gottes Gnaden, Herzog von Apulien, Fürst von Capua, Senator Roms, Graf von Anjou, der Provence und von Forcalcherio, in Demut Eure heiligen Füße küssend, habe mit Hingabe und Ehre gekämpft und glaube, dass viel zu meinem Ruhm hinzugefügt würde, wenn der Mutter Kirche in Rom die glücklichen Erfolge ihres Sohnes zur Kenntnis gebracht würden, auf dass sie für ihre Sache daraus einen Vorteil ziehen möge.

Zu Eurer Freude verkünde ich Euch das Folgende: Nachdem der Staatsfeind Manfred in San Germano besiegt wurde, wurde er es auch in Capua, wo er sich rühmte, Widerstand leisten zu wollen, gemeinsam mit seinen Männern, die sich dorthin zurückgezogen hatten. Daraufhin flüchteten sie weiter nach Terra di La-

voro und Benevent. Ich selbst nahm die Straße nach Alife und Telesia und stellte mich dem Feind zu Ehren des himmlischen Herrschers entgegen. Am Freitag, dem 26. Februar, nachdem wir schwierige Straßen und Pässe überquert hatten, die zuvor nur selten passiert worden waren, erreichten wir den Gipfel des Hügels, unter dem der Feind sein Lager aufgeschlagen hatte. Seine Truppen waren bereits in Schlachtformation aufgereiht. Obgleich ich wusste, dass die Pferde meiner Männer nach dem harten und langen Marsch sehr müde waren und somit der Auseinandersetzung einer Schlacht nicht gewachsen, ließ ich meine Truppen aufstellen, im Namen dessen, der uns durch die Schlacht führen würde, und war bereit, meinem Schicksal zu begegnen. Und auch wenn der Kampf von beiden Seiten erbittert geführt wurde, haben die beiden ersten gegnerischen Reihen der göttlichen und nicht meiner Kraft nachgegeben. Alle anderen, die nicht darauf vertrauten, unserem Ansturm standhalten zu können, versuchten daraufhin zu flüchten.

Es kam zu einem Massaker, sodass die Erde mit Leichen der Erschlagenen bedeckt war. Auch die Flüchtenden konnten sich nicht retten, fielen doch die meisten von ihnen durch das Schwert meiner Männer. Es kam ferner zu einer großen Zahl Gefangener, die in unseren Gefängnissen sitzen. Darunter Giordano und Bartolomeo, genannt der Einfältige, die sich beide den Titel Graf angeeignet hatten, und ihre Brüder, Pierasino di Firenze, der für die Sache der Ghibellinen kämpfte.

Da ich keine gesicherten Nachrichten habe und ange-

sichts der Dringlichkeit dieser Mitteilung, kann ich Euch von den feindlichen Anführern noch nichts Genaues berichten. Es heißt aber, dass die falschen Grafen Galvano und Errigecco in der Schlacht gefallen sind. Ob auch Manfred im Kampf gefallen ist, gefangen genommen wurde oder fliehen konnte, kann ich nicht mit Sicherheit sagen. Wir haben allerdings sein Pferd gefunden, was sehr wahrscheinlich für seinen Tod spricht. All das verdanken wir der helfenden Hand des Herrn, und ich übermittle es Eurer Heiligkeit, damit Ihr Gott in seiner Herrlichkeit und Allmacht danken könnt, der durch mich die Sache der Kirche hat vertreten lassen. Habt Vertrauen, dass alle Unholde aus dem Königreich Sizilien verbannt werden und ich es vollständig zur alten und üblichen Treue zur Römischen Kirche zurückführen werde, zum Lob und zur Ehre unseres Herrn, zum Frieden und zur Erhöhung unserer Kirche wie auch zum Wohlstand und zur Ruhe der Bewohner des Königreichs.

Niedergeschrieben in Benevent am 26. Februar, zur neunten Stunde, im ersten Jahr unserer Herrschaft

»Es erscheint mir perfekt, Magister.«

Kaum hatte Yves Charles den Brief an den Papst vorgelesen, als eine Gruppe Reiter angeritten kam, um ihn unverzüglich nach Orvieto zu bringen, wo der Papst sich gerade aufhielt.

Der Inquisitor nickte zum Dank, und Philippe de Montfort betrat den königlichen Pavillon. Er war noch immer voller Blut und Matsch.

»Nun?«, fragte der König ungeduldig.

»Nichts, Sire, es ist schon dunkel. Wir werden morgen bei Sonnenaufgang weitersuchen.«

»Ich sage es noch einmal: Niemand wird beerdigt, bevor Manfred nicht gefunden ist.«

»Die Suche gestaltet sich leider nicht so einfach. Wir haben mindestens dreitausend Leichen auf dem Schlachtfeld, und kaum eine davon ist unversehrt. Fast alle sind verstümmelt, und man kann kaum zuordnen, was zu wem gehört. Ich habe in meinem Leben schon viele Schlachtfelder gesehen, aber das ist das schlimmste von allen.«

»Es ist das Schlachtfeld des Triumphs für die Sache Gottes«, gab der König zurück. »Unsere Gefährten sind voller Tapferkeit für die gute Sache gestorben und schon auf dem Weg ins Paradies, während unsere Feinde zur Hölle fahren. Wer kann Manfred identifizieren?«

»Fußsoldaten und andere aus seinem Heer, die ihn kannten. Sobald wir ihn gefunden haben, zeigen wir ihn auch Riccardo von Caserta.«

»Um jeden Zweifel auszuschließen, sollen auch Giordano d'Agliano und die anderen Gefangenen ihn sehen.«

»Selbstverständlich, Sire.«

»Entschuldigt«, schaltete sich Yves ein, »für die Sache Gottes wäre es ebenfalls wichtig, etwas über das Schicksal von Umberto di Fondi, dem Botschafter des Satans, zu erfahren. Stellt sicher, ob auch er unter den Gefallenen ist.«

»So sei es, Magister. Erlaubt mir noch, Euch vor dem König meinen Dank auszusprechen. Dass ich lebendig vor ihm stehe, verdanke ich allein Euch.«

»Mir?«

»Ja, denn Ihr habt mich in Eurer Weisheit davon überzeugt, Jean mit auf das Schlachtfeld zu nehmen. Ohne ihn wäre ich heute tot, gestorben durch die Hand eines Deutschen, den mein Sohn mit großem Mut getötet hat.« Dann wandte er sich an den König: »Ich sollte das nicht sagen, aber mein Sohn hat heute wie ein Löwe gekämpft und ganz allein mindestens fünf Deutsche getötet.«

»Sehr gut«, lobte Charles sichtlich zufrieden. »Der Apfel fällt nicht weit vom Stamm. Mein Bruder hat gut daran getan, ihn dem Magister bei seiner schwierigen und gefährlichen Mission anzuvertrauen. Wo ist er jetzt? Ich möchte ihm meine Glückwünsche aussprechen.«

»Er ist in Benevent«, antwortete der Inquisitor. »Er begleitet Berengario da Verona auf einer weiteren schwierigen Mission.«

»Welcher?«

»Teodino di Capistrello gefangen zu nehmen, Jean kennt ihn gut.«

»Kennen sie sich in der Stadt aus?«

»Ich habe den Grafen von Caserta gebeten, sie zu führen.«

»Gut, Magister. Der Papst wird zufrieden sein, wenn wir diesen Betrüger gefasst haben.«

In Erinnerung an die lange Überquerung der Halbinsel in Begleitung des jungen und rücksichtslosen Inquisitors fügte der Graf hinzu: »Jean und Berengario zusammen … Heute Nacht wird Benevent brennen.«

Unterdessen in Benevent

Das Benediktinerkloster von San Pietro lag an einem Platz am *platea publica maior*, der Hauptstraße, die die Stadt von der Porta Somma im Osten zur Porta San Lorenzo im Westen durchschnitt. Das Tor war aufgebrochen, und man hörte das Geschrei von Frauen und das Aneinanderschlagen von Klingen.

»Zu spät«, sagte Berengario da Verona, der auf seinem Maultier saß.

Jean sprang vom Pferd, zog sein Schwert und wandte sich an die Ritter, die sie begleiteten: »Fünf passen auf die Pferde auf, der Rest kommt mit mir!«

Einen kurzen Augenblick später betraten fünfzehn Männer zusammen mit dem jungen Ritter das Kloster. Auch Berengario stieg aus dem Sattel und folgte ihnen.

Ihr Auftauchen setzte der Auseinandersetzung zwischen den plündernden Soldaten und den Nonnen rasch ein Ende. Zwei Soldaten und ein Söldner verloren ihr Leben, weil sie Jeans Anweisung, die Waffen niederzulegen, zu langsam folgten.

Kurz darauf waren zwölf Nonnen in der Mitte des Klosters versammelt, ein paar ihrer Kutten waren zerrissen. Der Dominikaner stand vor ihnen und bekräftigte: »Wir wollen Euch nichts Böses. Das Kloster steht unter meinem Schutz, und es wird keine Plünderungen geben.«

Von draußen hörten man Schreie und Hufgetrappel.

»Wer von Euch ist die Äbtissin?«, fragte der Inquisitor.

Eine zierliche Nonne mit dunklen Augen trat vor. Ihre

Lippen leuchteten rot aus dem fahlen Gesicht. Sie sah deutlich jünger als dreißig Jahre aus. »Das bin ich, Schwester Agnes.«

»Ihr seid sehr jung für eine Äbtissin eines Benediktinerklosters.«

»So haben es der Herr und meine Mitschwestern gewollt.«

»Wie war Euer Geburtsname?«

»Eleonora di Sanframondi, Tochter des Grafen von Cerreto.«

»Verstehe …«

Es war nicht ungewöhnlich, dass die Töchter der lokalen Aristokratie in Klöster kamen, wo sie aufgrund ihrer adligen Herkunft bereits in jungen Jahren zur Äbtissin wurden. »Und wer seid Ihr?«, konterte sie mit der Direktheit einer Frau, die es gewohnt war, dass man ihr gehorchte.

Normalerweise hätte sich der Dominikaner einen solch unhöflichen Ton verbeten, hielt sich aber zurück: »Berengario da Verona, Inquisitor des Papstes im Königreich Sizilien.« Er hielt einen Moment inne, um Agnes Zeit zum Nachdenken zu geben, schlug dann einen versöhnlicheren Ton an. »In den vergangenen Tagen sind wir durch die Ländereien Eures Vaters geritten, der sich dem rechtmäßigen König unterworfen hat. Ihr werdet erfreut sein zu hören, dass Gott den Soldaten Christi heute einen großen Sieg beschert hat.«

Die Nonne wirkte nicht glücklich, eher besorgt. Die Schreie von der Straße klangen immer verzweifelter.

»Was geht da vor?«

»Leider sind viele Sarazenen vor dem Schwert der Verteidiger des Glaubens in die Stadt geflohen und plündern sie nun.«

»Ihr habt mit eigenen Augen gesehen, dass es die Franzosen waren, die mit Gewalt in die Stadt eingedrungen sind, nicht die Sarazenen. Gewalt gegen Frauen entehrt die Soldaten Christi.«

»Es wird Euch nichts geschehen. Ich werde Euch einige Ritter hierlassen.«

In diesem Augenblick kam Jean die Treppe hinunter, die ins Obergeschoss führte, drei seiner Männer begleiteten ihn. »Nichts, Vater. Hier ist niemand.«

»Wen sucht Ihr?«, fragte die Äbtissin.

»Den falschen Abt Teodino, Komplize des Thronräubers Manfred«, antwortete Berengario. »Ihr kennt ihn sicher, er könnte bei Euch Schutz gesucht haben.«

»Ja, ich kenne ihn, habe ihn aber nicht gesehen. Er ist nicht in Benevent.«

»Seid Ihr Euch sicher?«

»Natürlich! Zweifelt Ihr etwa an meinem Wort?«

Berengario schwieg. Am liebsten hätte er sie an Seilen aufhängen lassen, um sie dazu zu bringen, die Wahrheit auszuspucken und ihr den herausfordernden Blick auszutreiben. Doch die Äbtissin eines Benediktinerklosters, noch dazu die Tochter eines Adligen, der sich ihnen unterworfen hatte, konnte er nicht einfach foltern lassen. Der Magister würde das nicht gutheißen. Deshalb beschränkte er sich darauf, sich direkt vor ihr aufzubauen und ihr ins Gesicht zu hauchen: »Eleonora, ich werde Teodino jetzt suchen. Bete, dass ich ihn nicht finde, denn wenn ich herausfinde, dass du mich belogen hast, dann wirst du bedauern, jemals geboren worden zu sein …«

Dann ging er hinaus, dicht gefolgt von Jean. »Welch ein Charakter …«

Der Inquisitor wandte sich um und warf ihm einen finsteren Blick zu.

In der Stadt wüteten überall Feuer. »Bring uns zum Franziskanerkloster. Vielleicht hat unser Mann dort um Aufnahme gebeten«, befahl Berengario dem Ritter aus Caserta, der ihnen als Führer zur Seite stand.

»Die Pferde sollten wir besser hierlassen«, gab dieser ihm zur Antwort.

Der Mönch wandte sich an Jean. »Lasst zehn Männer als Wache hier. Niemand betritt oder verlässt das Kloster.«

Der Soldat führte sie auf die *platea publica,* dann bogen sie nach rechts ab, folgten der Straße und passierten die kleine Kirche San Giovanni. Die Tür war aufgebrochen, und der Leichnam eines Geistlichen lag am Boden. Mit gezogenem Schwert betrat Jean die Kirche, während Berengario an der Tür stehen blieb. Die Kirche war leer, bis auf zwei weitere tote Geistliche.

»Sarazenen?«, fragte der Mönch zögernd.

»Wir wissen beide, dass es keine Sarazenen waren.«

»Lass uns gehen.«

Sie gingen weiter zu einer kleinen Gasse, in die der Mann des Grafen von Caserta einbog. Sie folgten ihm und bemerkten vor sich einige Franzosen mit Fackeln. Als sie sich näherten, rannte einer ihnen entgegen und deutete auf ein großes Gebäude.

»Vater, die Sarazenen sind im Kloster der Franziskaner!«

Ein *askari* betrat den Raum, in dem ein Franziskaner Mohameds Wunde gerade mit Salbe bestrich.

»*Amir!* Sie sind hier!«

»Ich danke Euch, Vater, das geht schon«, entgegnete der Emir auf Latein.

»Ich muss Euch noch verbinden. Was geht da draußen vor?«, fragte der Ordensmann.

»Sie sind gekommen, um uns festzunehmen.«

»Sie werden es nicht wagen, das Haus Gottes zu betreten.«

Seine Worte wurden von einem lauten Krachen begleitet, als das Tor aufgebrochen wurde. Aufgeregte Schreie waren zu hören.

Mohamed sah den Geistlichen an. »Sie haben es gerade getan.« Dann wandte er sich auf Arabisch an den *askari*: »Khaled, ruf die Männer zusammen! Wir ziehen uns auf die Dächer zurück.« Dann griff er nach der Binde, die der Franziskaner ihm reichte.

»Noch einmal danke, Vater. Möge Allah Euch entlohnen.«

»Friede und Güte, Bruder«, antwortete der Geistliche leise.

Sie hatten etwa zehn Sarazenen gefangen genommen, fast alle verwundet, und sie an der Mauer des Klosters aufgereiht. Jean kam aus dem Haus und ging zu Berengario, der draußen wartete. Das Kämpfen hatte er anderen überlassen.

»Drinnen ist niemand mehr, Vater.«

»Hast du auch bei den Leichen der Mönche nachgesehen? Vielleicht ist Teodino unter ihnen, als Franziskaner verkleidet.«

Jean sah ihn erstaunt an. »Dort gibt es keine toten Franziskaner.«

Jetzt war es an dem Dominikaner, erstaunt zu sein. »Sie haben sie nicht umgebracht?«

»Sie sind alle in Sicherheit, niemand hat ihnen ein Haar gekrümmt. Ich habe sie sich im Kreuzgang versammeln lassen, Teodino ist nicht unter ihnen, es hat ihn auch niemand gesehen.«

Berengario schwieg eine Weile und sagte dann: »Die Sarazenen haben sie nicht getötet, weil die Franziskaner ihre Komplizen sind. Die Franziskaner sind unfähig, die Feinde des Glaubens zu erkennen, selbst wenn sie deutlich als das vor ihnen stehen, was sie wirklich sind: blutrünstige Ungläubige.«

Ein Reiter näherte sich ihnen und deutete auf die Gefangenen: »Jean, was machen wir mit ihnen?«

Es war die nasale Stimme des Inquisitors, die befahl: »Tötet sie.«

»Aber, Vater …«, versuchte der junge Montfort zu widersprechen.

»Wir haben weder Zeit, einen Scheiterhaufen zu entzünden, noch können wir sie mitnehmen. Bringen wir es also hinter uns und töten sie gleich hier. Ihre Freunde, die Franziskaner, werden sie schon begraben.«

Vom Dach aus beobachtete Mohamed, wie der Ritter den Mönch ansprach und sich die Männer dann mit gezogenen Armbrüsten aufstellten. Auch wenn er das Gespräch nicht verstehen konnte, ahnte der Emir, wie der Befehl lautete. Er wollte sich von oben auf sie stürzen, doch Khaled packte ihn und hielt ihn zurück. »Greift an«, schrie Mohamed seinen Männern zu, »sie wollen euch töten!«

Doch genau in diesem Augenblick flogen die Pfeile in Richtung der *asakir* und töteten sie.

Der Mönch blickte nach oben und deutete in Richtung Dach, während der Ritter an seiner Seite schon zum Eingang des Klosters rannte. Das Zischen von Pfeilen war zu hören, und Mohamed spürte einen dicht neben ihm vorbeifliegen.

Der Emir schrie erneut, dieses Mal auf Latein: »Die Rache Gottes wird dich treffen, du wirst auf ewig verdammt sein!«

Dann konnte Khaled ihn beiseiteziehen.

Von einem Hügel unweit Benevents konnte Umberto di Fondi die Stadt brennen sehen. Nach den Plünderungen durch die Staufer waren nun die Franzosen an der Reihe.

Er war allein zurückgeblieben. Die beiden Capece-Brüder hatten sich der Gefangennahme entzogen, und Tommaso von Acerra war mit Galvano Lancia – auch er war glücklicherweise dem Massaker entkommen – in Richtung Norden unterwegs. Sie würden in Deutschland auf den jungen Konrad, besser bekannt als Konradin, treffen, einen Neffen Kaiser Friedrichs und Erben Hohenstaufens. Vor allem würden sie ihm eine überzeugende Entschuldigung vorbringen müssen, warum Manfred ihn so vehement abgelehnt hatte. Der König Siziliens hatte sich als Sohn Friedrichs selbst gekrönt und nie vorgehabt, den legitimen Erben und somit Souverän anzuerkennen. Einige Jahre zuvor hatte er in Rom sogar den deutschen Abgesandten töten lassen, der beim Papst für die Sache seines Neffen vorsprechen wollte. Damals war Konradin noch ein Kind gewesen. Der Kopf der Mörderbande war mit der Grafschaft Catanzaro belohnt worden, die man Ruffo entrissen hatte. Der Graf hatte es gewagt zu rebellieren, war daraufhin enteignet und hingerichtet worden. Aber die Schlacht von Benevent hatte diese Feindschaft mit einem Schlag vom Tisch gewischt. Der junge Deutsche war die letzte Hoffnung der Staufer, das Königreich zurückzugewinnen.

Umberto hingegen war nach Lucera unterwegs, wo sich Charles' nächstes Ziel befand: Manfreds Frau Helena und seine vier Kinder. Die Königin war gerade mal vierundzwanzig Jahre alt. Nach dem Tod seiner ersten Frau, Beatrix von Savoyen, hatte sie den König mit siebzehn geheiratet. Sie war die Tochter von Michael Dukas, dem Despoten von Epirus, dessen Ländereien sich bis auf die andere Seite der Adria vor Apulien erstreckten. Umberto wusste, dass ihre Sicherheit davon abhing, wie schnell sie Lucera verlassen und einen sicheren Hafen erreichen konnte, um sich einzuschiffen. Sobald die Nachricht von Manfreds Niederlage die apulische Küste erreicht hätte, wäre die Königin verloren.

In Lucera würde Umberto die Verteidiger der Stadt überzeugen müssen, sich ehrenhaft zu ergeben, um ein Massaker zu vermeiden. Nur so könnte die letzte muslimische Gemeinschaft des Reiches sich retten und an einem sicheren Ort auf bessere Zeiten warten. Um sie zu überzeugen, bräuchte er Mohamed, über dessen Verbleib ihm jedoch nichts bekannt war. Unterwegs hatte er einige flüchtende *asakir* getroffen, die ihm erzählt hatten, dass sie ihn während der Schlacht aus den Augen verloren hatten, aber niemand hatte ihn fallen sehen. Er musste an Rinaldo di Parma denken, einen Franziskaner, den er vor vielen Jahren in Akkon kennengelernt hatte und der ihm in diesem Fall gesagt hätte: Wenn er nur glauben würde, dann hätte er für die Rettung eines Freundes beten können.

In der Burg von Porta Somma in Benevent betrachtete Berengario da Verona schweigend den Schatz des Thronräubers Manfred, den Konstabler Gilles le Brun ihm unbedingt zeigen wollte: den Königsthron, das Zepter Cäsars, Kandelaber und Haushaltsgegenstände, Schatullen voller Goldmünzen. Als er den gierigen Blick seines Begleiters bemerkte, dachte der Mönch, dass der Schatz des Teufels auch nichts anderes sein würde als dieser.

Die Burg war das erste Gebäude gewesen, das der Konstabler erobert hatte, und nun kannte der Mönch auch den Grund. Er gähnte, was Gilles als eine noble Geste der Gleichgültigkeit gegenüber weltlichen Reichtümern wertete. Tatsächlich aber war der junge Inquisitor müde, er hatte schon die zweite Nacht kaum geschlafen. Bald würde die Sonne aufgehen, und seine Suche in der verwüsteten Stadt war erfolglos geblieben. Jean und er hatten sich daher entschlossen, die Burg zu besuchen in der Hoffnung, dort gefangen genommene Höflinge Manfreds anzutreffen, die ihnen etwas über den falschen Benediktiner sagen könnten. Aber sie waren nur von einem triumphierenden Konstabler empfangen worden, der Berengario sofort zum Schatz geschleift hatte, während Jean sich die Küche hatte zeigen lassen.

»Habt Ihr den falschen Abt gefunden?«, wollte Gilles wissen.

»Noch nicht, mein Herr. Habt Ihr Gefangene gemacht, die ich befragen kann?«

»Niemand von hohem Rang. Nur ein paar Nonnen und Dienstboten.«

»Nonnen?«

»Ja, Nonnen der Benediktiner. Sie waren schon hier, als wir angekommen sind.«

Mit einem Schlag war Berengarios Müdigkeit wie weggeblasen. Sein Magister hatte ihm stets eingebläut, nichts außer Acht zu lassen, was ihm ungewöhnlich erschien, und zwei Nonnen, die als Benediktinerinnen in Klausur lebten und sich im Versteck eines exkommunizierten Betrügers befanden, waren mehr als ungewöhnlich.

»Könnt Ihr mich sofort zu ihnen bringen?«

Sie gingen hinunter ins Erdgeschoss, wo sie auf Jean trafen, der gerade ein Stück Käse aus der gut ausgestatteten Küche verschlang.

Mit vollem Mund bot er auch Berengario ein Stück an, der ihm aber nur einen wütenden Blick zuwarf. In einer derart angespannten Situation durften sie keine Zeit fürs

Essen verschwenden. Er bedeutete ihm knapp, ihnen zu folgen.

Die Nonnen waren in einem Raum im Erdgeschoss untergebracht. Beide waren jung, dünn und von kleiner Statur. Offiziell waren sie zwar keine Gefangenen, aber die beiden Männer vor ihrer Tür hätten sie in jedem Fall am Weggehen gehindert.

Als sie den Mönch hereinkommen sahen, verneigten sie sich andächtig. Sie schienen keine Angst zu haben. »*Pax vobiscum*«, begrüßte sie Berengario und zeichnete ein schnelles Segenszeichen in die Luft.

Die ältere der beiden antwortete: »*Et cum spiritu vestro.*«

»Gehört Ihr zum Kloster San Pietro?«

»Ja, Vater.«

»Warum seid Ihr hier?«

»Das können wir nicht sagen.«

»Was soll das heißen, Ihr könnt es mir nicht sagen?«

Die Nonne schwieg. Ungehalten platzte es aus dem Dominikaner heraus: »Weißt du nicht, wen du vor dir hast?«

»Ich ahne es, Vater, aber das Gebot des Gehorsams verbietet es uns zu sprechen.«

»Kommt«, antwortete ihr Berengario mit eiskalter Stimme, »ich bringe Euch zurück ins Kloster.«

Die Äbtissin war blass und hatte dunkle Ringe unter den Augen. Auch sie hatte in dieser Nacht nicht geschlafen. Die Sonne ging gerade auf, als die kleine Prozession mit dem Inquisitor, Jean, den Nonnen und den Reitern das Kloster erreichte. Die Männer, die sie zur Bewachung vor Ort gelassen hatten, waren hineingegangen, um sich aufzuwärmen, die zivilen Soldaten, die versucht hatten das Kloster zu verteidigen, waren verschwunden. Sie zogen weiter, um Plünderern andernorts Einhalt zu gebieten oder ihre eigenen Heime zu beschützen. Der Inquisitor hatte die Nonnen gebeten, ihn zur Äbtissin zu bringen und sie dann allein zu lassen.

Nun saßen sie sich im Raum mit der sogenannten »ruota« gegenüber, einem zylinderförmigen Schrank, der sich immer nur auf eine Seite öffnete, sodass die Bürger den Nonnen ihre Opfergaben übergeben konnten, ohne einen Blick ins Innere des Klosters werfen zu können.

»Du hast mich enttäuscht, Eleonora«, begann Berengario und nannte sie weiter bei ihrem weltlichen Namen. »Du hast mir gesagt, du wüsstest nicht, wo sich Teodino befindet. Dabei hast du ihn von zwei Nonnen in Manfreds Palast geleiten lassen, womöglich durch einen Geheimgang.«

Die junge Äbtissin zeigte sich angesichts dieser Anschuldigung nicht verwundert und antwortete ruhig: »Ihr fantasiert, Vater.«

Ungehalten schrie Berengario sie an: »Wage es nicht! Erklär mir, was die beiden dann im Unterschlupf der Feinde Christi zu suchen hatten, wie sie dorthin gekommen sind und warum sie mit niemandem darüber sprechen dürfen, nicht einmal mit dem Vertreter der göttlichen Gerichtsbarkeit!«

»Ihr befindet Euch in einem Ordenskloster des heiligen Benedikt, dem nobelsten und heiligsten der Christenheit. Meine Mitschwestern haben nichts Böses verbrochen, und ich bin nicht verpflichtet, Euch irgendwelche Erklärungen zu geben.«

Der Inquisitor packte sie am Arm, ließ aber augenblicklich wieder los, als wäre sie siedend heiß, und trat einen Schritt zurück. »Kein Prozess. Ich werde dich hier vor den Augen all deiner Nonnen wegen Hexerei verbrennen lassen! Glaubst du, dass sich heute irgendjemand meinem Befehl widersetzen würde, inmitten der Tausenden von Leichen? Dieser Ort ist ganz offensichtlich in der Hand des Teufels, ich kann es spüren.«

»Ihr spürt ihn, weil er in Euch ist …«, wisperte die Äbtissin leise.

»Montfort!«, schrie Berengario.

Einen Moment später betrat Jean den Raum. »Hier bin ich, Vater.«

»Lasst Reisigbündel ins Kloster bringen. Dieser Ort ist ein Hexennest. Wir müssen ihn ausräuchern.«

Der Ritter zögerte, so aufgebracht hatte er Berengario noch nie gesehen. Der Inquisitor bemerkte sein Zögern und wiederholte mit lauter Stimme: »Tu, was ich dir sage, in Gottes Namen!«

Der junge Mann verließ den Raum wieder. Der Dominikaner wandte sich gerade Richtung Tür, als er hinter sich Eleonoras Stimme hörte. »Ich habe meine Mitschwestern in die Burg geschickt, um Teodino suchen zu lassen, der gemäß den Statuten von seinen Mönchen zum Abt gewählt worden ist, um ihm Asyl in diesem Kloster anzubieten. Aber sie kamen zu spät.«

Mit feuerrotem Gesicht sah Berengario sie an. »Du hast

nur eine Chance, dein und das Leben deiner Mitschwestern zu retten. Sag mir, wo er ist.«

Die Äbtissin zögerte, doch das, was sie in den Augen des Inquisitors las, ließ sie antworten. »Vor der Schlacht ist er nach Montevergine gezogen. Das zumindest hat der Kastellan meinen Mitschwestern berichtet, als er aus der Burg Porta Somma geflohen ist.«

»Das Kloster Montevergine?«

»Ja, etwa dreißig Meilen von hier. Abt Marino ist dem König treu ergeben.«

»Der, den du König nennst, ist nur ein Betrüger, und die Soldaten Christi haben ihn seiner gerechten Strafe zugeführt. Jetzt werde ich nach Montevergine aufbrechen, um den falschen Abt und seine Komplizen zu bestrafen. Das Reisig bleibt im Kloster, du kannst es betrachten und in dich gehen, bis ich zurück sein werde.«

Der Dominikaner verließ den Raum und gesellte sich zu Jean, der sofort auf ihn einredete: »Vater, wir können die Nonnen nicht verbrennen!«

»Das werden wir auch nicht. Ich wollte sie nur unter Druck setzen, damit sie ihre Sünden gesteht, und ich danke dir, dass du mich dabei unterstützt hast. Diese Frau ist immer noch ein Werkzeug des Teufels, und früher oder später werden wir sie auf dem Scheiterhaufen verbrennen müssen, aber nicht heute. Sie hat mir gesagt, dass Teodino sich im Kloster Montevergine versteckt hält, wir müssen dorthin, um ihn gefangen zu nehmen. Bereite die Pferde und ein Maultier für mich vor. Der Mann des Grafen von Caserta wird uns führen. Und lass einige Wachen für die Nonnen hier, denn sie könnten flüchten. Hier irgendwo muss es einen Geheimgang geben. Gib auch dem Magister Bescheid.«

Lucera, 27. Februar 1266, am Morgen

Die Sonne stand hoch, als Umberto Lucera erreichte. Er war die ganze Nacht geritten, hatte stets zwischen Schritt und Trab gewechselt, um das Pferd nicht zu sehr zu ermüden. Er bog auf die gerade Straße ein, die direkt auf die Stadt zu führte. Erbaut auf einer kleinen Anhöhe in der apulischen Ebene und umgeben von Mauern, wirkte sie wie eine einzige große Festung. Als er auf der linken Seite das Minarett vor dem strahlend blauen Himmel erblickte, dachte er zurück an Mohameds Worte: Sie ist die Letzte ihrer Art auf dieser Seite des Meeres. Nicht weit entfernt erhob sich außerhalb der Mauern die befestigte Residenz von Kaiser Friedrich. Er hatte sie sich als perfektes Quadrat gewünscht, fast eine Variante des Castel del Monte, das allerdings auf einem Achteck basierte. Als er näher kam, sah er weißen Rauch, der dieses Mal aber aus den Schornsteinen aufstieg und nicht von Brandstätten wie in Benevent.

Das Südtor an der Via Troia stand offen, bewacht von etwa einem Dutzend Bogenschützen mit angespannten Mienen, die sich vor dem Baron verbeugten. Niemand sagte ein Wort. Die Nachricht von der Niederlage hatte sich wohl schon herumgesprochen.

Im Schritt ritt er durch die Gassen, in denen nur wenige

Menschen unterwegs waren, wie üblich lag der Geruch nach Gewürzen und gegrilltem Schaffleisch in der Luft. Sofort fiel ihm auf, dass er seit zwei Tagen nichts gegessen hatte.

Bevor er auf die Moschee zuritt, bog er nach rechts ab. Am Ende der Gasse, direkt vor dem Haus des *qadi*, standen vier Reiter in schwarz-weißen Kettenhemden: die Eskorte der Königin.

Als sie ihn sahen, rief einer unter ihnen, Gerardo di Foggia: »Baron, Ihr seid in Sicherheit!«

Umberto verzog den Mund zu einem Grinsen: »Ist die Königin hier?«

»Ja, zusammen mit Ibrahim. Als die ersten Nachrichten aus Benevent eintrafen, hat sie beschlossen, zum *qadi* zu gehen, um die Lage besser einschätzen zu können. Stimmt es, dass der König tot ist?«

Umberto antwortete mit einer Gegenfrage: »Oben?«

Der Ritter verstand und beschränkte sich auf ein Nicken.

Daraufhin sprang Umberto vom Pferd und übergab die Zügel einem Diener des *qadi*. Er betrat den Hof und stieg die Steintreppe hinauf in den ersten Stock.

Helena Dukaina war eine junge brünette Frau mit lockigen Haaren und dunklen Augen. Sie hatte Manfred vier Kinder geschenkt. Die Älteste, Beatrice, war sechs, der Jüngste, Enzio, gerade mal ein Jahr alt. Sie saß auf einem Holzstuhl, vor ihr stand der *qadi* Ibrahim Abu Said, die höchste Autorität der muslimischen Gemeinde, ein alter Mann von fast siebzig Jahren, hochgewachsen und hager, mit einem spitzen weißen Bart.

Als der Seneschall den Raum betrat, erhob sich die Königin.

»Umberto!«

»Meine Königin …«

Helena las den Schmerz in seinem Gesicht. »Dann stimmt es also? Hast du ihn fallen sehen?«

»Nein, aber er hätte sich niemals lebend gefangen nehmen lassen. In der Schlacht zwischen den Deutschen und den Franzosen hat er sich mit dem jungen Tebaldo zu Pferd ins Gefecht gestürzt, danach habe ich ihn nicht wiedergesehen.«

»Warum warst du nicht bei ihm?«

In ihrer Frage lag der Hauch eines Vorwurfs, als ob seine bloße Anwesenheit genügt hätte, den König zu retten. Umberto verstand ihre Reaktion und antwortete ruhig: »Bevor er ging, hat er mir eine Mission aufgetragen.«

»Was für eine Mission?«

»Riccardo zu töten.«

»Dieser Bastard hat ihn also verraten! Er hätte ihm nach Ceprano den Kopf abschneiden lassen sollen, wie ich es ihm geraten hatte. Er hat es nur wegen Violante und Corrado nicht getan.«

Umberto sagte nichts, und die Königin fuhr fort: »Du könntest dich sofort auf die Suche nach ihm machen, Umberto.«

»Und Ihr? Schon bald wird Lucera in der Hand des Feindes sein.«

»Ich werde morgen früh mit den Kindern nach Trani abreisen. Dort liegen zwei Galeeren, die Manfred hat ausrüsten lassen. Von dort werde ich nach Durrës reisen, zu meinem Vater, und Männer für die Rettungsaktion sammeln.«

Umberto schaute erstaunt. »Der Kastellan von Trani ist Nicola d'Andria …«

»Vertraust du ihm etwa nicht? Er war uns immer sehr ergeben.«

»Er ist nur ein Sklave, und gestern habe ich zu viele gesehen, die die Seite gewechselt haben.«

Die Königin verhehlte ihre Enttäuschung nicht. Jetzt war sie am Zug, und das wollte sie auch deutlich machen. »Umberto, Trani ist der nächste Hafen, und die Schiffe liegen bereit. Jetzt einen anderen Hafen zu wählen und geeignete Schiffe zu finden würde zu viel Zeit kosten.«

»Wir könnten noch heute Nacht Richtung Norden aufbrechen, inkognito. Wir brauchen keine zwei Kriegsschiffe, um nach Durrës zu gelangen. Ein einfaches Fischerboot wäre viel sicherer.«

»Nein, ich habe vier kleine Kinder und kann nicht in irgendeinem Hafen nach einem Boot suchen. Meine Entscheidung steht fest: Morgen früh reise ich nach Trani. Außerdem muss ich auch Manfreds Gold mitnehmen, um Männer für die Rückeroberung anwerben zu können. Du kannst jetzt gehen.«

Umberto biss sich auf die Lippe, um nicht zu widersprechen, versuchte es aber noch einmal: »Meine Königin, Trani ist der erste Hafen, den auch sie zu erreichen versuchen.«

»Und wenn sie dort ankommen, werden wir bereits in Sicherheit sein. Mach dir keine Sorgen. Das ist meine Entscheidung, und Manfred hat dir eine andere Mission anvertraut. Jetzt entschuldige, hier gibt es für mich nichts mehr zu tun. Ich kehre in die Burg zurück und treffe die letzten Vorbereitungen.«

Sie ging in Richtung Tür.

Ibrahim hatte das auf Lateinisch geführte Gespräch sehr wohl verstanden und fragte Umberto auf Arabisch: »Willst du sie nicht aufhalten?«

Der *qadi* wusste, dass Manfreds Männer und die *asakir* auf die Befehle des Seneschalls und nicht auf die junge Königin hören würden.

»Nein, lassen wir sie gehen«, antwortete Umberto ebenfalls auf Arabisch. »Ich möchte nicht zum Verräter werden. Nach allem, was ich gestern gesehen habe, überkommt mich bei Nicola d'Andria nur ein ungutes Gefühl, sonst nichts. Wenn sie sofort abreisen, könnten sie Trani vor den Abgesandten von Charles oder Riccardo erreichen. Wie viele Reiter hat ihre Eskorte?«

»Mindestens zwanzig. An ihrer Spitze wird Gerardo di Foggia stehen.«

»Den habe ich unten schon gesehen, er ist ein guter Soldat. Ich werde ihn warnen. Wie viele Männer hast du hier?«

»Etwa tausend, aber es kommen ständig mehr aus Benevent zurück.«

»Ja, der Angriff der Deutschen hat sie vor der Vernichtung bewahrt. Wir müssen trotzdem sorgfältig abwägen, was jetzt zu tun ist. Unter diesen Umständen und ohne jegliche Aussicht auf Hilfe halten wir eine Belagerung nicht durch. Vielleicht sollten wir uns zum Schein unterwerfen, um die Zerstörung der Stadt abzuwenden.«

Der alte Mann schien über diese Worte nachzudenken. Dann fragte er: »Hast du Neuigkeiten von Mohamed?«

»Nein, keine. Aber wenn er sich retten konnte, wird er bald hier sein.«

»Möge Allah unsere Gebete erhören …«, ergänzte Ibrahim. »Die Königin hat recht. Manfred hat für seine Schwäche gegenüber Riccardo von Caserta bezahlt. Die Tatsache, dass er Violantes Ehemann war, hat ihm den Geist verwirrt.«

Umberto antwortete nicht und starrte zu Boden.

Unterdessen im Lager vor Benevent

»Wer nimmt Manfred auf? Wer will Manfred haben?«

Der Fußsoldat mit dem zerrissenen grau-roten Rock zerrte ein Maultier an den Zügeln hinter sich her und versuchte den Unmengen an toten Menschen und Pferden auf dem Boden auszuweichen. Auf dem Rücken des Maultiers lag ein vollkommen nackter Leichnam.

Als er den Namen Manfred hörte, näherte sich ein französischer Reiter. Der Fußsoldat lächelte ihn zahnlos grinsend an und streckte die Hand aus, als wollte er eine Belohnung entgegennehmen. Doch der Ritter zog als Antwort sein Schwert und schickte ihn zu Boden. Dann griff er nach den Zügeln des Maultiers und führte es zu einem Zelt am Rande des Lagers.

»Ja, das ist er.«

Riccardo di Casertas Stimme klang völlig emotionslos. Zu seinen Füßen lag der nackte Leichnam mit dem Gesicht zu Yves und Charles von Anjou gewandt. Er hatte eine Verletzung am Brustkorb und eine im Gesicht, die ihm die Augenbrauen gespalten hatte. An mehreren Körperstellen hatten sich bereits die Krähen gütlich getan. Das Schicksal unzählig anderer Soldaten, ohne Waffen und Kleider, hatte auch ihn ereilt. Der König und der Inquisitor sahen sich an, dann verzog sich Charles' Mund zu einer Grimasse, die sein Lächeln verbarg. Nun war das Königreich wirklich sein. Er deutete auf den Leichnam und befahl seinen Rittern: »Bringt ihn raus.«

Dann ging er in Richtung Ausgang, gefolgt von Yves und den beiden Männern mit dem Leichnam. Riccardo blieb allein im Zelt zurück. Er wollte die Männer nicht sehen, die bis vor wenigen Tagen noch seine Verbündeten gewesen waren, nun aber in Ketten gelegt vor dem königlichen Zelt ausharrten.

Als der Leichnam vor die Gefangenen auf den Boden geworfen wurde, war die Reaktion unmissverständlich. Erst herrschte Stille, dann wurden Verzweiflungsschreie und Schluchzer laut.

Selbst Giordano d'Agliano, der schon so viele Schlachten geschlagen hatte, konnte seine Tränen nicht mehr länger zurückhalten. »Mein König, mein König …« Als er sich etwas gefangen hatte, wandte er sich an Charles d'Anjou: »Sire, bitte lasst ihm die Ehre eines würdigen Begräbnisses zuteilwerden.«

»Das würde ich zu gerne tun, wenn er nicht exkommuniziert wäre«, lautete die Antwort des Königs.

Wie um Rat suchend wandte er sich an Yves, und der Mönch schlug vor: »Er könnte auf dem Schlachtfeld begraben werden und nicht in geweihtem Boden.«

Das Begräbnis fand dann nahe der Foeniculum-Brücke statt. Auf Charles' Befehl hin reihten sich die französischen Soldaten entlang des Grabens auf. Einer warf einen Stein hinein, die anderen taten es ihm nach, sodass Manfred schließlich einen Steinhaufen als Grabstein hatte, den seine Feinde ihm aufgeschichtet hatten.

Vor Kurzem habe ich Eurer Heiligkeit von dem Triumph berichtet, den mir der Himmel über Manfred in Benevent zuteilwerden ließ. Nachdem sich die Nachricht verbreitet hatte, er sei in der Schlacht gefallen, habe ich seinen Leichnam suchen lassen, auch weil es keine Anzeichen einer Flucht gab. Am 28. Februar wurde sein nackter Leichnam unter den Gefallenen gefunden. Um in einer so wichtigen Angelegenheit jeden Irrtum auszuschließen, habe ich ihn Riccardo, dem Grafen von Caserta und treuen Gefolgsmann, zeigen lassen, ebenso Giordano und Bartolomeo, die einstmals gleichsam Grafen waren, und auch anderen, die mit ihm vertraut waren und ihn zu Lebzeiten gut gekannt haben. Alle haben ihn zweifelsfrei als Manfred identifiziert. Aus Mitleid habe ich ihn in Ehren, wenn auch nicht in religiösen, begraben lassen.

Geschrieben im Lager nahe Benevent, am 1. März, im ersten Jahr unserer Herrschaft.

Kapitel 10

Violante

Neapel, Castel Capuano, 3. März 1266, am Morgen

Die Antwort des Heiligen Vaters auf unseren Brief mit der Siegesbotschaft ist eingetroffen, Magister. Er hat Euch auch das hier geschickt.«

Charles saß hinter einem großen, mit Dokumenten übersäten Eichentisch in einem Saal des Castel Capuano, der düster anmutenden Burg mit den viereckigen Türmen, die das östliche Stadttor bewachte. Sie hatten Benevent am Morgen des 1. März mit siebenhundert Reitern verlassen und die Nacht in der Burg von Acerra verbracht, die Riccardo schon zuvor hatte besetzen lassen. Am 2. März war der König zu Pferd Richtung Neapel aufgebrochen und hatte in einem Ort namens Lo Salice die Abgesandten der Adligen und des Volkes getroffen und von Francesco di Loffredo, einem Nachfahren der fürstlichen Familie von Gaeta, die Schlüssel der Stadt entgegengenommen. Neapel hatte die Franzosen als Befreier empfangen, ohne auch nur einen Gedanken an die Capeces zu verschwenden, die noch vor wenigen Tagen gefürchtet und verehrt worden waren, jetzt aber als Schurken galten. Von den drei Brüdern war nur Corrado in Benevent gefangen genommen worden, während Marino und Giacomo flüchtig waren, verfolgt von den Franzosen und Riccardos Männern. Den neuesten Berichten zufolge ritten sie gen Norden, Richtung Marken und Ancona.

Der König reichte dem Inquisitor einen Brief mit dem Siegel von Papst Clemens und ein dünnes zusammengerolltes Pergament. Yves warf nur einen flüchtigen Blick auf den Brief, entrollte aber augenblicklich das Pergament. Er erkannte die zierliche, fast unleserliche Schrift sofort. Als der König kurze Zeit später aufstand und den Raum verließ, hob der Mönch nicht einmal den Kopf.

Foggia, Kaiserpalast, 24. Dezember 1249, zur Non

Er fand sie im obersten Stockwerk, am Ende der steinernen Wendeltreppe, in der kleinen Kammer, die schon von klein auf die ihre war. Hier wohnte sie auch weiterhin, wenn sie ihren Vater besuchte, wie an Weihnachten und dem Geburtstag des Kaisers am 26. Dezember.

Als die Magd ihn kommen sah, nickte sie ihm zu. Wie gewohnt stand sie vor der Tür Wache. Von der Schwelle aus erblickte der Mann Violante. Sie saß vor dem brennenden Kamin, in einem himmelblauen Kleid mit gleichfarbigen Wildlederschuhen. Unter ihrer blonden Lockenpracht konnte er ihr Profil erahnen. Sie war in ein Buch vertieft, eine ungewöhnliche Beschäftigung für eine Frau. Er betrat das Zimmer und schloss die Tür hinter sich. Bei diesem Geräusch sah sie auf, und ein Leuchten huschte über ihr Gesicht. Rasch legte sie das Buch beiseite, stand auf und warf sich ihm in die Arme. Sie küssten sich lange und voller Leidenschaft. »Aber solltest du nicht heute Morgen in die Lombardei abreisen?«, fragte sie ihn schließlich.

»Dein Vater hat mich zurückgerufen. Ich werde noch heute zu einem anderen Ziel aufbrechen.«

Etwas in seinem Ton ließ sie aufhorchen. »Wieder nach Ägypten, Ser Berto?«

Umberto blieb ihr eine Antwort schuldig, und Violante wertete das als ein Ja.

»Wann wirst du zurückkommen?«

Erneutes Schweigen.

»Es geht um Elias von Cortona, oder? Wieder eine seiner Teufeleien! Der Nachfolger des heiligen Franz von Assisi sollte seine Zeit mit Beten und nicht mit alchemistischen Versuchen verbringen. Schon bei seiner Ankunft war mir klar, dass er keine guten Nachrichten bringen würde.«

»Nein, Elias hat nichts damit zu tun. Ayyub hat eine Nachricht geschickt.«

»Eine Nachricht des Sultans …« Violante wusste, dass man sich einer solchen Bitte nicht entziehen konnte. Und ihr Vater würde nur Ser Berto schicken. »Und was will er?«

Umberto konnte darauf nicht antworten und versuchte das Thema zu wechseln. »Warum beunruhigt dich das? Es ist ja nicht das erste Mal.«

»Dieses Mal ist es anders, mein Bruder … Ich möchte nicht, dass du so lange fort bist.«

»Warum?«

»Weil ich schwanger bin. Das Kind dürfte im Juli auf die Welt kommen, es ist von dir, nicht von Riccardo.«

Der Baron von Acquaviva war es gewohnt, selbst auf die schwierigsten Situationen äußerst schnell zu reagieren. Jetzt aber war er wie vor den Kopf gestoßen, als wüsste er den Sinn dieser Worte nicht zu deuten. »Bist du dir sicher?«

»Natürlich bin ich mir sicher, du Dummkopf. Ich habe es so gewollt und dafür gesorgt, dass es auch geschieht. Mein Vater hat mich diesem verwöhnten Spross der Sanseverinos zur Frau geben wollen, damit er sich der Treue einer der mächtigsten Familien im Reich sicher sein kann und weil er ihn für einen guten Ehemann hielt. In beiden Fällen lag er falsch. Ich hasse ihn, und du wirst sehen, dass seine Treue nur so lange halten wird, wie es ihm von Vorteil ist.«

»Er konnte dich mir nicht zur Frau geben. Die Tochter des Kaisers kann nicht den Baron einer Region heiraten, die es gar nicht mehr gibt.«

»Du bist alles, was ich will, und das weiß mein Vater auch, sonst wärst du nicht hier. Er hätte dich längst töten lassen.«

Sie küsste ihn erneut und führte seine Hände an ihren Hintern. Er hob sie hoch, trug sie zum Bett und half ihr beim Entkleiden. Sie liebten sich, als wäre es das erste Mal, in dem Bewusstsein, dass es das letzte Mal sein könnte. Dann lagen sie nackt unter einem Bärenfell, sie mit dem Kopf auf seiner Brust. Das fahle Licht der tief stehenden Sonne fiel durch das kleine Fenster, wie um sie daran zu erinnern, dass ihre gemeinsame Zeit zur Neige ging. Mit der Vesper würden die Feierlichkeiten zu Weihnachten beginnen und Violantes Abwesenheit sofort bemerkt werden. »Ich habe Angst«, flüsterte sie, »du bist an den Krieg gewöhnt, so sehr, dass mein Vater dich als den Besten seiner *familia* ansieht. Für mich ist es die erste Geburt, und viele Frauen sterben dabei. Ich möchte dich in meiner Nähe haben.«

»Das möchte ich auch, ich versuche so rasch wie möglich zurück zu sein, werde aber trotzdem bei der Geburt nicht dabei sein können. Du wirst dein Kind im Schloss von Caserta zur Welt bringen, mit der bestmöglichen Pflege. Ein Junge wäre der Erbe der größten Grafschaft des Königreichs, ein Mädchen die edelste und schönste Maid des Imperiums. Auf jeden Fall verspreche ich dir, dass ich zurückkehren und immer in eurer Nähe sein werde, mein ganzes Leben lang.«

»Solange mein Vater am Leben ist, kann ich immer zu dir kommen. Ich gebe vor, ich sei in seinem Auftrag bei dir, und niemand wird es wagen, uns zu stören. Aber er wird älter, das weißt du auch. In zwei Tagen feiert er seinen fünfundfünfzigsten Geburtstag, und ich weiß nicht, wie viel Zeit ihm noch bleibt. Danach wird alles schwieriger werden.«

»Wir werden uns immer sehen können. Nach deinem Vater wird Manfred den Thron besteigen.«

»Aber der legitime Erbe ist Konradin.«

»Konradin ist in Deutschland und kämpft gegen Wilhelm von Holland und die Feinde des Reiches, die vom Papst aufgehetzt wurden. Manfred wird das Königreich regieren, dein Bruder. Riccardo kann dir nicht verbieten, ihn zu besuchen. Und …«

»Und?«

»Mich loszuwerden ist nicht leicht.«

Der Blick der jungen Frau wurde grausam und erinnerte Umberto an Friedrich. »Und wenn ich dich bitten würde, ihn zu töten?«

»Das müsste der Kaiser tun.«

»Du hast noch nie jemanden ohne den Befehl des Kaisers getötet? Das glaube ich nicht.«

Er hob ihr Kinn und küsste sie sanft. »Das wäre keine Lösung. Sie würden dich jemand anders zur Frau geben, vielleicht weit weg, in Deutschland oder Sizilien. Du bist die Tochter des Kaisers … und du bist zu schön.«

Er las die Enttäuschung in ihrem Gesicht und fügte hinzu: »Aber falls er dir oder unserem Kind keinen Respekt zollt, werde ich ihn töten, das verspreche ich dir.«

Neapel, Castel Capuano, 3. März 1266

Yves hob den Blick von dem Schreiben und stellte sich das grinsende Gesicht von Gui Foucois vor, als er dem Boten das Pergament übergeben hatte. Der Papst hatte von Anfang an gewusst, dass Violantes Liebhaber nicht Manfred gewesen war, aber er hatte es König Louis und ihn glauben lassen, indem er ihm nur einen der beiden Briefe hatte zukommen lassen. Auf diese Weise wäre jeder, der mit dem Grafen von Caserta verhandelte, überzeugender.

Jetzt, nach dem Sieg, hatte er Yves auch den zweiten Brief gesandt, um ihm die Wahrheit zu enthüllen, vor allem aber, um ihm seinen Scharfsinn zu demonstrieren.

Der Dominikaner dachte über die merkwürdigen Charakterzüge des Nachfolgers Petri auf Erden nach. Vor allem aber musste er an Riccardos Erstaunen nach der Lektüre des Briefes denken und seinen Kommentar über den fernen Geliebten. Vielleicht hatte auch er vermutet, dass es nicht um Manfred ging. Immerhin dürfte er von der Mission in Ägypten gewusst haben, und sicher hatte er auch zufällig einmal gehört, wie seine Frau den Baron mit »Bruder« angesprochen hatte. Und doch hatte er Manfred verraten. Vielleicht hatte er es gerade aus Opportunismus getan. Schließlich, wie Yves es auch dem König Louis gesagt hatte, werden diejenigen, die einmal Verrat begangen haben, dies auch weiterhin tun. Auf jeden Fall lieferte der Brief, den der Inquisitor Riccardo vorgelegt hatte, ihm eine ausgezeichnete Rechtfertigung für seinen abermaligen Seitenwechsel.

Es war zudem offensichtlich, dass der Erbe der Sanseverinos ein Bastard war. Umberto wusste es, und Riccardo vermutete es. Eine Situation, die einige interessante Möglichkeiten in sich barg. Umberto di Fondi hatte er noch nicht aufgespürt, dafür aber seinen Sohn.

»Entschuldigt, Magister.«

Yves hob den Blick. Berengario stand regungslos vor ihm, er hatte ihn nicht eintreten hören. »Bist du schon länger hier?«

»Ich wollte nicht stören.«

»Du störst nicht. Ist alles bereit?«

»Ja, im Schloss mangelt es nicht an Gefängniszellen, und sie haben auch eine perfekt ausgestattete Folterkammer. Ganz offensichtlich haben Friedrich und Manfred sie des Öfteren genutzt. Ich habe ihm die Eisen gezeigt, wie Ihr es mir aufgetragen habt.«

»Wie geht es ihm?«

»Er hat große Angst vor körperlichen Schmerzen, vor allem aber fürchtet er den jungen Montfort. Als wir ihn in Montevergine gefangen genommen haben, ist er bei seinem Anblick aschfahl geworden. Seitdem hat er kein Wort mehr gesagt, nur noch gebetet.«

»Und der Abt von Montevergine?«

»Er hat nicht einmal versucht ihn zu verteidigen. Er hat ihn uns übergeben und behauptet, er habe ihn nur aus Mitleid aufgenommen und bereits Mönche ausgeschickt, um dem Grafen von Caserta Bescheid zu geben, der seinerseits dem Kloster sehr ergeben ist.«

»Noch ein Verräter.«

»Ja, Magister. Er sollte bald ersetzt werden. Schwester Agnes, die Äbtissin von Benevent, von der ich Euch erzählt habe, hat ihn als Vertrauten Manfreds bezeichnet.«

»Das ist er auch. Ich habe Informationen über ihn eingeholt. Er wurde ein Jahr bevor sich Manfred zum König gekrönt hat, zum Abt gewählt. Der betrügerische König hätte niemals gestattet, dass eines der wichtigsten Klöster des Landes von einem Abt geführt würde, der ihm nicht treu ergeben ist. Er ist ein Komplize Teodinos, der nun leugnet, im irrigen Glauben, sein Leben zu retten. Ich werde mit dem König darüber sprechen.«

»Und die Äbtissin?«

Der Magister betrachtete seinen jungen Schüler. Auch Berengario hatte einen Schwachpunkt. Yves wunderte das nicht. In seinem langen Leben hatte er viele Inquisitoren getroffen, die von der Schönheit und der Anmut, die Gott der Frau aus unerfindlichen Gründen geschenkt hatte, verwirrt worden waren. Einige waren deshalb sogar verurteilt worden, wie Robert le Bougre, und nicht einmal er selbst war dagegen immun.

In seinen Erinnerungen stieg das Bild einer jungen Frau mit engelsgleichem Gesicht auf, mit langen rabenschwarzen Haaren und blauen Augen, *nigra sed formosa*, wie im Hohelied Salomos. Durch dichten Nebel kam sie ihm mit sicherem Schritt entgegen, nur mit einem Umhang bekleidet, ähnlich der Kutte der Dominikaner. Sie hatte viele Namen, Roxanne, Isabelle und andere. Er wischte das Bild beiseite und antwortete seinem Schüler brüsk: »Vergiss sie.«

»Ich habe doch gesagt, wir werden uns wiedersehen …«

In der Folterkammer war Teodino di Capistrello an einem der Eisenringe an der Wand festgebunden worden. Nur mit einer rauen Jutekutte bekleidet, zitterte er vor Kälte. Er schien um zehn Jahre gealtert zu sein. »In der Abtei hast du mir von den Ketzerverbrennungen erzählt. Wenn Manfred und seine Sarazenen das Heer Christi geschlagen hätten, würde es die nicht mehr geben«, fuhr der Dominikaner fort. »Du hast dich getäuscht. Manfred ist tot, die Ungläubigen wurden ausgelöscht, und du selbst wirst bald auf dem Scheiterhaufen brennen.«

Teodino schluckte, er war so blass, als wäre ihm das Blut aus den Adern gewichen. Mit schwacher Stimme flehte er: »Ich bitte um Gottes Barmherzigkeit …«

Yves' mehr als dreißigjährige Erfahrung in den *quaestiones* sagte ihm, dass er ihn nicht einmal foltern müsste. »Wie du weißt, ist es meine Aufgabe, Seelen zu retten und die Weinberge des Herrn von kleinen ketzerischen Füchsen reinzuhalten. Die Folter und Scheiterhaufen sind extreme und sehr schmerzhafte Entscheidungen, um dieses Ziel zu erreichen, ganz besonders für mich. Wenn du also deine Sünden ernsthaft bereust, könnte ich dir solches Leid ersparen. Du würdest in ein Kloster verbracht, vielleicht auf einer Insel, wo du den Rest deines Lebens über die Größe von Gottes Gnade nachdenken könntest.«

»Was muss ich tun?«

»Erst einmal sagst du mir, wo das Buch ist.«

»Es war dumm von mir, es nicht zu verbrennen, als ich es vor Jahren zufällig in der Bibliothek entdeckt habe. Es ist ein sehr alter Kodex, den irgendjemand irgendwann kopiert und dann zwischen den Büchern über Heilkräuter versteckt hat. Gier und Hochmut haben mich blind gemacht. Ich hätte mit niemandem darüber sprechen sollen. Stattdessen erzählte ich es diesem ungläubigen Trunkenbold Jacopo da Celano, der offensichtlich nichts verstanden hat. Es handelt sich nicht um den Schatz des Teufels, sondern um den Schatz von Baal, dem Gott Kanaans, von dem die Bibel und Isidor von Sevilla sprechen.«

»Baal und der Teufel sind ein und dieselbe Person. *Beelzebul* ist der Herrscher der Dämonen, und Baals Propheten wurden von Elija bekämpft. Du hast gerade gestanden, einen Text über den Schatz des Teufels zu besitzen. Jacopo da Celano hat das sehr wohl verstanden. Warum macht dieser Schatz unbesiegbar?«

»Wer hat dir das gesagt?«

»Rate mal.«

»Es ist ein verfluchtes Buch … verfasst von einem Griechen namens Polybios. Es erzählt die Geschichte eines traurigen und gnadenlosen Volkes, das besonders feige war, wenn es Angst hatte, und besonders grausam, wenn es wütend war.«

»Du sprichst von den Karthagern. Ich habe Augustinus, Orosius und Isidor gelesen und weiß, wie die Geschichte endete. Diese Stadt der Sünden hatte die Zerstörung verdient, genau wie Babylon. Sprich weiter.«

»In diesem Buch werden unbekannte und verfluchte Länder beschrieben und ein Gift, das Krieger unbesiegbar macht.«

»Ein Gift, das du, der du dich für einen Kräuterkundler hältst, zu mischen versucht hast und damit deine Seele in die Verdammnis gestürzt hast.«

»Nein! Das habe ich nicht getan!«

»Wo ist das Buch?«, drängte Yves.

»Umberto di Fondi hat es an sich genommen. Er hat es den Sarazenen mitgegeben, um es am sichersten Ort des Königreichs zu verstecken.«

Yves wusste sofort, um welchen Ort es sich handelte: ein Wespennest, das es auszuräuchern galt.

Kapitel 11

Das Wespennest

Lucera, 7. März 1266, am späten Vormittag

Ser Berto, du meinst also, wir sollten Abgesandte zu den Angreifern schicken?«

Mohameds Stimme klang resigniert, als hätte er eingesehen, dass es keine andere Lösung gab. Zusammen mit Khaled hatte er zu Fuß die Berge überquert und war erst seit einigen Tagen wieder in Lucera, mit einem verwundeten Arm und den Bildern vor Augen, wie der Mönch seine Männer töten ließ.

Im Haus des *qadi* fand eine Versammlung statt. Neben Mohamed und Umberto nahmen Ibrahim und der Imam der Moschee, Hassan al-Azhari, teil, ein magerer kleiner Mann mit einem grauen Bart.

»Ihr werdet eine Gruppe von Abgesandten schicken, und du, Ibrahim, wirst sie anführen«, antwortete der Seneschall. »Ihr werdet als Zeichen des Friedens auch Geiseln anbieten.«

»Und wenn sie uns, aufgehetzt von ihren Mönchen, töten, wie sie es schon in Benevent getan haben?«

»Charles d'Anjou wird unser Angebot annehmen und

die Mönche im Zaum halten. Er braucht seine Männer, um seine Herrschaft zu festigen und auszudehnen. Eine lange und kostspielige Belagerung kann er sich nicht leisten. Die Zeit der Rache wird noch kommen.«

»Der Prophet hat gesagt, dass Gläubige und Ungläubige nicht einer Meinung sein dürfen, und dass jeder, der dies tut, Allahs Religion widerspricht, es sei denn, man erwartet Böses von ihnen. Dieses Prinzip der *taqiyya*, der Verstellung, ist möglich und sogar geboten, wenn es keine andere Möglichkeit gibt, die Gläubigen zu retten und …« Hassan hielt inne, als ein *askari* den Raum betrat.

Der Mann verbeugte sich, eilte auf Mohamed zu und flüsterte ihm etwas zu.

»Sie haben die Königin!«, rief der Emir. Er gab dem *askari* ein Zeichen, es allen zu sagen.

»Gerade ist ein Reiter eingetroffen, dem noch ein Armbrustbolzen in der Schulter steckt. Es war einer der Männer, die die Königin nach Trani begleitet haben. Der Kastellan, so sagt er, habe die Abfahrt der Schiffe um einige Tage verschoben unter dem Vorwand, es würde nicht genug Wind wehen. Gestern Abend hätte Gerardo di Foggia daraufhin versucht, mit der Königin und den Kindern gewaltsam die Burg zu verlassen, dabei kam es zu einem Zusammenstoß zwischen den Wachen und der königlichen Eskorte. Gerardo und die anderen wurden getötet oder gefangen genommen. Er konnte als Einziger entkommen, hat aber viel Blut verloren.«

»Wo ist er jetzt?«, fragte Umberto.

»Am Tor an der Straße nach Foggia.«

Der Seneschall rannte zum Ausgang, gefolgt von den anderen.

Trani, in der Nacht vom 8. auf den 9. März 1266

Das Tor der Stadtmauer Richtung Hafen war nach Sonnenuntergang geschlossen worden. In einem Saal im Erdgeschoss der Festung schliefen drei *servientes* tief und fest, während der vierte, Edoardo di Bisceglie, hellwach und voller Anspannung war. Die Geschehnisse der vergangenen Tage deuteten auf Ärger hin, und selbst der Kastellan hatte von allen höchste Wachsamkeit gefordert. Edoardo hatte seine Gefährten daraufhin gebeten, pro Schicht mindestens zu zweit wach zu bleiben, sie aber hatten sich über ihn lustig gemacht und seine Ängste als völlig grundlos abgetan. Er wiederum hatte sie wegen ihrer Sorglosigkeit als Dummköpfe gescholten und angekündigt, dass er trotzdem die ganze Nacht aufbleiben würde. Genervt vom Schnarchen der anderen war er kurz darauf die Turmspitze hochgestiegen. Der Himmel war schwarz von Wolken, der Mond nicht zu sehen. Der kalte Nordwind ließ ihn die Kapuze hochziehen, als ein Blitz etwas auf dem Feld vor ihm erhellte. Er konnte es nicht genau erkennen, doch es schienen dunkel gekleidete Männer zu sein. Während der Donner grollte und es zu regnen begann, tat er die Männer als Trugbild ab. Trotzdem wollte er kein Risiko eingehen und nach unten gehen, um seine Kameraden aufzuwecken. Das war sein letzter Gedanke.

Mit einer raschen Geste durchtrennte Khaled dem Mann die Kehle. Dann wandte er sich an Umberto, während ein weiterer Blitz die schlafende Stadt aufleuchten ließ. Sie hatten die Mauer erklommen und sich barfuß dem Turm genähert, lautlos wie Phantome. Der *askari* hielt den Mann fest, bis er sicher sein konnte, dass er tot war, dann legte er ihn auf den Boden.

Daraufhin stiegen die beiden Männer nach unten ins Erdgeschoss. Zwei *servientes* starben im Schlaf, der dritte erwachte, kurz bevor Umbertos Krummsäbel ihn durchbohrte.

Nachdem sie sich versichert hatten, dass es keine weiteren Wächter gab, hoben der Seneschall und Khaled die Holzbohle an, die das Tor verschloss, und öffneten es gerade so weit, dass ein Mann hindurchpasste. Kurz darauf schob sich ein *askari* mit hochgezogener Kapuze durch den Spalt, gefolgt von einem anderen, dann noch einem. Draußen standen weitere hundert.

Umberto rannte zum Hafen. Als er am Eckhaus angekommen war, wartete er, bis ein Blitz das Becken erhellte. So vergewisserte er sich, dass die beiden Galeeren noch im Hafen lagen. Sie hatten die Königin also nicht fortbringen lassen. Er drehte sich zu seinen Männern um und gab ihnen ein Zeichen. Als der Regen zunahm, liefen Gruppen dunkler Schatten eng an die Häuser gedrückt durch die Gassen und näherten sich dem Platz, auf dem sich die Kathedrale am Meer erhob, nicht weit entfernt von der Burg. Immer wieder erleuchteten Blitze den Himmel, aber zum Glück sah sie niemand oder schöpfte Verdacht.

Weniger Glück hatten die beiden *servientes*, die ihre Runde nahe einer kleinen verlassenen Templerkirche drehten und sich plötzlich Umberto und einigen Sarazenen gegenübersahen. Der eine starb sofort, durchbohrt von Umbertos Krummsäbel, der in seine Brust eindrang und zwischen den Schulterblättern wieder herauskam. Der andere wurde von zwei *asakir* festgehalten, noch bevor er sein Schwert ziehen konnte. Sein verzweifelter Aufschrei ging in einem Donnerschlag unter, erstickt auch von einem Lumpen, mit dem man ihn geknebelt hatte.

Umberto zog den Krummsäbel aus dem Leichnam und hielt ihn, blutig wie er war, dem Mann unter die Nase. Mit vor Angst geweiteten Augen versuchte der gefangene Wächter zu schreien. »Weißt du, wo die Königin ist?«, fragte ihn der Baron.

Der Wächter schüttelte den Kopf.

»Ist Nicola in der Burg?«

Der Mann nickte.

»Das Tor wird bei Sonnenaufgang geöffnet, wie immer?«

Wieder ein Nicken.

Umberto wandte sich auf Arabisch an Khaled: »Fessle ihn und lass ihn irgendwo liegen. Er hat sich sein Leben verdient.«

Die Glocken der majestätischen Kathedrale am Meer begannen wie jeden Morgen zu läuten. Der Platz vor der Burg war menschenleer, die Steine am Boden glänzten vom nächtlichen Regen.

Als sich die schwere Tür der Burg öffnete, tauchten aus den Gassen zwei Gruppen von Männern mit Kapuzen auf und rannten auf den Eingang zu. Oben von der Mauer ertönte der Befehl, das Tor wieder zu schließen, aber es war zu spät. Die Wachen waren bereits tot.

Als einer der Ersten betrat Umberto die Burg. Er hielt sich rechts Richtung Innenhof und stieg die Steintreppen hinauf, während sich um ihn herum die Alarmrufe häuften. Am oberen Treppenabsatz stellten sich ihm zwei *servientes* in den Weg: Mit einem Schlag tötete er den einen. Der andere zog es beim Anblick seines Gegners vor, sich die Treppe hinunterzustürzen.

Der Seneschall kannte sich in der Burg aus und erreichte bald das Zimmer des Kastellans. Er trat die Tür ein.

Nicola d'Andria war von den Schreien erwacht, er trug immer noch sein Kettenhemd. Als er Umberto erkannte, versuchte der korpulente Glatzkopf unbeholfen nach seinem Schwert zu greifen, das an der Wand lehnte: vergeblich. Mühelos warf ihn der Seneschall zu Boden und stellte ihm einen Fuß auf die Brust.

»Hast du gedacht, du kämst damit davon?«

»Umberto, ich bitte dich, töte mich nicht. Ich habe nichts damit zu tun.«

»Was soll das heißen?«

»Riccardo von Caserta … Er ist kurz nach der Königin in Trani eingetroffen und hat mich über Manfreds Tod informiert. Er befahl mir, sie nicht gehen zu lassen.«

»Und warum hast du ihm gehorcht und ihn nicht als Verräter verhaften lassen?«

Nicola zögerte erst, dann fuhr er hastig fort: »Er hat mich dazu gezwungen … Er meinte, das Haus Staufer sei dem Untergang geweiht, und der Papst und der neue König wären mir dankbar, wenn ich die Königin festhielte. Als ich ihm geantwortet habe, dass das nicht möglich wäre und die Königin von Gerardo di Foggia und vielen Reitern begleitet würde, hat er mir gedroht, mich umzubringen, und mich gebeten, Zeit zu schinden, indem ich behaupte, ungünstige Winde würden eine Abreise verhindern. Er hat auch gesagt, dass sich eine Gruppe französischer Reiter um die Eskorte kümmern würde. Ich habe nicht Ja gesagt, aber das Wetter war tatsächlich so schlecht, dass die Königin nicht abreisen konnte. Gerardo hatte wegen der Verzögerung Verdacht geschöpft und wollte die Königin nachts fortbringen. Er hat uns als Erster angegriffen, und nur das Eingreifen der Schiffsbesatzung hat uns gerettet. Ich habe um mein Leben kämpfen müssen.«

»Ich glaube dir nicht. Du hast Riccardo gehorcht und deine Königin und Gerardo di Foggia, die dich für ihren Freund hielten, verraten. Wo sind sie jetzt?«

»Ich weiß es nicht! Am nächsten Morgen sind Riccardo und französische Reiter eingetroffen und haben die Königin, ihre Kinder und das Gold mitgenommen.«

»Wohin?«

»Ich habe es doch schon gesagt: Ich weiß es nicht. Riccardo hat es mir nicht verraten.«

»In welche Richtung sind sie gegangen?«

»Nach Süden, auf der Straße nach Andria.«

»Wie viele Franzosen waren es?«

Nur sein Instinkt rettete Umberto das Leben. Als er hinter sich ein Geräusch vernahm, sprang er zur Seite, und das Schwert eines französischen Soldaten hieb ins Leere.

Nicola erhob sich und schrie laut: »Töte ihn!«

Der Baron warf sich auf den Boden, das Schwert traf dieses Mal die Fliesen, die zersplitterten. Noch bevor der Franzose die Waffe ein weiteres Mal erheben konnte, war er wieder auf den Beinen und schlitzte ihm mit dem Krummschwert den Hals auf. Während der Mann wie ein Sack zu Boden sackte, durchbohrte Umbertos Klinge auch Nicola, bevor dieser erneut nach seiner Waffe greifen konnte. Überrascht betrachtete der Kastellan die Waffe und versuchte sie mit beiden Händen herauszuziehen, kippte dabei aber nach vorn. Mit einem Fußtritt drehte Umberto seinen Körper um und zog das Schwert heraus.

Langsam stieg er die steinerne Treppe hinunter, die inzwischen von seinen Männern bewacht wurde. Er fühlte sich mit einem Mal alt. Früher hätte er niemals dem Eingang eines Raumes den Rücken gekehrt. Und schlussendlich war auch Trani eine Niederlage gewesen, wie Montecassino und Benevent zuvor. Er hatte nur einen Grund mehr gefunden, Riccardo zu töten.

Neapel, Castel Capuano, 7. April 1266, zur sechsten Stunde

»Die Sarazenen von Lucera wollen sich ergeben, Magister.«

Charles d'Anjou hatte beim Sprechen kaum die Lippen geöffnet. Er saß auf dem Thron, die Krone auf dem Kopf und das Zepter in der Hand, in einer ernsthaften und feierlichen Pose, während ein Bildhauer eine Form aus Ton modellierte. Es war wichtig, dass es so rasch wie möglich ein Bildnis des neuen Herrschers für seine Untergebenen gab, sie hatten schon zu viel Zeit verloren.

Yves, der die Statue für nicht ganz so dringlich hielt, bemerkte nur: »Tatsächlich, Sire?«

Der König verzog missmutig das Gesicht und wandte sich an den Bildhauer: »Wir machen später weiter, Meister Arnolfo, lasst alles hier.«

Der Künstler verbeugte sich und verließ den Raum. Charles fuhr fort, als hätte er sich mit der Impertinenz des Magisters abgefunden: »Sie haben Abgesandte zu Philippe de Montfort geschickt, er marschiert mit fünftausend Mann auf ihren Unterschlupf zu. Sie bitten um Gnade und bieten an, die Mauern niederzureißen, einen jährlichen Tribut zu zahlen und sogar den Predigern des Evangeliums zuzuhören. Was meint Ihr?«

»Das ist ihre einzige Chance, um zu überleben. Ihre einzige Rettung nach Manfreds Tod ist die Unterwerfung. Es könnte aber auch eine Finte sein, laut Koran ist das gestattet.«

»Was soll ich tun? Darf ich mit Ungläubigen verhandeln? Was würde der Papst dazu sagen? Andererseits ist die Stadt gut befestigt, eine Belagerung wäre langwierig und teuer. Wenn sie die Mauern selbst einreißen, wäre es leichter, sie hinwegzufegen, wenn sie die Abmachung nicht einhalten.«

»Verstehe, Sire. Vielleicht sollte ich dem Papst schreiben und ihn um Rat bitten, ihm von dem Wunsch nach Konversion berichten und von ihrer Bereitschaft, den wahren Glauben zu finden. Lasst mich in der Zwischenzeit nach Lucera reisen, um die Ernsthaftigkeit ihres Angebots zu prüfen.«

»Ihr würdet in dieses Vipernnest reisen?«

»Ich war schon an schlimmeren Orten.«

Lucera, 20. April 1266, am Morgen

Das Maultier mit dem Mönch, der die Kapuze über den Kopf gezogen hatte, lief die sanft ansteigende Straße entlang, vorangetrieben von einem peitschenden Wind, der trotz des Frühlings schneidend kalt war. Das Tor zur Via Troia stand weit offen, und drei Männer erwarteten ihn bereits. In der Ebene hatten die Truppen Philippe de Montforts ihr Lager aufgeschlagen.

Yves hatte darauf bestanden, allein zu reisen. Als Berengario und Jean ihm ihre Begleitung angeboten hatten, lehnte er mit der Begründung ab, dass sein Arabisch zwar etwas eingerostet, aber immer noch passabel wäre. Außerdem könnte die Nacht in Benevent sehr unangenehm werden, wenn man sie erkannt hätte. Trotz aller Bedenken hatte Philippe de Montfort ihm eine Gruppe Reiter geschickt, ohne dass auch nur ein einziger Pfeil von den Mauern abgeschossen worden war.

Der Inquisitor musterte das kleine Empfangskomitee. Einer der drei Männer war ein magerer Geistlicher, der Imam der Moschee, der andere offensichtlich ein Soldat, ein militärischer Führer, und der dritte, ein alter hochgewachsener Mann mit langem weißem Bart, musste der *qadi* sein.

Er kam vor ihnen zum Stehen, stieg von seinem Maultier ab und zog die Kapuze herunter. »*Salam alaikum.*«

Mohamed erkannte ihn sofort. Er war gealtert, aber es gab keinen Zweifel: Es war der Mönch, der König Louis in Ägypten begleitet und zusammen mit ihm Gefangener im Haus von Ibn Luqman in al-Mansura gewesen war. Damals war er beeindruckt gewesen, dass Umberto di Fondi ihn als gefährlichen Mann bezeichnet hatte. Es war das einzige Mal gewesen, dass er ihn etwas Derartiges hatte sagen hören, und es hatte ihn überrascht, dass es sich um einen Geistlichen handelte. Immerhin, so überlegte er, war er jemand wie er selbst, der die eigenen Männer töten ließ.

»Ich bin Yves le Breton vom Orden der Dominikaner«, stellte sich der Mann in einem etwas ungelenken Arabisch vor. »König Charles schickt mich, um Euer Kapitulationsangebot zu besprechen.«

Ibrahim antwortete auf Latein: »Friede sei mit Euch, Pater Yves. Ich bin Ibrahim Abu Said, der *qadi*, und habe die Ehre, Euch den Imam Hassan al-Azhari und Emir Mohamed al-Suleimani vorzustellen. Wir danken Euch, dass Ihr hier seid und allein gekommen seid. Wir wissen diese Geste des Vertrauens sehr zu schätzen.«

Yves verbeugte sich als Zeichen der Dankbarkeit für diese Antwort und die Sprache, in der sie gegeben wurde. Er setzte das Gespräch auf Latein fort: »Wo können wir uns unterhalten?«

»Ich darf Euch in mein Haus bitten.«

Nach einem langen Gespräch und mehreren Tassen Tee in einem der Räume im ersten Stock der Residenz des *qadi* nahm die Kapitulation Luceras langsam Form an. Yves war überrascht vom Entgegenkommen seiner Gesprächspartner. Sie hatten alles akzeptiert, worum er gebeten hatte: den französischen Truppen und den Geistlichen Zugang zur Stadt zu gewähren, die Kirchen wieder zu öffnen, alle Waffen herauszugeben, darunter Bogen und Schwerter, die Mauern niederzureißen, die Gräben wieder zuzuschütten, den restlichen Schatz von Manfred herauszugeben, einen jährlichen Tribut zu entrichten und zwölf Geiseln aus adligen Familien zu entsenden. Sie hatten sich so nachgiebig gezeigt, dass man eine Falle vermuten konnte, aber er hatte sich Charles' Worte noch einmal ins Gedächtnis gerufen: Wenn sie die Vereinbarung verletzen würden, wäre ohne die Stadtmauern alles viel einfacher.

Schließlich formulierte er seine letzte Forderung: »Ich möchte, dass Ihr mir das Buch übergebt, dass Umberto di Fondi aus dem Kloster Montecassino gestohlen hat.«

Seinen Gesprächspartnern schien es kalt zu werden, Ibrahim zeigte sich überrascht: »Von welchem Buch sprecht Ihr?«

Der Inquisitor blieb hart: »Spielt mir nichts vor. Ich bin mir sicher, dass Umberto ein Buch hat herbringen lassen. Er hat es in Montecassino gestohlen. Er ist ein gemeiner Dieb, und ich bin überzeugt davon, dass Ihr nicht seine Komplizen werden wollt. Ich werde Eure Aufrichtigkeit jedoch mithilfe des Buches auf die Probe stellen. Sollte ich es nicht bekommen, weiß ich, dass Euer Gnadengesuch nur eine Finte war, um die Zerstörung von Lucera und das Abschlachten all seiner Bewohner zu verhindern, und so werde ich das auch dem König mitteilen.«

Die drei Muslime schauten sich an, ihnen war bewusst, dass das Schicksal ihrer Gemeinschaft von diesem Mönch abhing.

Der Dominikaner wiederum erkannte, dass sie sehr genau über seine Worte nachdenken und die beiden Zivilisten den Soldaten schlussendlich davon überzeugen würden, das Buch auszuhändigen. Yves war nicht entgangen, dass der Emir mit der Hand den Säbelgriff umfasst hatte, als er Umberto einen Dieb genannt hatte. Der Imam antwortete: »Wir werden nach diesem Buch suchen. Sollte es hier sein, werden wir es Euch übergeben.«

»Ich weiß, dass es hier ist. Sucht danach, damit ich es morgen früh in Händen halten kann, wenn ich mit den Rittern des Königs in die Stadt einziehe.«

Lucera, 21. April 1266, am Morgen

Der schwere, in dunkles Leder gebundene Band lag auf dem Eichentisch in einem Zimmer im ersten Stock des Kaiserpalasts. Vom Hof drangen die Rufe der Reiter herein, die Yves begleitet hatten.

Ibrahim stand vor dem Inquisitor und deutete auf das Buch.

»Wir haben es hier gefunden.«

Der Mönch interpretierte das als Versuch, den Diebstahl von sich zu weisen. In diesem Augenblick ritten unendlich lange Reihen Franzosen durch die Stadt, zeigten sich den Bewohnern und nahmen die wichtigsten Gebäude in Besitz, die Moscheen ausgenommen.

»Ich danke Euch, Ihr könnt in die Stadt zurückkehren.«

Er wartete, bis der *qadi* den Raum verlassen hatte, näherte sich dem Buch und berührte es, indem er sanft mit den Fingerspitzen über das weiche Leder strich. Dann schlug er es auf. Es war auf Griechisch geschrieben. Er zog einen Stuhl an den Tisch, setzte sich, nahm ein Leseglas aus der Tasche seiner Kutte und begann zu lesen.

Kapitel 12

Der Schatz des Baal

Karthago, der 17. Tag vor den Kalenden des Mai, im Jahr 608 nach der Gründung Roms (15. April 146 v. Chr.), am Morgen

»Hast du sie gefunden?«

Hasdrubal hatte Griechisch gesprochen, sein Ton verriet Besorgnis. Mit dem Rücken zur Wand und an den Händen gefesselt, saß er auf dem Boden im Tempel des Baal, der Hannos Unternehmung gewidmet war. Die Legionäre, die ihn hierhergebracht hatten, hatten sich entfernt und ihn allein mit Scipio und Polybios zurückgelassen.

»In dem Haus in Megara, von dem du gesprochen hast, sind sie nie angekommen. Ich habe den unterirdischen Gang in der Gegenrichtung abgehen lassen, aber da waren sie nicht. Sie könnten beim Brand des Tempels umgekommen sein.«

»Dann lasst nach den Leichen suchen. Solange sie nicht gefunden werden, müsst Ihr achtsam sein, sie könnten kommen und Euch gefangen nehmen. Ihr wisst nicht, zu was sie fähig sind.«

»Ich kenne Scaurus gut und habe keine Angst vor ihm.«

»Arishut ist viel gefährlicher als er. Sie ist keine Frau, sondern ein böser Geist. Sie hat den Untergang unseres Volkes zu verantworten. Sie hat meinen Sohn getötet und verweigert, um Gnade zu bitten, sie hat Elissa zu dieser verrückten Tat angestiftet.« Die Stimme des Mannes brach, er begann zu weinen und vergrub das Gesicht in den Händen.

Scipio warf Polybios einen Blick zu und schüttelte den Kopf. Das war also der Mann, dem die Karthager ihr letztes Heer anvertraut hatten. »Wenn sie noch am Leben sind, können sie nicht entkommen. Hör jetzt auf, wir müssen mehr wissen und können unsere Zeit nicht damit verschwenden, dir beim Weinen zuzusehen.«

Hasdrubal hob den Kopf, Tränen standen in seinen Augen. »Ich habe Euch doch bereits alles gesagt, was ich weiß. Ich kenne keine anderen Geheimgänge im Eshmun-Tempel.«

»Wir müssen darüber reden«, sagte der Römer und deutete auf die Stele.

Der Karthager sah ihn erstaunt an. »Hannos Seereise?«

»Der Text ist unvollständig, oder?«, bemerkte Polybios.

Hasdrubal verstand das Interesse der beiden an diesem Thema nicht. Nach kurzem Zögern antwortete er: »Ja, der Bericht wurde verändert, damit Fremde ihn nicht nutzen können. Wer auch immer der Route vertraut hätte, wäre in eine tödliche Falle geraten.«

»In was für eine Falle?«, fragte Scipio.

»Das weiß ich nicht.«

»Wo ist der komplette Bericht?«

»In der Flottenkommandatur, die Ihr in Brand gesteckt habt.«

»Das waren nicht wir, sondern Scaurus. Vorher ist er mit einem Sack aus dem Gebäude gerannt. Könnte er ihn mitgenommen haben?«

Der Karthager schien plötzlich wie vom Blitz getroffen und rief: »Das also hatten die beiden im Sinn!«

»Erklär es uns«, Scipio blieb hartnäckig.

Hasdrubal hatte ein Funkeln in den Augen, und Polybios dachte bei sich, dass ihm sein Kaufmannssinn erhalten geblieben war, trotz der Tragödie, die ihn ereilt hatte. »Was bekomme ich dafür?«

»Dein Leben und Land in Italien, auf dem du es verbringen kannst.«

»Welche Garantien habe ich?«

»Mein Wort. Du solltest wissen, dass ein Römer stets zu seinem Wort steht.«

Hasdrubal nickte, das würde ihm genügen. »Es ist eine sehr alte Geschichte. Hannos Reisebericht erzählt von einer Insel im Ozean, auf der wir vor vielen Jahrhunderten eine Kolonie gegründet haben, die noch heute existiert. Das Klima dort ist völlig anders als bei uns, es wird nie kalt und regnet jeden Tag. Dort wächst eine Pflanze, aus der man das Pulver des Baal gewinnen kann, eine Substanz, mit der man in der Schlacht Hunger und Schmerzen besser ertragen kann.«

»Deshalb haben deine Männer wie die Löwen gekämpft, auch wenn …«, kommentierte Scipio und konnte sich den Rest des Satzes, »… sie von einem Schaf geführt werden«, gerade noch verkneifen.

»Gibt es in der Stadt davon noch etwas?«

»Das weiß ich nicht. Ich habe es an alle noch kampffähigen Männer verteilen lassen. Es gab Säcke davon im Eshmun-Tempel. Wahrscheinlich sind sie mit dem Gebäude verbrannt.«

»Das heißt, die Pflanze, aus dem das Pulver gewonnen wird, hat Hanno mitgebracht?«, wollte Polybios wissen.

»Nein, das war Abd-Melqart. Er war der Kapitän auf einem der Schiffe Hannos und wurde durch einen Sturm an eine Insel gespült, die von Wäldern bewachsen war, mit großen schiffbaren Flüssen und den Ruinen einer Stadt voller Gold. Auch dieser seltsame Leopard stammte von dort. Ich habe seinen Reisebericht nie gelesen, nur wenige wissen davon, und die sind inzwischen alle tot. Es ist das am besten gehütete Geheimnis von Qart Hadasht. Einige überlegten sogar, dorthin zu ziehen, wenn die Stadt in Gefahr wäre, so wie Elissa nach ihrer Flucht aus Tyros hierhergekommen ist.«

»Und das haben auch Scaurus und die Priesterin vor?«, fragte der Römer.

»Wenn sie noch am Leben sind, gibt es wohl keine andere Erklärung. In ihrem Fanatismus würde Arishut Qart Hadasht nur aufgeben, um es an einem anderen Ort wiederaufleben zu lassen, und Scaurus war schon einmal auf Hannos Insel. Da es kaum erfahrene Nauarchen gab, nahm er vor etwa einem Jahr an einer Expedition teil, um das Pulver des Baal zu holen. Ich glaube, er ist der einzige Überlebende, der die Route kennt. Arishut wird sich das zunutze machen. Sie hat ihn verhext, so wie sie es mit allen Männern macht, von denen sie etwas will.«

Scipio wandte sich an Polybios. Seine Stimme brach ob seiner Gefühle. »Wie es aussieht, sucht sich dieser Bastard immer die falschen Frauen aus.«

Polybios legte ihm eine Hand auf die Schulter und fragte weiter: »Hat auch Abd-Melqart einen Reisebericht geschrieben?«

»Ich weiß, dass zwei ähnliche Stelen angefertigt wurden, eine mit dem Reisebericht Hannos, eine andere mit dem von Abd-Melqart. Beide hätten im Baal-Tempel aufgestellt werden sollen, aber dann, wir sprechen hier von Jahrhunderten, beschloss man, kein Risiko einzugehen und die Stele des Abd-Melqart unter dem Tinnit-Tempel zu verstecken. Sie müsste noch dort sein. Ich glaube aber, auch auf ihr ist nicht der vollständige Text. Das Original war in der Flottenkommandantur, und Scaurus hat es sicher auch mitgenommen.«

»Du hast es nicht gelesen?«

»Warum hätte ich das tun sollen? Was hätte mir das genützt? Als ich zum Kommandanten ernannt wurde, war die Belagerung bereits in vollem Gange, und ich hatte genug andere Dinge zu erledigen.«

Er schwieg, verzog dann das Gesicht und fügte hinzu: »Jetzt weiß ich, dass ich ein Narr war. Ich hätte daran denken und beide Berichte zerstören sollen. Dann hätte diese Verrückte jetzt nicht die Möglichkeit, Qart Hadasht als neue Elissa wiederaufzubauen, und verstanden, dass alles, was wir hätten retten können, hier war …« Fast wäre er wieder in Tränen ausgebrochen.

»Wo steht der Tinnit-Tempel?«

»In der Unterstadt, im Westen, entlang der Küstenlinie in Richtung Megara, kurz vor den Stadtmauern.«

Der Konsul griff nach den Ketten und zog den Karthager trotz seines Körpergewichts mühelos in die Höhe. »Gehen wir.«

Unterdessen im Gewölbe des Eshmun-Tempels

Die Tinnit-Statue bewegte sich ein wenig. In dem großen, von Öllampen erhellten Raum war niemand mehr. Scaurus war vorangegangen, den Gladius in der Hand, gefolgt von Arishut. Sie schlichen Richtung Ausgang. In einer Ecke lagen die Leichen zweier junger Frauen, ihre Kleidung war zerrissen und blutig. Die Priesterin erkannte die beiden Dienerinnen des Tempels und ging näher.

»Sie haben sie vergewaltigt und ihnen dann die Kehlen durchgeschnitten.«

»Stimmt. Du bist nicht die Einzige, die Kehlen durchtrennt.«

»Ich folge nur dem Willen Baals.«

»Der im Gegenzug dich und dein Volk verraten hat. Wo war Baal, als das alles passiert ist? Was hat dein Gott getan, damit Hasdrubal euch nicht verrät? Er hat sogar Römer in den Garten von Megara geschickt …«

»Wie hast du das herausgefunden?«

»Es war unnatürlich still, dann habe ich in der Ferne galoppierende Pferde gehört. Es konnten nur Römer sein. Und jetzt still!«

Der Saal führte zu einem Gang, der nur von einer schwachen Fackel erhellt wurde. Zu beiden Seiten öffneten sich Eingänge zu weiteren Kammern, am Ende schloss eine Treppe zum Ausgang aus dem Kellergewölbe an. Auf dem Boden lagen weitere Leichen, dieses Mal Soldaten. Zwei seiner Männer und vier Legionäre. Scaurus erkannte seine Gefährten, der erste war Flaccus aus Sabina, der desertiert war, als sein Zenturio ihm befohlen hatte, alle Bewohner eines afrikanischen Dorfes nahe Utica zu massakrieren. Verbrannte Erde, ganz im Sinne Scipios. Der zweite, Vincius, war ein Dieb, der aus dem römischen Plebs, dem gemeinen Volk, zwangsverpflichtet worden war, seine Gewohnheiten aber beibehielt. Als er in einem Zelt im Lager beim Stehlen überrascht wurde, hatte er einen Gefährten getötet und war geflohen, um sich den Karthagern anzuschließen. Auch er war heldenhaft gestorben. Der Anblick der toten Römer brachte ihn auf eine Idee, und er begann sich auszuziehen.

Arishut sah ihn erstaunt an. »Was machst du da?«

Scaurus streifte die Tunika ab und deutete auf einen der Toten.

»Hilf mir, ihm die Kleider auszuziehen.«

Der Legionär zerrte eine junge Frau am Arm in den Innenhof des Tempels. Das Feuer war unter Kontrolle, und die Römer waren damit beschäftigt, alle Möbel und Schmuckstücke, die von den Flammen verschont worden waren, aufzuhäufen und unter den wachsamen Augen der Zenturionen diejenigen aus Gold auszusortieren. Keiner nahm von den beiden Notiz. Nur ein Soldat sprach seinen Kameraden an: »Willst du sie dir allein vornehmen?«

»Sie ist nicht für mich«, antwortete Scaurus mit leiser Stimme, »der Tribun hat nach ihr verlangt …«

Der andere grinste. »Wer denn?«

Scaurus versuchte sich an einen Namen zu erinnern und hoffte, dass dieser nicht tot war oder sich ganz in der Nähe aufhielt. »Gaius Fannius.«

»Beim Herkules! Wer hätte das gedacht.«

»Stimmt, aber offensichtlich will er das geheim halten …«

»Das sind die Schlimmsten.« Der Mann ging zu Arishut und versuchte ihr Gesicht zu berühren, aber die junge Frau zuckte zurück.

Scaurus zog sie beiseite und verabschiedete sich: »*Vale*.«

Kurz darauf erreichten sie den Ausgang und stiegen die breite Treppe hinunter.

Noch immer loderten Brände in der Stadt. Vor allem einer erregte Arishuts Aufmerksamkeit: »Die Bibliothek!«

Scaurus sah hin und schwieg. »Dort lagern fast fünfhunderttausend Werke, das Wissen von siebenhundert Jahren!«, fügte Arishut hinzu. »Was ist mit der ach so gepriesenen Disziplin der Legionäre?«

»Das ist keine mutwillige Zerstörung, die Befehle kommen sicherlich von Scipio höchstpersönlich. Nach dreijähriger Belagerung hat er die Wölfe freigelassen und erachtet Bücher als die gefährlichsten Gegner. Sie enthalten die Erinnerungen an eine Zivilisation, die für immer ausgelöscht werden muss. Sie werden eine Wüste hinterlassen und sie dann Frieden nennen.«

»Das sind Barbaren.«

»Für sie seid ihr die Barbaren.«

Sie verließen die Treppe, bogen in die Gassen nach links ein und stiegen weiter hinab. Hier gab es nichts mehr zu plündern. Die Häuser waren eingestürzt, verkohlte Leichen kündeten stumm von gewalttätigen Auseinandersetzungen.

»Weißt du, wie wir aus der Stadt herauskommen?«, fragte Scaurus.

»Wir müssen die Stadtmauern erreichen.«

»Aber die werden kontrolliert. Dort kommen wir niemals durch.«

»Zusammen nicht, du aber schon. Du bist einer von ihnen, dich wird niemand aufhalten. Ich hingegen werde in meiner Rolle als *rab kuhanat* von Tinnit zu Scipio gehen und mich vor seinen Augen umbringen.«

»Rede keinen Unsinn. Wir haben einen Pakt geschlossen: Entweder gehen wir gemeinsam oder gar nicht. So oder so würde es dir nicht gelingen, dich vor Scipio umzubringen. Sie würden dich gefangen nehmen und als Zeichen seines Triumphs nach Rom bringen, dann würde man dich vergewaltigen und strangulieren. Denk lieber darüber nach, wo wir uns verstecken und auf die Dunkelheit warten können, um dann nach Megara zu gelangen. Dort ist es sicher einfacher herauszukommen.«

Die junge Frau sah sich um, als suchte sie in all der Zerstörung um sie herum nach einem Orientierungspunkt. Auf ihrem Gesicht glänzten Tränen, ihre Stimme klang noch rauer. »Wir sind schon fast in der Unterstadt und könnten den Tinnit-Tempel erreichen. Sicherlich haben die

Römer auch ihn geplündert, den Eingang zum Gewölbe haben sie aber gewiss nicht entdeckt. Dort werden sie uns niemals finden. Es gibt eine Quelle mit heiligem Wasser, und ganz in der Nähe liegen Megara und die roten Felsen. Komm.«

Sie liefen weiter durch schmale Gassen, trafen auf andere römische Soldaten, von denen ihnen abermals keiner Beachtung schenkte. Fast hatten sie ihr Ziel erreicht, als ihnen Scipio, Polybios und Hasdrubal aus einer Seitenstraße entgegenkamen. Letzterer wurde an Ketten von einem Zenturio gezogen, gefolgt von einem Dutzend Legionäre. Für einen langen Moment herrschte überraschtes Schweigen, bis die schrille Stimme eines römischen Kommandanten tönte: »Scaurus!«

Scipio zog den Gladius und rannte auf den Deserteur zu, dessen ganze Aufmerksamkeit jedoch Arishut galt. Beim Anblick der Römer wollte sie sich tatsächlich einen Dolch in den Bauch rammen, den sie unter ihrer Tunika versteckt hatte. Während Scaurus nach ihrer Hand griff, schlug ihm der Konsul mit dem Schaft des Gladius ins Gesicht und schickte ihn zu Boden. Dann bohrte er ihm die Schwertspitze in die Wange, bis sie blutete. Die junge Frau, die sich wie eine wütende Katze auf ihn stürzte und ihn kratzte, beachtete er gar nicht. Nur einen Moment später wurde Arishut von dem Zenturio gefesselt, während zwei Legionäre den Deserteur packten.

Scipio hob das Schwert und gab den beiden ein Zeichen, ihn hochzuziehen. Dann atmete er tief durch und sagte: »Lange nicht gesehen, Scaurus.«

Das Tinnit-Heiligtum ähnelte dem von Baal und war ebenso alt, beide mit vier Stufen und vier geriffelten Säulen. Über das Atrium gelangte man in drei große Kammern mit weiß verputzten Wänden. Hasdrubal deutete auf den mittleren Saal, der von einer riesigen Statue der Göttin dominiert wurde. In diesem Moment begann Arishut ihn in ihrer Sprache zu beschimpfen: »Du bist ein infamer Verräter! Du hast dich an Rom verkauft! Das hätte ich gleich erkennen und dich mit meinen eigenen Händen töten sollen, aber ich verspreche dir, dass ich das noch tun werde. Du wirst dem Fluch Tinnits nicht entkommen …«

Hasdrubal senkte den Blick und blieb ihr eine Antwort schuldig. Scipio hatte zwar nichts von alledem verstanden, aber auch ohne ein Wort Punisch zu können, war offensichtlich, dass die junge Frau ihren Landsmann heftig beleidigte. »Bring sie weg«, befahl er dem Zenturio.

Als sie Arishut hochhoben, trat sie wie wild um sich. »Du wirst als der größte und schlimmste Verräter in die Geschichte Qart Hadashts eingehen …«

Scaurus versuchte sich zu bewegen, wurde aber von zwei Soldaten festgehalten. Sie legten ihm die Eisen um die Handgelenke, die zuvor Hasdrubal getragen hatte. Als der Zenturio und die Priesterin den Saal verlassen hatten, fragte Scipio den Karthager auf Griechisch: »Also?«

Er schien zu zögern, dann betrat er den mittleren Saal des Tempels, in dem alles, was man wegtragen konnte, gestohlen worden war. Nur die Statue war noch geblieben. Hasdrubal ging langsam auf sie zu, hielt die Augen aber gesenkt, um die Göttin nicht ansehen zu müssen. Dann deutete er auf eine Steinplatte dahinter. Auf ein Zeichen des Konsuls hoben zwei Legionäre sie hoch und legten Steinstufen frei: die Treppe ins Kellergewölbe. Scipio wartete, bis man ihm eine Fackel entzündet hatte, dann stieg er als Erster hinab, gefolgt von Polybios und den zwei Legionären, die Scaurus an Ketten hinter sich herzogen. Hasdrubal blieb mit den anderen oben zurück. Im Gewölbe gab es mehrere Räume hintereinander, alle vollgestopft mit Amphoren, Goldmünzen und heiligen Gegenständen. In der Ferne hörte man Wasser rauschen. Ein Legionär entzündete einige Öllampen, die in einer Mauernische im ersten Raum bereitstanden. Es gab insgesamt acht Kammern, die Quelle befand sich in der vorletzten. Das Wasser floss aus einem Spalt in der Felswand zwischen zwei Tinnit-Statuen, wurde in einem Becken aufgefangen, aus dem ein Rohr führte. Wahrscheinlich speiste es einen Brunnen oder ein überirdisches Aquädukt. Wasser war in Karthago ein kostbares Gut, es gab nur wenige Quellen, und jedes Haus war mit einer Zisterne ausgestattet, um Regenwasser aufzufangen. Scaurus und die beiden Legionäre wurden dort zurückgelassen, während Scipio und Polybios die letzte Kammer betraten. Der Deserteur hörte zwar ihre Stimmen, konnte ihr Gespräch aber wegen des lauten Wasserrauschens nicht verstehen.

Schließlich tauchte Polybios auf und gab den Legionären ein Zeichen, den Gefangenen in die letzte Kammer zu führen. Sie war kleiner als die anderen und beherbergte die Stele des Abd-Melqart zwischen den beiden Statuen von Baal Hammon und Tinnit.

Scaurus wurde auf dem Boden abgesetzt, die Legionäre verschwanden.

»Was willst du von mir, Polybios? Warum hast du mich nicht getötet?«

Mit siegessicherer Stimme antwortete ihm der römische General: »Wie es aussieht, gelingt es dir immer wieder, dich unverzichtbar zu machen.«

»Was willst du damit sagen?«

»Wir haben mit Hasdrubal gesprochen.«

»Er ist ein Feigling.«

»Sicher, aber ein gut informierter Feigling, der bis gestern noch die punische Armee befehligte. Er hat uns vom Pulver des Baal erzählt. Meine Männer suchen im Tempel danach.«

»Sie werden es nicht finden, weil ich es habe verbrennen lassen.«

»Ob das stimmt, werden wir noch sehen. Er hat uns außerdem bestätigt, was unser guter Freund Polybios längst wusste: Hannos Reisebericht wurde verändert, damit Fremde ihn nicht nutzen können. Wenn jemand seiner Route gefolgt wäre, wäre er in eine tödliche Falle getappt. In was für eine genau, konnte er uns jedoch nicht sagen.«

»Das tut mir leid.«

»Dein Mitleid kannst du dir sparen. Er hat uns immerhin verraten, dass die Pflanze, aus der das Pulver des Baal gewonnen wird, nicht hier wächst, sondern auf einer Insel im Ozean. Und genau die hat Hanno entdeckt und dort eine punische Kolonie gegründet, die bis heute existiert.« Der Konsul deutete auf die Stele. »Abd-Melqart, Kommandant auf einem von Hannos Schiffen, hat die Pflanze und das Pulver nach Karthago gebracht. Er war es, der eine Insel im Ozean mit dichten Wäldern und schiffbaren Flüssen entdeckt hat, und eine Stadt voller Gold. Die Geschichte ist auf dieser Stele verewigt. Glaubt man Hasdrubal, war dies das wertvollste Geheimnis Karthagos, und es soll sogar manch einen geben, der sich nach der Zerstörung der Stadt dorthin zurückziehen wollte. War das etwa dein Plan? Zusammen mit der schönen Priesterin?«

»Ich weiß nicht, wovon du sprichst. Ich bin ein Fremder, mit dem sie ihr wertvollstes Geheimnis niemals geteilt hätten.«

»O doch, das haben sie. Laut Hasdrubal haben sie dir vertraut. Weil es an erfahrenen Nauarchen mangelte, hast du an der letzten Reise auf die Insel teilgenommen, um das Pulver des Baal zu holen. Du warst dort, Scaurus, und du bist zurückgekehrt. Wie es aussieht, bist du der Letzte dieser Mission, der noch am Leben ist. Außerdem haben wir dich aus dem Turm am Hafen flüchten sehen, dort, wo Abd-Melqarts und Hannos Berichte aufbewahrt wurden. Du hast sie mit Sicherheit dort herausgeholt und an einem sicheren Ort versteckt. Auch danach suchen wir.«

»Was willst du dann von mir?«

»Ich will die Berichte. Und vor allem will ich wissen, ob du den Weg noch einmal finden würdest.«

Scaurus grinste. »Warum sollte ich?«

»Um dein Leben zu retten. Du weißt, wie schwer mir das fällt, aber ich schlage dir ein Geschäft vor: Du sagst mir, wo die Reiseberichte sind, und bringst Polybios mit zehn Schiffen zu der punischen Kolonie, auf die Insel, die Abd-Melqart entdeckt hat. Bei deiner Rückkehr lassen wir dich dann frei. Darauf gebe ich dir mein Wort. Andernfalls stirbst du jetzt und hier.«

Der Deserteur antwortete mit einer Frage: »Wo ist Arishut?«

»Sie ist eine Feindin Roms. In Ketten gelegt wird sie meinem Streitwagen auf dem Triumphzug folgen, danach wird sie sterben.«

Scaurus dachte nach: Er hatte keine Wahl. Scipio würde ihn niemals am Leben lassen. Aber die Reise wäre lang, und er hätte vielleicht eine Überlebenschance.

»Ich bin bereit, euch dorthin zu bringen«, sagte er schließlich. »Aber nur zusammen mit der Priesterin. Sie wird uns begleiten und danach mit mir freigelassen.« Er hatte beschlossen, Arishut nicht zu opfern, obwohl sie ihn, ohne zu zögern, sofort geopfert hätte, wenn sie wüsste, auf was er sich eingelassen hatte.

»Und die Reiseberichte?«

»Ich weiß nicht, wo sie sind.«

»Du lügst.«

»Warum sollte ich? Was interessieren mich diese Reiseberichte oder diese Stadt? Sie wird früher oder später in Flammen aufgehen. Heute war es Karthago, morgen wird Rom an der Reihe sein. Gib mir dein Wort, dass du uns gehen lassen wirst, Publius, und ich bringe Polybios zu der Insel im Ozean und zu Abd-Melqarts Land.«

»Du bist noch falscher als ein Karthager. Und ob du daran interessiert bist, dass ich diese Berichte nicht in die

Hände bekomme. Solange ich sie nicht finde, hast du eine Chance, am Leben zu bleiben. Du solltest wissen, dass ich nur ein Wort habe.«

»Ich habe dir die Wahrheit gesagt, und auch ich habe nur ein Wort.«

Der Konsul nickte. »Ihr reist morgen ab.«

Als Scaurus fortgebracht worden war und Scipio und Polybios allein zurückblieben, betrachteten sie die Stele. Der Grieche begann zu lesen.

Kapitel 13

Aztlan

Bericht über die Reise von Abd-Melqart, Sohn des Himilkon, Nauarch der Flotte Hannos, Sufet der Karthager, zu den Gebieten westlich der Säulen des Melqart. Als Hanno uns befahl, unsere Reise zu beenden und umzukehren, verließen wir den Golf von Nótū Kéras *und segelten drei Tage lang in Richtung offenes Meer, dann kam vom Land her ein großer Sturm auf, mit tiefschwarzen Wolken und Wogen hoch wie Berge …*

Die *Baals Ross* ritt hilflos auf einer riesigen Welle und stürzte mit knirschenden Planken wieder hinab.

»Die *Auge der Astarte* ist nicht mehr zu sehen!«, schrie Magon dem Kapitän zu.

Abd-Melqart wandte sich um, konnte bei dem dichten Regen aber nichts mehr erkennen. Sein Steuermann hatte recht: Das Schiff, das bis vor Kurzem noch an Steuerbord fuhr, war verschwunden. Er betete zu Baal, dass es nicht untergegangen war, dass Hannos Flotte vor ihnen mit Tausenden von Zivilisten – Männern wie Frauen – den Sturm hatte umschiffen können. Als der Wind sie Richtung Westen getrieben und das große Segel mit dem Pferdekopf aufgebläht hatte, hatte er bereits versucht, nach Norden abzudrehen und mithilfe der Ruderer mehr Fahrt aufzunehmen. Besorgt hatte er dabei stets den Horizont landeinwärts im Blick behalten. Die pechschwarzen Wolken hatten nicht lange auf sich warten lassen und bald die beiden Pentekonteren erreicht, die zwar schnell waren, aber nicht so schnell wie der Wind. Das Meer hatte sich tosend aufgebäumt und die gleiche düstere Farbe angenommen wie der Himmel, woraufhin Abd-Melqart eiligst Ruder und Segel einholen ließ. Als der Regen niederzuprasseln begann, waren nur noch er und der Steuermann auf der Brücke, beide hatten sich am Mast festgebunden. Angesichts des entfesselten Meeres blieb ihnen kaum etwas zu tun. Sie beteten zu den Göttern und ließen sich mit der Strömung treiben, im Vertrauen darauf, dass das Schiff den Wellen standhalten und nicht kentern würde.

Die *Baals Ross* war eines von sechs Schiffen, die Hannos Flotte aus Pentekonteren voller Zivilisten eskortierten. Sie hatten zwar keine griechischen Schiffe auf der Route erwartet, falls sie ihnen aber doch begegnet wären, hätten sie sie versenken müssen. Kein einziger Fremder durfte etwas von dieser Reise wissen. Die sechzig Schiffe waren von Qart Hadasht Richtung Westen in See gestochen und hatten Gadir angelaufen. Dann hatten sie die Säulen des Melqart hinter sich gelassen und waren gen Süden gefahren. Ihre Mission bestand darin, die große Wüste zu umschiffen, um an der Küste Kolonien zu gründen. Auf der Suche nach Gold und Elfenbein sollten sie von dort ins Landesinnere vordringen und so die nomadischen Stämme ersetzen, die derzeit dieses florierende Geschäft betrieben. Vorgefunden aber hatten sie nur Flüsse voller gefräßiger Krokodile und noch wilderer Flusspferde, undurchdringliche Wälder und Berge, von denen Feuerströme ins Tal flossen oder die so hoch waren, dass sich ihre Gipfel in den Wolken verloren, wie der sogenannte »Götterwagen«. Sie waren bis in eine Meeresbucht namens »Horn des Südwinds« vorgedrungen, in der nur eine Insel lag, bewohnt von dicht behaarten Wilden, die von den Dolmetschern Gorillas genannt wurden. Diese hatten sie mit Felsbrocken beworfen und sich vor ihren Verfolgern in die Berge geflüchtet. Einfangen konnten sie nur drei Weibchen, die ihre Angreifer gekratzt und gebissen hatten. Deshalb hatte man sie getötet und gehäutet. Ihre Felle sollten nach Qart Hadasht gebracht werden, wo man solche Wesen noch nie zuvor gesehen hatte. Hanno hatte schließlich Anweisung gegeben, nicht weiterzureisen und umzukehren. Wie immer würden zwei Kriegsschiffe der Flotte vorausfahren, zwei weitere am Ende folgen, wie die Schutzhunde einer Herde. An diesem Tag waren es die *Baals Ross* und die *Auge der Astarte*.

Der Orkan dauerte acht Tage und acht Nächte. Zweimal wurde das Schiff von Wellen geflutet, die so hoch waren wie der Eshmun-Tempel, zweimal tauchte es wieder auf. Am Morgen des neunten Tages hörte der Regen auf, und die Sonne kehrte an den Himmel zurück, der Horizont gab den Blick in alle Richtungen frei. Das Schiff war vom Kurs abgekommen und in einem erbärmlichen Zustand. Der Mast war gebrochen, aber zum Glück nicht über Bord gegangen. Die Männer sahen sich verängstigt an. Es waren etwa hundert an der Zahl, alle Bürger von Qart Hadasht: fünfzig Ruderer, zwanzig Seemänner und dreißig Soldaten.

Maharbal, ein junger, hochgewachsener Mann mit schwarzem Bart und Kommandant der kleinen Gruppe Infanteristen, war der Erste, der den Kapitän fragte: »Wo sind wir?«

Abd-Melqart versuchte eine beruhigende Antwort zu geben. Das Letzte, was er brauchen konnte, war Panik. »Ich weiß es nicht, doch heute Nacht können wir uns an den Sternen orientieren. Lasst uns in der Zwischenzeit versuchen, den Mast wieder aufzurichten.«

In Wirklichkeit aber war der Kapitän überzeugt davon, dass sie dem Untergang geweiht waren. Von den unsicheren Windverhältnissen einmal abgesehen, hatten sie nicht mehr genug Lebensmittel, um nach Hause zu gelangen. Die Vorräte an Bord waren fast aufgebraucht. Ihre einzige Hoffnung war, die Flotte wiederzufinden, oder das, was von ihr übrig geblieben war.

»Wir werden von der Strömung nach Westen getrieben«, schaltete sich nun Magon ein.

Maharbal war Soldat, bloße Annahmen bereiteten ihm Unbehagen. »Wie weit sind wir in diesen Tagen gekommen?«

Dem jungen Mann war noch nicht bewusst, dass zu viele Fragen Schaden anrichten konnten und er sich besser um seine Angelegenheiten kümmerte.

»Es könnte durchaus sein, dass wir im Kreis gefahren und wieder am Ausgangspunkt angekommen sind!«, entgegnete Abd-Melqart ungehalten. »Und jetzt werden wir den Mast aufrichten, die Zisternen in Ordnung bringen und versuchen, Fische zu fangen.«

Als es dunkel wurde, konsultierte Abd-Melqart die Sterne an einem nie zuvor gesehenen Himmel. Er fragte sich, ob sie nicht schon alle tot und im Reich von Mot, dem Gott der Unterwelt, unterwegs waren.

Am nächsten Morgen erreichte sie ein göttliches Zeichen Melqarts in Gestalt einer Möwe, die sich dem Schiff näherte. Als die Jubelschreie der Besatzung aufbrandeten, flog sie aber aufgeschreckt sofort gen Westen. Das Land konnte also nicht weit sein, wenn auch nicht dort, wo sie es erwartet hatten. Zudem war der nachmittägliche Regenschauer, der die Zisternen um ein Viertel gefüllt hatte, von allen als Zeichen göttlichen Wohlwollens gewertet worden.

Sie folgten dem Flug des Vogels, sichteten am nächsten Tag weitere Vögel, und dann, nach einem erneuten Regenguss gegen Nachmittag, tauchte am Horizont ein schmaler Streifen Festland auf, über dem langsam die Sonne unterging.

Unter Freudentränen bedankten sie sich bei den Göttern Qart Hadashts. Alle jubelten, nur Abd-Melqart schwieg. Als die Sonne groß und rot über der grünen Mauer vor ihnen stand, begriffen es auch die anderen und verstummten, nur das Segel flatterte knatternd im Wind. Sie waren auf der anderen Seite des Meeres gelandet, unendlich weit von Qart Hadasht entfernt, und vor ihnen lag keine Insel, sondern ein riesiges, von dichten Wäldern bedecktes Land.

In dieser Nacht gingen sie unweit der Küste vor Anker, und als der Morgen anbrach, zogen Maharbal und fünf

Soldaten aus, um am Strand nach Nahrung zu suchen. Vor Sonnenuntergang waren sie zurück und winkten mit schwungvollen Gesten, man möge ihnen entgegenkommen. Mit Brettern und Seilen wurden Schildkröten so groß wie Schilde und dicke Rebhühner an Bord geholt.

Am nächsten Morgen brach die *Baals Ross* erneut auf, eine leichte Brise von Süden schob sie die Küste entlang Richtung Norden. Nach zwei Tagen endete das Festland abrupt und zerfaserte wie eine große Wunde. Sie standen vor der Mündung eines riesigen Flusses, braun wie die Erde, die er mit sich führte. Abd-Melqart besprach sich mit Magon und entschied, in den Strom hineinzusegeln, um einen Landeplatz zu finden. Daraufhin strichen sie die Segel und ruderten in die Mündung. Je weiter sie sich vom Meer entfernten, desto heißer wurde es, und die Insekten wurden zur Plage. Schwärme hungriger Moskitos stürzten sich auf sie, eine bunte Vielfalt von Vögeln schwirrte durch die Luft. Auf der rechten Seite, mindestens drei Stadien entfernt, erblickten sie eine große, mit Wald bedeckte Insel. Nach einem halben Tag ruhiger Fahrt rief der Kapitän dem Steuermann vom Bug aus zu: »Fahr näher ran!«

Inmitten der Vegetation hatte er eine grasbewachsene Lichtung ausgemacht. Backbord wurden die Ruder angehoben, und das Schiff glitt vorsichtig ans Ufer. Abd-Melqart ging als Erster an Land, gefolgt von Maharbal und zwanzig mit Pfeil und Bogen ausgerüsteten Soldaten.

Nach einer kurzen Erkundung erklärte der Kapitän: »Hier schlagen wir unser Lager auf. Mit der Hilfe von Baal und Melqart werden wir das Schiff herrichten und Nahrung finden. Wir sind nahe genug am Meer, um es rasch wieder zu erreichen, und dank der täglichen Regengüsse wird es uns nicht an Wasser mangeln. Wir werden eine Palisade errichten und Hütten bauen.«

Die Männer machten sich sofort ans Werk und fällten Bäume, als jemand Trommelschläge im Wald zu hören glaubte. Ein Echo aus der Ferne, das sie in Alarmbereitschaft versetzte.

Die Vermutung, dass sie nicht allein waren, bestätigte sich zwei Tage später, als ein langes schmales Kanu den Fluss entlangglitt und beim Anblick des festgemachten Schiffes sofort wieder kehrtmachte.

Abd-Melqart war gerade an Land und baute mit den Männern an ihrem kleinen Dorf. Er hatte keineswegs die Absicht, sie davonkommen zu lassen, rannte an Bord und schrie: »Wir kriegen sie!«

Kurz darauf fuhr die *Baals Ross* rasch den großen Fluss hinauf, angetrieben von fünfzig Ruderern, aber das Kanu war verschwunden. Sie mussten es irgendwo an Land gezogen haben. Die Trommeln jedoch waren für alle deutlich in der Nähe zu hören.

Das Dorf der Eingeborenen lag vor ihnen, geschützt durch eine niedrige Palisade, hinter der mehrere Hütten zu erkennen waren. Am Ufer lagen mindestens fünfzig Kanus. Alles sah verlassen aus. Vorsichtig näherte sich das Schiff, die Bogenschützen an Bord waren in Alarmbereitschaft.

Abd-Melqart und Maharbal gingen als Erste von Bord, sie hatten Helme und lederne Brustpanzer angelegt und hielten die Schwerter gezückt. Ihnen folgten dreißig Soldaten, während sich die Seemänner ebenfalls bewaffneten. Die Ruderer blieben auf ihren Plätzen, um sofort in See stechen zu können.

Als die Karthager das Dorf durch den Eingang auf der Wasserseite betraten, wirkten die Hütten verlassen. Es gab reichlich Nahrung, hauptsächlich Früchte, Fische hingen zum Trocknen an niedrigen Gerüsten. Einige Steinkreise umgrenzten erloschene Feuerstellen. Maharbal kniete nieder, um die Asche zu berühren: Sie war noch warm. Er erhob sich und sagte: »Sie sind in der Nähe und beobachten uns.«

Abd-Melqart antwortete nicht. Langsam ging er auf die Dorfmitte zu, die anderen im Schlepptau. Sie erreichten einen kreisförmigen Platz, von dem vier Wege zu ebenso vielen Durchlässen im Zaun abzweigten, mehr oder weniger den Himmelsrichtungen gleich. Die Männer wählten den Weg gen Süden und gelangten zu einigen Feldern, die am Waldrand angelegt worden waren. Abd-Melqart gab den anderen ein Zeichen, stehen zu bleiben und ging allein weiter bis zum Wald. Dort legte er sein Schwert nieder und streckte beide Arme zum Himmel.

Zwischen den Bäumen trat ein kleiner magerer Mann hervor. Sein Körper war weiß angemalt, bedeckt von einem glänzenden Brustpanzer aus einem Material, das Abd-Melqart sofort erkannte: Gold.

Er ging auf die Karthager zu, während der Kapitän, ohne sich umzudrehen, anmerkte: »Schaut nicht auf das Gold. Sie sollen nicht merken, dass es uns wichtig ist.«

Der alte Mann blieb vor dem Kapitän stehen, hob die

Hand zur Sonne und sagte: »*Chise.*« Dann zeigte er auf die Besucher und abermals zur Sonne, als wollte er verdeutlichen: Männer, die von der Sonne kommen.

Abd-Melqart antwortete ihm wie zur Bestätigung seiner Herkunft: »*Chise.*«

Der andere schien tief bewegt. Er legte seine Hand auf den goldenen Brustpanzer: »Nahua.«

Vielleicht war das sein Name.

»Lasst die Waffen sinken«, befahl Abd-Melqart und richtete sein Wort dann an Nahua: »*Chise.* Qart Hadasht.«

Daraufhin hob der Alte mit einem lauten Ruf die Hände gen Himmel. Sofort kamen aus dem Wald mehr als hundert mit Speeren bewaffnete Männer. Sie trugen riesige Schilde, die mit Krokodilhaut überzogen waren.

Nahua setzte sich auf den Boden, und Abd-Melqart nahm ihm gegenüber Platz.

Die Barbaren kamen aus dem Wald, erst die Krieger, dann die Frauen und Kinder. Sie boten uns reichlich Fleisch, Früchte, Fisch an. Wir blieben den ganzen Tag bei ihnen und kehrten bei Sonnenuntergang in unser Lager zurück. Am nächsten Tag, während wir an den Hütten und der Palisade weiterbauten, kam uns der Anführer der Barbaren mit zehn Kanus voller Nahrungsmittel besuchen.

In den folgenden sechs Monaten reparierten wir alle Schäden an unserem Schiff und lernten Nahua und sein Volk kennen. Allmählich konnten wir uns besser verständigen und erfuhren, dass das Gold, das Kupfer und die Keramiken, die wir in großer Zahl in ihrem Dorf gesehen hatten, aus einer Region mit der zentralen Stadt namens Aztlan stammten, die von Mitla, der Tochter der Götter, regiert wurde. Sie dachte, dass wir sie gut kennen müssten, denn sie verwechselte uns mit den Gottheiten von Aztlan, den Kindern der Sonne, die in einer fernen Vergangenheit nach Osten gereist waren und eines Tages zurückkehren würden. Wir ließen sie in diesem Glauben, der uns große Macht über die Menschen verlieh. Wir baten Nahua, uns nach Aztlan zu begleiten. Er sagte sofort zu, als ob er nur auf die Frage gewartet hätte und es für ihn eine große Ehre wäre. Uns wurde klar, dass er Mitla bereits von unserer Ankunft unterrichtet hatte.

Gemeinsam mit ihm machten wir uns also mit der Baals Ross *auf den Weg, dabei fuhren einige Kanus voraus, die den am Fluss lebenden Völkern unsere Ankunft ankündigten. Im Landesinneren trafen wir auf Dörfer, die sogar noch größer waren als das von Nahua, mit gerodeten Plätzen, breit angelegten Wegen und stabilen Holzhäusern. Nahua berichtete von weiteren Dörfern auf der gegenüberliegenden Uferseite, die wir aufgrund des breiten Stroms aber nicht sehen könnten. Viele Menschen machten sich auf und folgten uns in Kanus.*

Nach zehn Tagen Schifffahrt erreichten wir ein Gebiet mit riesigen Seen, in dem der Fluss mit einem anderen zusammentraf, der fast ebenso breit war, aber klareres Wasser führte. Er kam von Süden. Wir befuhren diesen Fluss weitere drei Tage. Als unser Ziel in Sicht kam, folgten uns über hundert Kanus, erwartet wurden wir aber von weitaus mehr.

Der Fluss war wesentlich schmaler geworden, vielleicht weniger als zehn Stadien, und wurde von Hunderten und Aberhunderten von Kanus befahren, mit Tausenden von Kriegern an Bord, die mit Speeren und Krokodilhautschilden ausgerüstet waren. Hinter ihnen, am nächsten Ufer, türmte sich eine hohe Palisade aus dicken Baumstämmen auf.

Mit sichtlich besorgter Miene wandte sich Abd-Melqart an Nahua, der ihm aber zu verstehen gab, an der Palisade anzulegen. Als das Schiff sich den Kanus näherte, machten sie ihm augenblicklich Platz. Auf Befehl des Kapitäns wurden die Ruder angehoben, um seitlich niemanden zu verletzen, die Gegenströmung sorgte indes dafür, dass sie bald weiterrudern mussten. Der Durchgang war jedoch breit genug, sodass niemand zu Schaden kam.

Am Ufer aus feinem weißem Sand erwartete sie eine kleine Gruppe Menschen, darunter einige mit bunten Umhängen aus Vogelfedern. Sie bildeten ein echtes Empfangskomitee. Auf einer Art Liege, die von vier Trägern getragen wurde, ruhte eine junge Frau, die mit grünen Federn und Gold geschmückt war. Sie trug einen mit farbigen Steinen besetzten Brustpanzer, ein Diadem auf dem Kopf, dazu zahlreiche Armbänder. Nahua zeigte auf sie:

»Mitla.«

Abd-Melqart drehte sich zu seinen Männern um. Er hatte sie zwar vorgewarnt, wiederholte seine Worte aber lieber noch einmal: »Wir sind ihre Götter, von der Sonne zurückgekehrt. Im Namen Baal Hammons seid dieser Betrachtung würdig. Benehmt euch respektvoll gegenüber allen und haltet Abstand. Wer dem nicht folgt, den töte ich eigenhändig.«

Alle schwiegen, und einige Ruderer richteten sich auf und versuchten noch ehrerbietiger auszusehen, doch Abd-Melqart hielt es für ein verzweifeltes Unterfangen.

Ein Kanu mit zwei Männern an Bord näherte sich dem Schiff. Auf ein Zeichen Nahuas hin begab sich Abd-Melqart zusammen mit dem alten Mann und Maharbal an Bord. Am Ufer angekommen gingen die drei auf die Tochter der Götter zu, die von ihrer Sänfte gestiegen war. Sie war eine große, muskulöse Frau mit olivenfarbener Haut und schwarzen mandelförmigen Augen. Auch die Haare, die sie zu Zöpfen geflochten um ihren Kopf gewickelt hatte, waren tiefschwarz. Nahua sprach sie an, sie aber schien ihn zu ignorieren und näherte sich Abd-Melqart. Als sie ihm gegenüberstand, hob sie eine Handvoll Sand auf und reichte sie ihm. Der Kapitän streckte ihr die rechte Hand entgegen, und Mitla ließ ihm den Sand auf die Handfläche rinnen, danach streute er es auf sein lockiges Haar. Die Frau fing an zu sprechen, und Nahua versuchte zu übersetzen, war aber als Dolmetscher nicht viel wert. Mitla erkannte dies sofort und deutete auf eine Öffnung in der Palisade hinter ihnen. Abd-Melqart, der inzwischen sechs Monate mit diesem Volk verbracht hatte, hatte zumindest verstanden, dass es der Willkommensgruß der jungen Frau an ihre Vorfahren gewesen war.

Der Kapitän neigte zustimmend den Kopf. Mitla griff nach seiner sandigen Hand, und Abd-Melqart spürte ihre Wärme. Sie zog ihn zu dem Durchgang, die anderen folgten, erst die Karthager, dann der Rest. Hinter der Palisade erstreckte sich eine richtige Stadt, mit breiten Straßen und großen Holzhäusern, umgeben von Bäumen und Pflanzen. Am Straßenrand drängten sich Bewohner jeden Alters, alle halb nackt. In vollkommenem Schweigen beobachteten sie die Männer aus dem Osten und wie ihr Anführer von der Tochter der Götter geführt wurde. Am Ende einer langen Straße gelangten sie auf einen zentralen Platz, den ein merkwürdiges Konstrukt beherrschte: ein Holzbild, auf das eine von Mauern umgebene Stadt eingraviert war, mit einem Zugangstor, flankiert von zwei Türmen. In der Mitte des Modells war ein Platz mit einem Brunnen zu erkennen, der durch ein Loch dargestellt war. Das Bild ruhte auf zwei wunderschönen Leoparden aus massivem Gold mit furchterregendem Aussehen. Ihre beiden Köpfe waren einander zugewandt, als ob sie sich misstrauisch beäugten. Sie waren so perfekt und realistisch dargestellt, dass sie auf den ersten Blick nicht zu ihrem Umfeld passten. Mitla deutete darauf, als ob der Karthager es erkennen müsste. Abd-Melqart lächelte wissend und sagte nur ein Wort: »Aztlan.«

Mitlas Königreich war das Überbleibsel einer großen und mächtigen Stadt, bewohnt von Göttern, die sie dann verlassen hatten, um die Sonne zu erreichen. Baal hatte gewollt, dass sie uns mit diesen Göttern verwechselten. Aus jener fernen Vergangenheit stammten die Statuen und Goldmünzen, die als Reliquien der Götter betrachtet wurden. Mitla würde uns zu den Ruinen Aztlans begleiten, damit wir es wieder in Besitz nehmen und zu alter

Pracht zurückführen könnten. In der Zwischenzeit wären wir ihre Gäste, untergebracht in einem großen Holzhaus nahe dem ihren und mit großer Ehre behandelt.

Mitlas Stadt war ähnlich groß wie Qart Hadasht, kreisförmig angelegt, mit breiten Straßen, die in konzentrischen Kreisen bis zum Hauptplatz führten, die wiederum von geraden Straßen durchschnitten wurden. Es gab zwei große Märkte, auf denen Waren aller Art getauscht wurden: Flussfische, Vögel, Tiere, die wir noch nie gesehen hatten, Früchte aller Art, Gefäße und vieles mehr. Zahlreiche Gegenstände waren aus rotem Kupfer, aber bei Weitem nicht so kunstvoll gearbeitet wie die goldenen Leoparden. Mitla lud uns ein, sie jederzeit zu besuchen, und bot uns auch einige Jungfrauen an wie die Frauen der Astarte.

Die ausladende Straße war etwa fünfzig Stadien lang und verlief entlang des Flusses nach Süden. Auf dem letzten Stück war sie von Pfählen eingefasst, auf denen geschrumpfte menschliche Schädel steckten: Feinde, die es gewagt hatten, das Land von Aztlan anzugreifen, so hatte es Mitla ihnen erklärt, und Nahua hatte nicht übersetzen müssen.

Abd-Melqart musterte die Frau, die hocherhobenen Hauptes neben ihm einherschritt. Er hatte sie besser kennen und verstehen gelernt. Sie war von ihrer Ankunft gleichsam verwirrt und geehrt gewesen. Plötzlich waren längst vergessene Herrscher aus alten Mythen und religiösen Erzählungen wieder aufgetaucht, deren einzige Inkarnation bis zu diesem Moment sie gewesen war.

Abd-Melqart fand es paradox, dass ausgerechnet er als Gott angesehen wurde. Er war nie besonders gläubig gewesen und hatte den Großteil seines Lebens auf dem Meer verbracht, weit weg von Qart Hadasht und seinen Riten. Seiner Überzeugung nach mussten Götter unerreichbar sein, damit sie geliebt und verehrt wurden. Ein leibhaftiger Gott nahebei stellte ein großes Problem dar, und auch Mitla musste zu dieser Einsicht gekommen sein.

Die steinernen Ruinen waren von üppiger Vegetation bedeckt. Nachdem sie das Holzmodell gesehen hatten, war es für die Karthager ein Leichtes, die Überreste der rechteckigen Stadtmauer und den Türmen neben dem Stadttor zu erkennen. Aztlan musste wahrlich beeindruckend gewesen sein, mit breiten Straßen und von Säulen getragenen Steingebäuden. Es war offensichtlich, dass Mitlas Stadt nach diesem Vorbild erbaut worden war. Abd-Melqart fragte sich, was seine Zerstörung verursacht haben könnte, wohl nur eine Naturkatastrophe oder ein grausamer Krieg.

Auf dem zentralen Platz wurde die kleine Prozession von einigen Kriegern vor ein paar Holzpfählen erwartet, auf denen ein rundes Dach ruhte. Im Hintergrund erhob sich die Ruine einer einst majestätischen stumpfen Pyramide mit einer hohen Treppe, die früher zu mehreren Terrassen geführt haben musste, von denen heute nur noch die erste existierte. An den Wänden waren zahlreiche Flachreliefs zu sehen.

Tief aus der Erde erklang ein bedrohliches Brüllen, woraufhin Abd-Melqart instinktiv sein Schwert ergriff. Mitla schaute ihn an, als wunderte sie seine Reaktion. Dann bedeutete sie ihm, sich der Holzkonstruktion zu nähern. Früher einmal musste das Dach aus Stein gemauert gewesen sein, getragen von schmalen Säulen, von denen nur noch die Sockel übrig waren. Es diente dazu, eine mit Steinen ausgekleidete Grube mit einem Durchmesser von etwa zwanzig Ellen und einer Tiefe von fast zehn Ellen vor Regen zu schützen.

Darin gefangen saß der größte Leopard, den die Karthager jemals gesehen hatten, muskulös und mächtig, ganz anders als die Tiere aus Qart Hadasht. Beim Anblick der Menschen versuchte er nach oben zu springen, aber selbst für ihn war die Grube zu tief. Unfähig, etwas anderes zu tun, fletschte er die Zähne und brüllte erneut.

»*Yag uar*«, sagte Mitla.

Bei diesen Worten wurde eine lange schmale Strickleiter nach unten gelassen, und ein junger Krieger stellte sich an den Rand, bereit, in die Grube hinabzuklettern. Sein nackter Körper war von einer öligen Flüssigkeit bedeckt, seine einzige Waffe ein goldener Dolch. Seine Augen waren blutunterlaufen, er zitterte am ganzen Körper. Wahrscheinlich, so dachte Abd-Melqart, hatte man ihn unter Drogen gesetzt, und er würde nun einem Menschenopfer beiwohnen, Mensch gegen Bestie. Der junge Mann hatte nicht den Hauch einer Chance.

Mit einem Schrei kletterte er rasch nach unten und stieß dabei auf den Leoparden, der versuchte an der Leiter aus der Falle zu entkommen. Beide fielen zu Boden, als die Strickleiter hochgezogen wurde. Der Mann wie auch das Tier standen wieder auf. Beide bluteten stark. Der Krieger hatte einen Prankenhieb an der Schulter abbekommen, der Leopard eine Stichwunde erlitten. Als Erster ging der Mann zum Angriff über und stach wie ein Irrer auf die Bestie ein, die sich mit ihren Pranken zur Wehr setzte und ihm den Bauch zerfetzte. Schließlich sank der Leopard tot zu Boden, während der Krieger wie durch ein Wunder noch auf den Beinen stand, verwandelt in eine purpurrote Statue. Als die Leiter erneut heruntergelassen wurde, um ihn nach oben zu holen, hob der Krieger seinen Dolch in Richtung Mitla und versuchte etwas zu sagen. Aus seinem Mund kam jedoch nur ein blutiges Röcheln, dann sank er leblos zu Boden.

Wir erfuhren, dass der junge Mann eine starke Droge eingenommen hatte, die ihm jede Angst nahm und ihn glauben ließ, unverletzlich zu sein. Selbst gegenüber dem Schmerz der schrecklichen Wunden, die ihm das wilde Tier zugefügt hatte, war er unempfindlich geworden. Es war ein weißes Pulver, das aus den Blättern einer Waldpflanze hergestellt wurde. Ein Heer aus solchen Kriegern wäre unbesiegbar.

Während der Leopard gehäutet und der Körper des jungen Mannes mit Blättern bedeckt wurde, um ihn dann zu verbrennen, nahm Mitla Abd-Melqarts Hand und führte ihn zum Tempel. Nur Maharbal, Nahua und vier Krieger, die die Tochter auf Schritt und Tritt begleiteten, folgten ihnen. Sie begannen die hohen Stufen zur Terrasse hinaufzusteigen. Die Figuren an den Wänden zeigten Frauen und Männer, die wie Mitla Umhänge aus Vogelfedern trugen, Vögel,

Leoparden, Schiffe und die Sonne, deren Strahlen die Stadt beleuchtete. Auch Inschriften waren zu erkennen, deren Zeichen zur Verwunderung Abd-Melqarts dem Alphabet von Qart Hadasht ähnelten. Auf der Terrasse standen weitere Krieger vor einem riesigen Holztor, das offensichtlich aus einer anderen Epoche stammte. Sie traten ein und gelangten in eine riesige, von Fackeln erleuchtete Halle voller golden funkelnder Gegenstände: Statuen von Männern in Raubtierfellen, Frauen mit Diademen und Federumhängen, Leoparden, Vögel, Gefäße, Möbel aller Art, Speere, Schilde mit Ornamenten. Ein langer Korridor führte in den hinteren Teil des Bauwerks, auch dort leuchteten Fackeln, die Flammen reflektieren auf dem gelben Metall. Abd-Melqart näherte sich einer Truhe voller Münzen und nahm eine davon in die Hand: Auf der einen Seite war der Kopf einer Frau oder eines jungen Mannes abgebildet, auf der anderen Seite ein Bogen, eine Krone und ein Würfel. Sie erinnerte ihn an eine sehr alte Münze, die er schon einmal auf Kreta gesehen hatte.

Schreie von draußen ließen ihn umkehren. Am Rand des Platzes herrschte große Unruhe. Abd-Melqart stieg die Treppe hinab, und Magon kam ihm entgegengelaufen.

»Einer unserer Ruderer hat sich zurückgezogen, um sich zu erleichtern, und wurde von einer Schlange gebissen. Ich fürchte, er stirbt.«

»Das können wir gar nicht brauchen …« Abd-Melqart eilte auf die Gruppe zu, die den Verletzten umringte, und schob sich durch die Menge. Der Verwundete umklammerte den Oberschenkel und schrie: »Baal, Tinnit, Melqart, helft mir!« Als er den Kapitän sah, flehte er: »Helft mir, ich will nicht sterben!«

Als Antwort zog Abd-Melqart sein Schwert, hob es hoch, rammte es mit einer raschen Geste in die Brust des Mannes und tötete ihn auf der Stelle. Dann zog er die Klinge wieder heraus und erklärte dem völlig überrumpelten Magon: »Götter können nicht sterben, außer durch die Hand anderer Götter.«

In diesem Moment kam Mitla. Sie hatte seine Worte nicht verstanden und schaute entsetzt auf den am Boden liegenden Toten. Dies war das erste Mal, dass Abd-Melqart etwas wie Gefahr verspürte.

Mitla maß dem Vorfall offenbar keine Bedeutung bei und machte uns das Fell des getöteten Leoparden zum Geschenk. An diesem Abend kehrten wir in die Stadt zwischen den Bäumen zurück, wo mehrere Tage vergingen, ohne dass Vorkehrungen für unsere Rückreise getroffen wurden. Wir begannen uns allmählich als Gefangene zu fühlen.

»Mitla hat nicht vor, uns gehen zu lassen.«

Abd-Melqart hatte Maharbal und Magon zu sich gerufen, nachdem Nahua seine schlimmsten Befürchtungen bestätigt hatte.

»Der Alte hat mir gesagt, dass niemand Macht einbüßen will und die Schlange in Aztlan unsere Verwundbarkeit deutlich gemacht hat.«

»Dann sind wir verloren«, stellte der Kommandant besorgt fest. »In einer gut bewehrten Stadt mit nur wenigen, dafür umso besser bewachten Ausgängen besteht kaum Hoffnung auf Flucht.«

»Und das Schiff wird von Kriegern bewacht. Selbst wenn wir es erreichen würden, könnten wir nicht ablegen«, gab Magon zu bedenken.

»Deshalb habe ich euch gerufen«, antwortete der Kapitän. »Nach langem Überlegen bleibt uns nur eine einzige Chance.«

Am nächsten Tag statteten Abd-Melqart, Maharbal, Nahua und vier punische Soldaten Mitla ihren üblichen Besuch ab. Die Krieger am Eingang ließen sie wie immer passieren. Die Tochter der Götter weilte in einem großen Raum im ersten Stock, zusammen mit ihren zwei Mägden und zwei Wächtern. Nach der Begrüßung sprach Abd-Melqart ein ernstes Wort mit ihr: »Den Göttern bleibt nichts verborgen, Mitla. Wir wissen, dass Ihr uns angreifen wollt. Wir wollen diese Stadt nicht zerstören und sind bereit, Euch zu verzeihen, unter der Bedingung, dass Ihr uns ohne viel Aufhebens und Klagen auf unser Schiff begleitet, wo man Euch mit allen Ehren behandeln wird. Ihr könnt auch Eure Diener mitnehmen.«

Nahua übersetzte, und Mitla antwortete voller Erstaunen: »Wie könnt Ihr so etwas sagen? Ich denke nicht im Geringsten daran, Euch anzugreifen. Die Tochter der Götter kann jedoch nicht einwilligen, ihr Zuhause zu verlassen.«

Nachdem er die Übersetzung gehört hatte, entgegnete der Kapitän: »Wenn Euch aber die Götter selbst darum bitten, müsst Ihr es tun.«

»Ich kann es nicht tun, und ich werde es nicht tun.«

Die Frau hatte so laut gesprochen, dass ihre Männer unruhig wurden. Die Karthager hatten sich bewusst neben den beiden Eingängen aufgestellt. So konnte niemand den Raum verlassen, um Hilfe zu holen.

Maharbal schimpfte: »Warum so viele Worte? Entweder wir nehmen sie mit und retten unser Leben, oder wir töten sie auf der Stelle, für uns ist es dann sowieso vorbei.«

Aufgrund seines drohenden Tons wollte Mitla von Nahua wissen, was er gesagt hatte. »Edle Dame«, antwortete der Alte, »ich empfehle Euch, ohne weitere Schwierigkeiten das zu tun, worum sie Euch gebeten haben. Dann werden sie Euch wie eine Tochter behandeln. Wenn Ihr Euch aber wehrt, werden sie Euch töten.«

Mitla wandte sich an Abd-Melqart. »Was wird mein Volk sagen, wenn sie mich als Gefangene sehen?«

Als Nahua übersetzt hatte, wertete Abd-Melqart ihre Worte als erstes Eingeständnis ihrer Niederlage. Er versuchte sie zu beruhigen. »Ihr werdet ihnen die Wahrheit sagen, dass Ihr uns auf Geheiß der Götter ans Meer begleitet.«

Schließlich gelang es uns, sie davon zu überzeugen, uns zu begleiten. Als wir aus dem Palast traten, ging Abd-Melqart neben und Maharbal hinter ihr. Ihre zwei Mägde und zwei unbewaffnete Wachen folgten ihr. Draußen warteten die Soldaten von Qart Hadasht und eskortierten uns zu unseren Unterkünften. Die anderen waren schon bereit, und wir gingen alle zusammen zum

Schiff. Niemand wagte es, uns aufzuhalten, im Gegenteil, viele folgten uns, glaubten sie doch an eine weitere religiöse Prozession zu unseren Ehren. Wir gingen an Bord, Mitlas Krieger verließen das Schiff, und wir legten ab. Wir fuhren den Fluss hinunter, begleitet von zahlreichen Kanus. Mithilfe der Strömung war der Rückweg wesentlich kürzer. In nur zwei Tagen erreichten wir den breiten Fluss mit dem dunklen Wasser, nach weiteren sieben waren wir zurück in unserem ersten Lager. Dort gingen wir von Bord und baten Mitla, denen, die uns begleitet hatten, zu befehlen, uns die goldenen Leoparden und das weiße Pulver zu bringen, dazu einige Pflanzen, aus deren Blättern es gewonnen wurde. In der Zwischenzeit blieb die Tochter der Götter unser Gast. Nach etwa einem Monat kehrten große Kanus mit den beiden Statuen, dem weißen Pulver und den Pflanzen zu uns zurück. Wir testeten das Pulver an einem unserer Soldaten, um uns zu vergewissern, dass wir nicht betrogen wurden. Wir bemerkten jedoch, dass aus Nahuas Dorf viele Krieger gekommen waren und andere rund um unser Lager Aufstellung nahmen. Sie würden uns angreifen. Es war Zeit abzureisen.

»Du bist kein Gott, nicht wahr?«

Abd-Melqart hatte Mitlas Frage verstanden, sie waren allein in der Hütte. Er versuchte in ihrer Sprache zu antworten, die er nach fast einem Jahr recht gut beherrschte.

»Nein, ich bin nur der Kapitän der *Baals Ross*, eines großen Schiffes, das aus Qart Hadasht kommt, der größten und mächtigsten Stadt auf der anderen Seite des Meeres. Mitten in einem Sturm sind wir hier gestrandet. Es war der Wille der Götter.«

»Wirst du mich töten?«

»Nein, ich werde dich mitnehmen, um dich meinem Volk zu zeigen.«

»Dann werdet ihr also noch zahlreicher hierher zurückkehren, um euch das Gold von Aztlan zu holen?«

»Vielleicht. Aber das entscheiden die Götter und mein Volk.«

Mitla schien resigniert zu haben. Ihre Antwort fiel sehr lang aus, obwohl sie ahnte, dass Abd-Melqart nicht all ihre Worte verstand.

»Ich war ein Narr. Bei Eurer Ankunft haben wir alle daran glauben wollen, dass Ihr die Götter seid, auf die wir seit Anbeginn der Zeit warten, und dass wir glücklich sein dürfen, Euch willkommen zu heißen. Doch unser Wunsch, in Euch unsere Götter zu sehen, hat uns blind gemacht, selbst als wir gemerkt haben, dass ein Schlangenbiss Euch töten kann. Was mich jedoch am meisten schmerzt, ist nicht, dass Ihr nicht unsere lang erwarteten Götter seid, sondern dass ich nun weiß, dass sie nie mehr zurückkehren werden. Mein Volk kann nicht mehr in dieser vergeblichen Erwartung als Wächter der Ruinen von Aztlan leben und sterben. Es muss sein Schicksal in die Hand nehmen und weiterziehen, zu neuen Ländern und mit neuen Göttern. Nahua wird dem Volk meinen Wunsch mitteilen. Ich werde es nicht mehr tun können.«

Noch am selben Tag nahm sich Mitla zusammen mit ihren Mägden das Leben. Sie hatten das weiße Pulver in einer tödlichen Dosis eingenommen. Abd-Melqart befahl, dass ihre toten Körper mit Blättern bedeckt und verbrannt würden, wie es ihr Brauch vorschrieb. Kurz nachdem wir abgelegt hatten, griffen Mitlas Krieger unser Lager an, doch ihre Kanus konnten die Baals Ross *nicht mehr erreichen.*

Karthago, Tinnit-Tempel, 17. Tag vor den Kalenden des Mai (15. April 146 v. Chr.), am Nachmittag

»Was hältst du davon?«, fragte Scipio.

»Dann hat sich das dieser Hurensohn Platon doch nicht ausgedacht«, antwortete Polybios.

»Von wem sprichst du?«

»Von Platon, dem Philosophen. Du hast sicher die Dialoge *Timaios* und *Kritias* gelesen.«

Scipio murmelte etwas über griechische Philosophen und fauchte dann: »Das mag sein, aber ich erinnere mich nicht mehr daran. Was hat Platon mit all dem zu tun?«

»Es sind ausgedachte Dialoge zwischen Sokrates und anderen Gelehrten, in diesem Fall Kritias und Timaios. Nachdem er in *Der Staat* die Grundzüge der idealen Stadt beschrieben hat, in der alle glücklich leben können, wenn sie von Philosophen regiert werden und alles der Gemeinschaft gehört, fragte sich Sokrates in *Timaios*, ob eine Stadt wie diese tatsächlich existieren könnte. Kritias beginnt also eine uralte Geschichte zu erzählen, die er als Zehnjähriger von einem anderen Kritias erzählt bekommen hat, der damals neunzig Jahre alt war und sie von Solon erfahren hatte. Der wiederum kannte sie von ägyptischen Priestern aus Sais, die Erinnerungen an eine sehr ferne Vergangenheit bewahrt hatten. Es war die Geschichte eines Krieges, der vor neuntausend Jahren ausgetragen wurde, in einer Zeit vor der letzten Sintflut, zwischen Athen und Atlantis, einer Großmacht, die von einer Insel im Ozean aus Europa und Asien besiegt hatte. Laut Kritias befand sich die Insel jenseits der Säulen des Herakles, war größer als Libyen und Asien zusammen, und von dort aus gelangte man zu einem Kontinent auf der anderen Seite des Meeres. Atlantis dominierte einen Teil dieses Kontinents, aber auch Gebiete in unserer Nähe, von Libyen bis nach Ägypten und Europa bis nach Tyrrhenien. Diese Macht versuchte eines Tages, Griechenland und andere Länder, die sich noch nicht unterworfen hatten, zu erobern. Athen, eine Stadt, die damals wesentlich größer war als heute, konnte sie aufhalten. In einer epischen Schlacht besiegten die Griechen und ihre Alliierten die Eindringlinge und eroberten das Gebiet bis zu den Säulen des Herakles zurück. In der Folge ging Atlantis unter und versank im Meer.«

Der Konsul lauschte ihm aufmerksam. Trotz seiner guten Bildung hatte er Platons Dialoge nicht gelesen und die möglichen Hinweise deshalb nicht gleich erkannt. Mit einem Nicken bedeutete er dem Griechen fortzufahren.

»Im *Timaios* finden sich nur Hinweise auf Atlantis, Platon wollte das Thema im *Kritias* vertiefen, doch dieser Dialog blieb unvollendet. Es war eines seiner letzten Werke, und er konnte ihn nicht mehr fertigstellen. Vielleicht wandte er sich einem anderen Projekt zu, oder er starb. Im *Kritias* wird Atlantis in zu vielen Einzelheiten beschrieben. Die Namen der Götter und der Könige von Atlantis waren von ägyptischen Priestern in ihre Sprache übertragen und von Solon ins Griechische übersetzt worden. Wir wissen also nicht, wie diese Namen ursprünglich lauteten. Der Geschichte zufolge hat Poseidon zu der Zeit, als die Länder der Erde unter den Göttern aufgeteilt wurden, Atlantis erhalten. Vom Meer bis zum Landesinneren war alles flach, es gab nur eine einzige Anhöhe, etwa fünfzig Stadien vom Zentrum der Insel entfernt. Darum grub Poseidon hundertneunzig konzentrische Kreise um den Berg herum, immer abwechselnd drei Wasserarme mit zwei Schichten Erde. Atlantis war sehr reich, hatte Goldminen, dazu ein rotes Metall namens Oreichalkos, möglicherweise das rote Kupfer, von dem Abd-Melqart spricht. Ferner gab es eine Vielzahl an Tieren und Pflanzen. Auch die Gestaltung der Stadt, die Tempel, den Hafen und das Kanalisationssystem beschreibt Platon im Detail. Ich kann mich nicht an alle Einzelheiten erinnern, aber ich weiß noch, wie unwahrscheinlich mir die Schilderung des zehntausend Stadien langen Kanals vorkam, der das Wasser aus den Bergen aufnahm, durch die Ebene floss und die Stadt von beiden Seiten erreichte. Genauso unwahrscheinlich war die Beschreibung der Flotte von zwölfhundert Schiffen und die Tatsache, dass auch Kriegswagen mit zur Ausstattung gehörten. Vor allem dieser Detailreichtum, der sich auf Schilderungen weit zurückreichender Ereignisse bezog, in der es keine schriftlichen Aufzeichnungen gab, ließ mich glauben, Platon hätte das alles erfunden, und seine Republik entspränge nur seiner Fantasie, die nicht mit der Verfassung von Sparta, Rom oder auch von Karthago vergleichbar war. Ein solcher Vergleich wäre so, als würde man eine Statue einem lebendigen Menschen gegenüberstellen. Den Künstler, der die Statue erschaffen hat, könnte man sicherlich wegen seiner Meisterschaft rühmen, aber ein Vergleich zwischen belebten und unbelebten Wesen würde natürlich jedem unmöglich und absurd erscheinen. Was wir gerade gelesen haben, ändert zwar nichts an meiner Meinung über Platons Republik, ich gebe aber zu, dass die Geschichte von Kritias möglicherweise von der vagen Erinnerung an diese verlorene Zivilisation inspiriert sein könnte. Die Ähnlichkeit zwischen Atlantis und Aztlan kann kein Zufall sein. Abd-Melqart hat einen Kontinent auf der anderen Seite des Meeres entdeckt und ist dabei auf die Überreste von Atlantis oder einer seiner Kolonien gestoßen, die vor Tausenden von Jahren zerstört und verlassen wurde. Vielleicht durch eine Naturkatastrophe oder einen schrecklichen Krieg. In jedem Fall könnten einige Überlebende in Richtung Osten gesegelt sein. Am Ende hat Abd-Melqart den Mythos von Herakles-Melqart erlebt, der bis ganz nach Westen gefahren ist, um die goldenen Früchte aus dem Garten der Hesperiden zu rauben.«

»Und nicht nur das. Du hast diese Wilden gesehen, die uns angegriffen haben, das hatte nichts Menschliches mehr. Deshalb haben sie uns bei Cannae geschlagen und bei Zama so leiden lassen …«

»Wir werden es niemals erfahren, jetzt, da du ihre Bibliothek verbrannt hast.«

Scipio antwortete: »Ich habe eine Geschichte der Schandtaten verbrannt. Möchtest du fahren?«

Es war nicht nötig zu fragen, wohin.

»Ich würde alles Gold der Welt darum geben.«

»Würden zehn Penteren und sechs Manipel Triarier ausreichend sein?«

»Für eine punische Kolonie mag das reichen, weil sie nicht mit uns rechnen und keine Zeit haben, ihre Verteidigung zu organisieren. Aber für Aztlan braucht es mehr, im Augenblick beschränken wir uns auf eine Erkundung.«

Beide wussten auch, dass zehn Schiffe samt Besatzung, dreihundertsechzig Legionäre und Polybios selbst entbehrlich waren. Wenn sie nicht zurückkehren sollten, würde niemand in Rom den Eroberer Karthagos dafür zur Rechenschaft ziehen. Aber eine größere Mission müsste im Senat besprochen werden.

»Du musst ein Auge auf Scaurus haben. Er ist gefährlich und versucht sicher, dich auszutricksen.«

»Ich weiß. Ich werde aufpassen. Außerdem hat er einen Fehler gemacht.«

»Die Priesterin?«

»Ja, am Ende ist er hinter der harten Schale sentimental. Er hat uns seine Schwachstelle gezeigt.«

»Natürlich darf keiner der beiden am Leben bleiben. Wenn ihr im *mare nostrum* angekommen seid, werft sie über Bord.«

Der Grieche lächelte.

Kapitel 14

Rache

Lucera, 21. April 1266

Als Yves schließlich den Blick von seiner Lektüre hob, war es tief in der Nacht. Sein Herz pochte wie wild. Er stand auf, ging ans Fenster und öffnete es, um die frische Luft tief einzuatmen. Ihm kamen Platons *Timaios* in der berühmten Übersetzung von Calcidius und der *Tractatus de anima mundi* von Wilhelm von Conches in den Sinn, das sich am Werk des griechischen Philosophen orientierte. Platon hatte nicht nur einen Mythos überliefert, auf der anderen Seite des Meeres gab es tatsächlich einen von Wilden bewohnten Kontinent.

Etliche Fragen schwirrten dem Mönch durch den Kopf. Laut Polybios existierte von Abd-Melqarts Reisebericht eine griechische Übersetzung, ebenso eine Skizze von der auf der Stele eingemeißelten Landkarte. In dem Buch fehlte davon jedoch jede Spur. Teodino hatte ihm berichtet, dass er das Buch in der Bibliothek von Montecassino gefunden hatte. War die Karte etwa nicht zusammen mit Polybios' Text kopiert worden? Befand sie sich noch irgendwo in der Abtei? Wie konnte er sie finden? Lag Abd-Melqarts Stele womöglich noch immer vergraben im Kellergewölbe des Tempels in Karthago? Scipio hatte nicht die gesamte Stadt zerstört, und Polybios lieferte konkrete Hinweise zur Lage der Tempel: Der Baal-Tempel lag in der Nähe der Häfen, der Tinnit-Tempel zwischen Byrsa-Hügel und Meer, unweit einer Quelle und den Mauern von Megara, hinter denen sich die roten Felsen befanden. Warum hatten die Römer den Kontinent auf der anderen Seite des Meeres nicht erreicht? Oder hatten sie es geschafft und ihren Erfolg geheim gehalten? Und wer war die Frau aus der Apokalypse, die auf dem Tier saß? Arishut oder Mitla? Teodino hatte bestimmt an die blutrünstige punische Priesterin gedacht, doch Yves war sich sicher, dass diese dämonische Macht auch in der selbst ernannten Tochter der Götter aus der anderen Welt steckte. Und was wusste Umberto di Fondi? Hatte er das Buch, das er in Lucera versteckt hatte, gelesen oder es sich erzählen lassen? Nur selten konnte ein Ritter lesen, und einen zu finden, der dann auch noch Griechisch sprach, war nahezu unmöglich. Allerdings wäre es für diesen Mann ein Leichtes gewesen, einen Übersetzer oder Kopisten zu finden. Ob er geahnt hatte, was in diesem Text steckte? Yves konnte es nicht ausschließen. Plötzlich wurde ihm schwindlig, und er musste sich auf der Marmorbrüstung abstützen.

Eine neue Welt.

Yves atmete tief durch, kniete sich auf den Steinboden und versenkte sich ins Gebet, wie er es immer in schwierigen Situationen tat. *Pater noster, qui es in caelis, sanctificetur nomen tuum …*

Am Ende wusste er die Antwort. Wieder einmal hatte der Herr ihn mit einer schwierigen Mission betraut. Er stand auf und ging zu dem Buch. Er begann die Seiten mit der Beschreibung der punischen Tempel und Abd-Melqarts Bericht herauszureißen. Den Rest würde er verbrennen.

Während des Gebets hatte der Herr ihm bestätigt, was er in der Kathedrale von Telesia bereits geahnt hatte, als der Teufel ihm einen Besuch abgestattet hatte.

Der wahre Schatz des Teufels war nicht das weiße Pulver, das unbesiegbar machte, sondern die Route nach Atlantis.

Orvieto, Papstpalast, 26. Juni 1266, Non

Riccardo von Caserta bemerkte, dass er feuchte Hände hatte. Dabei war es gar nicht heiß. Er hatte darauf gedrungen, vom Papst empfangen zu werden, und nun stand er im Thronsaal des päpstlichen Palastes. Während der langen Wartezeit hatte ihm ein Prälat der Kurie die Schönheit des zweigeschossigen Gebäudes beschrieben, mit seinen großen, offenen Räumen, die von einer Reihe von dreibogigen Fenstern an der Außenfassade erhellt wurden. Der verstorbene Stellvertreter Christi, Urban IV., hatte an den Stil der großen Basilika Saint-Urbain in seiner Heimatstadt Troyes erinnern wollen.

Der Graf hatte Interesse geheuchelt, auch wenn ihm all das völlig gleichgültig war. Aber ihm war der französische

Akzent im Latein seines Gesprächspartners aufgefallen. Die Männer des Königs von Frankreich hatten nicht nur das Königreich Sizilien erobert.

Die Tür am Ende des Raumes öffnete sich. Zwei Geistliche mit gefalteten Händen traten heraus, gefolgt vom höchsten Diener Gottes, Clemens. Riccardo hatte ihn noch nie gesehen und ihn sich hagerer, asketischer vorgestellt. Stattdessen kam ihm ein stämmiger alter Mann entgegen, mit breitem Gesicht und einer großen Nase, die dem Schnabel eines Geiers ähnelte. Gui Foucois verzog den Mund zu etwas, das wohl ein Lächeln darstellen sollte, und nahm Platz auf dem Petersthron, dessen Rückenlehne aus Stein gemeißelt war, auf der Sitzfläche lag ein Kissen.

Graf von Caserta kniete nieder.

Die volltönende Stimme des Papstes hallte durch den Saal. »Erhebt Euch, Graf.«

»Ich bin Eurer Heiligkeit zutiefst dankbar, dass Ihr mich empfangt.«

»Wir haben vom König von Sizilien erfahren, dass Ihr Euch wohl verhalten habt.«

»Ich bin nur ein Instrument des göttlichen Willens.«

»Eure Treue für die Sache Gottes ist uns bekannt.« Der Satz konnte alles bedeuten. Riccardo tat so, als würde er ihn als Kompliment auffassen.

»Ich danke Eurer Heiligkeit.«

»König Charles hat uns zudem davon in Kenntnis gesetzt, dass Euer Sohn seine Nichte Katharina ehelichen möchte. Dieser Bund hat unseren Segen.«

»Ich fühle mich geehrt, dass dieses Band des Blutes und

des Glaubens zwischen meinem Haus und dem unseres guten Königs noch enger geknüpft wird.«

Clemens sah ihn fragend an. Jetzt war der Moment gekommen, den Grund dieser Audienz zu offenbaren. Mit leiser Stimme sagte der Graf: »Ich bin hier, um von Eurer Heiligkeit etwas zu erbitten.«

»Ich höre.«

»Vor einiger Zeit hat Bruder Yves le Breton mich in Montecassino einen Brief lesen lassen, der mich sehr berührt hat. Er sagte mir, dass es weitere Schriftstücke dieser Art in Viterbo gibt, wo Eure Heiligkeit sich damals aufhielt. Ich bitte untertänigst, sie lesen zu dürfen.«

Der Papst nickte. »Wir haben verstanden, auf welches Schriftstück Ihr Euch bezieht. Ein einzigartiger Text, der auch uns berührt hat. Wir haben aber keine weiteren dieser Art. Vielleicht habt Ihr Yves missverstanden. Das ist nicht Eure Schuld. Wir kennen ihn schon lange und schätzen ihn sehr, wissen aber, dass er sich manchmal etwas rätselhaft ausdrückt.« Wieder verzog er die Lippen zu einem Grinsen. Als scharfsinniger Rechtsgelehrter, für den er sich hielt, war Gui Foucois überzeugt davon, die Wahrheit gesagt zu haben. Schließlich war der zweite Brief nicht mehr in seinem Besitz. Das Gespräch war jedenfalls zu Ende.

Der Pontifex hob die rechte Hand. »*Benedicat vos omnipotens Deus …*«

Burg von Caserta, 5. Juli 1266, am Abend

Die *balnea* der Burg von Caserta stand denen in Kaiser Friedrichs Residenzen in nichts nach. Beide hatten sich an sarazenischen Vorbildern orientiert. Eine Holzbrücke verband sie mit dem gräflichen Wohnturm.

Riccardo lag nackt in einer Marmorwanne. Er war so in seine Gedanken versunken, dass er gar nicht auf die Magd mit dem Eimer achtete, die ihm warmes Wasser nachschüttete und dann wieder verschwand. Maria war zweiundzwanzig und verrichtete seit fünf Jahren Dienst in der Burg, eine große Ehre für eine Frau aus dem Volk. Sie war schön, brünett, und es hatte nicht lange gedauert, bis sie das Vertrauen des Grafen gewonnen hatte, der sie daraufhin mit ganz speziellen, eher heiklen Aufgaben betraut hatte … Normalerweise hätte er die junge Frau zu sich ins Wasser gezogen, aber heute Abend hatte er anderes im Kopf. Kurz nach seiner Rückkehr aus Orvieto hatte ihn eine Nachricht Charles d'Anjous erreicht, die ihm die Ankunft eines Geistlichen mit wichtigen Informationen ankündigte. Der König warnte ihn außerdem vor den Absichten des »Banditen« Umberto di Fondi, der ihm nach dem Leben trachten könnte. Riccardo fragte sich, ob der Besuch des Geistlichen damit zusammenhängen könnte.

Dass Umberto ihn töten wollte, war ein offenes Geheimnis, auch wenn keineswegs gesagt war, dass es ihm auch gelingen würde. Als Kinder hatten sie oft aus Spaß miteinander gerungen, und nicht immer hatte Riccardo verloren. Dieses Mal allerdings würde einer von ihnen nicht überleben. Wie auch immer es endete, es wäre eine Erlösung. Der Besuch in Orvieto hatte die Zweifel nicht ausgeräumt, die seine Seele heimsuchten.

Er hatte es überprüft: Manfred hatte das Reich weder 1250, bei Corrados Geburt, verlassen, noch 1265, als die arme Sygfridina geboren wurde. Umberto hingegen war vor sechzehn Jahren auf einer langen Mission nach Ägypten unterwegs gewesen. Im vergangenen Jahr war der Seneschall im Königreich geblieben, um die Verteidigung vorzubereiten. Dass es sich bei dem Geliebten seiner Frau um einen dritten Mann handelte, konnte er jedenfalls ausschließen. Violante hätte niemanden sonst »mein Bruder« genannt.

Im Vorzimmer war ein Geräusch zu hören.

»Maria?«

»Nein, ich bin es«, antwortete ihm eine Jungenstimme. »Entschuldigt die Störung. Darf ich?«

»Tritt ein, Corrado.«

Der Vorhang vor dem Eingang wurde beiseitegeschoben, und ein blonder Mann betrat den Raum. Riccardo musterte ihn mit neuer Aufmerksamkeit. Er war sehr gut aussehend, hatte himmelblaue Augen, das Gesicht war von einem zarten Flaum bedeckt. Natürlich sah er Violante und Manfred sehr ähnlich, aber jetzt, im schummrigen Licht der Öllampe, meinte der Graf die Silhouette Umbertos zu erkennen. Er schob den Gedanken beiseite und fragte brüsk: »Was gibt es? Du weißt doch, dass ich im Bad nicht gestört werden möchte.«

»Der Inquisitor ist eingetroffen.«

Riccardo war von dieser Eile überrascht. Die Nachricht

seiner Rückkehr ins Königreich musste von Brieftauben aus den Garnisonen von San Germano und Capua in Neapel gemeldet worden sein. Die Neuigkeiten, die der Mönch überbrachte, schienen dringlicher zu sein als die des Königs.

»Ist er allein?«

»Nein, er hat rund zehn Franzosen bei sich und den Sohn von Philippe de Montfort. Jetzt ist er mit ihm im großen Saal.«

Die Haupthalle des Schlosses befand sich im Westflügel auf der gegenüberliegenden Seite der *balnea.*

»Die Franzosen sind im Hof«, fügte der junge Mann hinzu und fügte dann leise hinzu: »Befürchtest du eine Falle?«

Der Graf schüttelte den Kopf und stieg aus dem Wasser. Corrado hatte sich immer noch nicht an die neuen Verbündeten gewöhnt.

»Ich kleide mich an und komme dann. Du kannst derweil gehen.«

Auch wenn Berengario es niemals zugegeben hätte, der lange Ritt auf dem Rücken des Maultiers hatte ihn erschöpft. Er hatte es schließlich selbst so entschieden. Als Jean de Montfort ihm am Nachmittag im Kloster San Domenico in Neapel die Nachricht überbracht hatte, dass Riccardo nach Caserta zurückgekehrt war, hatte der Mönch beschlossen, auf der Stelle abzureisen. Bevor er Richtung Frankreich aufgebrochen war, hatte Yves ihm die Verantwortung für das *officium* übertragen und klare Anweisungen gegeben. Er sollte Riccardo als Köder benutzen, um

Umberto di Fondi gefangen zu nehmen, außerdem sollte Corrado überwacht werden. Er hatte ihm auch den Grund dafür erklärt, obwohl das gar nicht nötig gewesen wäre. Berengario fühlte sich geehrt. Und ihm war ein weiteres Mal die abartige Natur ihrer Gegner bestätigt worden.

Auf der Burg waren sie von dem jungen Mann recht kühl empfangen worden. Er hatte ihnen mitgeteilt, dass sein Vater sich nach der langen Reise ausruhte und nicht gestört werden wollte. Berengario hatte geantwortet, dass er sogar die ganze Nacht warten würde, woraufhin Corrado ihn dann doch gerufen hatte. Der Ordensbruder hatte jedenfalls gleich erkannt, dass ihm die gleiche Arroganz zu eigen war wie Eleonora di Sanframondi, die sich aufgrund ihrer Abstammung für etwas Besseres gehalten hatte. Die Erinnerung an die Äbtissin verwirrte ihn. Jetzt, da der Magister zurück in Frankreich war, war er mit der Gerechtigkeit Gottes betraut.

Der Graf von Caserta betrat den großen Saal, am Gürtel trug er ein Kurzschwert. Der Inquisitor deutete eine Verbeugung an.

»*Pax vobiscum.*«

Bei ihrem Anblick dachte Riccardo, dass man ihm zwei kleine Jungen gesandt hatte: »*Et cum spiritu vestro.* Ich dachte, unser guter König würde Yes schicken.«

»Der Magister wurde nach Paris zurückgerufen. Ihr müsst Euch mit mir begnügen, Berengario da Verona, seinem bescheidenen Schüler.«

Riccardo störte sich sofort an seinem Tonfall.

»Ihr wirkt auf mich alles andere als bescheiden, Bruder Berengario. Um was geht es?«

»Der König und der Magister haben mich geschickt, Euch davor zu warnen, dass der Bandit Umberto di Fondi flüchtig ist und hierherkommen könnte, um Euch zu töten.«

»Das weiß ich bereits, danke. Noch etwas?«

»Seine Majestät bietet Euch unseren Schutz an.«

»Bei allem Respekt, Vater, aber dafür sehe ich keine Notwendigkeit. Ich kann mich selbst verteidigen, und die Burg ist gut bewacht.«

»Der König und der Magister sind der Meinung, dass man mit Eurer Mithilfe dem Banditen eine Falle stellen könnte.«

Allmählich begann der Graf zu verstehen, worauf der Mönch hinauswollte, und das mulmige Gefühl, das ihn schon seit Monaten begleitete, verstärkte sich. »Erklärt Euch genauer.«

»Ihr könntet die Burg unter irgendeinem Vorwand verlassen, etwa um auf die Jagd zu gehen. Wenn der Bandit dann versucht, Euch zu töten, können wir ihn gefangen nehmen.«

»Warum sind der König und Yves le Breton überzeugt davon, dass Umberto hier in der Nähe weilt?«

»Das weiß ich nicht, Graf.«

»Habt Ihr nicht nachgefragt?«

»Es ist nicht meine Aufgabe, Fragen zu stellen. Wisst Ihr es?«

»Ich hätte mich gerne mit Eurem Meister über dieses Thema unterhalten. Wird er zurückkehren?«

»Auch das weiß ich nicht.«

»Ich habe den Eindruck, Ihr wisst zu viele Dinge nicht, Bruder Berengario. Morgen werde ich mit Euch nach Neapel reiten und darüber mit König Charles sprechen. Vielleicht kann mir Seine Majestät mehr Informationen geben.«

»Wie Ihr meint, Graf«, antwortete Berengario eisig.

»Und jetzt entschuldigt mich. Corrado wird sich um Euch und Eure Männer kümmern. Ihr könnt hier in der Burg essen und schlafen. Wir brechen im Morgengrauen auf.«

Nachdem er seine Gäste verlassen hatte, kehrte Riccardo zur *balnea* zurück. Er wollte zu Maria. Während er durch die menschenleeren Gänge schritt, dachte er daran, was der junge Dominikaner ihm nicht erzählt hatte. Yves le Breton war nach Frankreich zurückgekehrt, die Aufgabe, Umberto festzunehmen, hatte er dem König und seinem Schüler überlassen. Sie waren überzeugt davon, dass der Gesuchte nach Caserta kommen würde, und wollten ihn, Riccardo, als Köder benutzen. Wie kamen sie zu dieser Überzeugung? Wegen dessen, was in Montecassino, Benevent und Trani vorgefallen war? Oder weil Corrado ebenfalls in Caserta weilte? Hatte Yves le Breton womöglich gelogen, als er ihn gegen Manfred aufgehetzt hatte, wohl wissend, dass in Wahrheit Umberto Violantes Liebhaber gewesen war? Gut möglich. Und das breite Grinsen des Papstes könnte dafür eine Bestätigung sein.

War sein geliebter Sohn ein Bastard? Natürlich trug Corrado keine Schuld daran, dass seine Mutter eine Hure gewesen war, aber wenn Yves le Breton und der Papst wussten, dass er nicht sein leiblicher Sohn war, dann schwebte sein Haus in Gefahr. König Charles allerdings schien noch nicht Bescheid zu wissen. Sonst hätte er seine Nichte nicht einem Bastard zur Frau gegeben. Oder war er zynisch genug, sich nicht darum zu scheren? Im Moment wäre es vielleicht am besten, alles so zu lassen, wie es war. Wenn Berardessa ihm weitere Kinder schenken würde, dann würde vielleicht ein echter Sanseverino seine Grafschaft erben.

Der Graf betrat die *balnea.*

»Maria?«

Keine Antwort. Vielleicht war sie gegangen, weil sie dachte, er käme nicht zurück.

»Maria?«

Da stand er plötzlich vor ihm, schwarz gekleidet, mit einem kurzen Krummsäbel in der rechten Hand. Riccardo war nicht überrascht. Früher oder später musste es so kommen, dieser Tag war so gut wie jeder andere. »Wo ist Maria? Hast du sie umgebracht?«

»Nein.«

»Sie hat dich hereingelassen, nicht wahr?«

Umberto schwieg.

»Ich hätte mir denken können, dass du mindestens einen Spion in meinem Haus hast, und eine Dienerin ist immer die beste Wahl«, meinte Riccardo. Er setzte sich langsam auf den Rand der immer noch vollen Badewanne, die Hand auf den Knauf seines Schwertes gelegt. »Wie gedenkst du, lebend hier herauszukommen?«

»Das ist mir nicht wichtig.«

»Ich müsste nur schreien, und sofort wären hundert Männer hier.«

»Das wirst du nicht tun.«

»Wie kannst du dir da so sicher sein?«

»Ich kenne dich schon zu lange. Das hättest du längst getan. Und ich weiß auch, warum du auf mich gewartet hast. Du willst eine Bestätigung von mir, die dir sogar wichtiger ist als dein Leben.«

»Und du gibst sie mir gerade.«

»Wie hast du davon erfahren?«

»Von Violante … Sie hatte dir einen Brief geschrieben, als du in Ägypten warst. Man hat ihn nach ihrem Tod gefunden, und er ist in die Hände von Yves le Breton gelangt, der ihn mir in Montecassino zu lesen gegeben hat. Er hat mich belogen und mich glauben gemacht, der Liebhaber sei Manfred gewesen. Stattdessen warst du es, und das wusste er auch. Bevor er zurück nach Frankreich gereist ist, hat er mich gewarnt, dass du hierherkommen würdest. Vielleicht hat er noch weitere Briefe.«

»Warum ist er abgereist?«

»Das kannst du den Teufel fragen, wenn du in der Hölle angekommen bist.«

»Hast du den Brief noch?«

»Ich habe ihn verbrannt.«

»Was hat sie geschrieben?«

»Das wirst du nie erfahren. Sie war eine großartige Hure.«

»Sie war eine freie Frau. Sie hat dich nur geheiratet, weil ihr Vater das so wollte. Außerdem hast du sie betrogen, wie du auch deine jetzige Frau betrügst.«

Mit einer blitzschnellen Bewegung zog Riccardo sein Schwert, holte aus und schrie dabei: »Der Bandit ist hier!«

Umberto hatte den Angriff erwartet, behände wich er dem Schlag aus und stieß gleichzeitig den Krummsäbel in Riccardos Brust. Der Graf verdrehte die Augen, packte mit beiden Händen Umbertos Arm und klammerte sich an ihn. »Ich habe sie geliebt …«, wisperte er.

Das waren seine letzten Worte.

Als Jean de Montfort mit gezogenem Schwert die *balnea* erreichte, sah er Corrado weinend und blutverschmiert am Boden knien, mit Riccardos Kopf in seinem Schoß. Als der junge Mann den Franzosen erblickte, sprang er auf. »Ihr habt ihn getötet!«

»Was redest du denn da?«, entrüstete sich Jean. »Wir waren mit dir zusammen.«

Vom Eingang her erklang Berengarios nasale Stimme. »Es war ein Unfall.«

Alle drehten sich zu ihm um. Der Geistliche fügte hinzu: »Es war ein tragischer Unfall, Graf Corrado. Euer Vater ist in der Wanne ausgerutscht und hat sich den Kopf angeschlagen.«

Yves' Schüler hatte entschieden, dass dies die Erklärung für Riccardos plötzlichen Tod sein würde. Niemand sollte erfahren, dass der Graf von Caserta in seiner eigenen Burg von Umberto di Fondi umgebracht worden war, direkt vor den Augen eines Inquisitors und der königlichen Ritter. Das würde das Vertrauen der Barone in die neue Ordnung erschüttern. Der Dominikaner ging auf den Leichnam zu und malte ein Kreuz in die Luft. »*Requiescat in pace* – Ruhe in Frieden.«

Umberto erreichte das Pferd, das er etwa eine Meile entfernt hatte stehen lassen. Es war nicht schwer gewesen, sich an demselben Seil, an dem er ins Schloss geklettert war, wieder hinunterzulassen. Maria hatte es an der Mauer befestigt. Er blickte zurück zur Burg, die jetzt von zahllosen Fackeln erleuchtet wurde. Sie würden ihn verfolgen, aber in dieser mondlosen Nacht würde er sie mit Leichtigkeit abhängen. Während er zu den Bergen Richtung Norden ritt, dachte er an Violante und ihre Bitte, ihren Ehemann zu töten, damals, an jenem Abend in einem ganz anderen Leben.

Mit lauter Stimme sprach er zu ihr: »Siehst du? Schließlich habe ich es doch getan. Und zwar, weil ich erkannt habe, dass unser Sohn in Gefahr war. Wenn Riccardo davon überzeugt gewesen wäre, dass er nicht sein Sohn war und er einen anderen Erben gezeugt hätte, hätte er Corrado getötet. Jetzt wird Corrado Graf von Caserta. Ich hoffe, er ist so tapfer und rechtschaffen, wie du es dir gewünscht hast. Ich habe es auch für deinen Bruder Manfred und alle anderen getan, die Riccardo verraten hat.«

Dann schweiften seine Gedanken zu Yves le Breton, der wieder nach Frankreich abgereist war, nachdem er das Buch von Polybios gelesen hatte. Mohamed hatte ihm von den Geschehnissen in Lucera berichtet. Der *qadi* und der Imam hatten entschieden, dass dieses Buch die Zerstörung der Stadt und ihrer Bewohner nicht wert war. Sie hatten nur das Beste gewollt, so hatte es der Emir ausgedrückt, der sich bei ihm entschuldigen wollte. Es war nicht schwer, die Gründe für seine plötzliche Abreise zu erraten: Yves musste schnell einen alten Freund warnen.

Kapitel 15

Sainte-Chapelle

Paris, Sainte-Chapelle, 4. September 1266

Yves stieg die schmale steinerne Wendeltreppe nach oben und betrat die Halle im ersten Stock. Das Licht der ersten Sonnenstrahlen fiel durch die fünfzehn hohen, von blauen Pfeilern eingefassten Glasfenster und beleuchtete die über tausend Szenen, die darauf abgebildet waren.

Hier war niemand außer einem alten Mann mit schütterem Haar, der, in eine schlichte Tunika gekleidet, ausgestreckt auf dem kalten Steinboden lag. König Louis von Frankreich hatte dort die ganze Nacht verbracht, wie so oft in letzter Zeit.

Die Kapelle war angefüllt mit Reliquien. Der König hatte hier die Dornenkrone aufbewahren wollen, die er dreißig Jahre zuvor erhalten hatte, nachdem er den Venezianern hundertfünfunddreißigtausend Lire gezahlt hatte, die Balduin, der lateinische Kaiser von Konstantinopel, ihnen schuldig geblieben war. Yves erinnerte sich noch, wie die Reliquie, eingeschlossen in eine silberne Truhe, in Frankreich eingetroffen war. Bei ihrer feierlichen Überführung von Troyes nach Sens war ihr der damals noch junge

Herrscher barfuß gefolgt. Saint Louis hatte danach noch weitere Reliquien der Passion Christi gekauft und entschieden, sie alle in diesem prachtvollen Schrein aus Glas und Stein aufzubewahren, der sein spiritueller Rückzugsort geworden war. Der Inquisitor war einer der wenigen, denen dort Zutritt gewährt wurde.

Auch wenn seine Sandalen nur ganz leise Geräusche machten, hob der Herrscher in der absoluten Stille der Kapelle sofort den Kopf. »Magister! Ihr seid es, endlich …«

Mühsam stand er auf, während Yves eine Verbeugung andeutete. Ihm fiel Louis' rotes Gesicht auf, als ob er fieberte.

»*Pax vobiscum*, Sire.«

Louis kam ihm entgegen und umarmte ihn, was er sonst nie tat. »Ich freue mich, dass es Euch gut geht. Mein Bruder hat mir alles geschrieben. Am Erfolg Eurer Mission habe ich nie gezweifelt.«

»Es war wie immer nur der Wille Gottes.«

»Sicher … Und es ist ein weiteres Zeichen Gottes, dass Ihr gerade jetzt zurückkehrt.« Sein Tonfall war ernst.

»Warum, Sire?«

»Gestern hat mich eine tragische Nachricht aus dem Heiligen Land erreicht. Im Juli hat Baibars nach kurzer Belagerung die Festung der Tempelritter in Safed eingenommen. Trotz seines Versprechens, all jene, die sich ergeben hatten, freizulassen, hat er sie alle massakriert: fünfzig Tempelritter, Hunderte von *servientes* und zwei Franziskanermönche.«

Yves war erschüttert, aber vor allem überrascht. Er hatte Baibars als Mann kennengelernt, der zu seinem Wort stand. Vielleicht hatte sich die Geschichte ganz anders abgespielt, als sie dem König zugetragen wurde. Jedenfalls bedeutete der Verlust der großen Templerfestung, dass die Kreuzfahrerstaaten von Outremer nur noch einen schmalen Küstenstreifen einnahmen. Im Landesinneren blieben, abgesehen von einigen kleinen Festungen, lediglich die Krak der Franziskaner und Antiochia in christlicher Hand. Es war nur eine Frage der Zeit, und der Sultan würde auch sie angreifen.

»Heute Nacht habe ich beschlossen, noch einmal das Kreuz auf mich zu nehmen, Magister«, verkündete ihm Louis.

Der Mönch war nicht überrascht. Dafür hatte er zu Gott gebetet, und seine Bitte wurde erhört.

»Ihr habt meine Niederlage und Gefangenschaft mit mir geteilt«, fuhr der König fort. »Es war ein hartes, aber gerechtes Urteil Gottes, der einem Sünder keinen Sieg schenken konnte. Seitdem habe ich, auch dank Eurer Hilfe, versucht, ein besserer Mensch zu werden, rein in den Augen Gottes, und mein Reich nach seinen Plänen für die Menschheit zu führen. Dies alles in der Hoffnung, dass er mich eines Tages mit der Rückkehr des Heiligen Landes zum Christentum belohnen wird. Heute Nacht habe ich beschlossen, seinem Ruf zu folgen, aber Eure Unterstützung ist mir wichtig. Sprecht frei heraus, Magister. Bin ich rein genug, um dieses Vorhaben zum Erfolg zu führen?«

»Das seid Ihr, Sire. Niemand ist würdiger als Ihr, das Kreuz zu schultern.«

»Möge Gott Euch erhören. Der Moment ist günstig, die Ungläubigen einzukesseln. Geoffroy de Sargines schreibt mir aus Akkon, dass der König der Tataren, Abaqa, bereit wäre, gegen Baibars in den Krieg zu ziehen, und gerade Botschafter zum Papst schickt.«

»Die Tataren haben mit dem Sultan noch eine Rechnung offen. Nachdem sie vor sechs Jahren das Kalifat von Bagdad gestürzt haben, wollten sie auch nach Ägypten, aber er hat sie aufgehalten. Sie mögen heute behaupten, unsere Verbündete gegen die Ungläubigen zu sein, aber sie sind sehr gefährlich. Denkt an die Verwüstung des Königreichs Ungarn, als wir jung waren. Sie sind wie Heuschrecken.«

»So Gott will, werden wir sie zum rechten Glauben führen.«

Der Mönch schwieg. Er zweifelte nicht an der Allmacht Gottes, aber ob er Horden wie diese zum christlichen Glauben bekehren könnte, da war er skeptisch.

Der König redete mittlerweile wie ein Wasserfall: »Zuerst muss ich den Papst vertraulich über meine Entscheidung informieren. Ich wusste nicht, dass Ihr heute kommt, würde trotzdem lieber jemand anders entsenden. Euch brauche ich hier. Ich hatte an Bruder Pierre gedacht. Er kennt Gui Foucois genauso gut wie Ihr. Was meint Ihr?«

Der Dominikaner nickte. Pierre de Tarentaise war mit knapp über vierzig der Vorsteher des Franziskanerordens in Frankreich und hatte einige Jahre lang den geachteten Lehrstuhl für französische Theologie der Universität Paris inne, als Nachfolger eines anderen großen dominikanischen Theologen, Tommaso d'Aquino. Dieser war nach Italien zurückgekehrt. Yves erinnerte sich noch gut an die tiefsinnigen Gespräche zwischen den beiden Mitbrüdern während der Arbeiten der Kommission der fünf Meister, die vom Generalkapitel in Valenciennes mit der Vorbereitung der *ratio studiorum* des Dominikanerordens betraut gewesen war.

»Dann müssen wir anfangen, Geld zu sammeln«, fuhr der König fort. »Der Krieg gegen Manfred war kostspielig, und die Kassen des Königreichs sind leer.«

»Vielleicht habe ich etwas entdeckt, was helfen könnte.«

Louis kannte diesen Ton und fragte neugierig: »Was denn, Magister?«

»Auf der anderen Seite des Meeres, südlich von Sizilien, liegt Tunis, nahe bei Karthago. Diese Stadt war, wie Ihr wisst, bevor sie *in partibus infidelium* – als Gebiet der Ungläubigen – endete, eine der wichtigsten Orte der Christenheit: die Stadt des heiligen Augustinus. Bevor ich aus Neapel abgereist bin, habe ich einige Informationen gesammelt. Heute werden diese Gebiete von einem Emir regiert, Abu Abdallah Muhammad, der sich Kalif al-Mustansir Billah nennt, was ›der, der die Hilfe Gottes sucht‹ bedeutet, der gleiche Titel, den auch Baibars trägt, wenn auch mit ganz anderen Befugnissen. Er zahlte Tribut an Manfred und hat meine Mitbrüder wohlwollend aufgenommen. Wie Ihr wisst, gibt es dort seit mehr als fünfzehn Jahren ein *studium* unseres Ordens unter der Leitung von Bruder André de Longjumeau. In seinen Briefen schreibt er, dass Tunesien sehr reich ist, voller Gold und Silber, und man versuchen könnte, al-Mustansir zum wahren Glauben zu führen. Wenn wir ihn bekehren könnten, könnten wir uns Tunesien und seine Schätze untertan machen und von dort aus mit den nötigen finanziellen Mitteln ins Heilige Land ziehen.«

Louis' Gesicht hellte sich auf. »Das ist eine gute Idee, Magister, die wir im Moment noch geheim halten. Schickt ein paar Brüder auf eine geheime Mission nach Tunesien. Wir müssen wissen, über wie viele Männer der sechzehnte Kalif verfügt und wie die Stadt verteidigt wird.«

Der Mönch verbeugte sich. Es war leichter gewesen als vermutet.

Drei Monate später im Kloster San Giacomo in Paris

»Clemens ist dagegen und hat darum gebeten, den Plan noch einmal zu überdenken.«

Pierre de Tarentaise war groß und hager, mit schmalem Gesicht und kurzem, grau meliertem Bart. Er hatte gesprochen, ohne den Blick von dem illuminierten Buch zu lösen, das Yves auf dem Lesepult des Kapitelsaals studierte: Platons *Timaios*, übersetzt und kommentiert von Calcidius. Gerade erst war er aus Viterbo zurückgekehrt, wo er den Papst getroffen hatte, und noch vor seinem Besuch beim König ins Dominikanerkloster gekommen, um Bericht zu erstatten. Neugierig hob der französische Provinzial den Blick von dem Band: »Warum lest Ihr den *Timaios*?«

»Ein Buch wie viele andere auch … Was könnt Ihr mir über den Besuch beim Papst berichten?«

Pierre verstand, dass der Bruder nicht über Platons Werk sprechen wollte, und sah ihn amüsiert an.

»Ihr wollt es mir nicht sagen… Was ist so teuflisch an diesem Werk, dass es den Großinquisitor Frankreichs interessiert?«

Yves schwieg, und sein Gesprächspartner kam wieder auf Clemens zu sprechen: »Er glaubt, es sei nicht der richtige Moment für einen Kreuzzug ins Heilige Land. Tatsächlich beunruhigt ihn die Reaktion Staufens auf die Eroberung des Königreichs durch Charles d'Anjou. Einige Anhänger Manfreds, die in Benevent besiegt wurden, sind nach Deutschland geflohen und haben Konradin gebeten, in Italien einzufallen. Der Graf von Caserta wurde von Manfreds Seneschall umgebracht, auch wenn Berengario da Verona es als Unfall dargestellt hat. Ein ausgezeichneter Schüler, Yves.«

»Er ist noch jung.«

Der Inquisitor fügte dem nichts hinzu. In Wahrheit war die Mission, die er Berengario und Jean de Montfort anvertraut hatte, kläglich gescheitert: Riccardo war tot und Umberto noch immer auf freiem Fuß. Er hätte sich persönlich darum kümmern sollen, aber die Ereignisse zeigten, dass er hier in Paris benötigt wurde.

»Wie es aussieht, sind weitere Staufer nach Tunis gereist«, fuhr Pierre de Tarentaise fort. »Von dort aus könnten Friedrich, der Bruder des Königs von Kastilien, und andere Söldner in den Diensten von al-Mustansir das Königreich Sizilien angreifen. Lucera hat seine Mauern noch nicht niedergerissen und könnte rebellieren. Clemens sieht überall am Himmel dunkle Wolken aufziehen und verlangt Verstärkung … Wenn der König jedoch auf seiner Entscheidung beharren sollte, das Kreuz zu nehmen, könnte er nur einen Kardinal zum Anführer des Kreuzzugs ernennen … Er hat auch nach dir gefragt, Yves … Und er sendet dir ausdrücklich seinen päpstlichen Segen.«

Der Inquisitor verharrte regungslos. Beide wussten genau, warum Gui Foucois seinen Segen geschickt hatte. Der Papst war sich im Klaren darüber, dass Yves großen Einfluss auf die Entscheidungen des Königs von Frankreich hatte und ihn um Hilfe bitten wollte. Die Botschaft war deutlich: Sollte der König nicht von der Idee des Kreuzzugs abzubringen sein, dann wüsste der Nachfolger Petri genau, wer das zu verantworten hatte.

Der Inquisitor musste sich entscheiden. Der Provinzial von Frankreich war jünger als er, ebenso wie seine Brüder, die Beichtväter des Königs, Geoffroy de Beaulieu und Guillaume de Chartres. Der Prior des Klosters San Giacomo, Simon de Clisson, würde sich wie immer jedem ihrer Urteile beugen. Als er noch ein junger Schüler von Mathieu de Bourbon gewesen war, hatte sich Yves oft gefragt, wie sich dieser Moment anfühlen würde. Im Heiligen Land hatte er schwierige Entscheidungen treffen müssen, und er hatte nur Nicolas an seiner Seite gehabt, der in entscheidenden Momenten in Ohnmacht gefallen war. Jetzt war es der Dominikanerorden, der auf seine Einschätzung wartete, das mächtigste Instrument im Dienste Gottes, über das die Kirche jemals verfügt hatte.

Er holte tief Luft und sagte: »Clemens ist wie seine Vorgänger geworden, er macht sich allein Sorgen um seine Herrschaft in Italien und nicht um den Siegeszug des Christentums. König Charles wird das Reich gegen alle Bedrohungen schützen können. Er hat Tausende von Rittern bei sich, deren Tapferkeit ich gut kenne, dazu noch unseren Bruder Berengario. Uns hingegen hat Gott einen anderen Auftrag anvertraut.«

Pierre de Tarentaise nickte. Er tippte mit zwei Fingern auf den *Timaios*, winkte zum Abschied und ging ohne ein weiteres Wort auf den Ausgang zu.

Yves schaute ihm nach. Er kannte ihn so gut, dass er seine Gedanken lesen konnte: Mit Sicherheit fragte er sich, was Platon mit der Mission zu tun hatte, die dem Orden von Gott aufgetragen worden war. Aber das würde der Inquisitor ihm nicht verraten.

Paris, Sainte-Chapelle, 25. März 1267, sechste Stunde

Zwei Ritter stiegen von der Tribüne herab, gefolgt vom König, der eine kreuzförmige Reliquie trug. Angeblich enthielt sie Fragmente des Wahren Kreuzes, für das Saint Louis vor einigen Jahren ein Vermögen ausgegeben hatte.

Unten wurde der König von seinen drei Söhnen erwartet: Philippe, zweiundzwanzig Jahre alt, Graf von Orléans und Thronerbe, Jean Tristan, Graf von Nevers und Valois, gerade mal sechzehn, und der noch jüngere Pierre, Graf von Alençon. Die beiden Letzteren waren während des vorherigen Kreuzzugs zur Welt gekommen, der Erste in Damiette, in Ägypten, während der Gefangenschaft seines Vaters, der Zweite in der Templerfestung Château Pèlerin im Süden

Akkons. Neben ihnen stand der päpstliche Gesandte, Kardinal Simon de Brion. Auch Thibaut, König von Navarra und Graf der Champagne, und Louis' Bruder Alphonse, Graf von Poitiers und Toulouse, waren anwesend, zudem die höchsten Adligen Frankreichs sowie Graf Robert d'Artois, der den gleichen Namen wie sein Vater trug, der Lieblingsbruder Louis', der in al-Mansura gefallen war.

Der König war blass und wackelig auf den Beinen. Pierre de Tarentaise warf Yves einen besorgten Blick zu. Sie standen im hinteren Teil der Kapelle, mit einer Delegation von Dominikanern, darunter der Prior von San Giacomo und die Beichtväter des Königs. Der Inquisitor teilte die Sorge. Die Treue zum Glauben verlangte dem Körper des Königs alles ab. Er schaute zu der Reliquie, die gerade vom päpstlichen Legaten hochgehoben wurde. Gottes Mission, die ihrem Orden anvertraut worden war, war unabhängig von der Zerbrechlichkeit der Menschen. Und doch tönte die Stimme des Königs kraftvoll durch die Kapelle: »Erneut nehme ich das Kreuz auf mich, um das Unrecht gegenüber dem Heiland im Heiligen Land zu rächen, das bis heute fortbesteht, und um den Christen ihr rechtmäßiges Erbe zurückzugeben, das durch unsere eigenen Sünden zu lange in den Händen der Ungläubigen war.«

Dann sprach Simon de Brion ein kurzes Dankgebet, griff nach der Reliquie und reichte sie Louis, der sie ebenfalls hochhob. Anschließend waren seine drei Söhne an der Reihe, der König von Navarra und alle anderen anwesenden Grafen und Barone.

Yves hob den Blick zur Decke, auf der ein blauer Himmel mit goldenen französischen Lilien anstelle der Sterne zu sehen war, und dankte Gott, dass er es ihm erlaubt hatte, an diesem Ereignis teilzunehmen. Das Königreich Frankreich hatten sich ein weiteres Mal der Sache Gottes verschrieben. Um die Vorbereitungen abzuschließen, würde es noch mindestens zwei Jahre dauern, und es würde nicht einfach werden. Vor Kurzem war aus Deutschland die Nachricht eingetroffen, dass Konradin, der fünfzehnjährige Thronfolger des Hauses Staufen, mit dem Geld der toskanischen Ghibellinen Söldner angeworben hatte. Yves dachte zurück an die Reihen der schwarz-weißen Insignien, die in Benevent die Provenzalen überwältigt hatten. Schon bald würden sie dringliche Hilferufe erhalten, doch dieses Mal mussten Gui Foucois und Charles d'Anjou sich auf ihre eigenen Kräfte verlassen. Auch Berengario musste allein zurechtkommen. Er hatte ihm detaillierte Anweisungen gegeben, betete aber, dass sich der Eifer des jungen Mannes angesichts der Schwierigkeiten nicht in Fanatismus verwandeln würde.

Drei Monate später, Sant'Ellero, Toskana

Unter dem Jubel der Belagerer war die gelbe Flagge mit dem schwarzen Reichsadler zerrissen und vom Turm geworfen worden. Aus dem befestigten Vorort stieg Rauch auf, die Kämpfe gingen zu Ende. Vom Glockenturm der kleinen Kirche stürzte sich ein Mann ins Nichts.

Bruder Berengario betrachtete den gelben Stofffetzen, der ein letztes Mal im Wind dieses Juniabends flatterte, und dankte dem Herrn für den Sieg der Soldaten Christi, die endlich das Nest der ghibellinischen Florentiner ausgeräuchert hatten.

Ein Kontingent von achthundert französischen Reitern hatte sie quer durch den ganzen Süden der Toskana gejagt. König Charles hatte das Kommando zwei rücksichtslosen Männern übertragen, dem Seneschall der Provence, Guillaume l'Étendard, und dem Marschall des Königreichs Sizilien, Jean de Braiselve. Ihre Mission bestand darin, die reichen toskanischen Städte davon abzuhalten, weiterhin Konradins Kriegsvorbereitungen zu finanzieren.

Braiselve höchstpersönlich, etwa dreißig Jahre alt, rote Haare, roter Bart, näherte sich jetzt dem Mönch. »Sie haben sich ergeben, Vater.«

»Das sehe ich, Messire.«

»Was machen wir mit ihnen?«

»Nur eine exemplarische Strafe kann all denen zur Warnung dienen, die mit dem Gedanken spielen, sich mit dem ketzerischen Siena und der staufischen Schlange zu verbünden.«

Der Marschall grinste. »Alle?«

»Wie viele sind es?«

»Wir haben sie noch nicht gezählt, aber auf den ersten Blick würde ich sagen, achthundert.«

»Die Hälfte wird genügen. Enthauptet sie vor den Augen der anderen, damit sie berichten können, was die Anhänger des Antichristen erwartet.«

Braiselve verbeugte sich und eilte davon. Berengario wusste, dass die Massenexekution ihm zugeschrieben werden würde, aber er wusste auch, dass ohne sein Eingreifen Guillaume und Braiselve, aufgehetzt durch die toskanischen Guelfen, alle achthundert Gefangenen abgeschlachtet hätten. Er rief sich die Worte ins Gedächtnis, die ihm Yves zum Abschied gesagt hatte: »Sei gerecht, sei stark. Und tue nichts, was ich nicht gutheißen würde.«

Er hatte gerade vierhundert Menschen das Leben gerettet. Der Magister wäre stolz auf ihn.

Kapitel 16

Baibars

Antiochia, 9. des Ramadan 666 der Hedschra
(23. Mai 1268)

Der noble und vortreffliche Graf, der mutige Löwe, Stolz der Christen und Anführer der Kreuzritter, dessen Name mit der Eroberung von Antiochia vom Fürsten auf den Grafen überging …«

Baibars hob den Blick von dem Papyrus und schaute Umberto di Fondi an, der vor ihm stand.

Es war der Anfang des Briefes, den der Sultan soeben an den Grafen Bohemund von Tripolis geschickt hatte, den ehemaligen Fürsten von Antiochia. Die große syrische Stadt am Fluss Orontes war eine der Hauptstädte der fränkischen Kreuzfahrerstaaten gewesen, bis sie vor fünf Tagen, am vierten des Ramadan, von ägyptischen Truppen im Sturm eingenommen worden war. Umberto war Zeuge der Plünderungen gewesen, die jedes Zeugnis der hundertsiebzigjährigen Herrschaft der Kreuzritter ausgelöscht hatten. Den Priestern und Mönchen waren auf den Kirchenaltären die Kehle durchgeschnitten worden, die Kreuze zerstört. Sie hatten Seiten aus dem Evangelium herausgerissen, auf dem Boden verstreut und mit Füßen getreten. Die Kathedralen von St. Peter und St. Paul standen noch immer in Flammen. Die Leichen der christlichen Ritter, die bis zuletzt verzweifelten Widerstand geleistet hatten, lagen als Fraß der Hunde in den Straßen, die Frauen wurden, nachdem man sie vergewaltigt hatte, verschleppt, um in der Sklaverei zu enden. An zahlreichen Orten der Stadt hatte man die aus den Palästen geplünderten Reichtümer aufgetürmt und gewogen. In dieser unglaublichen Brutalität hatte Umberto eine unmissverständliche Strategie des Sultans erkannt, der seinen zahlreichen Ehrentiteln nun noch Faith al-Amsar, »Eroberer der Stadt«, hinzugefügt hatte. Auch die spöttische Nachricht an Bohemund, der während der Belagerung und Eroberung seiner Hauptstadt feige in Tripolis geblieben war, gehörte dazu.

»Was meinst du dazu?«, fragte Baibars.

»Sie werden um einen Waffenstillstand bitten.«

Der Sultan spitzte die Lippen: seine Art zu lächeln. »Sie sind schon hier. Geoffroy de Sargines hat Érard de Vallery aus Akkon geschickt. Das Schicksal Antiochias hat sie fassungslos gemacht und mit Angst erfüllt.«

Sie befanden sich in einem der Säle des Herrscherpalasts. Umberto hatte Akkon Ende März als italienischer Kaufmann auf einem genuesischen Schiff erreicht, die gleiche Verkleidung wie vor achtzehn Jahren. Angst beherrschte die letzte Hauptstadt der Kreuzfahrerstaaten, die sich darauf vorbereitete, einer langen Belagerung standzuhalten. Wie schon in den Jahren zuvor kam das ägyptische Heer den letzten christlichen Festungen immer näher, und es war unmöglich vorauszusagen, wen es dieses Mal treffen würde. Niemand hatte den Kaufmann, der auf dem Rücken eines Maultiers durch das Montmusard-Tor geritten kam, beachtet. Kurz vor der Stadt war er auf eine Patrouille von Tempelrittern gestoßen, deren Anführer ihn vor sarazenischen Spähern in der Nähe gewarnt hatte. Daraufhin hatte er ihm erklärt, nach Norden in Richtung Sidon unterwegs zu sein, in die entgegengesetzte Richtung der Ungläubigen. Trotzdem hatte er nach dem Zusammentreffen mit den Templern einen weiten Bogen nach Süden beschrieben, um ebenjene ägyptischen Späher aufzuspüren. Er hatte einen Schutzbrief bei sich, den Baibars ihm vor fünf Jahren nach Lucerna geschickt hatte, mit einer nie eingelösten Einladung, ihn in Ägypten zu besuchen. Das Siegel des Sultans war für die Vorhut der islamischen Reiter, die er etwa zwanzig Meilen vor Akkon angetroffen hatte, ein eindrucksvoller Passierschein gewesen. Die hochrangigen Mamelucken hatten das Gesicht des Kriegers, den Friedrich im Kampf gegen die Kreuzfahrer damals geschickt hatte, noch immer in Erinnerung. Einige hatten sich sogar vor ihm verneigt. Der Empfang durch den Sultan war herzlich ausgefallen. Auch er war älter geworden, doch die Jahre hatten seine natürliche Autorität nur verstärkt, auch wegen seiner imposanten Statur und des einzigartigen weißen Flecks in einem seiner blauen Augen. Dieselben Augen, die den Baron von Acquaviva nun voller Neugier musterten.

»Was ist los, Ser Berto? Du wirkst abwesend.«

»Der Moment des Abschieds ist gekommen, Armbrustschütze.«

»Hast du die Nachrichten gelesen, die wir unter Bohemunds Briefen gefunden haben?«

»Ja. Was auf der anderen Seite des Meeres passiert, beunruhigt viele aus den Gebieten, die vom Königreich von Jerusalem noch übrig geblieben sind. Bohemund, die Tempelritter und die Johanniter fürchten, dass ihnen niemand zu Hilfe kommen wird. Die letzten Nachrichten besagen, dass Konradin von Schwaben seinen Vormarsch auf das Königreich Sizilien beginnt. Also wird er bald die Regionen nördlich von Rom erreichen. Dort liegen sehr reiche Städte, und noch vor meiner Abreise hat Charles d'Anjou Reiter dorthin geschickt, um Angst und Schrecken zu verbreiten. Die Menschen dort laufen jetzt Gefahr, ein übles Ende zu nehmen, bedenkt man, dass Konradin über mehr als dreitausend schwer bewaffnete Deutsche verfügt und von einer so wichtigen Stadt wie Siena unterstützt wird. Im Februar, noch vor meiner Abreise, hatte Lucera aufbegehrt. Die Nachrichten besagen nun, dass der Papst sogar zu einem Kreuzzug aufgerufen hat, um die Stadt zu zerstören. Wie bereits erwähnt, ist außerdem einer der Brüder des Königs von Kastilien, Friedrich, zusammen mit Manfreds Gefolgsleuten und spanischen Söldnern in Sizilien gelandet und hat dort eine große Revolte angezettelt. Er kam aus Tunis, wo er sich mit seinem Bruder Enrique in den Dienst von al-Mustansir gestellt hat. Rom ist in der Hand von Aufrührern, die Enrique von Kastilien zum Senator ernannt haben, der geschworen hat, Charles d'Anjou zu töten. Mit den Reichtümern, die er im Dienst von al-Mustansir angehäuft hat, hatte Enrique in Wirklichkeit Charles gegen Manfred unterstützt, um das

Königreich Sardinien zugesprochen zu bekommen. Der jedoch hat ihm das Geld nicht zurückgegeben und ihm im Einvernehmen mit Papst Clemens jeden Titel verweigert. Auch der junge Graf von Caserta scheint sich auf die Seite der Staufer gestellt zu haben. Er ist der wichtigste Feudalherr des Reiches und der Neffe des Kaisers …«

Baibars hatte das Gefühl, dass Ser Bertos Stimme brach, was er auf den Verlust Friedrichs zurückführte.

»Charles und der Papst sind in Schwierigkeiten«, schloss der Baron, »aber der Fehler, sie zu unterschätzen, sollte sich nicht noch einmal wiederholen. Mein Platz ist dort.«

»Du weißt, wie leid mir das tut. Du warst mir eine große Hilfe und wirst mir immer willkommen sein, aber ich verstehe, dass du zurückmusst.« Der Sultan hielt inne, dann fragte er: »Warum ist Saint Louis noch nicht da, um seinem Bruder und dem Imam der Franken zu helfen?«

Umberto wusste, dass dieses Thema seinen Gesprächspartner am meisten interessierte. »Er bereitet sich darauf vor, dich anzugreifen, da gibt es keinen Zweifel mehr.«

Die Augen des Armbrustschützen glänzten. »Meine Spione haben immer noch nicht herausgefunden, wo er dieses Mal angreifen wird. Denkst du weiterhin, in Tunis?«

»Ich bin über das Meer gereist, um es dir zu sagen, Armbrustschütze. Und ich sage es dir noch einmal, dass auch ich dabei sein möchte, wenn sie ankommen.«

Baibars sah immer noch skeptisch aus. »Aber warum Tunis? Wollen sie al-Mustansir für den Angriff auf Sizilien bestrafen oder weil er Charles d'Anjou keinen Tribut entrichtet?«

»Das könnten auch mögliche Gründe sein.«

»Sag mir zumindest, was du denkst, bevor du gehst.«

Umberto lächelte, dann antwortete er mit einer Frage: »Erinnerst du dich an den Mönch, den wir auf dem Ölberg getroffen haben?«

»Sicher, Yves le Breton. Er ist während der Gefangenschaft im Hause von Ibn Luqman bei seinem König geblieben. Ich habe ihn kennengelernt.«

»Er ist derjenige, der nach Tunis will.«

»Warum?«

»Unter einem Tempel im antiken Karthago liegt eine Stele mit einer Karte, mit der man einen unbekannten Kontinent erreichen kann, auf der anderen Seite des Meeres.«

Der Sultan schwieg nachdenklich. Dann fragte er: »Also könnten die Franken das Land der Tataren auf dem Seeweg erreichen?«

»Ich glaube nicht, dass Yves le Breton das im Sinn hat.«

»Aber vielleicht der König der Franken … Wir stehen vor der größten Bedrohung, die der Islam bisher erlebt hat, Ser Berto. Viel schlimmer als die Angriffe der Christen. Die Tataren sind wie Horden von Heuschrecken, die alles zerstören, was sich ihnen in den Weg stellt. Sie haben Bagdad eingenommen und den Kalifen getötet. Vor acht Jahren ist ein Trupp bis auf unser Gebiet vorgedrungen, etwa zehntausend Mann, angeführt von Kitbuqa, einem Heerführer unter Hülegü Chan. Niemand hat sie jemals besiegt, nur ich, nahe Bet She'an, und das auch nur dank einer List. Sie stürmten in Massen auf ihren kleinen Pferden auf uns zu, fest davon überzeugt, uns zu überwältigen. Aber sie hatten übersehen, dass ich die besten *asakir* und die Bogenschützen zwischen den Bäumen auf einem Hügel versteckt hatte. Als sie sich siegessicher glaubten, stürzten wir uns wie Falken auf sie. Wir haben sie abgeschlachtet und die Überlebenden dann bis weit nach Ain Jalut verfolgt. Als Strafe für seinen Angriff wurde Kitbuqa geköpft. Dank dieses Sieges und aufgrund interner Streitigkeiten haben sie es seitdem nicht noch einmal versucht, aber jetzt haben sie einen neuen Anführer, Abaqa, der eine große Invasion mit mehr als hunderttausend Männern plant. Er will die Gläubigen ein für alle Mal vernichten. Deshalb hat er Gesandte zu König Louis von Frankreich und dem Imam der Franken geschickt, die anscheinend davon überzeugt sind, dass selbst solche Bestien brave Christen werden können. Nur einer wie Yves le Breton kann ihnen das in den Kopf gesetzt haben. Sie planen, uns mit nie da gewesener Stärke von Osten und Westen aus zu zerquetschen.«

»Dem wirst du nicht untätig zusehen, Armbrustschütze?«

»Mit Allahs Hilfe bereite ich mich auf einen Zweifrontenkrieg vor und versuche in der Zwischenzeit die Ungläubigen aus Bilad al-Sham bis an die Küste zu treiben und sie zu terrorisieren. Und jetzt sagst du mir, dass es in Tunesien eine Karte gibt, mit deren Hilfe die Franken das Gebiet des Khan erreichen könnten. Können wir ihnen nicht zuvorkommen und uns diese Karte holen?«

»Leider stehen die dafür nötigen Hinweise in einem Buch, das Yves le Breton in die Hände gefallen ist. Alles, was ich weiß, haben mir jene erzählt, die den Reisebericht gelesen haben.«

»Und der ist wo?«

»Ebenfalls in den Händen von Yves le Breton.«

»Verstehe. Du hast recht, Ser Berto. Du musst auf diesen Mönch in Karthago warten. Kennst du al-Mustansir?«

»Ja, er hat Manfred Tribut gezollt, ich habe ihn ein paarmal in Mahdia getroffen. Er erinnert mich an eine Schlange.«

Baibars verzog das Gesicht. »Das ist er. Er nennt sich Kommandant der Gläubigen, hat aber mit den Ungläubigen schon immer Komplotte geschmiedet und dabei christliche Söldner eingesetzt. Schließlich leben in Tunis zahlreiche Mönche. Er hat es nie gewagt, sich gegen mich zu stellen oder jemanden, der stärker ist als er. Falls die Franken wirklich in Ifriqiya landen sollten, wird er alles tun, um nicht kämpfen zu müssen. Er wird vorab versuchen zu verhandeln. So könnte er Yves le Breton erlauben, in Karthago nach dem zu suchen, was er will … und noch viel mehr.«

»Ich weiß. Deshalb sollte das, was ich dir erzählt habe, unter uns bleiben.«

»Aber sicher. In der Zwischenzeit werde ich Truppen an die Grenzen Ifriqiyas entsenden. Sobald die Franken an Land gehen, werde ich al-Mustansir meine Hilfe anbieten, und meine Männer werden sich ihm nicht nur anschließen, um gegen die Invasoren zu kämpfen, sondern auch, um ihn unter Kontrolle zu halten. Du könntest dabei sein.«

»Ich danke dir, das wäre perfekt.«

»Was wirst du jetzt tun?«

»Ich werde versuchen, Lucera zu erreichen. Es gibt noch einen weiteren Krieg, der auf mich wartet.«

al-Qahira, 13. Dhul-Qa'da 666 (25. Juli 1268)

Berengario da Verona fühlte sich unwohl. Er saß auf dem Teppichboden in einem der Säle der vom Großsultan Saladin erbauten Festung. Die Hitze der ägyptischen Hauptstadt war schweißtreibend, und er hasste es zu schwitzen. Der Tempelritter an seiner Seite schien sich dagegen wohlzufühlen, was zum wachsenden Unmut des Geistlichen beitrug. Amaury de la Roche war um die vierzig, aber seine einst blonden Haare waren so weiß wie sein Bart, der entgegen der Regel der Tempelritter kurz und gut gepflegt war. Er war eng befreundet mit Louis und Charles d'Anjou und seit sechs Jahren Präzeptor des Templerordens in Frankreich, nachdem er sich lange im Heiligen Land aufgehalten hatte. Nach dem Sieg von Benevent hatten Papst Clemens und Saint Louis den Großmeister des Tempels, Thomas Bérard, gebeten, Amaury ins Königreich zu schicken, um den Templerorden neu zu organisieren. Charles d'Anjou hatte beide Männer für diese Mission ausgewählt, was dem Mönch aussichtslos vorgekommen war. Nun warteten sie darauf, vom Sultan der Ungläubigen empfangen zu werden, dem blutrünstigen Baibars, um ihn davon zu überzeugen, die Feindseligkeit gegenüber den Christen aufzugeben.

Berengario versuchte sich damit zu trösten, dass eben diese Mission ihm das Leben gerettet hatte. Er war dem Ruf des Königs gefolgt, der kurz davorstand, Lucera zu belagern. Am 25. Juni, wenige Tage nachdem er die Toskana verlassen hatte, waren an einer Brücke über den Arno Guillaume l'Étendard und Jean de Braiselve in einen Hinterhalt der Sieneser und der Männer Konradins geraten. Guillaume hatte sich mit der Vorhut in Sicherheit bringen können, die fünfhundert Reiter um Braiselve aber waren getötet, der Marschall gefangen genommen und von Konradin nach Siena verschleppt worden. Auch er hätte an seiner Seite in Ketten enden können, hatte er doch in den vergangenen Monaten zahlreichen Verbrennungen und Hinrichtungen beigewohnt. Stattdessen hatte ihn die göttliche Vorsehung gerettet.

Dennoch stand der junge Inquisitor der Mission skeptisch gegenüber, das hatte er auch gegenüber König Charles deutlich gemacht, als dieser ihm die Reise vorgeschlagen hatte: »Sire, es liegt nichts Gutes oder Nützliches darin, mit dem Vorkämpfer des Antichristen über Frieden zu sprechen.«

Der König hatte ihm ungewöhnlich nachsichtig geantwortet, was er bei Widerspruch sonst nur selten tat: »Während der *expeditio crucis* in Ägypten hat mein Bruder immer wieder Yves le Breton als Botschafter zu den Ungläubigen entsandt. Er traf sich auch mit Baibars, der damals noch kein Sultan war. Wenn Euer Meister das konnte, könnt Ihr das auch.«

»Aber der Meister spricht die Sprache der Ungläubigen, ich nicht.«

»Das ist kein Problem. Amaury de la Roche wird Euch begleiten, er spricht gut arabisch.«

Berengario hatte sich fügen müssen und während der zwanzigtägigen Überfahrt von Neapel nach Alexandria viel Zeit zum Nachdenken gehabt. Es war offensichtlich, dass

Charles diese Mission schon seit Langem geplant hatte. Außerdem war sein Begleiter nicht irgendein Tempelritter. Er war der eigentliche Botschafter. Warum hatte man ihn dann als einfachen Dolmetscher an seine Seite gestellt? Der Mönch wusste, dass es dafür nur eine einzige Antwort gab: Seine Anwesenheit diente nur dazu, König Louis und Yves le Breton nicht misstrauisch werden zu lassen.

Nach einer langen Wartezeit wurden die Abgesandten von Charles endlich in einen Saal geführt, in dem ein Riese von etwa fünfzig Jahren mit grauem Bart und rasiertem Kopf auf sie wartete. Entlang der Wände standen mehrere Mamelucken mit blau-goldenen Insignien, die Hand auf dem Knauf der Krummdolche. Berengario war sofort von den blauen Augen des Mannes fasziniert. In einem war ein weißer Fleck zu sehen, den er sofort als offensichtliches Zeichen des Teufels wertete.

Der Dominikaner und der Tempelritter verbeugten sich, und der Sultan sprach: »Willkommen in al-Qahira. Wem verdanken wir diesen Besuch?«

Amaury übersetzte, und Berengario überbrachte sofort die ihm von Charles anvertraute Botschaft: »Der König von Sizilien bietet Euch Frieden an. Das Reich wird von Rebellen in Sizilien und Lucera angegriffen, und er erwartet von Euch Neutralität. Der König wird sich dankbar zeigen, wenn von Euch keine Gefahr ausgeht.«

Nach der Übersetzung antwortete Baibars: »Dankt dem König herzlich für die Aufmerksamkeit, die er mir zuteilwerden lässt. Das weiß ich sehr zu schätzen. Ich werde seinen Feinden nicht helfen, erwarte aber weiterhin, dass er auch meine nicht unterstützt und den Gläubigen von Lugarah mit Milde begegnet. Er wird sich sicher an die Dienste erinnern, die ihm und seinem Bruder während ihrer irrsinnigen Mission in Ägypten erwiesen wurden. Ich erinnere mich jedenfalls daran, dass er von einem Mönch im gleichen Habit begleitet worden ist, Yves le Breton. Kennt Ihr ihn?«

Berengario schwieg. Der Tempelritter warf ihm einen vorwurfsvollen Blick zu, antwortete an seiner Stelle, machte sich aber nicht länger die Mühe, für ihn zu übersetzen. Der Dominikaner verstand ihr Gespräch daher nicht, der freundliche Tonfall wirkte auf ihn allerdings unangebracht. Immerhin war Baibars für den Tod von Tausenden von Christen verantwortlich, darunter auch viele Tempelritter.

Von einer immer weiter anwachsenden Wut erfüllt traf der junge Mann deshalb eine Entscheidung. Sobald er in Neapel angekommen war, würde er dem ersten Mitbruder, der ein Schiff Richtung Frankreich bestieg, eine Nachricht für den Magister mitgeben. Charles verhandelte mit dem Sultan, der als Gegenleistung von ihm verlangte, Louis' Kreuzzug nicht zu unterstützen.

Kapitel 17

Scurcola

Nahe Castronuovo, Abruzzen, 23. August 1268, bei Sonnenaufgang

Jetzt dürften wir nicht mehr weit von Albe entfernt sein«, sagte Mohamed auf Arabisch und sah nach unten. Zwischen den Bäumen hindurch versuchte er das Tal zu erkennen.

»Hoffentlich landen wir nicht bei den Franzosen«, antwortete ihm Umberto.

Die beiden ritten einen steilen Pfad an einem Berghang entlang, direkt gegenüber dem kleinen befestigten Ort Castronuovo. Noch vor Sonnenaufgang waren sie aufgebrochen. Das Lager Konradins von Schwaben unterhalb von Scurcola war nicht weit entfernt. Allerdings befand sich zwischen ihnen und den Staufern Charles d'Anjous Heer.

Der Baron von Acquaviva war drei Tage zuvor in Lucera eingetroffen, wo von den Mauern die gelbe Fahne mit dem schwarzen Adler der Hohenstaufer und die grüne des Islam wehten. In der Ebene lagen verkohlte Überreste von Belagerungsmaschinen und ein großes Lager.

In der Stadt hatte Mohamed ihm berichtet, dass seine

asakir die Belagerungsmaschinen Charles' in Brand gesetzt hatten, der wenige Tage zuvor die Belagerung plötzlich aufgehoben hatte. Er war zu einem Treffen mit Konradin aufgebrochen, der am 10. August Rom verlassen hatte und nun durch die Abruzzen Richtung Lucera zog. So hatte der Staufer das Reichsgebiet bei Ceprano umgangen, das von Anjous Truppen besetzt war.

Umberto hatte beschlossen, sofort abzureisen, nur in Begleitung von Mohamed. Die beiden würden sich auf die Suche nach dem Heer machen, wobei die dichten Wälder ihnen Schutz bieten würden. Doch jetzt war der Feind ganz nah, und sie durften unter keinen Umständen mit ihm zusammentreffen.

Unterdessen im Lager Konradins von Schwaben

Der rothaarige Mann lag in Ketten, er war schmutzig und in Lumpen gehüllt. Der blonde Jüngling im gelben Kettenhemd mit dem schwarzen Adler bemerkte, dass er all den Hochmut, den er in Siena noch an den Tag gelegt hatte, seit seiner Gefangennahme verloren hatte. Fast hatte er ein schlechtes Gewissen.

»Ist das wirklich notwendig?«, fragte Konradin von Hohenstaufen einen Ritter mit sorgfältig gestutztem Bart, der neben ihm stand.

»Er ist ein elender Mörder«, entgegnete ihm Enrique von Kastilien, der »Senator« von Rom, der ihm zusammen mit römischen Ghibellinen und spanischen Rittern gefolgt war. »Er hat Unschuldige getötet, allein vierhundert in Sant'Ellero. Unsere toskanischen Verbündeten wollen nicht riskieren, dass er davonkommt.«

»Er wird nicht davonkommen. Wir können nicht verlieren. Wir sind stärker, wir sind viele, und vor allen Dingen kämpfen wir für eine gerechte Sache.«

In diesem Moment gesellte sich der alte Galvano Lancia zu ihnen. Er hatte Enriques Worte nicht gehört, aber als er Jean de Braiselve in Ketten erblickte, sagte er: »Diese Bestie muss augenblicklich sterben. Schade, dass wir nicht auch seine schwarze Seele gefangen genommen haben: den Mönch, der ihm im Namen Gottes Todesurteile diktiert hat.«

»Er hat uns seinen Namen genannt: Berengario da Verona, ein Schüler des französischen Großinquisitors Yves le Breton«, meinte Enrique von Kastilien.

»Auch er wird uns nicht entkommen, wenn wir erst gesiegt haben. Wer kümmert sich um Braiselve?«, fragte Konradin.

Galvano deutete auf einen jungen Mann, der neben dem schwarzen Reichsadler auf gelbem Grund auf der anderen Hälfte das gelb-blau karierte Wappen seiner Familie trug. Er hatte bereits sein Schwert gezogen. »Azzolino degli Uberti, einer der Söhne Farinatas. Er hat seinen Bruder in Sant'Ellero verloren: Um Braiselve nicht lebendig in die Hände zu fallen, hat er sich dort vom Glockenturm gestürzt.«

Auch der Franzose hatte das Wappen der entschlossenen toskanischen Ghibellinen erkannt und war aufgestanden.

Der Soldat aber, der ihn an den Ketten hielt, zerrte an ihm, zwei andere packten ihn an den Armen und zwangen ihn auf die Knie. Auf ein Zeichen von Konradin ging Azzolino entschlossen auf ihn zu und rief: »Das ist für meinen Bruder!« Er enthauptete Braiselve mit einem einzigen Hieb, und das Blut spritzte ihm auf das Kettenhemd und ins Gesicht.

Er war das erste Opfer der Schlacht in der Palentinischen Ebene.

Konradin näherte sich dem verstümmelten Leichnam, aus dem immer noch das Blut strömte. Es war wie eine Vorahnung, die er aber schnell beiseiteschob, als Kropf von Flüglingen, der alte Burgvogt von Trifels und dem Hause Staufen treu ergeben, auf ihn zugelaufen kam. Jahre zuvor war er während einer Mission in Italien Manfreds Attentätern entkommen und kämpfte nun an der Seite der Verwandten jener Familie, die versucht hatte, ihn zu töten. Konradin hatte ihm das Kommando über die deutschen Ritter in den Plattenrüstungen anvertraut, das Rückgrat seines Heeres. Der junge Mann fragte: »Ist alles bereit?«

»Wann immer Ihr wollt, Sire.«

»Dann lass uns gehen. Möge Gott mit uns sein.«

Das Heer der Staufer hatte sich auf dem Hochplateau aufgestellt, das von einem kleinen Fluss namens Riale durchzogen war, der im August zwar kein Wasser führte, dessen Ufer jedoch steil und dicht bewachsen waren. Es gab nur eine einzige Brücke neben einer kleinen hölzernen Burg, die von den Franzosen besetzt war.

Die Staufer waren in drei Gefechtsreihen eingeteilt. Die

erste bestand aus fünfzehnhundert deutschen und toskanischen Rittern, *servientes* und Armbrustschützen zu Fuß. Angeführt wurde sie von Kropf von Flüglingen und Galvano Lancia, dessen Sohn Galeotto, dem Schwiegersohn Corrado von Antiochia und dem Grafen von Pisa, Gherardo von Donoratico. Die zweite Reihe bildeten die dreihundert spanischen und römischen Ritter von Enrique. Die dritte, bestehend aus weiteren fünfzehnhundert deutschen Rittern, wurde von Konradin und dem jungen Markgrafen Friedrich von Baden-Österreich befehligt.

Auf der anderen Seite des Flusses stand der Feind in zwei Gefechtsreihen. Die erste bestand aus etwa siebenhundert Mann nahe der Brücke. Die Staufer konnten die königlichen Insignien bei einem groß gewachsenen Ritter mit einem schweren Helm, Kettenhemd und einer Satteldecke mit blauem Wappen erkennen: Charles d'Anjou. Die zweite Reihe der Franzosen stand etwas weiter hinten und war umfangreicher, sie bestand aus etwa tausend Reitern. Wahrscheinlich stand sie unter dem Kommando von Guillaume l'Étendard, dessen Insignien man ausmachen konnte. Die zahlenmäßige Überlegenheit der Staufer war erdrückend: mehr als dreitausend Männer, meist Deutsche, gegen weniger als zweitausend Franzosen auf wesentlich kleineren Pferden.

Auf das Trompetensignal hin bewegte sich die erste Reihe mit dem Schlachtruf »Staufer!« in Richtung Brücke, während die Männer Enriques sich aus der Formation lösten und entlang des ausgetrockneten Flussbetts Richtung Süden vorstießen. Die erste Reihe der Franzosen wandte sich ihrerseits dem Fluss zu und antwortete mit dem Ruf »*Montjoie!*«. Schon bald war ein heftiges Scharmützel um die Brücke im Gange.

Konradin dachte, alles laufe nach Plan, und wandte sich an Friedrich von Baden-Österreich: »Von Flüglingen hatte recht, ihr Plan ist es, uns zum Kampf auf der Brücke zu zwingen, wo die Kavallerie nicht angreifen kann und unsere zahlenmäßige Überlegenheit nutzlos ist. Deshalb reitet der Thronräuber auch in der ersten Reihe: Er will nicht, dass sie zurückweichen.«

Der Markgraf von Österreich schmunzelte und sagte: »Es wird ihm nichts nützen.«

Beide wandten sich um und blickten der sich entfernenden Kavallerie des Infanten von Kastilien hinterher. Konradin hob die rechte Hand, und auch die dritte Gefechtsreihe begann vorzustoßen und vermischte sich mit der ersten, die immer noch darauf wartete, die Brücke zu überqueren.

Der kastilische Prinz brauchte nicht lange, um die Furt zu erreichen, die er schon am Vortag bei seiner sorgfältigen Erkundung ausgemacht hatte. Dort war das Ufer weniger steil und ermöglichte den Pferden, das Flussbett zu überqueren. Die Vegetation am gegenüberliegenden Ufer würde das Manöver abschirmen.

Kurz darauf griffen dreihundert Reiter mit dem Schlachtruf der Spanier, »Santiago!«, die Flanke der ersten französischen Reihe an. Über das Hufgeklapper hinweg schrie Enrique seinen Männern zu: »Charles d'Anjou gehört mir!«

Er ritt geradewegs auf die französischen Insignien zu, die goldenen Lilien auf blauem Grund, doch zwei Reiter der königlichen Leibwache griffen ihn im Galopp an. Den Hieb des ersten parierte er, während das Schwert des zweiten sein Pferd am Kopf traf. Allein die schützende Eisenplatte rettete das Tier, das sich jedoch aufbäumte und den Infanten aus dem Sattel warf. Einen Augenblick später wurde der Franzose seinerseits von einer spanischen Lanze zu Boden geworfen. Enrique stürzte sich auf ihn und tötete ihn, bevor er sich wieder erheben konnte, während der andere Reiter aus dem Hause Anjou von seinen Männern getötet wurde. Der Kastilier bestieg daraufhin das Pferd seines Gegners, aber die beiden hatten ihn viel Zeit gekostet. Er würde den Thronräuber nicht mehr als Erster erreichen.

Umringt von Spaniern kämpfte der Ritter mit dem königlichen Helm wie ein Löwe und schlug gleich zwei Gegner mit einem Schwerthieb nieder. Schließlich aber gelang es ihnen, ihn aus dem Sattel zu holen, indem sie seinen prächtigen Hengst niederknüppelten. Dann schlugen sie so lange mit dem Streitkolben auf seinen Helm ein, bis das Blut aus den Ritzen zu dringen begann.

Enrique kam gerade rechtzeitig, als sie ihn mit einer Axt enthaupteten, und er befahl: »Zieht ihm den Helm ab. Ich will ihm ins Gesicht sehen!« Der Kopf war eine einzige blutende Fratze, Hirnmasse war ausgetreten. Trotzdem meinte er, die markante Nase des Mannes zu erkennen, der ihn um vierzigtausend Goldlivres gebracht hatte. Als Zeichen des

Sieges hob er sein Schwert Richtung Himmel, während seine Männer laut zu schreien begannen: »Charles d'Anjou ist tot!«

In diesem Moment fiel auch die königliche Standarte der Anjous zu Boden.

In der zweiten französischen Reihe nahm Guillaume l'Étendard den Fall des französischen Banners unbewegt zur Kenntnis. Der Angriff der spanischen Kavallerie hatte die erste Gefechtsreihe gesprengt, die nun ungeordnet zurückwich, während die deutschen Reiter in die Ebene strömten, direkt auf sie zu. Jean de Clary von der königlichen Eskorte schloss sich ihm an. Beide wussten, dass ihre Männer, allesamt Söldner, dem Angriff der Deutschen nicht standhalten würden. Tatsächlich begannen sie beim Anblick der deutschen Plattenrüstungen sofort auseinanderzulaufen.

»Es ist Zeit«, erklärte Guillaume l'Étendard, »wir ziehen uns zurück und hoffen auf Gottes Hilfe.« Die beiden wendeten ihre Pferde und galoppierten zum südlichen Lager auf den Hügeln, während die französischen Söldner in alle Richtungen flohen und Konradins Männer Jagd auf sie machten.

Als auch die zweite französische Reihe sich auflöste, zeigte Enrique von Kastilien auf die Hügel von Albe und befahl seinen Männern: »Dort oben ist ihr Lager. Ziehen wir dorthin, bevor sie uns entkommen. Nehmt die Mönche gefangen, alle anderen bringt ihr um.«

Die spanische Kavallerie ritt in Richtung Lager, während

die Deutschen abstiegen, um die Leichen der Feinde zu entkleiden. In der sommerlichen Hitze entledigten sie sich ihrer jetzt überflüssigen Helme und Rüstungen.

»Und was machen die hier?« Mohamed hatte sich immer unter Kontrolle, aber dieses Mal zitterte seine Stimme.

Am Fuß des letzten bewaldeten Hügels waren Hunderte französischer Reiter in perfekter Ordnung aufgereiht. Vom Fluss in der Ebene aus waren sie nicht zu sehen. Umberto erkannte die blaue Standarte mit den französischen Lilien Charles d'Anjous und erinnerte sich an Baibars Beschreibung der Schlacht gegen die Tataren. »Das ist eine Falle …«, rief er aus. »Lass uns um sie herum reiten in der Hoffnung, die Unseren noch rechtzeitig warnen zu können!«

Genau in diesem Moment galoppierten zwei Reiter auf die Formation zu, die vorzurücken begann. Sie waren zu spät gekommen.

Als Konradin und seine Männer die Kavallerie hinter dem letzten Hügel auf der rechten Seite auftauchen sahen, glaubten sie, es sei Enrique von Kastilien, der nach der Verfolgung des Feindes zurückkehrte. Sie achteten nicht weiter auf ihn. Doch dann bemerkte jemand, dass die Flaggen nicht rotgelb, sondern blau waren, und schrie: »Das sind Franzosen!«

Voller Verzweiflung blickte der Staufer umher. Sein Heer war über die Ebene verstreut und damit beschäftigt, die Toten zu entkleiden. Mit dem Ruf »*Montjoie!*« fielen achthundert französische Reiter wie Wölfe über eine Herde her, verfolgten und töteten die Gegner. Allein um Konradin und

Friedrich von Baden-Österreich versuchte eine Gruppe von etwa fünfzig deutschen Adligen Widerstand zu leisten, der aber nicht lange anhielt. Als die königliche Standarte erneut auf dem Schlachtfeld zu sehen war, kehrten zusätzlich viele fliehende Franzosen wieder um.

Als Konradin seine Männer einen nach dem anderen fallen sah, wendete er sein Pferd, verließ das Schlachtfeld und ritt zurück nach Scurcola. Der Markgraf von Österreich, Galvano Lancia und seine Verwandten folgten ihm.

Charles d'Anjou triumphierte, blieb sich selbst aber treu: Niemand hatte ihn jemals lächeln sehen, nicht einmal an diesem Tag. Der Ratschlag Érard de Vallerys, Konstabler der Champagne, der gerade aus dem Heiligen Land zurückgekehrt war, hatte sich überaus bewährt. Als der König am Vorabend der Schlacht seine Bedenken über ihre zahlenmäßige Unterlegenheit geäußert hatte, hatte er erwidert: »Es gilt, mehr mit Strategie als mit Gewalt vorzugehen, Sire, wie im Heiligen Land.«

In diesem Sinne hatte er vorgeschlagen, an die Spitze der ersten Gruppe, der italienischen Provenzalen und Guelfen, einen Ritter zu stellen, der dem Herrscher in der Statur ähnelte, und ihn mit dem Kettenhemd und den königlichen Insignien auszustatten, um den Feind glauben zu lassen, es handle sich tatsächlich um Charles. Man hatte Henri de Cousances ausgewählt, einen tapferen Ritter der königlichen Leibgarde mit einem schweren Helm, den alle für den König halten würden. Doch der würde hinter einem Hügel warten, zusammen mit achthundert der vortrefflichsten Reiter und gut versteckt vor den Blicken der Feinde. Es war somit vorauszusehen, dass die Brücke nach erbittertem Widerstand in die Hände des Feindes fallen würde, der damit das einzige Hindernis für den Angriff der französischen Kavallerie überwunden hätte.

Im Schutz der Bäume hatte Charles die Schlacht vom Hang des Hügels aus beobachtet. Trotz allem hatten ihn die schweren Verluste der beiden ersten Gefechtsreihen und der Fall der königlichen Standarte beunruhigt und an den Angriff der Deutschen in Benevent zurückdenken lassen. Er wollte gerade den Angriff befehlen, als Érard ihn zurückhielt. »Wer siegen will, muss leiden, Sire. Die Deutschen sind Söldner. Wir müssen warten, bis sie sich aufteilen, um Beute zu machen. Und das werden sie bald tun, um den anderen nichts zu überlassen.«

Und tatsächlich hatte es nicht lange gedauert, bis die feindlichen Ritter in der Ebene ausgeschwärmt waren. Sie stiegen von ihren Pferden und entledigten sich ihrer Helme und der Rüstung. Daraufhin wandte sich der Konstabler an den König mit den Worten: »Dies ist der Moment, die Fahne zu schwenken!«

Jetzt waren es die Franzosen, die aus dem Sattel stiegen, um die überwältigten Feinde auszuplündern. Doch wieder einmal rettete Érard de Vallery den Sieg. Im Galopp erreichte er den König und schrie: »Wir müssen kompakt zusammenstehen, Sire, es ist noch nicht vorbei!«

Er deutete nach Norden, von wo aus sich eine feindliche Gruppe rot-gelber Kavallerie näherte.

Enrique von Kastilien glaubte zu träumen. Er hatte ein siegreiches Schlachtfeld verlassen und kam auf ein verlorenes zurück. Die Ebene war in der Hand der Franzosen, die königliche Flagge wehte im Wind. In der Ferne, Richtung Scurcola, flohen die Truppen der Staufer in wildem Durcheinander, aber der Feind jagte sie nicht, sondern sammelte sich, um sich ihnen kompakt entgegenzustellen.

Die letzte Hoffnung ruhte auf dem Mut seiner Männer, die jedoch mehr als doppelt so vielen Franzosen gegenüberstanden. Die Reiter beider Seiten stürmten aufeinander zu. Nach einer grausamen Auseinandersetzung sammelten sich die Formationen neu und griffen ein zweites Mal an. Dieses Mal schienen die Franzosen zu wanken, und eine Gruppe von ihnen floh Richtung Brücke.

Jean de Montfort fühlte sich geehrt, von Érard de Vallery unter die vierzig besten Ritter gewählt worden zu sein. Er war fasziniert von der Persönlichkeit des alten Konstablers der Champagne, einst Waffenbruder seines Großvaters und des legendären Geoffroy de Sargines zur Zeit der ersten *expeditio crucis* von König Louis.

Nach dem zweiten Angriff und auf ein Zeichen Érards hin wendeten die vierzig die Pferde und gaben vor, in Richtung Holzbrücke zu fliehen. Eine große Gruppe Spanier jagte ihnen hinterher, aber die Franzosen blieben abrupt stehen, drehten um und griffen die völlig überraschten Verfolger an. Der Wucht der vierzig herausragendsten Reiter der französischen Armee hatten die Spanier nichts entgegenzusetzen.

Jean durchbohrte einen Spanier mit der Lanze, dann zog er das Schwert aus der Scheide an seinem Sattel und stürzte sich mit dem »*Montjoie!*«-Ruf auf den nächsten Gegner.

Dieser parierte Jeans Hieb mit dem Schild und ritt davon, endete dann aber durch die Lanze eines anderen Franzosen. In der Zwischenzeit sammelten die Männer Anjous ihre Kräfte, und schon bald war der Rest der kastilischen Formation auf der Flucht.

Umberto und Mohamed hatten die Pferde am Waldrand anhalten lassen. Es gab nichts mehr zu tun. Die Reserve der französischen Kavallerie hatte die letzten Streitkräfte Staufens geschlagen, und das Gemetzel war noch schlimmer gewesen als das in Benevent. Charles d'Anjou hatte sich ein weiteres Mal als gewiefter Stratege erwiesen: in Benevent der Angriff auf die Pferde, in Scurcola der Hinterhalt der Kavallerie. Vielleicht hatte ihm jemand, der im Heiligen Land gewesen war, von Baibars Sieg gegen die Tataren berichtet, vielleicht war er auch wirklich ein fähiger Anführer. In jedem Fall hatten sie das Ende von Konradins Traum miterlebt, und das war auch für Lucera ein schlechtes Omen. Nachdem er mit den Flüchtenden abgerechnet hatte, würde Charles wieder vor den Mauern der letzten islamischen Enklave in Europa auftauchen. Dieses Mal allerdings würde er kein Mitleid mit denen haben, die der alte Kardinal Eudes de Châteauroux die Diener des Antichristen nannte.

Mohamed hatte den gleichen Gedanken. »Das ist das Ende meines Volkes, Ser Berto. Schon bald wird niemand mehr vom Minarett aus zum Gebet rufen.«

»Noch ist es nicht vorbei, Mohamed. Nicht, solange wir am Leben sind.«

»Kehren wir nach Lucera zurück?«

»Du schon, ich werde versuchen hier noch jemanden zu retten.«

Festung Caserta, 9. Oktober 1268, in der Nacht

Er war allein und unbewaffnet gekommen und hatte um ein Treffen mit Graf Corrado gebeten. Nun saßen sich die beiden im Hauptsaal der Festung gegenüber.

Corrado kannte Umberto di Fondi gut, immerhin war er einer der besten Freunde seiner Eltern gewesen, bevor er zum Mörder seines Vaters wurde. Der Seneschall war für seinen Mut bekannt, und auch wenn er in der Zwischenzeit wieder ein Verbündeter war, hatte es eben diesen Mut gebraucht hierherzukommen. Der Neffe des Kaisers und Sygfridina, seine Großmutter mütterlicherseits, hatten beschlossen, sich auf die Seite der Staufer zu stellen. Riccardos Verrat betrachteten sie als einen schmerzhaften Unfall.

Umberto hatte um eine private Audienz gebeten, die der Graf ihm gewährt hatte, auch um ihm zu beweisen, dass er keine Angst hatte.

»Wie konntest du es wagen hierherzukommen, nach dem, was du getan hast?«, fragte er, als sie allein waren.

»Ich habe einen Verräter bestraft. Dein Onkel Manfred und deine Mutter haben mich darum gebeten.«

»Meine Mutter?«

»Ja, vor vielen Jahren, noch vor deiner Geburt.«

»Sie hat dich gebeten, meinen Vater zu töten?«

»Riccardo war nicht dein Vater, Corrado, und Violante hat ihn nur aus Gehorsam gegenüber deinem Großvater geheiratet.«

Der junge Mann setzte sich. Sein Herz schlug wie wild, er war verwirrt. Er wusste, dass Umberto kein Lügner war und dass seine Mutter ihren Ehemann nie geliebt hatte, der sie sogar mit den Mägden in der Festung betrog. In seiner Vorstellung drängte sich trotzdem das Bild eines liebenden Vaters in den Vordergrund, der über Violantes Tod verzweifelt gewesen war. Corrado war stolz darauf, sein Sohn zu sein, und wollte es mit aller Kraft auch bleiben, als ob dies eine Frage des Willens und nicht der Natur wäre.

Nach langem Schweigen fragte er mit dünner Stimme: »Und wer ist dann mein Vater?«

»Das weißt du bereits.«

Corrado schluckte. »Schon als Kind sprach meine Mutter von dir als Musterbeispiel für Tapferkeit und Treue. Ich fragte: ›Wie mein Vater?‹, und sie antwortete immer: ›Sicher, genau wie dein Vater.‹ Ich bin mit deinem Mythos groß geworden, aber ich … ich möchte glauben, dass der Mann, den du getötet hast, mein Vater war.«

»Das verstehe ich. Es ist nicht leicht, so etwas zu akzeptieren, aber ich muss dir sagen, wie sehr deine Mutter und ich uns geliebt haben, auch wenn dir das heute unwichtig erscheinen mag. Es gab nie eine andere Frau in meinem Leben. Sie hat dich zurückgelassen, und du ähnelst ihr so sehr. Ich sehe in dir den gleichen unbeugsamen Stolz.«

»Was willst du von mir?«

»Sie werden dich und deine Großmutter dafür bezahlen lassen, dass ihr Konradin unterstützt habt. Charles d'Anjou ist bereits in Capua und nennt dich Verräter. Wahrscheinlich wird er Guillaume l'Étendard schicken, um dich gefangen zu nehmen. Er ist ein Schlächter und durch das Schicksal seines Kameraden, Jean de Braiselve, den man enthauptet und noch in Ketten im staufischen Lager unterhalb Scurcolas gefunden hat, noch unbarmherziger geworden. Konradin, Friedrich von Baden-Österreich, Galvano Lancia und sein Sohn wurden in Astura nahe Rom gefangen genommen, als sie als Maultierhändler verkleidet nach einer Einschiffung suchten. Bevor sie Galvano enthaupteten, haben sie seinem Sohn vor seinen Augen die Kehle durchgeschnitten. Bald werden auch Konradin und Friedrich von Baden-Österreich an der Reihe sein. Sie werden dich töten, auch wenn deine Frau Katharina mit Charles verwandt ist. Ich bin hier, um dich darum zu bitten, mit mir fortzugehen.«

Corrado schüttelte den Kopf. »Der Graf von Caserta flieht nicht wie ein einfacher Dieb. Lieber würde ich sterben.«

Umberto hatte Violantes Trotz nicht vergessen. Er streckte ihm die Hände mit den Handflächen nach oben entgegen. »Dann leg mich in Ketten und übergib mich Charles, als Beweis deiner Treue dem König gegenüber. Vielleicht wird dich das retten.«

»Er würde dich grausam foltern und töten.«

»Ich hatte ein gutes Leben.«

Der junge Mann stützte sein Gesicht auf die rechte Hand

und blieb lange so sitzen. Dann schaute er Umberto an und sagte: »Das kann ich nicht annehmen und nicht zulassen. Ich werde mein Schicksal als Corrado di Sanseverino, Graf von Caserta, akzeptieren und über deine Worte nachdenken. Vielleicht ist es die Wahrheit, aber im Moment bin ich nicht bereit, sie zu akzeptieren. Ich hatte einen Vater, und du hast ihn getötet. Und jetzt geh. Wer weiß, vielleicht werden wir uns eines Tages wiedersehen und haben Gelegenheit, uns besser kennenzulernen …«

In der gleichen Nacht in einem Turm des Capua-Tores

»Darum hat dich Yves le Breton gebeten?«, fragte Charles d'Anjou ungläubig.

Vor ihm stand Berengario da Verona, der gerade aus Neapel zurückgekehrt war und ihm jetzt antwortete: »Ja, Sire. Er hat mir bereits vor seiner Abreise nach Frankreich aufgetragen, über die Sicherheit von Corrado von Caserta zu wachen. Obwohl er von der Unterstützung des jungen Mannes gegenüber den Staufern wusste, hat er diese Anweisung noch einmal wiederholt, und zwar in einem Brief, der heute mit einem Mitbruder in Neapel eingetroffen ist. Deshalb bin ich sofort abgereist, um Euch zu verständigen.«

»Dann weiß Euer Meister, dass es sich um einen Verräter handelt. Auch er wird sich daran erinnern, genau wie Ihr, dass ich nach Benevent in einem Akt schier unglaublicher Gnade Corrado Capece freigelassen habe, wie es der Erzbischof von Cosenza von mir verlangt hat. Als Dank ist dieser nach Tunis gereist, zu dem abtrünnigen Friedrich von Kastilien, um dann in Sizilien eine Rebellion anzuzetteln, die noch immer im Gange ist. Jetzt kümmert sich Guillaume l'Étendard darum, mit Methoden, die Euch wohl bekannt sind und die keine Gnade gegenüber Verrätern kennen.«

Berengario ignorierte Charles' Hinweis auf die spirituelle Unterstützung, die er Guillaume und Braiselve entgegengebracht hatte. Er selbst hätte den Kopf dieses arroganten Bastards aus Caserta, dessen Leben er retten sollte, nur zu gern fallen sehen, aber der Magister hatte ihm eine klare Anweisung gegeben, und das reichte. Gehorsam war das Herzstück der Religion.

»Sire, für den Sieg des Glaubens ist es von entscheidender Bedeutung, dass Corrado von Sanseverino nicht getötet wird, jedenfalls nicht bis zum Ende von König Louis' Kreuzzug.«

»Aber er ist ein Verräter! Wenn wir sein Leben verschonen, was würden die anderen Barone denken? Ich muss gerecht, aber auch rücksichtslos sein, genau wie Ihr es gewesen seid.«

Dieser zweite Hinweis bestätigte Berengario, dass der König versuchte ihn gegen den Meister aufzuhetzen, und das ließ ihn ungehalten werden. »Der Magister handelt nach Gottes Willen. Wenn er darum bittet, Corrado nicht zu töten, dann können wir uns dem göttlichen Plan nicht widersetzen. Die Härte Eurer Strafe wird trotzdem für alle offensichtlich sein. Konradin von Staufen und der Herzog von Baden-Österreich werden getötet, ebenso Corrado Capece, sobald Guillaume l'Étendard sich seiner annimmt.

Lucera wird zerstört werden. Andererseits heißt es in Neapel, Enrique von Kastilien bliebe am Leben, weil er der Bruder König Alphonsos ist. Dabei hat er selbst geschworen, ihn mit eigenen Händen umzubringen. Die Gründe, weshalb ich darum bitte, Riccardo von Casertas Sohn zu verschonen, sind sicher nobler als königliche Verwandtschaft.«

Charles hatte nicht die Absicht, sich gegen den Inquisitor zu stellen, aber der Sarkasmus seiner Antwort verriet seine Wut. »Diese Gründe würde ich gerne kennen … Aber ich werde mich dem göttlichen Willen, der durch Euren Meister ausgedrückt wird, und seiner Weisheit sicherlich nicht widersetzen, auch wenn er mir die Umstände nicht offenbaren will. Guillaume l'Étendard wird Corrado festnehmen und in der Festung von Canosa festsetzen, vorausgesetzt, er macht keine Dummheiten, wie zum Beispiel Widerstand leisten. Wenn ich Yves le Breton das nächste Mal treffe, werde ich versuchen zu ergründen, was er sich dabei gedacht hat.«

Kapitel 18

Dominikaner

Paris, Schloss des Königs, 24. März 1269

Der stämmige Dominikanermönch mit den Geheimratsecken schlug mit der Faust auf den Tisch und rief: »Die Häresie der Manichäer ist vorbei!«

Alle Gäste am Tisch verstummten. Diesen Sonntagabend veranstaltete König Louis ein Essen zu Ehren Tommaso d'Aquinos, der nach langer Abwesenheit für einige Monate nach Paris zurückgekehrt war, um seinen Lehrstuhl für Theologie an der Universität wieder aufzunehmen. Er würde Pierre de Tarentaise ersetzen, der sich ganz dem Orden widmen würde.

Der Theologe hatte versucht, die Einladung auszuschlagen. Er war dabei, seine *Summa theologiae* fertigzustellen, und wollte keine Zeit verlieren, aber der Prior von San Giacomo, Simon de Clisson, hatte das nicht gelten lassen. Man lehnte eine Einladung des Königs nicht ab. Das Abendessen fand demnach statt, und neben Tommaso und dem Prior waren als Gäste die bedeutendsten Dominikaner geladen, die derzeit in der Stadt weilten: Yves le Breton, Pierre de Tarentaise und die beiden Beichtväter von Louis. Tommaso saß gedankenverloren zur Rechten des Königs, ohne sich am Gespräch zu beteiligen. Das drehte sich vor allem um die unterschiedlichen Positionen der französischen und italienischen Kardinäle bei der Wahl des neuen Papstes, nachdem Gui Foucois im vergangenen November verstorben war. Dann war es zu diesem völlig unpassenden Ausbruch gekommen. Die peinliche Stille, die danach folgte, wurde vom Prior unterbrochen: »Magister, bedenkt, dass Ihr am Tisch des französischen Königs sitzt!«

Tommaso schreckte hoch, blickte zum König an seiner Seite und verneigte sich ungelenk: »Entschuldigt, Sire, ich war abgelenkt.«

Saint Louis' Miene hatte sich dem zum Trotz aufgehellt. »Ihr müsst Euch nicht entschuldigen, Magister.«

Er wandte sich an seinen Sekretär, der hinter ihm stand: »François, hol sofort etwas zu schreiben, damit der Magister dir diktieren kann. Nichts, was ihm just durch den Heiligen Geist eingegeben wurde, darf verloren gehen.«

Am nächsten Tag im Kloster San Giacomo

Die Pariser Universität hatte nicht nur einen Sitz, sodass die Vorlesungen Tommaso d'Aquinos in einem Saal im Erdgeschoss des Klosters San Giacomo stattfanden. Der Magister stand vor seinem Publikum und sprach mit kraftvoller Stimme. Hinter ihm machte sich ein etwa vierzigjähriger Dominikaner mit einem Griffel eifrig Notizen auf Pergament. Er hatte ein rundes Gesicht, vorstehende Augen und eine spitze Nase. Es handelte sich um Réginald de Piperno, schon seit Jahren Tommasos Sekretär. Die anwesenden Studenten waren junge Priester, Mönche oder Laien, die später in der königlichen Verwaltung tätig sein würden. An diesem Tag jedoch nahm auch ein ganz besonderer Gast an der Vorlesung teil, der im hinteren Teil des Saales an der Wand lehnte: der Großinquisitor von Frankreich.

Für Yves war es die einzige Chance, sich mit Tommaso zu besprechen, bevor dieser sich wieder in das Diktieren seiner Werke vertiefen würde, an denen er gerade arbeitete. Er beschäftigte zwei Schreiber gleichzeitig, um seine *Summa* und einen Text für die Generalversammlung der Dominikaner zu verfassen, die zu Pfingsten, im Juni dieses Jahres, in Paris stattfinden würde.

Mit wachsender Unruhe hörte der Inquisitor den Gedanken seines Mitbruders zu, der über das Matthäusevangelium im Zusammenhang mit der *correctio fraterna* sprach.

Am Ende der Vorlesung, nachdem er einige Fragen beantwortet hatte, wartete Tommaso, bis alle Studenten gegangen war, sprach dann kurz mit Réginald, wobei er auf Yves deutete. Der Sekretär verließ den Saal, und Tommaso ging schweren Schrittes, einem Bären gleich, auf den Inquisitor zu. Er war hochgewachsen und überragte Yves mindestens um einen Kopf.

»Seid Ihr gekommen, um mich zu verhaften?«, fragte er amüsiert.

»Verdient hättet Ihr es. Ihr wisst genau, dass das, was Ihr gerade über die brüderliche Zurechtweisung gesagt habt, sehr gefährlich ist.«

»Nicht ich spreche davon, sondern unser Herr: ›Wenn dein Bruder sündigt, dann geh zu ihm und weise ihn unter vier Augen zurecht. Hört er auf dich, so hast du deinen Bruder zurückgewonnen. Hört er aber nicht auf dich, dann nimm einen oder zwei Männer mit, denn jede Sache muss durch die Aussage von zwei oder drei Zeugen entschieden werden. Hört er auch auf sie nicht, dann sag es der Gemeinde. Hört er aber auch auf die Gemeinde nicht, dann sei er für dich wie ein Heide oder ein Zöllner.‹ Ich spreche das Thema gerade im zweiten Teil der *Summa* an. Wie Ihr gehört habt, möchte ich im Wesentlichen zeigen, dass die brüderliche Zurechtweisung gleichzeitig ein Akt der Barmherzigkeit und ein Gebot ist und dass dieses Gebot für alle verpflichtend ist, nicht nur für die Prälaten. Selbst die Untertanen sind angehalten, ihre Vorgesetzten zu korrigieren. Sogar ein Sünder könnte andere verbessern, ohne selbst weiter zu sündigen. In jedem Fall sollten der öffentlichen Anklage des Schuldigen immer eine geheime Ermahnung und ein Gespräch unter Zeugen vorausgehen.«

»Ihr habt auch ein Beispiel angeführt, das sich auf die Sünde der Häresie bezieht, als ob diese Regel ebenso für einen Ketzer gelten würde«, antwortete ihm Yves. »Das birgt die Gefahr, unseren Kampf gegen die Häretiker zu schwächen, der auf der Verpflichtung der unmittelbaren Anzeige beruht, damit sich die Plage nicht ausbreiten kann. Die Passage bei Matthäus muss anders ausgelegt werden. Der Herr bezieht sich auf den, der gegen dich sündigt, nicht auf den, der gegen Gott sündigt. Auch wenn ich zugeben muss, dass der Verweis auf das ›du‹ sehr weit ausgelegt werden und sich auf alle Sünden gegen Menschen beziehen könnte, gleichwohl ich da meine Zweifel habe, sind Sünden gegen Gott nichts, worauf sich die brüderliche Zurechtweisung anwenden lassen könnte. Die ketzerischen Füchse sind sehr gerissen, Tommaso. Während einer geheimen Ermahnung könnten sie Reue heucheln, und der Kritiker selbst könnte sich in ihren Lügen verfangen. Es gibt Werte, die ausnahmslos geschützt werden müssen, und das sind diejenigen, die durch Sünden gegen Gott verletzt werden. Ich denke dabei auch an einige Sünden gegen Menschen wie Gewalt gegen Kinder, die von dämonischen Trieben ausgelöst werden. Der Schutz dieser Werte ist weitaus wichtiger als das Recht der Angeklagten, sich zu verteidigen, und der Erhalt des menschlichen Lebens. Eure Lesart des Matthäusevangeliums birgt die Gefahr, dass diejenigen, die sich der Verletzung dieser Werte schuldig gemacht haben, nicht öffentlich angeprangert und verurteilt werden können.«

Der Theologe schien über Yves' Betrachtungen nachzudenken. Er schloss die Augen, schürzte ein paarmal die Lippen und sagte dann: »Man könnte zwischen öffentlichen Sünden gegen die Gemeinschaft unterscheiden, die sofort anzuzeigen sind, und verborgenen Sünden, die mit der brüderlichen Zurechtweisung verhindert werden …«

Yves war keineswegs überzeugt und schüttelte den Kopf. »Meiner langjährigen Erfahrung nach entspringt die Häresie immer einer verborgenen Sünde. Am Anfang entfernt der Häretiker die Gläubigen im Privaten immer mehr von ihrem Glauben. Sobald es dann eine öffentliche Sünde wird, wie Ihr es nennt, ist es bereits zu spät und endet in einer blutigen Revolte. Gleichsam sprießen die teuflischen Sünden des Fleisches immer im Geheimen.«

»Ich werde darüber nachdenken, Yves, und danke Euch für Eure Anregungen. Vielleicht sollte ich einige Hypothesen ausarbeiten, unter deren Umständen die brüderliche Zurechtweisung nicht praktikabel ist. Der Text von Matthäus aber bleibt, diese Vorgabe können wir nicht ignorieren. Ich nehme jedoch an, dass Ihr nicht deswegen an meiner Vorlesung teilgenommen habt.«

»Tatsächlich nicht, auch wenn es sehr interessant war, Euch zuzuhören, und ich schon lange nicht mehr bei einer Vorlesung war.«

»Ja, ich habe Paris in den zehn Jahren, die ich in Italien verbracht habe, sehr vermisst … Ich weiß, dass auch Ihr vor einigen Jahren dort wart und Montecassino besucht habt. Ganz in der Nähe wurde ich geboren, im Schloss Roccasecca. In der Abtei habe ich als Kind lesen gelernt. Meine Familie wollte, dass ich zu den Benediktinern gehe und dort Abt werde. Sie haben nie akzeptiert, dass ich einem Bettelorden beigetreten bin. Um mich umzustimmen, gingen sie sogar so weit, mich zu entführen und gefangen zu nehmen, aber vergebens. Wie Ihr wisst, bin ich ein Dickkopf, und der Herr hat mir die Kraft gegeben, mich zur Wehr zu setzen. Und dann hat die Gewalt alles zerstört, Yves, auch meine Familie. Mein Bruder Rinaldo wurde von Kaiser Friedrich gefoltert und getötet, während mein Cousin Tommaso d'Aquino II., Graf von Acerra, im vergangenen Jahr von Konradin in Neapel enthauptet wurde.

Manchmal danke ich Gott, dass ich das Privileg habe, ihm zu dienen, indem ich über die Heiligen Schriften und die erhabene Vernunft seines Willens nachdenken darf und mich nicht mit dem Schmutz der Welt auseinandersetzen muss, so wie Ihr.«

»Vierzig Jahre Krieg haben tiefe Spuren hinterlassen. Jetzt müssen wir beten, dass der Herr uns den endgültigen Sieg über die Ungläubigen schenkt, um endlich Frieden zu erlangen.«

»Leistet Lucera immer noch Widerstand?«

»Ja, aber es ist nur eine Frage der Zeit. Sie werden verhungern. Die Sarazenen sind isoliert, ohne Aussicht auf jedwede Hilfe.«

»Sie werden sich ergeben müssen. Immerhin wird es so kein weiteres Massaker geben.«

»Das hängt nicht von uns ab. Allerdings ist einer meiner Schüler vor Ort.«

»Hoffen wir, dass Gott ihn erleuchtet … Nun, Yves, was kann ich für Euch tun?«

Der Inquisitor sah sich um, um sicherzugehen, dass sie allein waren. Dann fragte er: »Wie wahrscheinlich ist es, dass Platons Erzählung über Atlantis der Wahrheit entspricht?«

Der Theologe schaute ihn überrascht an. Das war die letzte Frage, die er von einem Inquisitor ketzerischer Pravität erwartet hätte. Er dachte einen Moment nach und stellte eine Gegenfrage: »Habt Ihr Atlantis entdeckt?«

»Ich habe nur ein Buch von Polybios entdeckt, in dem es um einen Kontinent jenseits des Ozeans geht und um die

Überreste einer sehr alten Zivilisation. Dabei ist mir *Timaios* eingefallen.«

»Hat Polybios diese Überbleibsel gesehen?«

»Nein, aber er erzählt die Geschichte eines Menschen, der sie gesehen hat.«

»Auch Platon berichtet davon, wobei es sich seiner Meinung nach um Erzählungen ägyptischer Priester handelt. Polybios könnte von ihm inspiriert worden sein und alles erfunden haben.«

»Ich glaube weder, dass er von Platon inspiriert wurde noch dass er sich alles ausgedacht hat. Es ist eine andere Geschichte, die ich im Moment noch geheim halten möchte.«

Tommaso war erstaunt, aber auch neugierig. »Sicher. Versprecht mir jedoch, dass Ihr sie mir so bald wie möglich erzählen werdet.«

»Sobald es mir möglich ist. Und jetzt erzählt mir von *Timaios*.«

Tommaso setzte sich an einen Eichentisch, der zwar knirschte, seinem Gewicht aber standhielt. Die Schemel der Studenten hatte er keines Blickes gewürdigt, er wusste, dass sie zu klein für ihn waren.

»Ich habe mich intensiv mit diesem platonischen Dialog beschäftigt, alle Kommentare gelesen, die ich darüber finden konnte, aber vor allem Calcidius und Proklos. Letzterer hat andere Kommentare benutzt, die heute nicht mehr existieren. Ich schließe nicht aus, dass ich in Zukunft etwas darüber schreiben werde, sobald ich Zeit dazu finde. Natürlich habe ich mich auf die Bücher dieses Werkes konzentriert, die sich mit der Weltseele und dem Kosmos beschäftigt haben und weniger mit der Geschichte von Atlantis. Ein Thema, das Platon in einem weiteren Dialog vertieft hat, dem *Kritias*, der aber unvollendet geblieben ist. Platon lässt Kritias sagen, dass Atlantis eine wahre Geschichte ist, erzählt von Solon, dem Weisesten der sieben Weisen. Der antike Krieg zwischen Atlantis und Athen wäre daher ein historisches Beispiel für die universellen Unterschiede im Kosmos, die durch das Prinzip der Vereinigung, also dem Sieg Athens, überwunden würden. Die tatsächlichen Begebenheiten waren dank der Weisheit der Ägypter nur wenigen Menschen bekannt, ähnlich wie bei vielen anderen universellen Phänomenen, von denen die meisten Menschen nichts wissen. Die neuntausend Jahre, die Kritias als Zeitspanne angibt, könnten einfach nur für einen sehr langen Zeitraum stehen, ausgedrückt durch die Perfektion der Zahl Drei, die Neun als das Quadrat von drei und die Tausend als dritte Potenz von zehn. Was den Standort von Atlantis angeht, den Platon jenseits der Säulen des Herakles angibt, zitiert Proklos einige Reiseberichte, in denen sich im äußeren Meer ein Persephone gewidmeter Archipel und drei große Inseln befinden, die Plutos, Poseidon und Ammon gewidmet sind und deren Bewohner die Erinnerung an Atlantis pflegen. Die Poseidon-Insel war riesig und hat lange über alle Länder des Atlantiks geherrscht, bis nach Ägypten und zu den Etruskern. Der platonische Dialog liefert dann eine Reihe von Details über Atlantis, die aber meiner Meinung nach wenig verlässlich sind, weil sie aus längst vergangener Zeit stammen.«

»Dann hat Platon sie also erfunden?«

»Wahrscheinlich. Teilweise dienten sie ihm dazu, die Konzepte zu illustrieren, die er in seinem vorhergehenden Werk, *Der Staat,* dargelegt hatte.«

»Was denkt Ihr insgesamt darüber?«

»Meiner Meinung nach kann niemand mit Sicherheit sagen, ob Atlantis jemals existiert hat, es aber auch nicht ausschließen. Auf der anderen Seite: Wenn es existiert hat, dann müssen irgendwo auch Spuren davon zu finden sein, wie bei anderen Zivilisationen auch. Aber soweit ich weiß, hat sie bis jetzt niemand gefunden. Vielleicht liegen Überreste auf dem Grund des Meeres, wie Platon es vermutet.«

»Oder sie sind einfach nur sehr weit weg, gut versteckt in einer Art grünen Hölle …«

»Was meint Ihr damit? Spielt nicht den Geheimnisvollen. Ihr meint, dass Platons riesige Insel in Wahrheit ein weiterer Kontinent ist, jenseits des Atlantiks, und wahrscheinlich plant Ihr schon, dorthin zu reisen, um ihn Euch genauer anzusehen. Immer *ad maiorem Dei gloriam,* zur größeren Ehre Gottes. Pläne kommen zum Ziel, wenn man sich recht berät, Yves. Und meint Ihr nicht auch, dafür ein wenig zu alt zu sein?«

Der Inquisitor spitzte die Lippen zu einem vagen Lächeln.

Paris, Schloss des Königs, 8. Dezember 1269, nach der Komplet

Die Nacht war früh hereingebrochen, es regnete stark, und es war kalt. Die drei Dominikaner hatten die Kapuzen über die Köpfe gezogen und liefen rasch zum Nebeneingang des königlichen Schlosses. Die Wachposten erkannten den Großinquisitor von Frankreich und ließen sie passieren. Im Atrium wurden sie von Bruder Geoffroy de Beaulieu in Empfang genommen, der sie über eine schmale Wendeltreppe in den ersten Stock führte. Sie gingen einen langen Flur entlang und betraten dann das Vorzimmer des königlichen Schlafzimmers. Dort erwartete sie nur Guy de Mirepoix, der sich verbeugte und dann leise an die Tür des Herrschers klopfte, während die Mönche sich die triefend nassen Umhänge abstreiften und sie auf eine Bank legten. Als Saint Louis den Raum betrat, verbeugten sich alle vier Dominikanerbrüder.

Yves stellte seine Gefährten vor: »Sire, ich erlaube mir, Euch Bruder Francis Cendra, den Prior des Klosters Santa Caterina in Barcelona, und Bruder Ramon Martí vorzustellen. Sie sind gerade aus Tunis zurückgekehrt, wo sie unseren Mitbruder André de Longjumeau getroffen haben.«

Die beiden Geistlichen verneigten sich erneut. Francis war um die fünfzig, klein und rundlich, mit kurzem Bart, mit dem er vielleicht seine Glatze überspielen wollte. Ramon war etwa zehn Jahre jünger, hochgewachsen, hager, mit Bart und kurzen schwarzen Haaren.

Louis neigte grüßend den Kopf und fragte dann: »Welche Neuigkeiten bringt Ihr?«

Der Ältere antwortete: »Sire, zunächst halten wir es für wichtig, Euch zu berichten, was wir in Agde erfahren haben, wo wir den Koch unseres Herrschers Chaime von Aragón getroffen haben. Von ihm erfuhren wir, dass das königliche Schiff im Hafen vor Anker liege, weil ungünstige Winde den König daran hinderten, nach Aigues-Mortes zu segeln. Deshalb könne er nicht an Eurem Kreuzzug teilnehmen, auch weil er den Gegenwind als schlechtes Omen werte. Der Koch hat uns daraufhin zu einem persönlichen Gespräch mit dem König gebeten, wir haben es aber vorgezogen, direkt über Montpellier nach Paris zu reisen, um Euch zu informieren.«

Louis verzog keine Miene. Vor den katalanischen Ordensbrüdern würde er das Benehmen des Königs von Aragón sicherlich nicht kommentieren, aber Yves wusste, dass es für ihn ein schwerer Schlag war. Chaime war der einzige christliche und nicht französische Herrscher, der ihm in den Kreuzzug folgen und achthundert Reiter sowie einige Tausend Fußsoldaten mitbringen wollte. Neben dem Franzosen Thibaut von Navarra und Charles von Sizilien blieb ihm nur noch der Tatarenkönig Abaqa, der versprochen hatte, Baibars noch in diesem Jahr anzugreifen. Kalif al-Mustansir hingegen blieb weiterhin ein Rätsel, und Louis beschloss, sein Lieblingsthema anzuschneiden.

»Der König von Tunis hat Botschafter nach Paris geschickt, und morgen, anlässlich des Festes unseres Schutzheiligen Saint Denis, werden sie zusammen mit mir an einer feierlichen Taufzeremonie in der gleichnamigen Kirche teilnehmen, während der ein Jude den rechten Glauben annehmen wird. Wir haben das als Zeichen gewertet, dass al-Mustansir ebenfalls konvertieren will. Habt Ihr neue Informationen über seine Intentionen?«

Wieder war es Francis, der antwortete: »Er stand dem wahren Glauben immer wohlwollend gegenüber. Es wäre ein Leichtes für ihn, Christ zu werden, wenn es eine günstige Gelegenheit gäbe und er dabei seine Ehre wahren könnte, ohne seine Untergebenen fürchten zu müssen.«

»Könnten sie sich gegen ihn auflehnen?«

»Sie würden ihn sofort töten, Sire.«

»Wenn er in Sicherheit wäre und frei entscheiden könnte, dann würde er also den rechten Glauben annehmen?«

»Ich denke schon, Sire.«

»Wenn dies geschähe, wäre ich geehrt, Pate und Schutzherr eines solchen Kindes zu werden. Ich danke Euch, geschätzte Padres. Bruder Guillaume wird Euch nach draußen begleiten. Ich erwarte auch Euch morgen früh in Saint-Denis zur feierlichen Taufe.«

Als er mit Yves allein war, meinte Louis: »Wir werden al-Mustansir all die Unterstützung zur Verfügung stellen, die er braucht. Mit unserem Heer in Tunis kann er ohne Angst vor Rebellion konvertieren, und sein Beispiel könnte die Bevölkerung zum wahren Glauben führen. Mit ihm als Verbündeten hätten wir Zugang zu all den Reichtümern, von denen Ihr mir berichtet habt, und wir würden das Meer zwischen Sizilien und Afrika kontrollieren. Baibars wäre zwischen uns und den Tataren eingeschlossen. Vor uns liegt der endgültige Triumph der Christenheit über die Ungläubigen!«

Yves nickte und schwieg. In Gedanken bat er Gott um Vergebung, dass er seine Mitbrüder dazu gebracht hatte, dem König al-Mustansirs Bereitschaft zur Konversion zu versichern, die der selbst ernannte Kalif tatsächlich nie zum Ausdruck gebracht hatte. Aber Saint Louis brauchte einen letzten Anstoß.

Kapitel 19

Ifriqiya

An Bord der Montjoie, *Golf von Karthago, 17. Juli 1270 (26. Dhul-Qa' da 668 der Hedschra)*

»Wo ist Karthago?«

Auf dem sonnigen Deck wirkte Yves Frage an den Kapitän der *Montjoie*, Bonabel di Ventimiglia, wie aus reiner Neugier. Sie näherten sich der Küste Ifriqiyas und konnten bereits erste Bauwerke erkennen. Louis, der in der Nähe stand, wandte sich an Yves und warf ihm einen wissenden Blick zu: »Die Stadt des Augustinus, die Stadt Gottes.«

»Hier auf dieser Landzunge, Magister«, antwortete der Kapitän und deutete auf einen Hügel, auf dem Ruinen zu sehen waren, wahrscheinlich Überreste einer Befestigungsanlage.

Der Mönch murmelte: »Byrsa …« Dann fragte er: »Und wo sind die Häfen?«

»Eigentlich gibt es in Karthago keine Häfen, nur einige Lagunen.«

»Eine ist rechteckig, die andere kreisförmig, mit einer kleinen Insel in der Mitte?«

Der Kapitän schaute überrascht. »Wart Ihr schon einmal dort?«

»Nein, ich habe nur den Bericht eines Mannes gelesen, der schon dort war. Er sprach auch von roten Felsen.«

»Ah, vielleicht habe ich herausgefunden, was er meinte ... Das müsste auf dieser Seite sein, Magister.« Er deutete auf einen Punkt rechts vom Hügel.

Die christliche Flotte hatte den Golf von Tunis kurz vor Sonnenaufgang erreicht. Am 2. Juli hatten sie in Aigues-Mortes die Segel gesetzt, am 10. waren sie in Cagliari angekommen, das unter pisanischer Herrschaft stand, und am 15. weitergereist. Tunis lag nicht direkt an der Küste, sondern einige Meilen landeinwärts hinter einer breiten Lagune, die durch einen schmalen Durchgang mit dem Meer verbunden war.

Erst in Cagliari hatte Louis ihr Ziel bekannt gegeben. Bis zu diesem Augenblick hatte nur König Charles von Sizilien und einige seiner engsten Berater die erste Etappe der *expeditio crucis* gekannt. Die andauernde Papstwahl mit den weiterhin in Viterbo versammelten Kardinälen hatte die Wahrung des Geheimnisses erleichtert. Unter den Brüdern war es allerdings zu Unstimmigkeiten gekommen, vor allem Charles schien überrascht, was Louis aber nicht weiter beachtet hatte.

Über die Kontakte und Absichten des Königs von Sizilien hatten sich Yves und Berengario am Vorabend auf der *Montjoie* lange unterhalten. Der junge Mönch war in Cagliari zu Louis gestoßen, zusammen mit Érard de Vallery, Jean de Montfort und einem kleinen Reiterkontingent aus Anjou.

Sie überbrachten eine Nachricht von König Charles, der am 14. Juli in Palermo eintreffen und dessen Truppen sich in den sizilianischen Häfen sammeln würden. Er hoffte, seinem Bruder innerhalb eines Monats folgen zu können.

Was Berengario indes seinem Meister zu berichten hatte, war weitaus beunruhigender.

»Ich hatte Euch bereits eine Nachricht geschickt, Magister. Seitdem ist einiges passiert. Mit der Kapitulation Luceras im vergangenen August und dem Ende der Revolte auf Sizilien hat Charles das Reich zwar befriedet, aber ihm ist das Geld ausgegangen. Trotz Louis' Großzügigkeit haben vier Jahre Krieg seine Kassen geleert, und er hat sich bei seinen toskanischen und venezianischen Verbündeten hoch verschuldet. Aus diesem Grund hat er sich noch höhere Ziele gesteckt, die sich in einem Wort zusammenfassen lassen: Konstantinopel. Noch immer ist das eine der reichsten Städte der Welt, trotz der Plünderungen während des Kreuzzugs von 1204 und der kurzen lateinischen Herrschaft, die vor neun Jahren mit dem Angriff der Byzantiner unter Michael Palaiologos unrühmlich endete. Wie Ihr wisst, versuchen die schwachen Herrscher, die über den kümmerlichen Rest des Reiches regieren, sich gegen die byzantinische Offensive zu wehren. Einer von ihnen, Guillaume de Villehardouin, Prinz von Achaia, ist seit einigen Jahren Vasall des Königs von Sizilien und hat an der entscheidenden Schlacht gegen Konradin teilgenommen. Er muss Charles von der Möglichkeit überzeugt haben, Konstantinopel zurückzuerobern und vielleicht sogar Kaiser zu werden. Öffentlich sagt Charles zwar, er wolle Balduin von

Courtenay mit der Unterstützung Venedigs wieder auf den Thron bringen, was er ihm in Foggia im letzten Jahr auch feierlich zugesagt hat, aber meiner Meinung nach hat er ganz andere Ambitionen. Und deshalb ist das Letzte, was er will, an einem Kreuzzug teilzunehmen. Er gibt vor, noch nicht bereit zu sein, und seine Schreiber verschicken tatsächlich eine Flut von Nachrichten, die auf Eile drängen. Gleichzeitig hat er aber vor wenigen Monaten Guillaume von Achaia eine starke Flotte zu Hilfe geschickt und zieht in Brindisi weitere Schiffe zusammen. Auf der anderen Seite ist er sich bewusst, dass Louis seine Unterstützung erwartet, nachdem er ihm geholfen hat, Sizilien zurückzugewinnen.«

»Charles' Beziehung zu Louis war nie gut«, hatte Yves angemerkt. »Der Altersunterschied zwischen den beiden ist beträchtlich, und Louis hat seinen Ehrgeiz oftmals ausgebremst. Ich erinnere mich, dass er vor fünfzehn Jahren, als sie gerade aus dem Heiligen Land zurückgekehrt waren, ihn dazu gezwungen hat, die Grafschaft Hennegau aufzugeben. Charles' Beschwerden begegnete er mit der Antwort: ›Es gibt nur einen König in Frankreich, und sogar sein Bruder muss vor ihm knien.‹ Außerdem ist Charles eifersüchtig auf Robert d'Artois. Obwohl er schon seit zwanzig Jahren tot ist, wird er stets Louis' Lieblingsbruder bleiben. Was will er von Baibars?«

»Ich war zwei Mal bei ihm, immer in Begleitung von Amaury de la Roche, das erste Mal in Kairo im Sommer vor zwei Jahren, das zweite Mal in Damaskus im vergangenen Dezember. Ich weiß, dass Guillaume de Farumville im Juni des vergangenen Jahres noch mindestens eine weitere Mission anvertraut wurde.«

»Warum war Baibars in Damaskus?«

»Er ist mit seinem Heer dorthin gezogen, um dem unmittelbar bevorstehenden Angriff Abaqas zu begegnen, der dann nicht stattgefunden hat.«

Yves nickte. Die Tataren waren eine weitere Enttäuschung für Louis gewesen. Als alles für die Offensive bereit schien, hatte Baraq, ein anderer tatarischer Khan, zwei Festungen Abaqas in der entlegenen Region Transoxianen belagert, sodass er den Angriff im Westen aufgab. Yves hatte sogar vermutet, dass hinter Baraqs Überfall Baibars' Gold stecken könnte. Um die beunruhigenden Nachrichten komplett zu machen, hatte sie die Botschaft erreicht, dass der Kommandant der Franzosen in Akkon, Robert de Crèsques, im Kampf mit der ägyptischen Garnison von Safed zu Tode gekommen war. Von den Kreuzfahrerstaaten war keine große Hilfe zu erwarten.

»Wie ich Euch bereits geschrieben habe«, hatte Berengario hinzugefügt, »hat Charles Baibars gebeten, neutral zu bleiben, und seinerseits versprochen, sich friedlich zu verhalten. Es war kein Zufall, dass beim Fall Luceras den Muslimen kein Haar gekrümmt wurde, während alle Christen, die dort Zuflucht gesucht hatten, getötet wurden. Einige sarazenische Bogenschützen wurden sogar ins Heer aufgenommen, um sich uns anzuschließen. Das ist nur mit der Einwilligung von Baibars möglich, und ich glaube nicht, dass irgendjemand ernsthaft daran denkt, Sarazenen gegen ihre eigenen Leute in Tunis kämpfen zu lassen. Ebenso überraschend ist, dass Guillaume l'Étendard Friedrich von Kastilien die Möglichkeit eingeräumt hat, sich aus dem belagerten Agrigent zurückzuziehen und nach Tunis zu reisen. Er ist ein Abtrünniger in den Diensten al-Mustansirs, ein Bruder von jenem Enrique, der geschworen hat, Charles zu töten. Auch er ist in Castel del Monte in Haft, und wurde verschont. Ihr kennt Guillaume: Er hätte den Anführer der Revolte niemals am Leben gelassen, es sei denn, Charles hätte es ihm befohlen. Und tatsächlich hat er nicht gezögert, Corrado Capece, den Komplizen des Kastiliers, zu blenden und hängen zu lassen. Es ist offensichtlich, dass der König von Sizilien derzeit nichts tun wird, was den Sarazenen missfallen könnte.«

»Er ist ein kluger Mann und bemüht sich nicht, seine Kontakte zu Baibars zu leugnen. Stattdessen hat er Louis darüber in Kenntnis gesetzt und gibt vor, Baibars dazu bewegen zu wollen, Jerusalem der Christenheit kampflos zurückzugeben.«

»Ja, ich nehme an, er hat mich als Botschafter benutzt, weil ich Euer Schüler bin, vielleicht sogar in der Hoffnung, dass ich Euch alles berichten werde, sozusagen als Beweis seines rechten Glaubens. Allerdings habe ich den Eindruck, dass Amaury de la Roche und Baibars auch Themen besprochen haben, ohne dass ich sie verstehen konnte. Meiner Meinung nach weiß der Sultan sehr wohl, dass der wahre Feind des Königs von Sizilien jetzt Michael Palaiologos in Byzanz ist.«

»War Amaury immer bei dir?«

»Darüber habe ich auch schon nachgedacht, Magister.

Tagsüber waren wir immer zusammen, aber nachts haben wir in zwei verschiedenen Zimmern geschlafen, sowohl in Ägypten als auch in Damaskus. Er hätte sich mit jedem treffen können.«

Yves kam die Strafe in den Sinn, die Louis damals in Akkon einem anderen hochrangigen Tempelritter auferlegt hatte. Der Marschall des Tempels, Hugues de Jouy, hatte gegen seinen Willen mit den Syrern verhandelt. Sicher konnte sich auch Charles daran erinnern, hatte aber genau das Gleiche getan und sich ebenfalls eines Templers bedient. Er hatte eine Vermutung, die er mit Berengario teilte: »Und wenn es darum geht, eine Spaltung herbeizuführen? Wenn König Louis ihn der Absprachen mit dem Feind verdächtigt, könnte er seinen guten Glauben ins Feld führen, dich als Zeugen benennen und sich in seiner Ehre verletzt zeigen. Eine ausgezeichnete Ausrede, um sich mit Würde seiner Verpflichtungen zu entledigen.«

»Ein riskantes Spiel …«

»Sicher. Er weiß, wozu sein Bruder fähig ist, wenn er sich von seinem eigenen Blutsverwandten in der heiligen Sache verraten fühlt. Schon seinem Bruder Robert d'Artois hat dies das Leben gekostet. Auf der anderen Seite weiß er auch, dass er Baibars und Louis nicht gleichzeitig dienen kann. Er muss einen Plan haben. Deshalb werde ich das, was du mir erzählt hast, dem König zur Sicherheit erst einmal nicht erzählen. Vielleicht vertraut Charles sogar darauf, dass ich es sofort tue. Louis wird demnach nicht wütend auf seinen Bruder sein, sondern ihn weiter daran erinnern, seine Versprechen einzuhalten. Um seiner Ehre willen wird er sich uns dann irgendwann anschließen. Das war hervorragende Arbeit, Berengario. Jetzt müssen wir nur noch versuchen, etwas Schlaf zu finden.«

»Ähm … Ich bin noch nicht fertig, Magister.«

Der Großinquisitor Frankreichs zog die Augenbrauen hoch, als ob er schon genug gehört hätte.

»Ich habe noch nicht über die letzte Mission gesprochen. Vor zwei Monaten hat mich König Charles nach Tunis geschickt.«

»Warum?«

»Al-Mustansir hat wieder Tribut gezahlt, wie damals an Manfred. Der König hat mich geschickt, um ihn um noch mehr Geld zu bitten.«

»Und hat er zugestimmt?«

»Er hat nur zugehört. Vielleicht lag es an der Bitte, die ich vorgebracht habe, dass er zu mir weniger freundlich war als Baibars. In seinem Palast habe ich auch zahlreiche abtrünnige Christen gesehen, Söldner von Friedrich von Kastilien.«

»Hat Amaury dich auch dieses Mal begleitet?«

»Nein, dieses Mal war es ein Mitbruder aus dem *studium* in Tunis, der mir als Übersetzer zur Seite stand.«

»Interessant, um al-Mustansir zu provozieren, brauchte es Amaury nicht. Wird der König von Tunis also konvertieren?«

Berengario hatte ihn erstaunt angeblickt. »Magister, was macht Euch glauben, dass er bereit ist zu konvertieren?«

Unterdessen in der Medina von Tunis

Der hochgewachsene Mann mit dem grauen Bart überquerte rasch den Platz vor der großen Ez-Zitouna-Moschee und verschwand im Souk, wo der Schatten der Arkaden Schutz vor der Hitze und dem Wüstensand bot. Er war wie ein *amir* der Kalifengarde gekleidet, obwohl er das nicht war.

Trotz seiner siebenundvierzig Jahre war Friedrich von Kastilien, der Bruder Enriques, immer noch agil und muskulös. Von seinem Vater, König Ferdinand von Kastilien, hatte er den Titel eines Infanten geerbt, von seiner Mutter, Beatrice von Hohenstaufen die blauen Augen und die Zugehörigkeit zum Hause Schwaben. Nachdem er den Fängen Guillaume l'Étendards entronnen war, war er wieder als Anführer der spanischen Söldner in den Dienst des Kalifen zurückgekehrt. Er hatte sich schon lange den lokalen Bräuchen angepasst, trug orientalische Kleidung, und in seinem schönen Haus nahe der Kasbah beherbergte er sogar einen kleinen Harem.

Er betrat das Tuchgeschäft des Ägypters Hassan. Die beiden großen, kahl rasierten Männer im Inneren verneigten sich, er winkte ihnen mit der Hand zu. Ganz hinten in der mit Waren vollgestopften Halle stieg er eine Holztreppe hinauf in den ersten Stock. Dort erwarteten ihn bereits zwei weitere Männer.

»Wo ist er?«

»Auf dem Dach, *amir.*«

Friedrich verzog das Gesicht, dort würde es glühend heiß

sein wie in einem Ofen. Trotzdem stieg er über eine weitere Treppe nach oben. Als er die Terrasse mit den weiß-blau gemusterten Fliesen erreicht hatte, spürte er den brennend heißen Südwind auf seinem Gesicht. Das Minarett der Moschee wirkte viel näher, als es tatsächlich war. Der Mann, den er suchte, stand auf der anderen Seite der Dachterrasse nahe am Eingang, er trug einen Turban auf dem Kopf. Mit lauter Stimme rief er: »Von dort aus kannst du sie nicht sehen, sie sind noch zu weit weg.«

Umberto di Fondi wandte sich um, und Friedrich fragte: »Wusstet Ihr schon, dass sie kommen würden? Seid Ihr deshalb hier?«

Der Baron antwortete nicht und sprang von der Dachterrasse herunter. Der Infant fragte: »Baibars? Nur seine Spione konnten davon wissen. Warum hast du al-Mustansir nichts gesagt?«

»Das könnt Ihr Euch denken. Er hätte alles getan, um es zu vermeiden. Aber jetzt muss er kämpfen. Sind sie schon an Land gegangen?«

»Nein, sie liegen vor Karthago. Vielleicht zweihundert Schiffe, große und kleine, viele aus Genua. Doch wir haben gute Beziehungen zu den Genuesern, im Arsenal liegen zwei ihrer Schiffe.«

Das Arsenal war der Landungsplatz in Tunis, ganz im Norden der Lagune.

»Es sind Kaufleute. Wo Krieg herrscht, kann man sterben, aber auch reich werden.«

Umberto ging auf den Ausgang zu.

»Wohin geht Ihr?«

Der Baron blieb stehen. »Sie mir aus der Nähe ansehen. Ich brauche übrigens einen Führer.«

»Ich komme mit.«

»Nein, Ihr werdet zu al-Mustansir gehen und ihm folgende Nachricht überbringen: Der Sultan Ägyptens erwartet, dass er sofort den Dschihad ausruft und alle Christen, die in der Stadt sind, festnehmen lässt, vor allem die Mönche. Sagt ihm auch, dass ich zwei Tauben nach Barke geschickt habe. Die Verstärkung aus Ägypten ist nicht weit.«

Er ging weiter, und Friedrich rief ihm nach: »*Eres un gran hijo de puta.*«

Umberto winkte ihm zum Gruß, ohne sich noch einmal umzudrehen.

Der Anführer der Gläubigen, al-Mustansir Billah, ruft den Dschihad gegen die Eindringlinge aus. »Ziehet aus, leicht und schwer, und streitet mit eurem Gut und eurem Blut für Allahs Sache! Das ist besser für euch, wenn ihr es nur wüsstet!«

Bei Sonnenuntergang

Auf dem Hügel zwischen den Ruinen riesiger Säulen beobachtete Umberto von einer Terrasse mit steinernen Fliesen aus die christliche Flotte. Friedrich hatte nicht übertrieben: Es waren tatsächlich mindestens zweihundert Schiffe. Sie mussten ähnlich viele Männer an Bord haben wie die Ägypter, die ihnen mit fast dreitausend Reitern und zwanzigtausend Fußsoldaten und Wagen zu Hilfe eilten, eine weitaus größere Armee, als al-Mustansir sie jemals stellen könnte. Das erste Ziel dürfte die kleine Insel sein, die das Meer von Tunis' Lagune trennte. An der Küste stand nur ein Turm, von dem aus kein ernsthafter Widerstand zu erwarten wäre. Dann würden sie erkennen, dass sie mit den Schiffen nicht durch das seichte Gewässer der Lagune fahren könnten und dass all diese Menschen sehr viel Süßwasser benötigten. Das nächste Ziel wäre folglich Karthago, ganz nach dem Wunsch Yves le Bretons.

Der Baron betrachtete die Ruinen um sich herum. Er dachte noch einmal an Teodinos Bericht zurück und fragte sich, wo der Tempel sein könnte, unter dem die Stele mit dem Reisebericht verborgen lag. Die große, Tausende Jahre alte Stadt wurde seit ewiger Zeit als Steinbruch genutzt. Viele Steine, Marmorplatten und Säulen in Tunis stammten von hier. Im Hintergrund erkannte man die Reste eines großen Hippodroms, eines Amphitheaters wie auch das rechteckige und das kreisförmige Hafenbecken. Von dem großen Tempel allerdings, der sich laut Teodino oben auf dem Hügel befinden sollte, war nichts geblieben, höchstens die umgestürzten Säulen um ihn herum. Er versuchte sich die letzte Schlacht vorzustellen, und durch den ohrenbetäubenden Gesang der Zikaden hindurch meinte er fast den Schlachtenlärm zu hören.

Das Wiehern eines Pferdes riss ihn aus seinen Gedanken, und er wandte sich um. Die vier Mamelucken der *Bahriyya*, die ihn von al-Qahira aus gefolgt waren, standen, genau wie er als Kaufleute verkleidet, etwas entfernt. Bei ihnen war

Jordi, der katalanische Ritter, den Friedrich ihm als Führer an die Seite gestellt hatte, ein Mann mit wachen Augen und der Beweglichkeit einer Katze. Einige Bewohner der Ruinenstadt waren näher gekommen und schauten besorgt auf das Meer aus Segeln unter ihnen. Sie gehörten zum Stamm der Ziyadiden, und ihnen wurde bewusst, dass sie sich plötzlich mitten in einem Krieg befanden.

Halbinsel zwischen der Lagune von Tunis und dem offenen Meer, 18. Juli 1270, am Morgen

Der französische König überquerte schwankend die Planke, die ans Ufer geschoben worden war, damit er trockenen Fußes das Land erreichen konnte. Yves und Érard de Vallery warfen ihm besorgte Blicke zu. Trotz seiner schlechten körperlichen Verfassung hatte Louis darauf bestanden, in voller Rüstung und als einer der Ersten an Land zu gehen, genau wie in Damiette. Zuvor hatte er auf all seinen Schiffen eine feierliche Erklärung verlesen lassen, in der er sich als Diener Jesu Christi präsentierte. Ihm folgten der Fahnenträger mit der Oriflamme von Saint-Denis und zwei Ritter mit der Reliquie des Wahren Kreuzes.

Am Vorabend hatte es an Bord der *Montjoie* ein Treffen gegeben, um die Möglichkeiten zu prüfen, Tunis über die Lagune zu erreichen. Anselm Doria, einer der beiden genuesischen Konsuln, hatte bestätigt, dass der niedrige Wasserstand nur Schiffe mit wenig Tiefgang oder flachem Boden erlaubte, wie etwa jene Versorgungsschiffe, die nach Tunis unterwegs waren. Der Flottenkommandant Arnoul de Cour-Ferrand und der Kommandant der Armbrustschützen, Thibaud de Montliard, hatten die Lage erkundet und berichtet, dass an der Mündung der Lagune nur zwei kleine sarazenische und zwei leere Schiffe der Genueser lagen. Der Feind schien von ihrer Ankunft völlig überrumpelt.

Der König hatte deshalb beschlossen, am folgenden Morgen auf dem kleinen Landstreifen zwischen Lagune und Meer zu landen. Dort würden sie einen Stützpunkt errichten und dann in Richtung des antiken Karthagos vorstoßen, wo sie laut Doria kostbare Süßwasserquellen und zahlreiche Zisternen vorfinden würden.

Am Ende der Versammlung hatte Yves sich direkt an den genuesischen Konsul gewandt. »Entschuldigt, Messire. Ihr habt von den Quellen von Karthago gesprochen. Kennt Ihr ihren genauen Standort?«

Der Genueser wirkte überrascht, doch es war nicht das erste Mal, dass ein Mönch ihm seltsame Fragen stellte. »Nicht genau«, hatte er ihm geantwortet. »Ich weiß nur, dass einige nördlich der alten Häfen liegen. Sobald wir dort sind, werden wir sie finden.«

Der Inquisitor hatte hinzugefügt, als ob er ihm seine Neugier erklären wollte: »Wir werden für zwanzigtausend Mann und viertausend Pferde alles verfügbare Wasser brauchen.«

»Selbstverständlich, Vater.«

Lager der Christen nahe Karthago, 20. Juli 1270

Die Messe zur Vesper hielt der päpstliche Legat, Kardinal Raoul de Grosparmy, der den Platz von Simon de Brion eingenommen hatte, im Freien ab. Im Anschluss folgte Yves König Louis in den roten Pavillon des Lagers, das sich unterhalb des Hügels von Karthago befand, nicht weit von den Ruinen entfernt und auf der Tunis zugewandten Seite.

Alphonse de Brienne, Graf von Eu und *chambrier* Frankreichs, war zusammen mit Ysembart, dem Kammerdiener des Königs, bereits anwesend.

Der König war sichtlich müde, aber zufrieden. »Es hat zwei Tage gedauert, aber wir sind alle an Land, bis auf die Genueser, die auf den Schiffen geblieben sind. Vielleicht wollen sie sichergehen, dass wir nicht angegriffen und sofort wieder ins Meer zurückgedrängt werden.«

»Dann werden auch sie bald an Land gehen«, meinte der Mönch.

»Bis jetzt sind wir nur auf wenig Widerstand gestoßen, und das ist ein gutes Zeichen, Magister. Ganz offensichtlich möchte al-Mustansir nicht kämpfen, muss aber vor seinen Untertanen sein Gesicht wahren. Leider wurden gestern einige Diener auf der Suche nach Zisternen nahe den Ruinen getötet, und am Abend versuchten einige Sarazenen, den Turm an der Mündung zur Lagune in Brand zu setzen, den unsere Truppen kurz zuvor besetzt hatten. Heute Morgen haben Kavallerie und Armbrustschützen sie erfolgreich in die Flucht geschlagen. Wir haben einige von ihnen getötet, selbst aber nur ein Pferd verloren.«

»Wir werden für die Gefallenen beten, Sire. In der Tat könnten sich die weiten Ruinenfelder hinter uns als tödliche Falle herausstellen.«

»Ich habe bereits gut bewaffnete Späher ausgeschickt, und in wenigen Tagen wird die Stadt von Augustinus endlich wieder in christlicher Hand sein.«

»Möge Gott Euch erhören, Sire.«

Karthago, 24. Juli 1270

Der Angriff auf die Ruinen Karthagos begann im Morgengrauen. Die erste Gefechtslinie bestand aus genuesischen Seeleuten, die sich am besten in dieser Umgebung auskannten, angeführt von Anselm Doria und dem zweiten Konsul, Filippo Carunchio. Unterstützt wurden sie von fünfhundert französischen Armbrustschützen und vier Schwadronen Kavallerie. Ihr Ziel war ein Ort, den jemand vollmundig als »die Festung Karthagos« bezeichnet hatte, der in Wirklichkeit aber nur aus ein paar Erdwällen bestand, hinter denen sich die Bewohner und einige aus Tunis eingetroffene *asakir* verschanzt hatten. Als Reserve standen weitere siebzehn Schwadronen bereit, die vom König persönlich angeführt wurden.

Schon bald wehten die genuesischen und französischen Flaggen auf dem Hügel, ohne dass sich die zweite Gefechtsreihe überhaupt bewegen musste, und der Zusammenstoß wurde zu einem Massaker. Alle Bewohner wurden ohne Ausnahme getötet, unabhängig von Geschlecht oder Alter.

Einige Hundert von ihnen, die in die unterirdischen Gänge der Stadt flüchten wollten, wurden erst ausgeräuchert, kurze Zeit später erstickten sie am Rauch der Feuer, die die Genueser entfacht hatten. Aufseiten der Christen forderte die »Schlacht« nur ein einziges Opfer: einen genuesischen Seemann. Die Leichen wurden beiseitegeräumt, um auf dem Hügel eine Garnison von Reitern und fünfhundert Armbrustschützen zu errichten, dazu ein Krankenlager für die Verletzten und Kranken. Das nahm einige Zeit in Anspruch. Niemand machte sich jedoch die Mühe, die Leichen aus den unterirdischen Gängen zu bergen, und schon bald breitete sich der Gestank verwesender Leichen aus.

Am nächsten Morgen

Saint Louis kniete in seinem Pavillon vor der Oriflamme von Saint-Denis, als Alphonse de Brienne eintrat. Er wartete, bis der Herrscher zu Ende gebetet hatte.

Der König wandte sich um und sagte mit rauer Stimme: »Guten Morgen, Alphonse. Ich habe unserem Herrn für den gestrigen Sieg gedankt, der Karthago wieder zum Christentum zurückgeführt hat.«

»Der erste Sieg eines erfolgreichen Kreuzzugs, Sire.«

»Ihr wollt mir etwas sagen?«

»Ja, Sire. Gerade sind zwei unbewaffnete katalanische Ritter aus Tunis eingetroffen, die mit Euch sprechen wollen.«

»Zwei Ungläubige ihm Dienste von al-Mustansir?«

»Ja, Sire.«

»Wollen sie über die Kapitulation verhandeln? Wo sind sie?«

»Hier draußen. Ich habe sie entwaffnen und durchsuchen lassen.«

»Lasst uns gehen, und ruft auch Bruder Yves hinzu.«

»Er ist bereits hier, Sire.«

Louis verließ das Zelt. Die beiden Katalanen waren von königlichen Rittern umringt, die ihre Schwerter gezogen hatten und sie misstrauisch beäugten. Beide Männer waren um die dreißig, mit dunkler Haut und kurzem Bart. Sie waren wie Sarazenen gekleidet, ein Anblick, der Louis zusammenzucken ließ. Als der König auftauchte, knieten beide sofort nieder.

»Was wollt ihr?«, fragte der König auf Französisch.

Einer der beiden antwortete in der gleichen Sprache: »Sire, ich bin Nicolau aus Girona, und das hier ist Carles Sabadell. Mit großem Bedauern müssen wir Euch mitteilen, dass al-Mustansir alle Christen hat festnehmen lassen, einschließlich der Genueser, der Mönche und sogar des Infanten Friedrich von Kastilien. Er hat verkündet, sie alle enthaupten zu lassen, wenn Ihr nach Tunis vorrückt. Solltet Ihr Euch aber zurückziehen, wird er sie freilassen.«

Louis war der Sohn von Bianca von Kastilien und Friedrich somit sein Cousin. Er dachte aber nicht lange nach und antwortete: »Die Soldaten Gottes können durch die Erpressung der Ungläubigen nicht aufgehalten werden. Sagt dem König von Tunis, falls wirklich er es war, der euch geschickt hat, dass er mit seinem Kopf für die Unversehrtheit der

Christen auf seinem Gebiet haftet. Was Friedrich angeht, so ist er ein falscher Christ, ich glaube nicht, dass er gefangen genommen wurde. Ich vermute sogar, dass er hinter dieser lächerlichen Drohung steckt. Ich sollte euch sofort den Kopf abschlagen lassen, denn die Erpressung des französischen Königs bezahlt man mit dem Leben, aber ich lasse euch zu euren Herren zurückkehren, damit ihr ihnen meine Worte wiedergeben könnt. Sie haben nur zwei Möglichkeiten: aufgeben oder sterben. Und nun geht mir aus den Augen!«

27. Juli 1270, nach den Laudes

Das Lager der Christen wurde von einer Gruppe Reiter bewacht. An diesem Sonntag war die Schwadron des Königs und die des Grafen von Eu, Alphonse de Brienne, und seinem Bruder Jean, *boutellier* von Frankreich, an der Reihe.

Einer seiner Männer rief Jean zu: »Drei sarazenische Reiter nähern sich dem Lager, mit erhobenen Händen.«

Das war das Zeichen der Unterwerfung. »Bringt mich zu ihnen«, sagte Jean. »Wir müssen jemanden finden, der ihre Sprache spricht.«

Er sah sich um und erblickte ganz in der Nähe Yves und Berengario. Von dem Feldzug in Ägypten, an dem er teilgenommen hatte, wusste er, dass der Inquisitor arabisch sprach. Sogleich ging er auf die beiden Mönche zu.

»Entschuldigt, Magister. Hier sind Sarazenen, die sich ergeben wollen. Könntet Ihr für mich dolmetschen?«

»Sicher, wo sind sie?«

Sie waren nicht weit entfernt. Man hatte sie vom Pferd steigen lassen, einige Armbrustschützen hielten sie in Schach. Yves bemerkte, dass sie gut gekleidet waren, wahrscheinlich drei Emire.

»Friede sei mit Euch«, grüßte er auf Arabisch.

»Friede sei mit Euch«, antwortete der Älteste, er war von kleiner Statur mit grauem Bart.

»Seid Ihr gekommen, um Euch zu ergeben?«

»Wir wollen bekehrt und getauft werden.« Der Mann verneigte sich überschwänglich.

Während der Dominikaner übersetzte, verzog Berengario das Gesicht, und der *boutellier* befahl den Armbrustschützen: »Bringt sie zu meinem Zelt, fesselt und bewacht sie. Ich werde mit Yves zum König gehen, um ihn zu warnen.«

Louis war in seinem Pavillon. Da seine Leibgarde Wache hielt, hatte er darauf bestanden, trotz der Hitze sein Kettenhemd mit Wappen anzulegen, wie die anderen Ritter auch. Als Jean de Brienne ihm von den drei Männern berichtete, schaute er zu Yves, der lediglich die Augenbrauen hob. Der König spürte die Verwunderung des Mönches und sagte: »Auch das könnte ein Trick sein, wie die Sache mit den Katalanen. Bewacht sie gut, Magister, und befragt sie, um zu erfahren, ob ihnen zu trauen ist.«

»Sofort, Sire.«

Die beiden Mönche und der *boutellier* verneigten sich zum Abschied.

»Geht in mein Zelt und beginnt mit der Befragung«,

sagte Jean. »Ich kehre auf meinen Posten zurück und komme später nach. Ich verstehe sie ohnehin nicht.«

Nachdem der Ritter gegangen war, meinte Berengario: »Der König hat recht, es ist sicher ein weiterer Trick der Ungläubigen, um uns auszuspionieren.«

»Der Trick einer Person, der die Hoffnungen des Königs nur zu gut kennt …«, antwortete Yves nachdenklich.

»Wie meint Ihr das, Magister?«

»Nichts, Berengario, nichts. Ich habe nur laut gedacht.«

Es dauerte nicht lange, und sie hatten das Zelt des *boutelliers* erreicht, das von Armbrustschützen umstellt war. Gerade als sie eintreten wollten, hörten sie vom Rand des Lagers plötzlich lautes Geschrei.

»Zu den Waffen! Sie greifen uns an!«

Zwischen den Zelten tauchten Sarazenen zu Pferd auf, die *servientes* und Diener verfolgten. Die Armbrustschützen stellten sich vor den Mönchen auf, während einige Ritter des Königs zwischen den Zelten hindurch auf die Feinde zuritten. Alles ging so schnell zu Ende, wie es begonnen hatte. Jean de Brienne stürmte in sein Zelt und rief: »Kommt, Magister …«

Die drei Emire standen beunruhigt vor ihnen. Noch keuchend vor Anstrengung, sprach er zu ihnen, als ob sie ihn verstehen könnten. »Ihr seid Verräter und habt unser Wohlwollen und den tiefen Glauben des Königs ausgenutzt, um uns zu täuschen. Als ich zum Wachposten zurückkam, standen weitere hundert berittene Sarazenen vor mir, die ihre Lanzen zu Boden warfen und mir mit denselben Gesten zu verstehen gaben, dass auch sie zum rechten

Glauben übertreten wollten. Damit haben sie uns abgelenkt und gaben einem Manipel hinter ihnen die Gelegenheit, uns anzugreifen. Sie haben sechzig der Unseren getötet, darunter einige meiner Männer, und sind entkommen, bevor wir sie dafür bezahlen lassen konnten. Ganz offensichtlich seid ihr ihre Komplizen und werdet dafür die Gerechtigkeit des Königs erfahren.«

Als Yves übersetzt hatte, sagte der Älteste von ihnen: »Der König wird mit uns tun, was er will. Ihr verdächtigt mich, dass ich hinter dem Angriff stecke, aber ich bin mir sicher, dass es das Werk meines Feindes war. Wie ich ist er ein Emir des Kalifen und befehligt zweitausend Mann. Ich hingegen bin freiwillig hierhergekommen, weil ich Christ werden will, und ich kann beweisen, dass ich die Wahrheit sage. Wenn Ihr es einem meiner Begleiter gestattet, ins Lager des Kalifen zurückzukehren, wird er mit vielen Waren zurückkommen und mit zweitausend Männern, die alle bereit sind, auf Eurer Seite zu kämpfen. Wenn er aber nicht zurückkehrt, dann betrachtet mich als Verräter und tötet mich.«

Als der Magister übersetzt hatte, schüttelte Jean den Kopf, spuckte auf den Boden und sagte: »Magister, wir müssen erneut zum König.«

Sie fanden Louis vor seinem Pavillon, wo er die Verteidigung plante, als ob es jederzeit wieder zu einem Angriff der Sarazenen kommen könnte. Als der *boutellier* ihm vom Angebot des Emirs berichtete, entgegnete er: »Wieder ein Trick, genau wie vermutet. Ich will die Hoffnung aber nicht aufgeben, dass in dem Wunsch dieses Mannes, sich zu bekehren, nicht doch ein Fünkchen Wahrheit liegt. Deshalb lasst sie alle drei frei.«

Auf dem Rückweg zu seinem Zelt ließ sich Jean zu einer Bemerkung hinreißen: »Jetzt lassen wir auch sie gehen, wie die Katalanen. Sie konnten sich unser Lager noch einmal genau ansehen, und dieses Mal sind sechzig Männer gestorben. Was geht hier vor, Magister?«

Yves antwortete nicht, er war stattdessen darauf konzentriert, nicht in Pferdemist zu treten.

Am gleichen Abend, nach der Vesper

Bruder Amaury de la Roche stand im königlichen Pavillon vor Louis, Yves und dem korpulenten Kardinal Grosparmy, der sehr blass war. Auf seiner Glatze glitzerten Schweißperlen. Selbst im Schatten war die Hitze unerträglich, draußen brauste ein heißer Wind, der Sand und Staub ins Lager blies.

Der Präzeptor der Tempelritter Frankreichs war gerade mit einem Schiff der sizilianischen Flotte gelandet. Der König hatte ihn mit großer Wärme willkommen geheißen, während der Dominikaner sich auf eine leichte Verbeugung beschränkt hatte, die der päpstliche Legat erwiderte. Diese kühle Begrüßung schien den Templer nachdenklich zu stimmen, kannte er doch die turbulente Beziehung des Inquisitors zu seinem Orden und besonders zu dem seit einigen Jahren verstorbenen Großmeister Renaud de Vichiers.

Der König bemerkte von alldem nichts und fragte: »Nun, mein lieber Amaury, welche Nachrichten bringt Ihr mir von meinem Bruder? Ich hoffe, er ist bereits in See gestochen und folgt Euch binnen Kurzem.«

»König Charles schickt mich, um Euch zu informieren, dass er bald bei Euch sein wird, in etwa einem Monat. Leider hatten wir einige Schwierigkeiten, die überall im Reich versprengten Männer zu sammeln. Aber in den nächsten Tagen werden bereits Versorgungsschiffe für das Heer eintreffen. In der Zwischenzeit empfiehlt der König Eurer Majestät, mit Bedacht vorzugehen. Bis zu seiner Ankunft sollte niemand das Lager verlassen, um den Feind zu jagen. Er erinnert sich noch immer schmerzlich daran, was in al-Mansura geschehen ist.«

Louis nickte und schloss die Augen, während Yves daran dachte, dass Charles genau wusste, wie er seinen Bruder überzeugen konnte. Er beschloss daher, ein anderes Thema anzuschneiden: »Wir haben erfahren, dass al-Mustansir wieder Tribut an das Reich zahlt, nachdem er nach Benevent damit aufgehört hatte.«

Der Templer schien mit dieser Bemerkung und was sie andeutete, gerechnet zu haben. »Auch wenn er die Zahlungen wieder aufgenommen hat, stellt sich Charles einer Bestrafung al-Mustansirs für die Unterstützung Manfreds in Sizilien nicht entgegen und möchte deshalb an der Eroberung von Tunis teilnehmen. Es geht nicht nur um die Beute, es geht um eine gerechte Rache.«

»Ich verstehe die Gründe meines Bruders, und wir werden alles tun, um seine Wünsche zu erfüllen, auch wenn das

Leben in diesem Lager nicht sehr angenehm ist«, erklärte Louis. »Die Luft ist ungesund, die Hitze unerträglich, das Wasser wird knapp, und die Lebensmittel gehen langsam zur Neige.«

Yves dachte unterdessen darüber nach, ob die Eroberung von Tunis nicht nur Charles' Beziehung zu Baibars gefährden könnte, sondern ihm paradoxerweise auch wieder den Tribut nehmen würde, den al-Mustansir gerade erneut zu zahlen begonnen hatte. Der König von Sizilien wollte Zeit gewinnen, und das kam Louis entgegen, der den Moment durch die kürzlichen Ereignisse auch nicht für günstig hielt. Außerdem bedeuteten die Aussagen des Templers, dass das christliche Heer bald Verstärkung bekommen würde, und zwar von den Veteranen, die Manfred und Konradin von Staufen besiegt hatten. Aber niemand konnte wissen, welche Verstärkung al-Mustansir in der Zwischenzeit aus Ifriqiya und Ägypten bekommen würde.

28. Juli 1270

Der Überfall der Sarazenen kam überraschend, und das Ziel waren nicht das große Lager der Christen, sondern die Liegeplätze auf der Halbinsel, an der die Versorgungsschiffe anlegen sollten.

Zu diesem Zeitpunkt hielt die Schwadron des jungen Grafen Robert von Artois Wache, der über den gleichen Wagemut wie sein Vater verfügte und dem Feind, ohne zu zögern, mit nur dreißig Reitern allein entgegenritt. Amaury de la Roche folgte ihm wenige Zeit später mit allen Männern, die er in der Kürze auftreiben konnte.

Der Zusammenstoß war kurz, aber blutig. Dreizehn Angreifer wurden getötet, und auch ein Ritter und ein Fußsoldat der Franzosen starben.

Als er die Nachricht von dem Angriff erhielt, hatte der König dem gesamten Heer befohlen, sich kampfbereit zu machen, und war selbst in den Sattel gestiegen.

Während sich die Männer versammelten, kam Bruder Amaury zurückgaloppiert, hielt an und wandte sich an den Herrscher: »Sire, wir haben sie in die Flucht geschlagen. Der Graf von Artois hat wie ein Löwe gekämpft. Bitte lasst einen Graben ausheben und eine Palisade zum Schutz des Lagers errichten, damit sich solche Angriffe nicht wiederholen.«

Der König sagte daraufhin zu Alphonse de Brienne: »Tut, was Bruder Amaury sagt … und helft mir vom Pferd.«

Feldlager von al-Mustansir, zwischen Tunis und Karthago, bei Sonnenuntergang

Oh, Ihr Franzosen, diese Stadt ist die Schwester Ägyptens,
bereitet Euch auf das Schlimmste vor, das Euch widerfahren kann.
Dieses Mal wird Ibn Luqmans Haus ein Grab sein.

Im Pavillon des Kalifen waren die Gesänge der *asakir* zu hören. Der Anführer der Gläubigen war ein hagerer Mann von zweiundvierzig Jahren, mit einem schwarzen Bart und grünen Augen, die Umberto di Fondi an eine Schlange erinnerten.

Auch Friedrich von Kastilien war bei ihnen.

»Du hast das Haus von Ibn Luqman gesehen, Ser Berto. Wie sah es aus?«, wollte al-Mustansir wissen.

»Es war groß, im Innenhof befand sich ein schöner Springbrunnen. Viel besser als ein rotes Zelt in einem Ofen aus Staub und Sand.«

Der Kalif nickte ernst. Umberto schien nicht nur das Haus Ibn Luqmans gesehen zu haben. »Es sieht so aus, als wollten sie im Moment nicht weiter vorrücken.«

»Sie warten auf Charles d'Anjou.«

»Also wird er kommen?«

»Sicher.«

»Du bist gut informiert.«

»Haben Euch Eure Spione nicht berichtet, dass sie in den Häfen Siziliens Männer sammeln?«

»Diese Streitkräfte könnten auch andere Ziele haben, vielleicht eine Flotte gegen Michael Palaiologos. Weißt du auch, wann sie ankommen werden?«

Das war eine ironische Frage, aber Umberto blieb ernst: »Innerhalb eines Monats, vielleicht weniger.«

Der Kalif wandte sich an Friedrich. »Wie es aussieht, sind Baibars Spione besser als deine.« Dann fragte er Umberto: »Was rätst du mir?«

»Sammelt alle verfügbaren Männer.«

»Es kommen *asakir* aus ganz Ifriqiya, aber wenn Charles dazustößt, glaube ich nicht, dass wir Tunis halten können. Wann erreichen uns Baibars Streitkräfte?«

»Ein erstes Kontingent von zehntausend Männern ist bereits in Barke aufgebrochen und wird bald hier sein. Andere werden folgen.«

»Zehntausend Mann? Woher nimmt der Armbrustschütze so schnell so viele Soldaten? Wusste er schon Bescheid? Warum hast du mir nichts gesagt?«

Umberto schwieg, und al-Mustansir wechselte mit einer verärgerten Geste das Thema: »Bis zu ihrer Ankunft beschränken wir uns auf kleine Störaktionen, wie schon in den vergangenen Tagen. Wir provozieren sie, um sie aus dem Lager zu locken, und dann greifen wir überraschend an.«

Umberto dachte daran zurück, was er im Tal unterhalb von Scurcola gesehen hatte, und schüttelte den Kopf. »Darauf werden sie nicht hereinfallen, so haben sie seinen Bruder besiegt«, sagte er und deutete auf Friedrich.

Der Kalif fragte den Kastilier: »Weißt du etwas über ihn?«

»Er lebt, wird aber in einer Festung in Apulien gefangen gehalten.«

Umberto schaltete sich ein: »Castel del Monte. Und er ist nicht der Einzige. Fast alle Festungen des Reiches haben sich in Gefängnisse verwandelt.«

»Er hat viele Feinde am Leben gelassen, die nicht gezögert hätten, ihn zu töten«, meinte al-Mustansir.

»Er hat nur diejenigen nicht getötet, die ihm noch nützlich sein könnten, wie Manfreds Frau oder meinen Bruder. Die anderen hat er auf brutale Weise umgebracht«, antwortete Friedrich. »Kurz vor der Landung der Franzosen habe ich Nachricht aus der Toskana erhalten. Azzolino degli Uberto wurde in einem Hinterhalt getötet. Er war derjenige, der Braiselve, Charles' Marschall, enthauptet hat. Sie haben ihn zwei Jahre ohne Unterlass gejagt. Jetzt fehlst nur noch du, Umberto.«

Am nächsten Tag, im Morgengrauen

Die Schatten bewegten sich in einer Reihe im morgendlichen Dunst. Die Gesichter von Kapuzen verhüllt, verließen die Männer in einer feierlichen Prozession die Ruinen Karthagos. Angeführt wurden sie von einer weiß gekleideten jungen Frau mit bloßem Haupt. Auf den ersten Blick hielt Yves sie für Isabelle, und sein Herz schlug schneller, aber dann konnte er ihre Gesichtszüge besser erkennen. Sie war es nicht. Sie hatte ein engelhaftes Gesicht, rote Lippen, dunkle Augen, lockiges Haar. Hinter ihr lief ein hochgewachsener hagerer Dominikaner mit einem Holzkreuz. Der Inquisitor erkannte seinen alten Meister, Mathieu de Bourbon. Ihm folgten König Louis und sein Bruder Robert d'Artois, Seite an Seite, danach Kardinal Grosparmy, der Sohn des Königs, Jean Tristan, Philippe de Montfort, König Thibaut von Navarra, Alphonse de Brienne und viele andere. Er näherte sich ihnen, aber keiner nahm Notiz von ihm. Mit starrem Blick gingen sie weiter, sie bewegten sich wie Schlafwandler. Er versuchte sie zu rufen: »Magister … Sire … Graf!« Keiner drehte sich nach ihm um. Dann verstand er. Sie alle waren tot, und ein Engel brachte sie vor Gottes Richterstuhl. Und er war schuld an ihrem Tod …

Er versuchte Bruder Mathieu zu berühren, griff aber ins Leere. Dann spürte er, wie er geschüttelt wurde, und schrie auf.

Er hörte Berengarios nasale Stimme: »Magister, es ist alles in Ordnung, beruhigt Euch. Es war nur ein Traum.«

Er riss die Augen auf und starrte seinen Schüler an. Die ersten Sonnenstrahlen erhellten das Zelt.

»Gib mir etwas Wasser …«

Der junge Mann reichte ihm einen Krug, und Yves schüttete sich das Wasser über den Kopf. Er musste die Prozession der Toten aus dem Kopf bekommen.

Sein Meister hatte ihm eine Warnung geschickt, doch zur Umkehr war es zu spät.

Kapitel 20

Morbus

Karthago, 3. August 1270

Polybios zufolge befand sich der Tempel zwischen dem Byrsa-Hügel und dem Meer, in Richtung des Vororts Megara. Und darunter, in einem unterirdischen Gang, entsprang eine Quelle. Vor Ort gestaltete sich die Sache aber weitaus komplizierter, als es sich Yves in Lucera oder Paris vorgestellt hatte. Die von Polybios beschriebene Stadt existierte nicht mehr, auf ihr war erst eine heidnische, dann eine christliche Stadt errichtet worden, die wiederum zu Ruinen zerfallen war. Von den Häusern zeugten nur noch die Außenmauern, die Kirchen waren eingestürzt. Auch die Straßen verliefen wahrscheinlich anders.

Yves hatte abgewartet, bis die Genueser alle Quellen der Stadt aufgespürt hatten, um sich dann auf die Spuren des griechischen Historikers zu begeben. Mit dem ersten Tageslicht war er aufgebrochen, um die unerträgliche Mittagshitze zu meiden. In Begleitung von Jean de Montfort und sechs Reitern hatte er das runde Hafenbecken als Ausgangspunkt erreicht. Ein weiterer Orientierungspunkt war der Byrsa-Hügel. Laut Polybios befand sich der Hauptplatz

Karthagos damals hinter dem Militärhafen. Vielleicht hatten ihn die Römer ja erhalten. Der Boden aus großen quadratischen Steinblöcken und die Reihen von zerfallenen Säulen ließen tatsächlich an einen großen rechteckigen, unbebauten Platz denken.

Es war nicht leicht gewesen, Berengario davon zu überzeugen, im Lager zu bleiben. Jemand musste die Männer von Charles d'Anjou, Amaury de la Roche und Érard de Vallery im Auge behalten, die einen zunehmend größeren Einfluss auf den König ausübten. Sein Schüler hatte ihn jedenfalls gefragt: »Sucht Ihr nach dem Schatz des Teufels?«

»Ja.«

»Entschuldigt, Magister, aber es ist unmöglich, die Droge, von der Jacopo da Celano berichtet, inmitten dieser jahrhundertealten Ruinen zu finden.«

»Ich habe dir bereits gesagt, dass es nicht um die Droge geht, Berengario.«

»Um was denn dann?«

»Du kommst aus Verona und hast wahrscheinlich nie zuvor das Meer gesehen. Ich aber stamme aus Carantec in der Bretagne, für mich war es Teil meines Lebens. Ich weiß noch, wie meine Brüder und ich den Strand entlanggerannt sind und verängstigt am Ufer anhielten. Dort oben ist das Meer wild und feindselig. Sogar die Christenheit hat vor diesen Gewässern haltgemacht wie ich damals als Kind. Doch jenseits des Ozeans liegt eine neue Welt, und vielleicht ist irgendwo zwischen diesen Ruinen eine Karte versteckt, die uns den Weg dorthin zeigt. Das ist der wahre Schatz des Teufels. Ich kann nicht anders: Ich muss sie suchen.«

»Es ist gefährlich, allein dort herumzulaufen. Es könnten Ihnen Sarazenen auflauern. Lasst mich Euch begleiten …«

»In diesem Fall würden auch zwei Mönche nicht viel nutzen. Ich werde von Jean und seinen Männern begleitet. Du bleibst beim König und hältst Augen und Ohren offen.«

Berengario hatte nachgegeben und gehorsam den Blick gesenkt.

Jean de Montfort hingegen hatte es nicht gewagt, den Inquisitor zu fragen, wonach sie suchten. Für ihn war alles, was der Magister tat, von Gott inspiriert, und er war stolz, ihn beschützen zu dürfen.

Zwischen den Ruinen stießen sie allerdings nur auf ein paar Seeleute, die nach Wasser oder Beute suchten. Als der Mönch an ihnen vorbeiging, entblößten sie ihre Köpfe, und Yves malte rasch ein Kreuz in die Luft, um sie zu segnen.

Das Gebiet, das sie durchquerten, musste früher – ähnlich einem Gitter – von Straßen parallel zum Meer durchzogen gewesen sein, die von weiteren Straßen senkrecht durchschnitten wurden. Yves glaubte, darin das geordnete Straßensystem der Römer zu erkennen. Alle Häuser waren verlassen, die Dächer fehlten. Im Inneren waren Zisternen zum Auffangen von Regenwasser zu erkennen. Am Fuß des Hügels war von der von Polybios beschriebenen Treppe mit den sechzig Stufen, die zum majestätischen Heiligtum führte, nichts mehr übrig. Der Tempel, den sie suchten, musste weiter vorn sein, nahe der Mauer, die damals die Altstadt von Megara getrennt hatte, von der möglicherweise auch kein Stein mehr stand. Aber das Gebiet vor ihnen musste es sein. Er wandte sich an Jean.

»Es wird langsam zu heiß. Lass uns ins Lager zurückkehren. Ich muss dir zuvor noch einen Auftrag anvertrauen.«

»Natürlich, Magister.«

»Sieh dich hier gründlich um, ohne Neugier zu wecken, und finde alle Quellen oder Brunnen, die man hier entdeckt hat.«

»Brunnen?«

»Genau, alle Wasserquellen. Dann werden wir sie eine nach der anderen aufsuchen.«

Jean versuchte gar nicht erst, irgendetwas zu verstehen, und antwortete: »Wird erledigt, Magister.«

Zur Sext kehrten sie ins Lager zurück. Wie es seine Gewohnheit war, schaute Yves auf den Boden, um nicht versehentlich in Unrat zu treten. Schmutz und Hitze verbreiteten furchtbare Miasmen. Nach einer Weile gewöhnte sich der Geruchssinn zwar daran, der Gestank schien zu verschwinden, der Unrat aber blieb. Auch die Lebensmittel wurden langsam knapp, und obendrein verdarben die mitgebrachten Vorräte aus Frankreich rasch. Voller Ungeduld warteten sie auf die von Amaury de la Roche angekündigten Versorgungsschiffe. Ungesunde Verhältnisse, mangelnde Hygiene und das wenige Wasser machten die Lebensumstände der vielen tausend Männer und Frauen im Lager von Tag zu Tag unerträglicher. Tatsächlich war bei diesem Kreuzzug wie schon bei dem zuvor die weibliche Präsenz nicht zu unterschätzen: Ehefrauen, Wäscherinnen,

Prostituierte. Das von Louis erlassene Verbot der Prostitution fand keine Anwendung.

Erschwerend kam hinzu, dass in den letzten Tagen eine Krankheit ausgebrochen war, die bereits einige Opfer gefordert hatte. Fieber, Schwäche, Magenschmerzen, gegen die es kein Mittel gab, außer Gebete. Genau wie damals in Ägypten. Zwei Söhne des Königs, Philippe und Jean Tristan, waren erkrankt, wobei es Letzteren schwerer getroffen hatte. Er war auf ein Schiff gebracht worden in der Hoffnung, dass die Luft dort frischer sein würde. Bruder Geoffroy de Beaulieu hatte Jean Tristan begleitet, um ihm Trost und Hilfe zu spenden.

Als sich Yves und Jean dem roten Pavillon näherten, bemerkten sie ein ungewöhnliches Kommen und Gehen. Unter den Besuchern waren auch Kardinal Grosparmy, Alphonse de Brienne, Amaury de la Roche und Berengario, der ihnen mit ernster Miene entgegenkam.

»Magister, der König ist letzte Nacht erkrankt, nachdem er über den fiebrigen Grafen von Orléans wachte.«

Yves kam es vor, als würde er eine Situation erleben, die zwanzig Jahre zurücklag. Ihm wurde schwindlig, er griff nach Jeans Arm. Dann fragte er mit schwacher Stimme: »Wie geht es ihm?«

»Er war ohnmächtig, jetzt hat er sich etwas erholt. Er hat hohes Fieber und ist sehr schwach. Wie fühlt Ihr Euch?«

»Gut, es ist nichts, nur die Hitze.«

Er ließ Jeans Arm los und ging entschlossenen Schrittes auf den Pavillon zu. Die beiden jungen Männer warfen sich einen besorgten Blick zu und folgten ihm.

Am Eingang verbeugte sich Yves vor dem päpstlichen Legaten. Der Kardinal, blass und verschwitzt, hob nur kurz die Hand zum Gruß. Der Inquisitor erinnerte sich, dass auch er in seinem Albtraum an der finsteren Prozession teilgenommen hatte, zusammen mit Philippe de Montfort, der aber noch nicht vor Ort war. Louis schlief im Bett, er trug nur ein weißes Leinenhemd. Guillaume de Paris, der beste Arzt Frankreichs, tupfte ihm mit einem feuchten Tuch die Stirn ab. Ordensbruder Guillaume de Chartres und sein Diener Ysembart sahen schweigend zu.

Als er den Inquisitor sah, nahm ihn der Arzt beiseite: »Ich habe Euch rufen lassen, aber Ihr wart schon weg.«

»Wie geht es ihm?«

»Er hat hohes Fieber … Und er ist nicht mehr der Jüngste.«

»Rettet ihn in Gottes Namen.«

»Ich tue, was ich kann, Magister. Lassen wir ihn nun ruhen.«

Von draußen waren plötzlich Stimmen zu hören, woraufhin Yves den Pavillon verließ, um jene zu maßregeln, die es wagten, die Ruhe des Königs zu stören. Er traf auf einen in Tränen aufgelösten jungen Mann. Es war der Sohn des Königs, Pierre, Graf von Alcençon.

»Magister, mein Bruder ist tot!«

»Philippe?«

»Nein, Jean Tristan. Heute Nacht. Bruder Geoffroy war bei ihm.«

»Der König muss es gespürt haben, deshalb ging es ihm so schlecht«, meinte Kardinal Grosparmy.

Yves fand dies einen dummen Gedanken, hielt sich aber zurück und merkte an: »Im Moment ruht der König. Für diese Nachricht ist jetzt nicht der richtige Moment. Beten wir lieber für die Seele des Grafen von Nevers. Gott hat ihn vor Tunis zu sich gerufen, nachdem er ihm sein Leben in Damiette geschenkt hat. Ein Dasein, geprägt von den *expeditiones crucis.*«

Bei diesen Worten brach Pierre wie ein kleines Kind erneut in Tränen aus, und Jean de Montfort trat vor, um ihn zu trösten. Amaury de la Roche wandte sich an Berengario: »Wir müssen seinen Körper sofort kochen.«

Bis zu diesem Zeitpunkt waren die toten Christen nach einer kurzen Messe begraben worden, aber für den Sohn des Königs lag die Sache anders. Um die Knochen zu konservieren und ihn in Frankreich beizusetzen, würde der Körper so lange gekocht werden, bis sich das gesamte Fleisch von den Knochen gelöst hatte.

7. August 1270

»Wie geht es Philippe, Jean Tristan und Pierre?«, fragte Louis mit schwacher Stimme.

Geoffroy de Beaulieu schaute zu Yves, der unmerklich den Kopf schüttelte. Es war noch nicht an der Zeit, ihm die Nachricht von Jean Tristans Tod zu überbringen. Deshalb erwiderte der Beichtvater nur: »Besser, Sire.«

Der König war auf dem Weg der Besserung, während die Krankheit weiterhin zahlreiche Opfer forderte. An diesem

Morgen erst war Kardinal Grosparmy gestorben, nachdem er einen Dominikanermönch aus seinem Gefolge, Barthélemy de la Cour, zu seinem Nachfolger als päpstlichen Legaten bestimmt hatte. Das hatte seine Mitbrüder zwar beruhigt, aber zugleich eine komplexe Frage aufgeworfen.

Nach der Vesper, während der Körper des Legaten in einem großen Bottich gekocht wurde, hatten sich Amaury de la Roche und Érard de Vallery zu Yves gesellt. Der Tempelritter hatte angemerkt: »Der Kardinal hat Bruder Barthélemy zum neuen Legaten ernannt, aber Ihr wisst genau, dass er dazu nicht befugt ist. Ein Delegierter kann nicht selber delegieren, dazu braucht es den Papst.«

Der Inquisitor war sich im Klaren darüber, dass sich hinter diesem juristischen Problem eine Frage ganz anderer Natur verbarg. Aus irgendeinem Grund wollten die Männer rund um Charles d'Anjou nicht, dass die Rolle des spirituellen Führers der Expedition von einem Dominikaner ausgefüllt wurde. Er hatte sich schon oft gefragt, was der König von Sizilien im Schilde führte. Jetzt hatte er eine erste Antwort: etwas, das ein Legat, der seinem Orden angehörte, behindern könnte. Der Templer und der Konstabler der Champagne waren große Krieger, aber in einem dialektischen Streitgespräch hätten sie gegen ihn keine Chance. Er gab sich überrascht: »Soweit wir wissen, wurde in Viterbo noch immer kein neuer Papst gewählt. Niemand kann im Moment einen neuen Legaten bestimmen.«

»Die Kardinalsversammlung hat die Macht, einen neuen Papst zu wählen, und das Höhere schließt das Niedrigere mit ein. Wer also den Papst wählen kann, kann auch einen Legaten bestimmen«, gab Amaury zurück.

»Ich werde das mit dem König besprechen, vielleicht sollte man eine Delegation nach Viterbo schicken. In der Zwischenzeit könnte Bruder Barthélemy die Funktion des Legaten ausüben.«

Der Köder war ausgeworfen, Érard de Vallery, der Yves seit zwanzig Jahren kannte, hatte die Finte gerochen und wollte gerade etwas sagen, als der Templer ihm zuvorkam: »Magister, vielleicht sollten wir auf die Rückkehr der Delegation aus Viterbo warten, bis wir Eurem Mitbruder eine so schwere Bürde auferlegen.«

»Sie haben recht, meine Herren. Dann muss ich wohl die Aufgaben des päpstlichen Legaten wahrnehmen, bis die Delegation zurück ist. Nach dem Tod des Kardinals bin ich der einzige Delegierte des Papstes, der noch bleibt. Der Heilige Vater hat mich zum Großinquisitor Frankreichs ernannt, genau wie es seine Vorgänger über zwanzig Jahre lang getan haben. Ich werde mit dem König und mit Bruder Barthélemy sprechen. Ich bin sicher, sie werden nichts einzuwenden haben. Und jetzt entschuldigt mich, ich werde das gleich erledigen.«

Und so geschah es. Louis hatte mit einem schwachen »Sicher, Magister« dem Vorschlag zugestimmt, eine Delegation war nach Viterbo geschickt worden, und der vom Papst delegierte Inquisitor Frankreichs übernahm vorläufig auch die Funktionen des Legaten der *expeditio crucis*.

10. August 1270

»Welcher Tag ist heute?«

»Die Nacht des heiligen Laurentius, Sire«, antwortete Bruder Geoffroy.

Dem König ging es deutlich besser, und auch die Erinnerung an die Krankheit seiner Söhne kehrte zurück. »Wie geht es Jean Tristan? Warum seid Ihr nicht bei ihm auf dem Schiff?«

Der Beichtvater schwieg, und Louis fuhr fort: »Ich will die Wahrheit wissen, die Zweifel quälen mich.«

Als Geoffroy zu weinen begann, verstand der König. Unter Tränen gestand ihm der Mönch: »Gott hat ihn zu sich gerufen, Sire. Er hat meine Gebete nicht erhört.«

Auch Louis' Augen füllten sich mit Tränen, doch sein absoluter Glaube wankte nicht. »Sagt das nicht. Unser Herr erhört immer unsere Gebete, aber dieses Mal war seine wie immer vollkommene Vorsehung für unsere blinden Augen unergründlich. Er hat ihn mir gegeben, und er hat ihn mir genommen. Sein Wille geschehe, geheiligt werde sein Name.«

»Amen.«

Es war die Stimme von Yves, der, von den beiden unbemerkt, den Pavillon betreten hatte. Der Inquisitor fuhr fort: »Morgen werden wir die Totenmesse feiern. Seine Knochen werden mit wohlriechenden Aromen bedeckt und nach Saint-Denis gebracht. Seine Seele ist bei uns und führt uns gemeinsam mit den Seelen der Heiligen.«

»Ich bewundere die Stärke Eures Glaubens, Magister«, sagte Louis. »Wie geht es Philippe?«

»Er ist noch fiebrig, aber er erholt sich. Er ist stark.«

»Gott sei es gedankt. Beten wir zu Saint Denis, dass er ihm zur Seite steht.«

»Das tun wir bereits ohne Unterlass, Sire. Ich wollte Euch mitteilen, dass gerade ein sizilianisches Schiff mit Schweinen und Hühnern eingetroffen ist. Im Moment mangelt es nicht mehr an frischem Fleisch.«

»Danken wir Gott auch dafür. Irgendwelche Neuigkeiten von meinem Bruder?«

»Noch nicht, Sire.«

»Hoffen wir, dass er bald kommt …«

Yves verstummte. Der Inquisitor spürte Geoffroys Unwohlsein. Genau wie vor zwanzig Jahren schien Gott sein Volk im Stich gelassen zu haben.

17. August 1270, am Morgen

Als sie von ihrer Erkundung in Karthago zurückkamen, warteten zwei Neuigkeiten auf Yves und Jean. Die erste betraf eine gerade stattgefundene Auseinandersetzung mit den Sarazenen. An diesem Tag bestand die Wache aus den Männern des Grafen von Orléans, ohne Philippe, der sich noch von seiner Krankheit erholte. Die Ritter waren gerade von einem drei Tage währenden Raubzug zusammen mit genuesischen Seeleuten zurück, währenddessen sie zahlreiche Kühe, Ochsen und Kälbchen beschlagnahmt hatten. Als sich dann die übliche kleine Gruppe Sarazenen dem Lager genähert hatte, hatten sie sie umgehend angegriffen und in die Flucht geschlagen. Der Kammerherr des Grafen hatte sofort den König informiert, der wie immer alle in Kampfbereitschaft versetzen ließ. Inzwischen hatten die Reiter des Grafen von Orléans die Zelte der Sarazenen erreicht, nachdem sie zuvor mindestens sechzig von ihnen getötet hatten. Im Lager jedoch sahen sie sich Tausenden von Gegnern gegenüber, und nur das entschlossene Eingreifen einer von Érard de Vallery angeführten Hilfsschwadron hatte es ihnen ermöglicht, wieder heil ins Lager der Franzosen zurückzukehren.

Die zweite Nachricht betraf eine Gruppe Ritter in orientalisch anmutenden Rüstungen mit rot-gelben Insignien und dem Doppeladler, die sie nahe dem königlichen Pavillon erwartete.

Wieder war es Berengario, der Yves und Jean auf den neuesten Stand brachte: »Dies ist eine Delegation des Kaisers von Byzant, Michael Palaiologos. Sie wird von Alexios Strategopulos, einem seiner höchsten Würdenträger, angeführt. Der König ist noch zu schwach, um sie zu empfangen. Er hat nur Alexios begrüßt und ihm gesagt, dass er sich Frieden unter allen Christen wünscht und dass, wenn Gott ihn weiterleben lässt, er dieses Ziel mit aller Macht verfolgen wird. Ihr müsst sie treffen, Magister, deshalb haben wir auf Euch gewartet.«

Alexios Strategopulos war etwa fünfzig, untersetzt, mit weißem Bart. Yves empfing ihn in einem Zelt neben dem königlichen Pavillon, das meist von der Leibwache benutzt wurde. Nur Berengario war bei ihm.

»Es ist mir eine Ehre, Euch kennenzulernen, Magister«, begann der Würdenträger, der gut Latein sprach. »Ich möchte Euch zuvörderst meine allerbesten Wünsche für die baldige und vollständige Genesung des Königs und den Erfolg seiner heiligen Mission aussprechen.«

»Ich danke Euch, Messire. Wie Ihr seht, habt Ihr für Euren Besuch einen schwierigen Moment gewählt. Was hat Euch hierhergeführt?«

»Der Basileus hat mich geschickt, um Euch seine Unterstützung im Heiligen Krieg gegen die Muslime zuzusichern. Wie Ihr wisst, hat seine Tochter Maria den Khan Abaqa geheiratet, der bereits einen Vertrag zwischen Eurem guten König und den Tataren befürwortet hat.«

»Und doch hat Abaqa die versprochene Offensive nicht begonnen. Genau wie Euer Basileus.«

»Abaqa wurde von einem rivalisierenden Khan angegriffen und musste die östlichen Gebiete seines Reiches schützen, während mein Herr damit beschäftigt war, sich gegen den König von Sizilien, die Venezianer und ihre verbündeten Barone zu verteidigen. Deshalb bin ich hier. Magister, wir sind uns bis jetzt zwar noch nicht persönlich begegnet, aber Ihr müsst wissen, dass ich mein ganzes Leben für meinen Herrn gekämpft habe. Vor neun Jahren hat Gott gewollt, dass ich Byzanz an der Spitze von nur achthundert tapferen Männern befreit und den Thronräuber Balduin mit seinen venezianischen Komplizen vertrieben habe. Während des Krieges in Epirus wurde ich gefangen genommen und blieb zwei Jahre lang ein Gefangener von Manfred, dem erbitterten Feind der Römischen Kirche und des Königs von

Frankreich. Niemals hätte ich gedacht, dass ich eines Tages gegen den Bruder des französischen Königs kämpfen müsste. Deshalb schickt mich der Basileus, um Louis zu beschwören, seinem Bruder Einhalt zu gebieten und uns nicht weiter im Namen unseres gemeinsamen christlichen Glaubens anzugreifen. Dann könnte sich Charles Euch mit all seiner Macht anschließen, und wir könnten all unsere Kraft nutzen, um gegen Baibars vorzugehen. Mein Herr vertraut darauf, auch Abaqa von Eurer Heiligen Allianz zu überzeugen. Für die Muslime gäbe es dann keinen Ausweg mehr, sie wären auf allen Seiten eingekesselt.«

Yves war beeindruckt von der Aufrichtigkeit des Mannes, ebenso wie von seinem hohen Rang. Wenn der Eroberer Konstantinopels, der Basileus, wie er ihn nannte, ihn hierhergeschickt hatte, dann musste er tatsächlich befürchten, dass Charles ihn angreifen würde. Dabei erwartete man den Bruder des Königs jeden Tag in Karthago. Der Großinquisitor Frankreichs schaute zu Berengario und las in seinen Augen die gleiche Ratlosigkeit. Deshalb antwortete er: »Wie Euch unser guter König bereits gesagt hat, hat Gott uns den Auftrag erteilt, Jerusalem zu befreien. Tunis ist nur der erste Schritt. Deshalb sind wir davon überzeugt, dass der König von Sizilien bald hier sein wird und an der Seite seines Bruders mit aller Kraft gegen die Ungläubigen kämpfen wird, für den Ruhm Gottes und der heiligen Mutter Kirche, wie er es immer getan hat. Sobald Jerusalem befreit ist, können wir über den Frieden unter den Christen sprechen, den sich Saint Louis so sehr wünscht. Ich werde deshalb mit ihm und König Charles über Euren Wunsch nach

Versöhnung im Glauben an Christus sprechen, aber ich bin verpflichtet, Euch mitzuteilen, dass eine solche Versöhnung nur im Glauben der heiligen Kirche in Rom ruhen kann. Wie Ihr bereits gesagt habt, haben wir uns bis jetzt noch nicht kennengelernt, aber ich spreche nicht nur als vorübergehender päpstlicher Legat zu Euch, sondern auch als Inquisitor gegen die Häretiker im Königreich Frankreich. Ihr solltet wissen, dass Euer Glauben sich auf eine Reihe althergebrachter dogmatischer Irrtümer und Ketzereien stützt, über die noch zu reden sein wird. Ihr könnt jetzt gehen.«

Alexios Strategopulos verbeugte sich. Als Mann mit großer Erfahrung hatte er die Botschaft des Mönches jenseits der theologischen Bemerkungen sehr wohl verstanden: Charles von Anjou hatte im Augenblick anderes zu tun.

Als er aus dem Zelt trat, traf ihn der unerträgliche Gestank, und er betete zum Pantokrator, König Louis und seinen Inquisitor am Leben zu lassen.

21. August, am Morgen

Am Tag zuvor, im Morgengrauen, hatten die Sarazenen bei einem Überfall auf das Lager auf der Halbinsel die Wache unter Olivier de Termes überlistet und sieben Seeleute getötet. Wie Érard de Vallery war Olivier ein Veteran aus den Kreuzfahrerstaaten, der in den Diensten Charles d'Anjous stand und seit einigen Wochen in Karthago weilte. Obwohl die Krankheit auch ihn nicht verschont hatte, blieb er gesund genug, um reagieren zu können. So war er davon ausgegangen, dass die Sarazenen sie auf demselben Weg noch einmal überfallen könnten, und hatte seine Männer dort postiert. Als die Sarazenen bei Tagesanbruch erneut angeschlichen kamen, waren sie prompt in die Falle getappt. Einige wurden ermordet, die anderen flohen.

Kurz darauf aber waren massive feindliche Kräfte in Gefechtsordnung vor beiden christlichen Lagern aufgezogen. Trompeten schlugen Alarm, die französischen Truppen rückten mit der Kavallerie an vorderster Front über den Graben vor. Mehr als einen Monat nach der Landung standen sich die beiden Armeen endlich gegenüber. Der König war noch krank, genau wie Alphonse de Brienne, Thibaut von Navarra und viele andere. Deshalb stand an der Spitze der Armee der junge Graf von Alençon, der *boutellier* Jean de Brienne, einer der Marschälle Frankreichs, Lancelot de Saint-Mard, und die beiden Veteranen Érard de Vallery und Olivier de Termes.

Alles war bereit für den Angriff, als ein Reiter in einem weißen Kettenhemd mit rotem Kreuz auf der Brust im Galopp auf die Gefechtsreihe zuritt und sich an die Kommandanten wandte. Amaury de la Roche hielt sein Pferd an und sagte: »Meine Herren, warum wollt Ihr angreifen? Nachdem Ihr so lange auf den König von Sizilien gewartet habt und er in zwei oder drei Tagen hier eintreffen wird, wollt Ihr jetzt in die Schlacht ziehen? Das ist schlecht. Wie Ihr wisst, hat Charles den König und alle darum gebeten, auf ihn zu warten. Deshalb hat Louis den Graben ausheben lassen, damit das Heer bis zur Ankunft seines Bruders in Sicherheit ist.«

Bei diesen Worten wendeten Érard de Vallery und Olivier de Termes die Pferde und ritten ins Lager zurück, die anderen folgten ihnen. Nur eine Stimme erhob sich zum Protest. Sie kam von Jean de Brienne: »Jenseits des Grabens wartet mit Sicherheit ein unrühmlicher Tod!«

Niemand beachtete ihn.

Unterdessen in den Ruinen von Karthago

Die Sonne stand bereits hoch, als sie sich auf den Rückweg machten. Yves ging nachdenklich mitten auf der gepflasterten Straße. Jean und die sechs Reiter der Eskorte folgten ihm in einigem Abstand. Ihre langen Ausflüge erregten die Neugier der Seeleute und der Wasserträger. Sie hatten inzwischen alle Quellen Karthagos und der umliegenden Dörfer untersucht, aber vom Tempel der punischen Göttin fehlte nach wie vor jede Spur.

Es war verrückt gewesen zu glauben, dass sie nach über tausend Jahren eine Statue wiederfinden könnten. Der Mönch musste sich auch eingestehen, dass dies nicht der einzige und vor allem nicht der schwerste Fehler war, der ihnen unterlaufen war.

Kapitel 21

Die Kirche der Heiligen Jungfrau

Lager der Christen, 23. August 1270, bei Sonnenuntergang

Es ist vorbei, Magister …«

Louis' Stimme war schwach. Sein Zustand hatte sich seit ein paar Tagen wieder verschlechtert. Sein Sohn Philippe, der zukünftige König von Frankreich, lag ebenfalls krank zu Bett. Ihm hatte er bereits einen langen Brief mit Anweisungen diktiert.

Die Krankheit breitete sich weiter aus. Thibaut von Navarra, seine Frau und Alphonse de Brienne kämpften um ihr Leben. Yves war von der Krankheit noch verschont geblieben, aber fest davon überzeugt, dass Gott ihn nur deshalb am Leben ließ, um ihn als Strafe sein Scheitern in vollen Zügen durchleben zu lassen. Der große Traum, einen neuen Kontinent zu entdecken und das Evangelium dorthin zu bringen, hatte sich in einen Albtraum verwandelt und die *expeditiones crucis* in eine Prozession von Toten. Er hatte das Gefühl, den Mann, der vor ihm lag, betrogen zu haben, den Mann, der ihm immer blind vertraut hatte und der nun im Sterben lag, nachdem er einen Sohn verloren hatte und der andere in Lebensgefahr schwebte.

Auf ein Zeichen des Inquisitors verließen Ysembart und der Arzt Guillaume de Paris das Zelt. Als sie allein waren, räusperte sich Yves und sagte: »Ich schulde Euch eine Entschuldigung, Sire, auch wenn sie keinen großen Wert mehr hat … Es ist alles meine Schuld. Ich habe darauf bestanden hierherzukommen und in Euch die Illusion genährt, al-Mustansir könnte zum wahren Glauben übertreten. Ich habe Euch getäuscht. Und ich tat es im Rausch eines Wunschtraums, der sich als Wahnvorstellung entpuppt hat. Hier irgendwo unter den Ruinen von Karthago liegt eine Stele vergraben, auf der eine Landkarte eines unbekannten Kontinents jenseits des Ozeans eingezeichnet ist. Dort lebte eine alte Zivilisation namens Aztlan: das Atlantis, das Platon beschrieben hat. Wenn wir diesen Kontinent erreicht hätten, hätten wir Gottes Wort dorthin bringen und seine Bewohner zum Christentum bekehren können. Es wäre eine großartige *expeditio crucis* Richtung Westen gewesen, die Suche nach einem neuen gelobten Land, vielleicht noch wichtiger als Jerusalem. Mit den Ressourcen dieses neuen Landes hätten wir das Christentum auf der ganzen Welt verbreiten können. Diesem Trugbild bin ich nachgejagt und habe dabei mich selbst und Euch betrogen. Ein abtrünniger Mönch hat mir davon erzählt, ohne wirklich zu wissen, wovon er sprach. Er nannte es den Schatz des Teufels. Ein anderer wiederum meinte, er sei ein Narr gewesen, das Buch über diesen neuen Kontinent aufzubewahren. Er hätte es zerstören sollen. Sie beide hatten recht, und ich war im Unrecht. Ich hätte nie gedacht, dass mir das nochmals passieren würde. Wie schon einmal vor vielen Jahren hat mich Satan geblendet und meinen Aberglauben für sich ausgenutzt. Ich war überzeugt davon, dass der Herr mir diese Aufgabe übertragen hätte und der Teufel mir folgen würde, um mich davon abzuhalten. Einmal meinte ich sogar, seinen Atem zu hören. Jetzt weiß ich, dass Satan mein Begleiter war, denn meine Mission war die seine. In der festen Überzeugung, Gutes zu verfolgen, habe ich Böses getan und Euch, Eure Kinder, den Kardinal und Tausende von tapferen und ergebenen Kreuzrittern in diese schreckliche Katastrophe gestürzt. Es gibt keine Worte, um die Schwere meiner Sünde zu beschreiben, und ich bitte Euch demütigst um Vergebung. Ich bin bereit, der göttlichen Strafe zu begegnen, ja, ich hoffe, sie lässt nicht mehr allzu lange auf sich warten. Nichtsdestoweniger habe ich eine Entscheidung getroffen. Wenn Gott mich bestrafen und mich den Kelch bis zur Neige leeren lassen möchte und mich am Leben lässt, werde ich das hohe Amt des Inquisitors abgeben und mich in die Bretagne zurückziehen, wo ich über meine Sünden nachdenken werde, bis er mich zu sich ruft … Sire?«

Er ging auf das Bett zu. Louis war eingeschlafen und hatte wahrscheinlich nichts von dem gehört, was er gesagt hatte. Yves zeichnete ein Kreuz in die Luft und verließ mit gebeugtem Haupt das Zelt.

Der Arzt und der Diener sprachen leise mit den Reitern der Leibgarde. Die Stimmung war gedrückt.

»Er ist eingeschlafen.«

Guillaume de Paris ging zum Eingang des Pavillons, drehte sich dann noch einmal zum Inquisitor um: »Er wird es kaum schaffen, Magister.«

»Vor zwanzig Jahren sagte ein Arzt in Ägypten die gleichen Worte, und dann hat der Herr ihn gerettet.«

»Damals war er zwanzig Jahre jünger.«

Der Arzt kehrte an das Lager des Königs zurück, und Yves dachte zurück an Isabelle, die damals trotz des abstoßenden Zustands des Königs seinen Kopf in ihren Schoß gebettet hatte. Saint Louis hatte sie für die Muttergottes gehalten und sich bereits im Paradies gewähnt. Vielleicht hatte ihm das die Kraft zum Leben zurückgegeben. Es bräuchte eine zweite Isabelle. Der Inquisitor sah sich um, als wollte er nach ihr Ausschau halten, erblickte aber nur Geoffroy de Beaulieu und Guillaume de Chartres, die sich mit Weihwasserkelch und einem Weihrauchfass näherten. Er starrte sie an und begriff, dass er einen weiteren Fehler begangen hatte. Es gab noch eine letzte Sache zu tun.

Jean de Montfort saß in seinem Zelt. Er hatte gerade das Ochsenfleisch gegessen, das er bei den Sarazenen konfisziert hatte. Dazu gab es französischen Rotwein, der durch die Hitze aber verdorben und ungenießbar war. Durch das Lager zogen Rauchschwaden, die auch vor dem Zelt nicht haltmachten und Jean zum Husten brachten. Es loderten zahlreiche Feuer, und das nicht nur, um darauf Fleisch anzubraten. Die Toten wurden inzwischen nicht mehr begraben, sondern zusammen mit ihren persönlichen Habseligkeiten verbrannt in der Hoffnung, so die Ansteckung einzudämmen. An diesem Tag war unter den vielen Toten auch ein Marschall Frankreichs namens Gauthier de Nemours, ebenso wie Graf Buchard von Vendôme, der Eroberer San Germanos. Jean hatte bereits sein Kettenhemd und die Rüstung abgenommen, als Yves sein Zelt betrat.

»Ich erwarte dich vor Sonnenaufgang. Wir müssen nach Karthago zurück. Bring Fackeln, Spitzhacken und Schaufeln mit.«

»Natürlich, Magister. Aber wir haben doch alle Quellen überprüft?«

»Wir müssen gar nicht nach einer Quelle suchen. Ich war dumm, auch dieses Mal.«

Am folgenden Tag kurz nach Sonnenaufgang in Karthago

Die kleine Kirche war Maria geweiht. Die Gottesmutter hatte den Tempel von Juno geerbt, der Gattin des Jupiters, die wiederum einer punischen Göttin gefolgt war.

Als er seine Mitbrüder mit dem Weihwasserkelch gesehen hatte, hatte sich Yves daran erinnert, wie Polybios von der heiligen Quelle gesprochen hatte. Und ein solcher Ort blieb ein Heiligtum, egal welchen Göttern er geweiht war.

Dann war ihm die kleine zerfallene Kirche wieder eingefallen, an der sie vorbeigekommen waren und vor der sie jetzt erneut standen. Die Säulen am Eingang waren verschwunden, aber die Seitenmauern und ein Teil des Daches noch erhalten. Yves trat mit Jean ein, während die anderen draußen blieben.

Im Inneren waren die ursprünglich drei Räume zu einem einzigen zusammengeführt worden, an die eine runde Apsis wie in den ältesten christlichen Kirchen angebaut worden war. Den ehemals steinernen Boden bedeckten Terrakottafliesen. An den Wänden waren noch Reste von Fresken zu erkennen, die die islamischen Eroberer Jahrhunderte zuvor nicht komplett zerstört hatten. Yves schaute in das fragmentarisch erhaltene Gesicht der Jungfrau, die seinem Blick mit einem einzigen verbliebenen Auge begegnete. Er bekreuzigte sich, und Jean tat es ihm gleich.

Nach Polybios' Bericht lag der Eingang zum unterirdischen Gang im Hauptraum hinter der Statue der Göttin. Da sie aber nicht mehr vorhanden war, stellte sich Yves ganz nach hinten, mit Blick auf die Apsis. Er kniete sich trotz der dicken Staubschicht nieder, mit den Händen auf dem Boden, beugte sich weit nach unten, um zu hören, ob er tief unter sich Wasser rauschen hören konnte. Er hörte zwar nichts, beschloss aber trotzdem, dort graben zu lassen.

»Grabt hier ein Loch und versucht, nicht allzu viel Lärm zu machen. Ich möchte keine neugierigen Zuschauer«, befahl er Jean.

Der junge Montfort ging nach draußen und rief vier seiner Männer. Die beiden anderen hielten draußen weiterhin Wache.

Nur wenige Hiebe mit der Spitzhacke genügten, um die ersten Kacheln zu entfernen und die darunterliegenden großen Steinplatten freizulegen. Kurz darauf stießen sie auf den quadratischen Sockel einer Statue. Der Mönch deutete auf die auf der Seite der Apsis angrenzende Steinplatte: »Versucht, sie vorsichtig anzuheben.«

Die beiden Ritter vor der Kirche hatten im Schatten einer Mauer Schutz gesucht und die Helme abgenommen. Die Geräusche aus dem Inneren der Kirche waren zwar verstummt, aber noch immer war niemand herausgekommen. Zwischen den Ruinen war keine Menschenseele zu sehen, nur ein dreckiger, zerlumpter Seemann streunte herum und kam schließlich auf sie zu.

Jean de Montfort hatte deutlich gemacht, dass der Magister keine Neugierigen wünschte, deshalb verscheuchte ihn der eine Ritter auf Französisch: »Verschwinde, alter Mann.«

Der Mann antwortete ebenfalls auf Französisch, aber mit einem starken italienischen Akzent: »Ich habe Schläge gehört. Kann ich vielleicht beim Graben helfen, edle Herren?«

»Ich habe gesagt, du sollst verschwinden. Wenn du nicht sofort abhaust, dann zeige ich dir, wie man durch die Luft segelt!«

Der Ritter wandte sich mit einem selbstzufriedenen Blick seinem Kameraden zu, der aber hatte in dem Blick des Mannes, der gar nicht so alt war, wie es auf den ersten Blick schien, etwas Merkwürdiges entdeckt. »Das gefällt mir nicht, Henri«, sagte er und legte die Hand an den Schwertknauf.

Das waren seine letzten Worte. Einen Moment später traf ihn eine Eisenkeule am Kopf. Henri ereilte das gleiche Schicksal. Durch den Seemann abgelenkt, hatten sie die Angreifer hinter ihnen nicht bemerkt.

Umberto betrachtete die Leichen der Franzosen. Es war schnell gegangen, auch wenn er dafür früher keine Hilfe gebraucht hätte. Ein *askari* reichte ihm einen Krummsäbel aus einem Sack, während Jordi und zwei andere als Seeleute verkleidete Mamelucken aus den Ruinen eines Hauses in der Nähe herbeieilten.

Umberto war Yves schon seit einigen Tagen auf den Fersen, und als er ihn in die Kirche hatte gehen sehen, hatte er sofort vermutet, sein Ziel endlich erreicht zu haben. Der Tempel der punischen Göttin war wahrscheinlich in eine der Madonna geweihte Kirche verwandelt worden, die Schläge aus dem Inneren hatten seinen Verdacht bestätigt. Gefolgt von Jordi, ging er schweigend zum Eingang, während die anderen Ägypter die Leichen aufhoben und hinter eine Mauer trugen, damit niemand sie sah. Ein kurzer Blick ins Innere genügte, um die Lage zu erfassen. Vier Männer mit Schaufeln und Spitzhacken, die Schwerter in den Scheiden. Der Mönch und sein junger Begleiter, der ihr Anführer zu sein schien, fehlten. Umberto tauschte einen kurzen Blick mit dem Katalanen. Sie würden ihre zahlenmäßige Überlegenheit und den Überraschungseffekt ausnutzen und sie alle zusammen angreifen. Er wartete, bis auch die anderen sich ihnen angeschlossen hatten. Dann gab er das Signal.

Die Stele war noch immer da, auch nach mehr als tausend Jahren. Im Licht der Fackel konnte Jean unter der dicken Staubschicht Inschriften und eine rudimentäre Zeichnung erahnen.

Die Route nach Aztlan.

Yves und Jean hatten die letzte der acht Kammern erreicht, ein Teil des unterirdischen Ganges dorthin war eingestürzt. Die Quelle hatten sie nicht gefunden, aber die Reste eines ausgetrockneten Beckens im vorletzten Raum. Möglicherweise hatte jemand das Wasser umgeleitet, um den Ort für immer in Vergessenheit versinken zu lassen, wahrscheinlich Polybios oder Scipio. Eine weise Entscheidung, befand der Dominikaner, wer auch immer es gewesen sein sollte.

Ohne den Blick von der Stele zu wenden, fragte Jean: »Was ist das?«

Noch bevor der Magister ihm antworten konnte, waren von oben Schreie zu hören. Nur ganz kurz, dann kehrte wieder Stille ein. Der junge Ritter reichte dem Mönch die Fackel, zog das Schwert und bedeutete Yves, ihm zu folgen. Vorsichtig schlichen sie zum Ausgang. Nach einer engen Stelle, neben einem Steinhaufen, beleuchtete die Fackel einen Mann, der sie erwartete. Er war wie ein Seemann gekleidet und hielt einen Krummsäbel in der Hand. Seit jener Nacht in Montecassino waren vier Jahre vergangen, aber sie erkannten einander sofort. Ohne zu zögern, stürzte sich Jean auf ihn, während Yves rief: »Töte ihn nicht!«

»Ich versuche es, Magister ...«, antwortete der junge Montfort und stach auf den Gegner ein, der aber seiner Klinge auswich. Mehr konnte er nicht mehr sagen: Ein Hieb mit dem Schwertknauf auf den Kopf ließ ihn zusammensinken.

Während Jean auf dem staubigen Boden aufschlug, murmelte der Mönch: »Dich habe ich nicht gemeint ... Du bist zu jung, um zu sterben.«

»Ich habe ihn nicht getötet«, erklärte Umberto. »Beim Aufwachen wird er nur schlimme Kopfschmerzen haben.«

»Und die Ritter oben?«

Der andere schüttelte kaum merklich den Kopf. Der Mönch murmelte ein stummes Requiem und sagte dann: »Du hast die Lust am Töten noch nicht verloren.«

»Im Gegensatz zu dem, was du glauben magst, hatte ich sie noch nie. Es waren meine Feinde, die in Benevent, Scurcola, Karthago und an vielen anderen Orten kein Erbarmen für ihre Feinde zeigten.«

»Warum bist du mir gefolgt? Wenn es um die Stele geht, hättest du genug Zeit gehabt, sie vor uns zu finden ... Aber natürlich! Du hast Polybios' Buch gar nicht gelesen!«

»Ich kann kein Griechisch, und um es mir übersetzen zu lassen, blieb nicht genug Zeit. Ich erinnerte mich an Teodinos Geschichte, aber sie war nicht präzise genug, um mich bis hierher zu führen. Also habe ich auf dich gewartet. Ich wusste, dass du kommen würdest, sogar um den Preis, den gesamten Kreuzzug hierherzubringen. Mit Hunderten Schiffen, die noch im Golf vor Anker liegen, war es ein Leichtes, als Seemann durchzugehen. Ich habe auch die Auswirkungen der Epidemie und den desaströsen Zustand beobachten können, in dem ihr euch befindet. Der König und sein Thronfolger kämpfen mit dem Tod. Sie können nicht weitermachen. Je schneller ihr umkehrt, desto besser für euch.«

»Auch nach zwanzig Jahren hast du nichts von deiner Arroganz verloren.«

»Und du nichts von deiner Überheblichkeit, Bruder. Was willst du tun? Dich auf die Suche nach einem neuen Kontinent begeben, um dort noch mehr Scheiterhaufen zu errichten?«

Yves' Ton klang resigniert: »Wir kennen uns, Umberto di Fondi … seit langer Zeit, könnte man sagen. Wir haben uns lange gejagt, und das knüpft unweigerlich ein Band zwischen Menschen. Der Herr hat gewollt, dass du heute hier bist und dass diese Ritter durch deine Hand sterben. Gott hat dich zu einem Teil meines Schicksals gemacht … Deshalb solltest du eines wissen: Als junger Mann wurde ich von Albträumen verfolgt, die meine Unsicherheit widerspiegelten. Doch das, was auf dem Ölberg geschehen ist, hat meinen Glauben gestärkt, und als ich den Text von Polybios gelesen habe, hatte ich eine großartige Vision. Die Konversion eines neuen Kontinents, die die ganze Welt zum wahren Glauben finden lässt. Ich war überzeugt davon, ein Instrument des göttlichen Willens zu sein, muss mir aber jetzt eingestehen, dass ich einem dämonischen Plan gedient habe, angetrieben von meinem eigenen Stolz.«

Ein solches Geständnis hatte Umberto vom Großinquisitor Frankreichs nicht erwartet. »Ich weiß nicht, ob es einen dämonischen Plan gab, da kennst du dich besser aus. Ich weiß nur, dass du Louis mit dem Märchen über al-Mustansirs Konversion belogen und ihn so in eine schlimmere Katastrophe geführt hast als in Ägypten. Dein neuer Kontinent ist wie eine Fata Morgana in der Wüste, und selbst wenn du ihn erreichen solltest, wirst du dort nur noch mehr Unheil anrichten. Deine Kreuze triefen vor Blut, Bruder, sehr viel mehr Blut, als ich in meinem ganzen Leben vergossen habe. So weit wird es jedenfalls nicht kommen, weil ich die Stele mitnehmen werde.«

»Die Stele bleibt vorerst, wo sie ist.« Yves deutete auf Jean am Boden: »Wenn er aufwacht, wird er sie ins Meer werfen.«

»Jetzt verlierst du auch noch den Verstand, dir ist nicht klar, in welcher Situation du dich befindest. Du hast verloren.«

»Ich habe verloren, das stimmt, und ich habe versagt. Aber vielleicht habe ich auch ein paar gute Gründe, warum die Stele zerstört werden muss. Ich habe mir schon gedacht, dass wir uns früher oder später wiedersehen würden, und einige Vorkehrungen getroffen. Ich habe deinen Sohn, die Frucht der verbotenen Liebe zwischen dir und Violante. Zufälligerweise habe ich die Briefe gelesen, die sie dir geschrieben hat. Nach Konradins Niederlage wollte König Charles dem jungen Grafen den Kopf abschlagen lassen, aber ich habe meinem Schüler Berengario da Verona Anweisungen gegeben und dafür gesorgt, dass deinem Sohn nichts passiert.«

»Noch eine blutrünstige Bestie.«

»Das musst du gerade sagen … Ich habe jedenfalls deinen Sohn gerettet, der mit seiner Frau in der Festung von Canosa in Apulien weilt. Wenn mir etwas passieren sollte, weiß Berengario, was zu tun ist.«

»Bist du dir sicher, dass Charles d'Anjou ihn noch immer tot sehen will? Die Zeiten ändern sich …«

Yves antwortete mit einer Gegenfrage: »Bist du bereit,

den Kopf deines Sohnes darauf zu verwetten, dass Charles d'Anjou Baibars sein Wort gegeben hat?«

»Du weißt gut Bescheid, Bruder.«

»Berengario und Amaury de la Roche wurden entsandt, um mit Baibars zu verhandeln. Charles hat seinem Bruder gegenüber daraus kein Geheimnis gemacht. Mein Schüler diente nur dazu, Louis und uns alle in Sicherheit über die edlen und würdigen Motive zu wiegen, die hinter den Verhandlungen standen, nämlich den Sultan davon zu überzeugen, Jerusalem an die Christenheit zurückzugeben und einen Krieg zu vermeiden. Amaury hat indes weitere Intrigen gesponnen, das hast du mir gerade bestätigt, als du auf den Wunsch des Königs angespielt hast, al-Mustansir zum wahren Glauben zu bekehren. Außer mir und einigen wenigen Mitbrüdern wusste nur eine Person, dass Louis aus diesem Grund nach Tunis wollte: Charles d'Anjou. Du hast dir vorstellen können, dass ich nach Karthago wollte, um die Stele zu suchen, aber den Beweggrund des Königs, dies zu veranlassen, konntest du nicht wissen. Also muss Amaury es Baibars gesagt haben oder sogar dir.«

»Kannst du dafür sorgen, dass Corrado freikommt?«, fragte Umberto.

»Ich kann leider für nichts mehr sorgen. Ich werde mit Berengario darüber sprechen, aber ich bezweifle, dass Charles ihn gehen lassen wird. In den Augen aller ist er der Sohn von Riccardo und Violante von Hohenstaufen, Erbe der normannischen Grafen von Caserta und Enkel des Stauferkaisers. Als freier Mann wäre er eine ernsthafte Gefahr für das Königreich. Nein, er wird ihn nicht gehen lassen, nicht einmal wenn Berengario ihn darum bitten würde. Du könntest natürlich versuchen, ihn zu befreien, ich bin mir sicher, das würde dir gelingen. Du bist in die von hundert Männern bewachte Festung in Akkon eingedrungen, in Canosa wären es wohl gerade mal dreißig. Ein Kinderspiel.«

»Es wäre sein sicherer Tod. Er ist zu stolz und würde versuchen, sein Lehen zurückzugewinnen, und das gleiche Ende nehmen wie Galvano Lancia, Corrado Capece, Azzolino degli Uberti und viele andere.«

»Wenn du ihm sagen würdest, dass er dein Sohn ist: Würde er dir dann folgen?«

Umberto wechselte das Thema, er wirkte plötzlich erschöpft. »Was stand in diesen Briefen?«

Yves verstand, dass die Wunde noch nicht verheilt war. »Ich lasse dir den verbliebenen Brief zukommen, im Grunde gehört er dir. Den anderen hat Riccardo von Caserta verbrannt. Sein obszöner Inhalt hat sogar den Heiligen Vater in Verlegenheit gebracht.«

Bei der Vorstellung, was Violante beschrieben haben könnte, verzog Umberto den Mund zu einer Art Lächeln.

»Morgen wirst du den Brief in der hintersten Kammer finden, dort, wo die Stele stand«, sagte der Mönch abschließend.

»Adieu, Yves le Breton.«

»Adieu, Ser Berto.«

Umberto wandte sich um und ging zum Ausgang. Nach zwei Schritten fragte ihn der Dominikaner: »Was war in der Höhle?«

Der andere drehte sich nicht um. »Das solltest du doch wissen, oder?«

Der Mönch dachte an die Nacht vor zwanzig Jahren zurück und daran, was diese Antwort bedeutete, als Jeans Stöhnen ihn wieder in die Gegenwart zurückholte.

Er kniete sich neben ihn in den Staub, hob seinen Kopf und gab ihm eine Ohrfeige, um ihn aufzuwecken. Der junge Mann öffnete die Augen.

»Magister, ich habe es nicht geschafft … Wo ist er?«

Er versuchte sich aufzurichten. Yves half ihm auf die Beine. »Geht es?«

»Ja, ich denke schon. Wo ist er?«

»Er ist weg. Oben sind leider alle tot. Lass uns ins Lager reiten. Du wirst mit deinen Reitern hierher zurückkehren, die Gefallenen begraben und die Stele im Meer versenken. Aber pass gut auf: Das ist das Werk des Teufels.«

Christliches Lager, 25. August 1270

»*Miserere mei, Deus, secundum magnam misericordium tuam.*«

Louis nuschelte die Bußpsalme, während Geoffroy de Beaulieu ihm die Letzte Ölung gab. Der König war noch bei Bewusstsein, konnte das Bett aber nicht mehr verlassen. Das Sprechen fiel ihm schwer, so sehr, dass die Umstehenden mit dem Ohr nahe an seinem Mund sein mussten, um ihn zu verstehen. »Wir werden nach Jerusalem ziehen … Um Gottes willen, lasst uns den wahren Glauben sehen, wie er in Tunis gepredigt und begründet wird. Wen könnten wir dorthin schicken, um zu beten? Wo ist André de Longjumeau?«

Die körperlichen Kräfte verließen ihn, aber er fuhr fort, seine ihm wichtigsten Heiligen anzurufen, vor allem den heiligen Dionysius: »Schenk uns deine Liebe, damit wir die Erfolge der Welt geringschätzen und kein Unglück fürchten.« Mit schwacher Stimme wiederholte er ebenfalls die ersten Zeilen des Gebets an den heiligen Jakobus: »Herr, sei der Wächter und der Retter deines Volkes.« Seine letzten Worte, bevor er das Bewusstsein verlor, lauteten: »*Introibo in domum tuam, adorabo al templum sanctum tuum, et confitebor nomini tuo.*«

Danach wurde er auf ein mit Asche bedecktes Lager in Form eines Kreuzes gelegt. Er starb in der neunten Stunde, derselben Stunde, in der nach der Schrift auch Jesus gestorben war.

Als Yves kurz darauf den königlichen Pavillon verließ, kam ihm das Tageslicht fremd vor, verändert. Um ihn herum entsetzte Gesichter. Nur der heiße Wüstenwind, der die Flagge wehen ließ, durchbrach die Stille. Dann erklang aus der Ferne, vom Meer her, das Signal der Trompeten. Yves dachte an einen weiteren Alarm, aber dann rief jemand: »Der König von Sizilien ist gelandet!«

Charles d'Anjou wusste sich ins rechte Licht zu rücken und hatte einen triumphalen Einzug mit Trompeten und großem Gefolge inszeniert. Begleitet wurde er von seinem Sohn, dem Prinzen von Salerno, dem lateinischen Herrscher, der aus Konstantinopel geflohen war, dazu die wichtigsten Adligen, die ihn bei der Eroberung des Königreichs unterstützt hatten, darunter Philippe de Montfort.

Als Amaury de la Roche ihn vom Tod Louis' in Kenntnis setzte, stieg er jedoch sofort auf sein Pferd und folgte dem Ritter mit finsterer Miene ins Lager. Vor dem Pavillon des Königs machte ihm die schweigende Menge Platz. Er stieg aus dem Sattel und betrat das Zelt.

Als er den Leichnam seines Bruders auf dem Lager sah, vergrub er das Gesicht in den Händen und lamentierte: »O Herr, mein geliebter Bruder …« Er umarmte die Füße des Verstorbenen, dann gewann sein Stolz die Oberhand. Er richtete sich auf, blickte sich würdevoll um, als ob die Tragödie ihn nichts mehr angehen würde, und fragte laut: »Wie geht es dem König?«

Der neue Herrscher Frankreichs war nun sein Neffe Philippe. Diese Frage erinnerte alle daran, dass die Nachfolge der Dynastie gewährleistet war und der König von Frankreich, ungeachtet der Personen, die das Amt ausfüllten, niemals sterben würde.

Eine Stimme hinter ihm antwortete: »Besser, Sire. Er ist auf dem Weg der Besserung.«

Charles d'Anjou wandte sich um: »Magister! Wenigstens Ihr seid gesund …«

Kapitel 22

Die Insel Hannos

Entlang der Küste Afrikas, vierter Tag vor dem 9. Juni, Jahr 608 nach der Gründung Roms (2. Juni 146 v. Chr.)

Wie lange dauert es noch, Scaurus?«

Nahe dem Achterruder der Pentere betrachtete Polybios die Küste, die nur wenige Meilen entfernt lag und seit Tagen immer gleich aussah: Wälder, breite Flussmündungen, im Hintergrund hohe Berge. Allerdings hatte sich das Klima verändert. Es war heiß und schwül, jeden Nachmittag gab es kurze sintflutartige Regenfälle. Seit eineinhalb Monaten waren sie nun unterwegs, und unter der Besatzung wurde gemunkelt, sie seien direkt in Richtung Hades unterwegs. Selbst die Triarier waren beunruhigt darüber, dass die Sonne seit einigen Tagen im Norden aufging.

Die Nauarchen konnten sich dieses Phänomen nicht erklären. Sie hatten das *mare nostrum* niemals verlassen und verließen sich deshalb allein auf Scaurus' Anweisungen. Für sie war er jetzt eher ein Kollege als ein Gefangener, schon lange trug er keine Ketten mehr.

Der Deserteur blickte zum Hermesstab und antwortete: »Es ist nicht mehr weit.«

»Woher weißt du das? Woran orientierst du dich?«, fragte Polybios erstaunt, bevor er ausrief: »Natürlich! Die Sonne!«

»Grieche, ich frage mich immer noch, wie Scipio dich mit dieser Expedition betrauen konnte. Vom Meer verstehst du rein gar nichts.«

Polybios hielt nachdenklich inne und sagte dann: »Das kann durchaus sein. Aber Scipio vertraut meiner Kultur. Und die Kultur ist wichtig, um die Welt zu verstehen, auch die neue, wie sie Abd-Melqart beschreibt. So glaube ich zum Beispiel verstanden zu haben, von welcher tödlichen Falle Hasdrubal sprach. Seitdem wir die Säulen des Herakles hinter uns gelassen haben, treibt uns der Wind voran. Der Rückweg aber ist uns auf dieser Route versperrt. Wer Hannos Anweisungen aus dem Baal-Tempel gefolgt wäre, wäre niemals zurückgekehrt. Aber du hast es geschafft. Der Rückweg ist ein weiteres Geheimnis Karthagos, und dein Verbrechen war es, die Aufzeichnungen darüber zu zerstören. Allein dafür hättest du den Tod verdient.«

»Wenn ich sie nicht verbrannt hätte, wäre ich jetzt bereits tot.«

»Hm … Vorausgesetzt, du hast sie wirklich verbrannt. Vielleicht hast du sie auch irgendwo in Karthago versteckt. Vielleicht sind sie noch im Äskulap-Tempel. Aber du hast recht: Wenn diese Aufzeichnungen aufgetaucht wären, hätte dich Scipio augenblicklich mit seinen eigenen Händen getötet. Er hasst dich von ganzem Herzen.«

»Er sollte nur sich selbst hassen! Du selbst warst in Utica dabei.«

»Ich habe versucht, ihn aufzuhalten. Als sie ihm die

Nachricht aus Rom überbracht haben, war ich in seinem Zelt. Es hieß, es sei deine Schuld und dass du deshalb sterben müsstest. Ich habe ihn daran erinnert, dass du sein bester Freund bist und ihm in Iberien das Leben gerettet hast und dass er es war, der sie dir vorgestellt hat.«

»Anderen die Schuld für die eigenen Fehler zu geben liegt in der Natur dieser Familie. Du hast seinen Vater gut gekannt, Lucius Aemilius Paullus, genannt der Mazedonier, der Schlächter der Griechen. Du warst Teil der Beute aus Griechenland.«

Polybios lächelte bitter. »Die Beute, die er dem Volk geschenkt hat.«

»Eine so große Beute, dass das *tributum* abgeschafft wurde, die Steuer auf den Besitz, den die Quiriten bis dato gezahlt hatten. Du warst einer der tausend Geiseln, die er mitgebracht hatte, er hat dich als Präzeptor und Sekretär dem Sohn anvertraut, den er von Scipio adoptieren ließ. Einen weiteren Sohn, den Erstgeborenen, hatte er den Fabiern zur Adoption geschenkt. Seine Kinder wären die Herrscher Roms gewesen.«

»Aemilianus war achtzehn Jahre alt und gerade ein Mann geworden, er konnte nichts für die Massaker seines Vaters.«

»Aber jetzt hat er seine eigenen. Ich nehme an, dass nicht einmal du etwas dagegen tun konntest, sonst hätte er die Bibliothek von Karthago nicht niederbrennen lassen. Seine Allmachtsgefühle haben die Überhand gewonnen, aber ihn deiner Obhut anzuvertrauen, war vielleicht das einzig Gute, was sein Vater je getan hat … von Gaia einmal abgesehen.«

Die beiden schwiegen und dachten an die schöne junge

Frau mit den kastanienbraunen Haaren und dem entzückenden Lächeln. Gaia Aemilia Paulla war Aemilius' jüngere Schwester, die nach zwei Jungen und zwei Mädchen zur Welt gekommen war, kurz bevor der alte Aemilius Paullus sich von seiner Frau Papiria scheiden ließ. Denjenigen, die ihn fragten, warum er sich nach so vielen Jahren Ehe mit so wunderbaren Kindern scheiden ließ, hatte der Senator seinen Hermesstab gezeigt und geantwortet: »Ist es nicht schön, sich zu sehen? Ist es nicht neu? Niemand außer mir weiß, wo mich der Schuh drückt.« Gaia trug den Namen der Frau von Scipio Africanus, der Tochter des Konsuls, der sich in Cannae in der dunkelsten Stunde der Republik geopfert hatte. Aemilius hatte das Mädchen immer als Tochter, nicht als Schwester gesehen, auch wegen des großen Altersunterschieds. Scaurus hatte sie kennengelernt, als er nach dem Krieg in Iberien nach Rom zurückgekehrt war, ein Jahr vor dem Krieg mit Karthago. Wie Polybios schon sagte, hatte Scipio sie ihm vorgestellt. Sie war zwanzig, Scaurus fünfunddreißig. Die beiden hatten sich noch einmal getroffen, diesmal allein. Als er davon erfahren hatte, hatte Scipio den Freund gewarnt: »Sei vorsichtig. Auch wenn du ein tapferer Mann bist und mir das Leben gerettet hast, solltest du wissen, dass ein Nauarch aus der Provinz niemals die Tochter des Mazedoniers heiraten kann.«

Scaurus und die junge Frau hatten sich nicht darum geschert, sich weiterhin getroffen und im Verborgenen geliebt, bis Scaurus mit der Flotte nach Afrika aufgebrochen war.

Unterdessen hatte Scipios ältester Bruder, Quintus Fabius Maximus, der nach dem Tod des Vaters die Funktion des *pater familias* übernommen hatte, den Moment für gekommen gehalten, Gaia zu verheiraten, und eine Hochzeit mit einem alten und sehr wohlhabenden Familienoberhaupt der Aurelier arrangiert, der vor Kurzem Witwer geworden war. Die Frauen Roms hatten keine Wahl: Sie mussten erst dem Vater oder dem Bruder und dann dem Ehemann gehorchen. Aber Gaia Aemilia Paulla war keine Frau wie jede andere. Als Tochter des Mazedoniers und Enkelin des Konsuls von Cannae hatte sie deren stolzes Temperament geerbt und beschlossen, dass sie, wenn sie schon nicht Scaurus haben konnte, niemandem sonst gehören würde. So hatte sie es auf einen Papyrus geschrieben, der am Morgen ihres Hochzeitstags neben ihr in einer Blutlache gefunden wurde. Sie hatte sich die Pulsadern aufgeschnitten.

Diese Nachricht war bis nach Utica gelangt. Niemals würden Polybios und Scaurus die verschleierte Sonne, den weißen Himmel und den heißen Wüstenwind vergessen, der an jenem Nachmittag vor drei Jahren das grüne Meer und die Palmen bewegt hatte. Polybios brach das Schweigen: »Er denkt, sie hat sich deinetwegen das Leben genommen. Er hat dich vor allen entwaffnet und ins Meer geworfen, bevor du zum Feind übergelaufen bist.«

»Ich bin zum Feind übergelaufen, weil es die Aemilier, die Fabier, die Scipier und die Aurelier waren, die Gaia getötet haben. Es war Rom. In dieser Stadt ist es nicht vorgesehen, dass die Tochter eines Konsuls einen Mann aus der Provinz liebt. Die zehn Familien, die die Republik regieren, glauben in ihrem Dünkel, dass sie über anderen Menschen stehen. Von wegen, die Herrschaft des Senats und des Volkes! Das Volk ist ihnen egal, es dient ihnen nur als Futter für die Kriege, mit denen sie sich bereichern, wie es der Mazedonier und der Afrikaner getan haben, und auch der Aemilier wird es so machen! Wer weiß das besser als du, Polybios?«

Unangenehm berührt, wandte sich der Grieche in Richtung Meer und wechselte schnell das Thema. »Was den Dünkel betrifft, braucht die Feindin Roms, die du unbedingt mitnehmen wolltest, nichts mehr zu lernen …«

»Wie geht es ihr?«

»Sie ist wie ein Panther im Käfig und weigert sich seit ein paar Tagen zu essen. So, wie sie versucht hat dich zu schlagen, als wir an Bord gingen, scheint sie nicht zu verstehen, dass du ihr das Leben retten willst.«

»Das weiß sie sehr wohl, und sie kennt auch den Preis dafür. Lieber würde sie sterben, als der Zerstörung des letzten Stückchens ihrer Heimat zuzusehen. Ich möchte mit ihr sprechen.«

Polybios lächelte: »Wenn sie dich umbringt, müssen wir für immer auf der anderen Seite des Meeres bleiben.«

Scaurus wertete das als ein Ja.

Arishut war wütend und ließ einen Wortschwall über Scaurus ergehen, dem dieser kaum folgen konnte. Sie befanden sich in der Kabine des Kommandanten der Pentere, die in eine Zelle für die Priesterin umfunktioniert worden war. Von der offenen Tür aus wurden sie von einem Zenturio beobachtet, der nichts von dem verstand, was sie sprachen.

»Ich dachte, du wärst ein Mann. Stattdessen gibst du dich der Illusion hin, dein nutzloses Leben zu retten, und zerstörst damit den Traum von Qart Hadasht. Sie werden uns trotz allem töten. Ich hoffe nur, dass ich nach dir an der Reihe bin, um dich qualvoll sterben zu sehen.«

»Der Traum, von dem du sprichst, ist blutbesudelt, und das weißt du besser als jeder andere.«

»Die Götter haben ihn uns auferlegt.«

»Die Götter haben dir gar nichts auferlegt und sich jetzt von dir abgewandt, angewidert von deiner Grausamkeit. Kein Gott will das Blut eines Kindes.«

Arishut schwieg, dann murmelte sie: »Das kannst du nicht verstehen, Römer. Du gehörst nicht zu unserer Welt. Wir haben Baal Hammon zwei Kinder geschickt, aber zu spät. Deine Landsleute haben uns verhungern lassen und Tausende von uns abgeschlachtet. Und doch haben sie gewonnen ... Wenn die Götter vom Tod eines Kindes angewidert wären, müsste Rom schon lange in Trümmern liegen.«

»Du bist es, die nicht verstehen will. Ich war ein römischer Bürger und Kommandant, aber ich habe für dein Volk gekämpft. Meine Kameraden sind bei der Verteidigung von Qart Hadasht gestorben. Ich bin mir wohl bewusst, dass das Römische Reich mit Gewalt errichtet wurde und erhalten wird, aber auch, dass die Stadt früher oder später in Trümmern liegen wird. Aber ich kann die Tatsache nicht rechtfertigen, dass du zwei Kindern die Kehle aufgeschlitzt hast, weil du damit einem Gott gefallen wolltest, der das nicht gewollt haben kann. Vielleicht existiert er nicht einmal. Du musst die Rolle der *rab kuhanat* ablegen und zur Menschlichkeit zurückfinden, auch wenn es diese beiden Kinder nicht mehr gibt, ebenso wie die unzähligen Toten von Qart Hadasht. Du musst in dich schauen, Arishut, und darüber nachdenken, wie sinnlos all dein Tun war. Vielleicht wird dir dabei klar, dass du gar nicht die wilde Bestie bist, die du gerne sein würdest.«

Die junge Frau antwortete nicht und senkte den Blick.

Hannos Insel, achter Tag vor den Iden des Juni (Insel Bioko, vor der Küste von Kamerun, 6. Juni 146 v. Chr.), im Morgengrauen

»Sie sind alle tot. Schon lange.«

Mit diesen Worten begrüßte der Zenturio *prior*, der das Manipel kommandierte, das als Erstes an Land gegangen war, Polybios. Sie hatten an der halb zerfallenen Mole des kleinen Hafens den Anker ausgeworfen, neben den Wracks von fünf halb gesunkenen punischen Schiffen, drei Handels- und zwei Kriegsschiffen. Hinter der Palisade aus angekokelten Baumstämmen auf dem weißen Sandstrand waren die Reste einiger Hütten und ein gemauertes Gebäude mit Säulen auszumachen, wahrscheinlich der Tempel des Dorfes.

Scaurus hatte gesagt, dies sei das einzige Dorf der punischen Kolonie, dabei hatte die Insel vom Schiff aus recht groß gewirkt. Sie war üppig bewachsen, im Landesinneren erhoben sich hohe Berge.

»Wer war das?«, fragte Polybios.

»Das lässt sich nicht erkennen. Die Leichen scheinen alle Karthager zu sein, Männer, Frauen und Kinder. Sie müssen überrascht worden sein. Falls es bei den Angreifern Tote gegeben hat, haben sie sie mitgenommen.«

»Bringt Scaurus an Land!«, schrie der Grieche seinen Männern zu, die noch an Bord waren.

Kurz darauf tauchte der Nauarch mit zwei Legionären auf der Mole auf.

»Jemand ist uns zuvorgekommen«, sagte Polybios.

Scaurus wirkte nicht überrascht, sagte aber nichts. Sie gingen zum Dorfeingang. Die Palisade erinnerte an die der Legionenlager. Sie war an einigen Stellen verbrannt, mehrere Pfähle waren herausgerissen worden. Zwischen den Ruinen der Häuser lagen verkohlte Körper oder von Tieren angenagte Skelette.

Nur der Tempel stand noch. Man hatte versucht, auch ihn anzuzünden, die Fassade war rußgeschwärzt. Es sah aus wie ein kleineres Abbild der Verwüstung in Karthago. Vom punischen Reich waren jetzt nur noch Ruinen übrig.

Die Legionäre des Manipels hatten sich am Rand der Palisade aufgereiht und spähten angespannt nach draußen.

»Hast du eine Idee, was hier passiert sein könnte?«, fragte Polybios.

»Komm.«

Der Nauarch lief zu einem der Löcher in der Palisade und schlüpfte nach draußen. Polybios und der Zenturio folgten ihm mit dem halben Manipel, dreißig Männer in Kriegsausrüstung.

Vor dem Dorf lag eine kleine baumlose Ebene, die von hohem Gras bewachsen war, weniger als eine Meile entfernt stand ein kleines hölzernes Fort, das ebenfalls halb zerstört war. Inzwischen war Wind aufgekommen, von den Bergen zogen rasch dichte schwarze Wolken auf.

Der Nauarch ging auf das Fort zu und deutete auf die Ebene. »Hier wurde die Pflanze angebaut, aus der das Pulver des Baal gewonnen wurde. Sie haben alles verbrannt, und die Natur erobert sich den Platz nun zurück.«

»Aber wer war das?«

Scaurus antwortete ihm nicht und ging weiter. Im Fort standen keine Häuser, sondern nur halb verfallene Tierkäfige, auf der anderen Seite lag ein Dutzend umgeworfener Kreuze. Scaurus ging näher heran. An einigen der Kreuze waren noch Tierskelette genagelt.

»Sind sie das?«

»Nein, das waren die Wächter.«

Der Deserteur betrachtete die Berge und die Wolken, die sich jetzt vor die Sonne legten.

»Die Pflanze für das Pulver des Baal wurde von Sklaven angebaut, die man von den Expeditionen ans Festland mitgebracht hatte, das nur etwa zwanzig Meilen von der Insel entfernt liegt. Sie wurden wie wilde Tiere in Käfigen gehalten. Wer nicht gehorchte, wurde gekreuzigt, manche wurden auch grundlos oder unter irgendeinem Vorwand ans Kreuz genagelt, um die anderen in Angst und Schrecken zu versetzen. Wie es aussieht, haben sie rebelliert und gewonnen. Vielleicht hat ihnen auch jemand von außen geholfen. Als ich hier war, sagte der karthagische Stratege, der hier das

Kommando hatte, Himilkon, dass er die Dörfer auf dem Festland nochmals angreifen würde, um weitere Sklaven gefangen zu nehmen. Sie haben ihm entweder vorgegriffen oder sind ihm gefolgt.«

Polybios sah sich um und legte die Hand auf den Knauf des Gladius. »Sind sie noch hier?«

»Wenn ja, haben sie uns schon gesehen. Zehn Schiffe bleiben nicht unbemerkt.«

»Wo könnten sie sein?«

»Ich weiß es nicht, die Insel ist groß.«

»Werden sie uns angreifen?«

»Wenn sie noch hier sind, dann werden sie uns für Karthager halten und befürchten, dass wir zurückgekommen sind, um sie zu bestrafen. Sie werden kämpfen, um nicht wieder Sklaven zu werden.«

Der Grieche nickte und sagte: »Dann lass uns sofort wieder aufbrechen. Wir schauen nach, ob es noch einige Pflanzen gibt, und dann ziehen wir sofort nach Aztlan weiter.«

»Um was zu tun? Noch mehr Kreuze aufzustellen und Sklaven gefangen zu nehmen?«

Bevor der Grieche ihm antworten konnte, rauschte ein sintflutartiger Regen auf sie nieder.

Polybios wandte sich an den Zenturio: »Wir kehren um!«

Durch das hohe Gras liefen sie zum punischen Dorf zurück. Der Regen war so stark, dass sie kaum etwas sehen konnten.

»Achtung!«, schrie Scaurus.

Der Zenturio und die beiden Triarier aus der ersten Reihe wurden von ein paar Männern mit schwarzer, vom Regen glänzender Haut überwältigt. Einen Augenblick später tauchten weitere hundert zwischen den Legionären auf. Sie hatten Schwerter und Speere. Die Triarier waren erfahrene Kämpfer, geschützt durch Helme, Schilde und Lederpanzer, während die Angreifer ihnen halb nackt entgegentraten. Aber der überraschende Angriff, die Wucht der Angreifer und der vom Regen rutschige Grund ließen viele Römer zu Boden gehen, wo sie sofort getötet wurden. Andere wehrten sich mit der Kraft der Verzweiflung, schrien in Richtung Dorf um Hilfe, aber durch die Entfernung und den starken Regen verhallten ihre Rufe ungehört.

Scaurus entwand sich einem Angreifer, schlug ihm ins Gesicht und brachte ihn so zu Fall, dann packte er sein Schwert und durchbohrte die Kehle eines anderen Gegners. Ganz in der Nähe war Polybios zu Boden gegangen, und ein Angreifer stürzte sich mit erhobenem Speer auf ihn. Der Nauarch hieb ihm das Schwert zwischen die Schulterblätter, reichte Polybios den Arm und half ihm auf, dann zog er ihn rasch ins hohe Gras. Als ein schwarzer Riese vor ihnen auftauchte, spaltete ihm Scaurus' Schwert den Schädel.

Kurz darauf hörte der Regen auf, und die Wolken verschwanden so schnell, wie sie gekommen waren. Die Legionäre, die im Dorf geblieben waren, sahen niemanden zurückkommen und waren alarmiert. Es war natürlich möglich, dass Polybios und die anderen sich ins Fort geflüchtet hatten, um sich vor dem Platzregen zu schützen, aber sehr unwahrscheinlich. Es musste etwas passiert sein.

Die Zenturionen reagierten prompt. Inzwischen war die

Landung abgeschlossen, und mehr als dreihundert Soldaten standen an Land bereit. Ein Manipel positionierte sich neben den Öffnungen der Palisade, zwei weitere stellten sich zum Schutz des Hafens und der Schiffe auf. Die verbleibenden hundertfünfzig Triarier bildeten voll ausgerüstet eine Kampfformation, die im jetzt wieder leuchtenden Sonnenschein in Richtung Fort marschierte.

Etwa auf der Hälfte des Weges stießen sie auf die ersten Leichen der Gefallenen.

Cestius Gallus, der kommandierende Zenturio *prior*, schaute sich suchend um, doch der Feind war nicht zu sehen. Er hatte im Regen angegriffen und war mit dem Regen verschwunden. Er gab Anweisung, eine Verteidigungsformation zu bilden und nach Überlebenden zu suchen.

Kurz darauf rief ein Legionär: »Hier ist Polybios!«

Der Zenturio drehte sich um, im Glauben, der Grieche sei zwischen den Toten, aber stattdessen sah er Scipios Sekretär mit dem Gladius in der Hand aus dem Gras auftauchen, sein Unterkleid war nass, dunkel von Schlamm und Blut. Er rannte ihm entgegen.

Der Grieche verlor sich nicht in Höflichkeiten, sondern sagte sofort: »Wir ziehen ab, Cestius.«

»Wer war das?«

»Numider, schwarz wie der Hades. Sklaven der Karthager, die sich aufgelehnt haben und dachten, wir seien gekommen, um sie zu bestrafen.«

»Konnte sich außer dir noch jemand retten?«

»Ich glaube nicht … Ich bin mit Scaurus Richtung Wald gelaufen. Er ist dort gestorben.«

Er deutete vage in Richtung der Bäume, dann fuhr er fort: »Wir müssen sofort hier weg.« Rasch eilte er auf das Dorf zu und sprach weiter, den Zenturio im Schlepptau. »Ich war in der Kavallerie des Archaiischen Bundes, nur deshalb konnte ich mich retten. Lass die Männer aufs Schiff bringen und versammle alle Nauarchen auf meinem Schiff. Bring die punische Priesterin an Land, die lassen wir hier zurück.«

Cestius antwortete: »Ich lasse auch die Leoparden aufs Schiff bringen. Es wird nicht lange dauern, auch wenn sie sehr schwer sind.«

Polybios hielt inne.

»Welche Leoparden?«

»Wir haben im Tempel zwei goldene Leopardenstatuen gefunden, sie sind ein Vermögen wert.«

»Zeig sie mir.«

Der Zenturio brachte ihn zu dem Gebäude mit der verrußten Fassade. Kaum eingetreten, standen sie vor den Statuen, die von ihren steinernen Sockeln gekippt worden waren. Sie mussten die beiden Seiten des Atriums als Wächter geschmückt haben. Die aufständischen Sklaven hatten sie wütend von den Sockeln gerissen und zu Boden geworfen, ohne jedoch größeren Schaden anzurichten.

Polybios ging langsam näher, kniete sich nieder und strich über einen der beiden Jaguare von Aztlan, als ob seine Hand auf dem kalten Metall eine Verbindung zu einer längst verlorenen Welt herstellen könnte.

»Ich habe den Männern schon Bescheid gesagt: Wir laden sie auf das Schiff.«

»Nein, sie bleiben hier.«

»Polybios, sie sind aus massivem Gold …«

»Das sehe ich, aber sie haben denen, die sie in diesen Tempel gebracht haben, kein Glück gebracht, auch denjenigen nicht, die sie erschaffen haben. Sie bleiben auf der Insel, ich werde es Scipio erklären. Und es sind sowieso keine Leoparden.«

»Was denn dann?«

»Wir gehen.« Er hielt es nicht für nötig, sich mit Erklärungen für den Zenturio aufzuhalten.

Die zehn Nauarchen waren sichtlich beunruhigt. Nachdem er Arishut an Land gebracht hatte, hatte Polybios ihnen erklärt, dass sie so schnell wie möglich abreisen müssten, um neue Angriffe, vielleicht sogar mit brennenden Pfeilen, zu vermeiden. Das Arsenal des punischen Dorfes schien damit gut bestückt zu sein.

Der Kommandant seines Schiffes sprach schließlich aus, was alle dachten. »Scaurus war der Einzige, der den Weg zurück kannte.«

»Nicht mehr. Bevor er auf der Insel starb, hat er sie mir beschrieben. Und deshalb habe ich euch hier versammelt. Wir müssen mindestens zweihundert Meilen ins offene Meer nach Westen hinaussegeln, bis wir auf eine Strömung stoßen, die uns nach Norden tragen wird. Wenn wir dieser Strömung folgen, werden wir auf Südwinde stoßen, die uns bis zu den Säulen des Herakles zurückbringen werden.«

Was er ihnen verschwieg, war, dass sie in Aztlan landen würden, wenn sie weiter nach Westen segeln würden. Es wäre noch genug Zeit für weitere Kreuze und Sklaven.

Er hätte das mit Scipio besprochen, war aber überzeugt davon, dass es besser wäre, nur zu sagen, dass sie nichts gefunden hatten. Noch nicht einmal in seinem Buch würde er darüber berichten. Schade!

Arishut erkannte sofort, dass das Dorf nicht von den Römern zerstört worden war. Sie war bestürzt, allein zurückgelassen worden zu sein, die einzige Überlebende einer Welt, die für immer verloren war. Doch lange würde sie nicht überleben, der Grieche hatte sie mit den neuen Herren der Insel allein gelassen, die sie für ihr Leid bezahlen lassen würden. Bevor sie sie fanden, würde sie sich umbringen. Sie dachte an Scaurus' Worte. Baal Hammon und Tinnit hatten Qart Hadasht verraten, und sie hatte alles falsch gemacht.

Langsam betrat sie den Tempel und fand die umgestoßenen Statuen. Die legendären goldenen Leoparden von Abd-Melqart. Sie hätte nie geglaubt, sie eines Tages zu sehen. Dreihundert Jahre waren vergangen, seit der Nauarch zusammen mit Maharbal und zehn Schiffen Qart Hadasht für immer verlassen und die Statuen mitgenommen hatte. Auf Beschluss des Senats sollten sie fortan den Baal-Tempel der neuen Kolonie auf Hannos Insel schmücken. Merkwürdig, dass die Römer sie nicht mitgenommen hatten.

Die Priesterin ging weiter in die zentrale Halle des Tempels. Die Statue von Baal Hammon war geköpft worden. Langsam ging sie auf die Steine zu, die einmal die Schutzgottheit von Qart Hadasht abgebildet hatten. Mit einem Kloß im Hals dachte sie zurück an ihren Neffen, die anderen Kinder, die sie geopfert hatte, an die tausend Gesichter, die es nicht mehr gab, und an die Flammen, die alles zerstört hatten. Ein Gefühl der Angst und der Hilflosigkeit überfiel sie. Von Qart Hadasht waren nur mehr Steine übrig. Sie schaute hinauf zu den Überresten der Statue. Er war der Dämon ihres Vaters gewesen und hatte auch sie verdorben.

»Verdammt!«

Mit aller verbliebenen Kraft griff sie wütend nach einem Stück der Statue und schleuderte es gegen die Wand.

»Vorsicht, du könntest mich treffen.« Scaurus' Stimme.

Der Mann hatte sich hinter einer Säule versteckt.

»Du! Wie hast du das geschafft?«

»Ich habe Polybios gerettet, und er hat uns gehen lassen. Aber wir werden nicht zurückkehren. Für Rom sind wir bereits tot.«

»Das werden wir auch bald sein.«

»Ich habe sie aus der Nähe gesehen. Sie sind stark und gut bewaffnet, haben aber keine Strategie. In Qart Hadasht habt ihr die Sklaven befreit, damit sie gegen die Römer kämpfen, hier haben sie die Rechnung mit deinem Volk selbst beglichen. Wir werden jedoch nicht auf sie warten. Das Festland ist nicht weit, wir verstecken uns und finden einen Weg, die Insel zu verlassen.«

»Wenn sie uns nicht töten, dann werden uns die Löwen oder die Gorillas fressen.«

Scaurus lächelte. »Wer weiß? An irgendetwas müssen wir sterben. Aber so lange leben wir einfach weiter.«

»Warum hast du Polybios gebeten, mich freizulassen?«

»Das habe ich dir schon gesagt: Ich bin davon überzeugt, dass du etwas Besseres bist als die *rab kuhanat* von Tinnit.«

Er reichte ihr die Hand. Arishut zögerte erst, dann hob sie den Blick und griff danach.

Kapitel 23

Saint-Denis

Paris, Abtei Saint-Denis, Freitag, 22. Mai 1271

Yves spürte, dass er am Ende des Weges angekommen war. Die Gebeine des Königs Louis waren in Anwesenheit des jungen Königs Philippe nahe dem Grab seines Vaters, Louis der Löwe, beigesetzt worden. Auch der Graf von Alençon, Abt Mathieu de Vendôme und die wichtigsten Barone Frankreichs waren anwesend.

Eine große Menschenmenge hatte die Ankunft des Leichnams in Saint-Denis erwartet. Neun Monate nach dem Tod des Königs war das die letzte Etappe der langen Reise aus Karthago über Sizilien und den Dom von Montreal, wo Charles das Herz und die Eingeweide seines Bruders hatte bestatten lassen, die er nach dem Kochen des Körpers verlangt und später bekommen hatte. Danach waren sie durch Foggia, Benevent, Capua und Montecassino gereist, der Ort, an dem alles begonnen hatte, vor nunmehr fünf Jahren, und wo Bernard Ayglier die schon nach Heiligkeit riechenden Überreste des Herrschers gesegnet hatte.

Für den Dominikaner war es eine schmerzhafte Reise gewesen, als ob der Herr ihn noch einmal durch alle Orte seines Scheiterns geschickt hatte.

Der König von Sizilien hatte sie bis Ceprano begleitet und war dann nach Neapel weitergereist, Berengario hatte er mitgenommen. Nach der brillant ausgeführten Mission mit Jean de Braiselve und Guillaume l'Étendard hatte Charles Yves und den Großmeister des Ordens, Giovanni da Vercelli, gebeten, ihn dem Dominikanerkloster in Neapel anzuvertrauen, damit er dort die Inquisition organisieren konnte. Außerdem hatten die Kardinäle in Viterbo noch immer keinen Papst gewählt, und sein Mandat, das ihm als junger Mann von Papst Clemens übertragen worden war, hatte weiterhin Gültigkeit.

Yves hatte sich herzlich von ihm verabschiedet und für ihn gebetet, wie er es vor vielen Jahren auch für Nicolas de Hannapes getan hatte. Auch Berengario war gereift, und seine Verwandlung war fast schon beunruhigend. Er war gehorsam, treu und konnte den Verlockungen der Macht widerstehen, zeigte aber weiter kein Mitleid. Genau wie sein Meister Mathieu de Bourbon.

Für Yves war das ein Makel, aber für viele innerhalb und außerhalb des Ordens ein Wert. Und er hatte ein ungünstiges Verhältnis zu den Sünden des Fleisches. Der Großinquisitor Frankreichs fragte sich, ob auch Mathieu so gewesen war. Damals war er zu jung gewesen, um es zu bemerken, aber einige Indizien, an die er jetzt wieder dachte, ließen die Vermutung zu.

Jean de Montfort war mit ihm nach Saint-Denis gekommen, auch wenn er inzwischen Graf von Castres und anderen sizilianischen Gebieten geworden war, die er von seinem Vater Philippe geerbt hatte, der in Karthago an der Seuche und durch Charles' Stolz gestorben war.

Der König von Sizilien hatte nach Louis' Tod nicht den Rückzug angeordnet, wie sein junger Neffe Philippe es ihm schüchtern vorgeschlagen hatte. So war es ein paar Monate lang hin und her gegangen, ohne Aussicht auf Erfolg und unter einigen Verlusten, darunter auch Jeans Vater, der sich so ebenfalls in die Prozession aus Yves' Traum eingereiht hatte.

An diesem Abend dieses verfluchten 25. August hatte Charles dem Inquisitor seine Strategie erklärt, im Nachbarzelt des Pavillons, in dem der Leichnam des Königs lag. Nachdem er verkündet hatte, dass Érard de Vallery den Posten des *chambier* Frankreichs von dem an diesem Tag verstorbenen Alphonse de Brienne übernehmen würde, hatte er gesagt: »Seht, Magister, der Tod meines Bruders war eine große Tragödie, aber es wäre eine noch größere für die vielen tausend tapferen Männer, wenn wir den Kreuzzug fortsetzen würden.«

»Ich stimme Euch zu, Sire. Wir müssen so schnell wie möglich abreisen.«

»So einfach ist das nicht. Wir werden abreisen, aber nicht, ohne die Ungläubigen angegriffen und gegen sie gekämpft zu haben. Wenn wir sofort abziehen, sieht es aus, als würden wir fliehen. Dann würden wir unser Gesicht verlieren.«

»Damit würden wir unnötige Leben opfern. Die Krankheit ist noch nicht unter Kontrolle, und wie Ihr gesehen habt, kann es auch die höchsten Würdenträger treffen …«

»Dieses Risiko gehen wir ein, ich habe dies schon mit meinem Neffen abgesprochen. Es geht um unsere Ehre.« Charles hatte eine der unverschämten Antworten des Mönches erwartet, damit er ihn diesmal schroff darauf hinweisen konnte, dass er mit dem König sprach, aber Yves hatte nur leise gesagt: »Verstehe …« Dann war er weggegangen und hatte den verblüfften König allein zurückgelassen.

Das Kreuzfahrerheer war geblieben und hatte sich aufgerieben, hin und wieder wurde es angegriffen, ohne jede Aussicht auf Erfolg. Selbst als sie im Oktober einen erfolgreichen Angriff gegen das feindliche Lager gestartet hatten und die Straßen nach Tunis offen schienen, war Charles nicht vorgerückt. Er hatte nicht vor, die Stadt einzunehmen, er wollte nur aus einer Position der Stärke mit al-Mustansir und Baibars verhandeln. Der Sultan von Ägypten wäre ein wichtiger Verbündeter für seine Offensive gegen Byzanz.

Yves wusste das alles, hatte aber nicht reagiert. Der Herr bewies ihm nur die letzten Konsequenzen seines verrückten Plans. Und er hatte nicht damit aufgehört, bis sie in Saint-Denis angekommen waren.

Am Vortag hatte ihn die Nachricht erreicht, dass Baibars auch die Krak der Tempelritter in Syrien erobert hatte, die große Festung, die damals Saladin standgehalten hatte. Das war das Läuten der Todesglocke für die wenigen verbliebenen christlichen Küstenstädte. Yves war in den Sinn gekommen, dass Louis sich nach dem Fall Safeds für seinen Kreuzzug entschlossen hatte. Wenn die zwanzigtausend Männer nicht nach Tunis, sondern nach Akkon gesegelt wären, hätte die Geschichte ein anderes Ende genommen, und vielleicht wäre Saint Louis noch am Leben. Der bittere Kelch schien bodenlos.

Nach der Bestattung verließ der Mönch leise die im Sonnenlicht liegende Abtei und blickte wie üblich zu Boden. Da hörte er eine Stimme hinter sich: »Magister!«

Er drehte sich um. Jean de Montfort näherte sich auf einem glänzenden schwarzen Hengst und fragte: »Wo wollt Ihr denn allein hin? Ich bringe Euch nach Paris.«

»Ich danke dir, Jean, aber ich gehe nicht nach Paris.«

Der junge Mann stieg schweigend vom Pferd.

»Ich habe Giovanni da Vercelli und die Kurie gebeten, von meiner Aufgabe als Inquisitor entbunden zu werden. Noch haben wir keinen Papst, aber man wird jemanden finden, der meine Aufgabe übernimmt, bis der neue Pontifex offiziell meinen Nachfolger einsetzt. Außerdem wird mich niemand vermissen ...«

»Warum?« Jean hatte ihm diese Frage schon lange stellen wollen. Nach dem Tod des Königs hatte er sich verändert, er schien all seine Gewissheiten verloren zu haben, oft hatte er ihn sogar weinen sehen.

»Ich habe so viele Fehler gemacht, Jean. Der König, dein Vater und viele andere gute Christen sind durch meine Schuld gestorben. Ich wäre lieber mit ihnen gegangen, aber der Herr hat gewollt, dass ich überlebe, und ich muss seine Entscheidung respektieren. Aber ich kann über niemanden mehr urteilen. Ich will nur noch für die Rettung meiner Seele beten, die vom Stolz verflucht ist.«

»Sagt das nicht. Ihr seid ein weiser und guter Mensch. Es

war mir eine Ehre, mit Euch der Sache Gottes dienen zu dürfen.«

»Das war nicht die Sache Gottes, es war unsere oder, besser, die meines Irrglaubens.«

»Aber Gott hat gewollt, dass alles so geschehen ist.«

»Nein, Gott in seiner unendlichen Weisheit kennt alles, Vergangenheit, Gegenwart und Zukunft, aber die Entscheidungen der Menschen kann er nicht bestimmen. Wir sind frei, unsere eigenen Fehler zu machen, genau wie es mir passiert ist.«

»Und wohin geht Ihr jetzt?«

»Ich kehre in die Bretagne zurück, nach Carantec nahe Morlaix. Vielleicht wird mir der Herr dort helfen zu verstehen, worin der Sinn dieses Lebens besteht.«

Epilog

In einer anderen Zeit, auf einem anderen Kontinent,
25. August 1542, am Tag des heiligen Ludwig IX.

Sie hatten fast die Mündung erreicht, hungrig und erschöpft von den monatelangen Auseinandersetzungen mit den Indios.

Angeführt wurde die Expedition von Francisco de Orellana. Sie waren Hunderte Meilen den großen Fluss hinabgefahren, auf zwei Briggs, die kaum noch ihren Namen verdienten. Auf ihrer Suche nach der goldenen Stadt hatten sie nur eine undurchdringliche grüne Hölle, Insekten und wilde Indios vorgefunden, die drei Männer getötet und viele andere verletzt hatten. Die vierundfünfzig verbliebenen *hidalgos* wollten jetzt die Hütten des nahen Dorfes plündern. Nach Gold suchten sie schon lange nicht mehr, nur noch nach etwas Essbarem.

Ein bärtiger Mann in einer zerschlissenen Kutte, die früher einmal weiß und goldfarben gewesen war, aß gierig ein Stück Trockenfisch. Ihr letzter Beutezug war nicht sehr erfolgreich gewesen. Der Dominikaner begleitete die Expedition, um in der Wildnis das Wort Gottes zu verbreiten, in die Regionen, die seine Majestät, der katholische König von Spanien, in seinen Besitz gebracht hatte. In Wahrheit hatte er allerdings gar nichts in seinen Besitz gebracht, er hatte lediglich die üblichen rituellen Formeln gesprochen und war dann wieder abgereist, häufig unter dem Pfeilhagel der Indios.

Orellana kam auf den Dominikaner zu. Auch er war nur noch ein Schatten seiner selbst, wie alle hier, dreckig und mit Lumpen bekleidet. Nur das Schwert von Toledo war perfekt sauber. »Padre, wir haben einen seltsamen Stein gefunden, den ich Euch zeigen möchte.«

Der Geistliche folgte ihm ins Dorf. Dort stand ein gewaltiger Stein, der mit merkwürdigen Symbolen geschmückt war. Die Inschrift wirkte wie eine Zeichnung, womöglich eine Landkarte. Es war das erste Zeichen, auf das sie stießen, das zeigte, dass diese Kultur eine Schrift besaß. War das etwa der Weg nach El Dorado, den irgendwer irgendwann hier festgehalten hatte?

Bruder Gaspar de Carvajal untersuchte den Stein schweigend, dann wandte er sich an den Kapitän. In seinen Augen las er die Bestätigung seiner eigenen Gedanken. Es war zu spät. Unter diesen Umständen war es undenkbar, wieder zurückzukehren und noch einmal flussaufwärts zu fahren, um dem auf der Karte eingezeichneten Weg zu folgen. Wenn es denn ein Weg war. Das wäre ihr sicherer Tod.

Der Dominikaner bekreuzigte sich und murmelte dann: »Das ist Teufelswerk, damit wir uns endgültig verirren. Werft den Stein in den Fluss.«

Dank

Auch die Veröffentlichung dieses Bandes verdanke ich der professionellen Arbeit von Marco Garavaglia, dem ich von Herzen danke.

Ich danke Massimo Turchetta und dem Team von Rizzoli, allen voran Federica Magro und Paola Beretta, die meine Arbeit mit Leidenschaft und Kompetenz bis zur Veröffentlichung begleitet haben.

Mein Dank geht auch an meine persönlichen Erstleser Luca und Francesca für die verlässliche und liebevolle Unterstützung bei diesem Abenteuer.

Autor

Luigi Panella ist hauptberuflich Rechtsanwalt für Strafrecht und praktiziert in Rom. Die Trilogie um Yves le Breton, dem Inquisitor Ludwigs IX., ist sein erfolgreiches Debüt im Bereich des historischen Romans.

Luigi Panella im Goldmann Verlag

Der siebte Kreuzzug. Historischer Roman
Das Werk des Teufels. Historischer Roman
Der Auftrag des Papstes. Historischer Roman (8/23)

(Alle auch als E-Book)